Kriegsheim:

Nagende Schuldgefühle

von
Medra Yawa

Bibliografische Information der Deutschen Nationalbibliothek:
Die Deutsche Nationalbibliothek verzeichnet diese Publikation
in der Deutschen Nationalbibliografie; detaillierte
bibliografische Daten sind im Internet über dnb.dnb.de
abrufbar.

Herstellung und Verlag: BoD – Books on Demand, Norderstedt
ISBN: 9783751922722

***

https://medrayawa.com/

Kapitelübersicht

Prolog: Die Ankunft

Fiona Katja stürzte zitternd auf den Waldboden. Obwohl sich ihr Desson an sie schmiegte, ließ der Druck nicht von ihr ab. Das Ungleichgewicht ihrer Chakren zerriss ihre Seelen. Dabei spürte sie sonst den Sog ihrer Magie kaum! Aber nun? Es war ja nicht nur ihr Sahasrarachakra, das verrückt spielte. Viel eher fühlte es sich an, als würde der Kern ihres Seins zerrissen und neu zusammengesetzt werden. Als würde er hierhin gehören-

-und gleichzeitig fort müssen.

Angst strömte aus Katja heraus. Angst, die Fiona zu verdrängen versuchte, um eine Art Balance zu finden.

Stattdessen huschte ein stummer Schrei über ihre Lippen. Weißer Nebel entstieg ihrem Mund. Sie selbst mochte die Farbe. Ihre andere Seele nicht. Katja hatte sie seit jeher verabscheut. Weiß wäre zu rein für eine Welt, die von Leid und Schmerzen geprägt wurde!

»Langsam«, meldete sich jemand plötzlich.

Hastig riss Fiona den Kopf hoch, doch verschwamm ihre Sicht noch im selben Moment. Alles drehte sich. Dabei wollte sie sich nur umsehen! Wer hatte gesprochen? Sollte sie nicht allein sein? Müsste sie das andere Wesen töten? Wenn Macian sie fanden, würde man sie in einen Kampf verwickeln. Hutan durften nichts von der Magie wissen. Und Desson oder Hushen? Sobald der Otou-san von ihr erfuhr, würden sie eben jene Mission gefährden, die er ihr aufgetragen hatte!

Dabei wüsste er erst in acht Jahren Bescheid …

Sie war auf sich allein gestellt.

»Mir ist schwindelig«, behauptete sie und wies ihr anderes Ich an, mitzuspielen. Ihre Hand glitt in Fuyus weiches Fell, das unter ihrer Berührung erschauderte.

Erschrocken wurde ihr bewusst, dass die Arme weitaus schlimmere Qualen leiden müsste. Sie war immerhin ihre

Vertraute! Die Desson, die FK's Gegensätze ausgleichen musste, um überleben zu können. Wenn Fiona das Chaos so stark spürte, wie musste es dann ihrer treuen Freundin ergehen?

Wir müssen uns wieder fangen! Erinnere dich an den Brief!, schrie Katja durch ihren Kopf.

Der Brief? Ja. Da war etwas. Sie hatte ihn vor ihrem Sprung durch die Zeit lesen müssen. Er hatte von ihren Gegensätzen gesprochen. Eigentlich hatte sie die Worte als bloße Übertreibung abtun wollen. Doch nun? Musste sie wirklich alle »Gegensätze tilgen, um den Konsequenzen zu entgehen«? Was bedeutete das?

Eine fremde Frau trat näher. Sie war rundlicher. Die schwarzen Haare lockig und verdreckt. Dennoch wirkte sie nicht verwahrlost. Eher … erhaben? Wieso hatte sie die Fremde zuvor ausgeblendet? Lag es daran, wie sie in den Wald passte? War sie eigentlich ein Desson? Unmagisch konnte sie nicht sein. Dafür schenkte sie Fuyu zu wenig Beachtung.

»Du bist ein Ubrid?«

Die Frage schmerzte FK mehr, als das Zerren an ihren Chakren. Wie oft war sie als Kind für ihre Hutanmutter gehänselt worden? Selbst als LR sich für sie einsetzte, hatte man immer noch hinter vorgehaltener Hand über sie getuschelt. Man hatte ihr den Weg zu ihrem besten Freund verwehrt. Sie ausgeschlossen. Sie gedemütigt. Die Erfolge ihres Vaters kleingeredet!

So sehr sie ihre Mutter auch liebte, umso mehr hasste sie das gemischte Blut in ihren Adern.

»Und wenn schon?!«, spuckte sie die Worte aus.

Katja schlug genauso um sich. Der vereinte Zorn trieb sie an. Sie hielten sich daran fest. Und je mehr sie sich darin verkrallten, desto weniger schmerzten die Chakren.

Erst nun erkannte FK, dass ihre Chakren wahrhaftig

schmerzten. Es war nur Fuyu zu verdanken, dass sie überhaupt noch bei Bewusstsein war. Der Desson fing ihre Pein ab und durchlebte die Schmerzen allein!

»Oh, Verzeihung. Ich meinte es nicht beleidigend«, die Fremde lächelte gutmütig, »Wir haben nicht viel Zeit, ehe mein Neffe kommt. Ich bin Samantha Maria Sanchez. Derzeit. Mein wahrer Name ist Mingasha. Ich habe mir die Freiheit genommen, deine Briefe zu lesen, als sie noch auf dem Weg zu dir waren. Wenn ich ein zweites Unglück abwenden kann, so muss ich alles dafür geben. Immerhin ist das erste bereits mein Vergehen gewesen, weißt du?«

Die Worte ergaben keinen Sinn in ihrem Kopf. Sie hatte noch nie von jemandem namens Mingasha gehört. Welche Unwahrheiten verbreitete die Fremde? Es klang fast, als wolle sie sich auf die Stufe mit einem Dimen stellen!

»Dann lass mich einfach in Ruhe, ja?«, kämpfte Fiona mühsam hervor.

»Keine Sorge. Das werden wir. Ich habe Shizen gebeten, dich ziehen zu lassen. Aber in deinem Zustand macht es keinen großen Unterschied. Du bist ja schon halb tot«, behauptete die Fremde kichernd.

In der Hushen schäumte die Wut in neue Höhen.

Was fällt ihr eigentlich-

Warte! Da! In ihrer Hand! Sie hat den Yubiwa!

Überrascht bemerkte Fiona, dass ihr anderes Ich Recht hatte. Nur konnten Unbefugte den Ring nicht gefahrlos in die Hand nehmen, oder? Hatte diese Mingasha ihn einst von einem Otou-san bekommen?

So schnell, wie die Neugier in ihr aufstieg, so schnell kehrte auch der Druck auf ihre Chakren zurück. Diesmal war er schmerzvoller. Fuyu jaulte erschrocken auf, als die Pein sie überrannte. Es war, als wollten ihre Chakren fort. Fort zu-

»Langsamer. Du lebst gerade zweimal, richtig? Deine

Chakren wissen einfach nicht, wohin sie sollen. Wahrscheinlich durchlebt deine jüngere Version derzeit auch wahnsinnige Qualen … Du wirst nie wieder Ruhe haben, es sei denn, du bist nicht mehr du«, murmelte die Fremde, »Ihr müsst eure Seelen vereinen, um jemand anderes zu werden. Gib deine Magie auf oder stirb und bewirke nichts hiervon!«, plötzlich flogen FK die Briefe um die Ohren. Es waren um die fünfzig. Jeder mit ihrem oder dem Namen ihres Sohnes beschriftet. Jeder mit einem Tag und einer Uhrzeit oder einer Notiz versehen. Jeder-

Jeder besiegelte ein Schicksal!

»Wenn du so viel weißt, warum kümmerst du dich nicht selbst hierum?«, spuckte Fiona aus und krallte sich in Fuyus Fell fest.

Ihr weißer Wolfdesson krümmte sich zuckend am Boden. Sonst hatte sie sich auf den Desson stets verlassen können. Sie war die riesige Gestalt, die ihren Rücken gestärkt hatte. Die Vertraute konnte jeden Macian in die Flucht schlagen, der FK auch nur schief ansah!

Und nun kämpfte sie um ihr Leben …

»Mir sind schon lange die Hände gebunden, solange ich außerhalb meines Reiches zugegen bin. Hier kann ich nur meinen Segen verteilen und euch den Weg weisen.«

Etwas berührte FK's Stirn und ihr war, als würden sie aus ihrem Körper gezogen worden. Ihre andere Seele war bei ihr. Alles andere wurde übertönt. Sie hörte Autos. Dann roch sie Apfelkuchen. Eine graue Wand baute sich vor ihr auf. Links ein Fenster. Rechts ihr Kinderbett aus der Wohnung ihrer Großeltern. Ihre Schwester saß darauf und spielte mit einem Blatt Papier. Sie summte etwas. Es war eine nostalgische Melodie. Ein altes Lied.

Tränen kitzelten ihre Wangen.

»Willkommen im Labyrinth der verlorenen Seelen«, vernahm sie aus dem Radio auf dem Fensterbrett, »Findet hinaus, ehe euer Körper vergeht. Sonst wird nichts von ihm übrig bleiben.«

Lächelnd schaute FK's einzige Schwester auf, deren Tod sie seit sechs Jahren betrauerte.

Kapitel 1: Den Scherbenhaufen zusammenpuzzeln

»Falls sich jemand auf der Insel versteckt hat, würde er sich spätestens nun raus trauen. Kontrolliert nochmal den äußeren Ring. Wir müssen sichergehen, dass wir keinen Macian unbefugt mitgenommen haben«, befahl TJ zum dritten Mal seit dem Angriff, »Ich weiß, es ist nervig. Aber ein blinder Passagier reicht schon aus, um unsere Position zu verraten. Und es gibt nicht mehr viele Orte, wo wir eine fliegende Insel unbemerkt hinblinzeln können.«

Murrend verschwanden die Soldaten mit ihren Desson.

Für einen Augenblick gestattete sich TJ eine Pause. Er atmete durch, um den Stress abzuschütteln. Erst dann blickte er zu Gakumon hinab.

»Wollen wir?«

»Ich dachte, du fragst gar nicht mehr«, murrte der Vertraute und erhob sich streckend.

Damit war alles gesagt. Gemeinsam verließen sie das Büro des Otou-sans.

Nein. Unser neues Büro, korrigierte John leise.

Ja. Ihres. Daran müsste sich Tarek gewöhnen.

Wie wollen wir es ansprechen? Offen und ehrlich? Oder lieber befehlend, damit RT gar nicht erst auf dieselben dummen Gedanken wie unser anderer Freund kommt?

John fühlte wirkte nachdenklich, ehe er antwortete: *RT hasst die Macian vielleicht, aber er hält sich an Regeln. Wenn er einen Befehl bekommt, wird er sich diesem nicht einfach widersetzen. Ich sorge mich eher, dass TC sich verplappert.*

Das wäre wirklich eine Herausforderung. Wenn er sie abschirmte, könnten ihre Eltern sie in die Welt der Hushenpolitik zerren. Wenn er sie sich selbst überließe, könnte er aber nicht rechtzeitig reagieren, falls ihr etwas rausrutschte …

Gedankenverloren verschob TJ die Steine an seiner

Schlafzimmertür und löste damit den Bannkreis, den er dort hinterlassen hatte, um RT und TC zum Schweigen zu zwingen. Es war nötig gewesen. Sie mussten seine Entschlossenheit spüren. Seine Sturheit. Nur so konnte er betonen, dass seine Entscheidungen die unumstößlichen des Otou-sans waren!

Damit trat er ein und lehnte sich wie eine Barrikade gegen den Türrahmen.

RT blickte unschlüssig rüber. Er wirkte so angespannt. Ob er die ganze Zeit gestanden hatte? Zumindest sah er noch genauso aufgebracht aus wie gestern, als TJ den Bannkreis aktiviert hatte. Ganz im Gegensatz zu TC, die am Nachttisch saß und malte.

»Otou-san«, grüßte ihn sein Freund leise.

»Ich hoffe, das Warten hat euch nicht ermüdet. Draußen war … nicht wenig los«, bemerkte TJ langsam.

»Alles in Ordnung, Otou-san«, erklärte RT sogleich.

Nun erst blickte TC auf. Für einen Augenblick strahlte sie. Sie schaute an TJ vorbei. Runzelte die Stirn. Zog die Augenbrauen zusammen.

»Wo ist die liebe Macian?«

Etwas in ihm spannte sich an. Das Gefühl war ungewohnt. Nicht direkt schlecht. Aber auch nicht gut. Dabei mussten ihm jedoch die Gesichtszüge entglitten sein, denn ihr Bruder sprang sofort vor und riss dabei das Papier aus TC's Händen.

»Sie hat es nicht so gemeint, TJ. Wirklich. Ich-«

Das Bild, rief John plötzlich aus und so konzentrierte sich Tarek lieber darauf.

»Was ist das?«, er forderte seinen Freund mit einer Geste auf, ihm das gemalte Kunstwerk zu reichen.

»Nicht so wichtig«, RT's Hände spannten sich an und ein kleiner Blitz zuckte auf, »Kindermalereien.«

»Kindermalereien, die du nicht zerstören wirst«, erklärte

TJ so bestimmt, dass er sich endlich selbst für den Otou-san halten konnte.

Langsam wanderte das Bild in seine wartende Hand. Es war krakelig. Aber dennoch gut erkennbar. Da standen Personen auf einem Dach. Eine von ihnen hatte die Arme ausgestreckt und wirre Linien schwirrten um sie herum.

»Warum hast du das gemalt, TC?«, fragte er das Mädchen und ignorierte RT, der unschlüssig auf der Stelle tanzte. Selbst dessen Vertraute wirkte verunsichert, so wie sie zwischen allen hin und her sah.

»Ich habe es für sie gemalt. Für MA oder so. Weil sie so lieb ist«, antwortete das Kind strahlend.

TJ nickte. Nachdenklich starrte er sie an. Vier Jahre alt und obwohl sie inmitten des Krieges aufwuchs, hasste sie niemanden bedingungslos. Sie sah noch nicht in jedem Macian ein Monster.

Wieso?

TC hat Maggie bestimmt an Lisa erinnert. Es ist gut möglich, dass sie sich genauso um RT's Schwester gekümmert hat, oder? Vielleicht hat TC so in Mag eine Mutter gefunden, die ihr sonst verwehrt bleibt?, vermutete John ungehört.

Das war gar nicht so abwegig …

»Bitte … TJ. Sie ist meine Schwester. Wenn sie-«

»TC steckt in weitaus weniger Schwierigkeiten als du«, unterbrach er seinen Freund und trat vor, um das Bild zurückzugeben, »Male noch ein bisschen. Wir brauchen nicht mehr lange, ja?«

»Schimpfst du mit RT?«, fragte sie zaghaft und aufgeregt flatterte ihr Vertrauter Chou auf. Der Schmetterlingsdesson wirbelte ungehalten umher. Wie ein kleiner Orkan.

»Das zeigt sich erst noch. Mach dir keine Gedanken«, behauptete er und wank seinen Freund nach nebenan.

Eilig folgte dieser ihm in die angrenzende Bibliothek.

Aus dem Augenwinkel konnte er Gakumons spitze Ohren erkennen. Das Gespräch würde ihm nicht leicht fallen.

»Tür zu«, befahl er, sobald sie außer Sicht waren. Zusätzlich legte er sein Zentrip vor sich auf das Lesepult. Es war als Zeichen gemeint. Eine simple Geste, die sein Verzicht auf jegliche Magie darstellte. Denn obwohl er seine Athame jederzeit ergreifen konnte, so war sie ja absichtlich abgelegt worden.

Und ohne sie säuselte sein Chakra ungebremster durch ihn hindurch.

Als er sich umdrehte, fing er RT's überraschten Blick auf. Dennoch erwiderte der andere nichts. Stattdessen kam er der Aufforderung schweigend nach und legte sein eigenes Zentrip in die Hände seiner Vertrauten.

»Ich … weiß nicht, was sie dir gesagt hat, aber-«

»Wer?«, unterbrach er seinen Freund schroff.

Nervös sah dieser beiseite. Die Namen lagen auf der Hand. Wenngleich RT nicht alle Ichs der Macian kannte.

»Sie … Sie nutzt dich nur aus … Ich meine, sie ist …«, er wedelte hilflos mit den Händen umher.

»Sie ist eine Macian, die ich vor Jahren gezeichnet habe«, offenbarte TJ sicher und verschränkte die Arme vor der Brust, »Mag war eine Überlebende vom Massaker bei Shanai. Einen Ort, den mein Vater angriff. Erinnerst du dich? Und trotzdem ist sie auf RS' Bitten und Drängen und Was-weiß-ich-für-Lügen eingegangen. Sie ist zur Einweihung gekommen, weil er sie dazu überredet hat. Sie hat den Angriff der Macian bemerkt, als wahrscheinlich nicht einmal unser Dimen den Blick in den Himmel gelenkt hätte. Sie hat alle gewarnt und sie hat die anderen Macian verdrängt, damit wir nicht nur gefahrlos die Insel wegblinzeln konnten, sondern sogar noch keine blinden Passagiere hatten. Und nun nenne mir deine Einwände bitte mit jedem noch so kleinen Detail, wenn du das Echo vertragen kannst.«

Woah. Also, ich bin auch sauer, aber gegen dich käme ich nicht an, lenkte John plötzlich ein, *Hörst du dir überhaupt zu? Wir klingen, als ob wir ihn gleich zerreißen. Ich dachte, wir erklären es lieber?*

Bei den Vorurteilen? Wir können ihn nicht über ein paar Wochen nach Kriegsheim schicken, bis sich sein Horizont erweitert. RT kommt schon damit klar, dass wir etwas direkter mit ihm umgehen.

Direkter? Moment, seine zweite Seele wurde leiser, *Du ziehst nicht TC mit rein, oder?*

Zur Antwort zuckte sein Chakra ein wenig auf und eilig drängte er John zurück.

Tarek musste tun, was nötig war!

»Sie ist eine Macian«, erwiderte RT zögerlich, »Selbst wenn du sie gezeichnet hast und sie geholfen hat … Wer sagt dir, dass sie dich nicht ausnutzt? Ich meine …«, unschlüssig zeigte er auf seine Vertraute, »Genso und Mutter sind Spezialisten, was Illusionen angeht. Ich muss wissen, wovon ich rede. Was, wenn sie nur ein Trugbild von sich erschaffen hat, mit der sie dich blendet und-«

»Und auch RS?«

Stille.

Kopfschüttelnd lehnte sich TJ gegen das Pult: »RS war die letzten Wochen als Hutan unterwegs. Er hat sie beobachtet. Also, unter anderem. Ich habe sie Teil seiner Mission gemacht, damit er ihr nichts antut, weil-«, seine Stimme versagte ihm.

Tarek ordnete seine Gedanken neu. Wieso waren ihm die Worte bei seinem anderen Kollegen so viel leichter über die Lippen gekommen? Warum nun nicht mehr?

»RS? Unser RS?«, fragte RT so fassungslos, als hätte er die Zerstreuung seines Otou-sans nicht bemerkt.

»Ja. Verrückt, oder?«, ein sanftes Lächeln schlich sich

auf TJ's Lippen. Er dachte an Kriegsheim zurück. Mag war so besorgt gewesen. Selbst, als er ihr den Yubiwa angeboten hatte, dachte sie zuerst an sein Wohl.

Sie dachte immer zuerst an alle anderen.

Deswegen musste er zuerst an sie denken.

»Ich kann, genauso wie bei RS, mit dir reden oder gar verhandeln, damit du sie in Ruhe lässt. Ich kann dir drohen. Und ich kann dir direkt sagen, dass du kein Recht hast, die Trägerin des Yubiwas zu beleidigen, Gerüchte über sie zu verbreiten oder sie gar anzugreifen.«

Die Luft um RT herum schien sich zu kräuseln. Es war ein Nebeneffekt seiner Chakren. Seine Illusionskünste, die er seit klein auf trainierte. Kräfte, die ohne sein Zentrip keinen Halt mehr hatten und-

»Genso!«, befahl er der Vertrauten, die eilig das Zentrip in die Hände ihres Hushen drückte.

»Das … das kann nicht dein Ernst sein?«

»Es ist mein vollster Ernst«, widersprach TJ sogleich und ignorierte den Drang, nach seiner Athame zu greifen. Er musste seine Sicherheit, seine Entschlossenheit zeigen!

»Aber … Noch nie … Eine Macian-«

»Es gibt immer ein erstes Mal«, gab er stur zurück.

»Abe-«

»Nein!«, TJ war die Vorurteile leid, »Keines deiner Worte wird mich umstimmen können. Mag wird nicht angerührt. Sie war es, die mich dazu gebracht hat, die Einweihung durchzuziehen. Ohne sie wäre TC auf dem Weg in die Akademie und dann direkt in einem der Flat-Programme. Ist dir das lieber?!«

»Nein, Otou-san«, presste RT heraus, »Es ist besser, den Weg zu beschreit-«

»Lass die vorgefertigten Sprüche sein!«, donnerte es aus TJ heraus, als er die Antwort aus einer der Predigten wiedererkannte, »Bitte. Richard … Tobias, versteht doch-

Ich habe es gründlich durchdacht, ehe ich ihr den Yubiwa gegeben habe. Ich weiß, dass ich sie nicht verlieren kann. Es ist schwer, zu erklären … Gakumon?«

Sein Vertrauter war sofort da. Der Desson schmiegte sich gegen sein Bein. Es war nur eine nebensächliche Geste. Doch für TJ war sie eine ersehnte Rettung.

Denn nun fanden die Chakren an ihre Plätze zurück und langsam konnte er wieder klarer denken.

»Sie soll also wirklich die Okaa-san werden?«

Er nickte.

»Mag ist keine gewöhnliche Macian. Deswegen kann und werde ich keine Gefahren in ihrem Umfeld dulden. RS wird bis auf Weiteres als ihr Schild fungieren und weder du noch deine Schwester werden irgendeine Art Aufmerksamkeit auf sie lenken, verstanden?«, erklärte er streng.

»Du willst, dass ich TC den Mund verbie-«

»Wenn es um Mag geht? Ja. Rede mit ihr darüber. Wenn das nichts bringt, darfst du sie offiziell mit zur Arbeit nehmen, um ihr ein paar Nachhilfestunden zu geben. Nicht aufs Feld. Du wirst Büroarbeiten für mich erledigen. Bis sie keinen Mucks über Mag verliert. Klar?«

Der Einfall war Tarek mitten im Gespräch gekommen. Es war nicht der beste, aber er würde reichen. Und damit würde TC auch vor ihrer Mutter geschützt werden, welche laut den Gerüchten immer noch nicht begeistert von TC's fehlendem Potenzial war. Es wäre selbst für RT die bessere Wahl. Sein Freund musste das doch sehen!

»In Ordnung. Aber wenn die Macian sich gegen dich wendet-«

»Wird sie nicht.«

Trotz des Widerspruchs holte RT erneut aus: »Dennoch: Sollte sich die Macian gegen dich wenden, werde ich dich trotzdem unterstützen. Mein Zentrip sei deine Klinge.«

TJ zögerte, ehe er den Schwur annahm. Diesen alten Schwur, den Hushen einzig dem Otou-san als Treueeid leisteten.

Maggie wäre erstmal sicher.

***

Zaghaft ließ Maggie sich auf ihrem Bett nieder. In ihrem Kopf drehte sich alles. Dennoch blieb ihre Magie ruhig. Es war ein ungewohntes Gefühl. Sie konnte sich selbst nicht richtig vertrauen. Nicht, nachdem sie die letzten Jahre stets so vorsichtig sein musste.

Das ist nur vorübergehend, mutmaßte Valerie, *Sobald ihr den ersten Schock überwunden habt, werdet ihr mich mit Vorwürfen überhäufen.*

Warum denkst du immer zuerst an das Schlimmste? Warum muss es immer erst Hass geben?, hinterfragte Maggie die pessimistische Einstellung.

Doch die andere Seele blieb ihr jede Antwort schuldig. Lieber kapselte sie sich wieder von ihnen ab.

Ich weiß nicht. Sie meinte zwar, dass sie uns damit nur schützen wollte, aber wer gab ihr das Recht für uns zu entscheiden?, murrte Alice.

So grummelig hatte Maggie den Wassergeist noch nie erlebt. Sonst war sie immer die kindliche, die unschuldige gewesen. Es war, als hätten die beiden Seelen ihre Rollen getauscht. Ob sie sich sorgen sollte?

»Und du meinst, der Trick mit Yuki fällt echt nicht auf?«, riss SR sie aus ihren Gedanken.

Erschöpft blickte sie zu dem Hushen herüber. Nachdem ihr Bruder sie mit ihren aufgebrochenen Erinnerungen allein gelassen hatte, hatte sie ihre Freundin um Hilfe gebeten. Es war für Maggie zu gefährlich gewesen, sich den anderen Waisen zu zeigen. Deswegen hatte die

Gestaltswandlerin ihre Erscheinung angenommen.

Yuki war zum Frühstück gehuscht, sie würde sich später auf das Gruppenfoto stellen und sie bliebe Maggie, bis die Macian sich komplett gefangen hätte.

In der Zwischenzeit hatte sie eigentlich ihre Gedanken neu ordnen wollen, doch ließ SR sie nicht aus den Augen. Stattdessen hatte er Tatakai zu Jessica geschickt und sich darauf berufen, dass TJ ihn auseinandernehmen würde, wenn er Maggie sich selbst überließ.

So kam es, dass er nun auf ihrem Schreibtisch saß und ungefragt durch ihr Scrapbook blätterte.

Gereizt spreizte sie die Finger und ließ das Buch vom Wind halb zuschlagen. Wenn es sich doch nur komplett schließen lassen würde!

»Nein. Wir haben es schon Mal gemacht, wenn … es mir nicht so gut ging«, erklärte sie ehrlich.

Das erste Mal war eigentlich ein Spiel gewesen. Yuki hatte ihre Fähigkeiten ausbauen wollen und verschiedene Gestalten angenommen. Nur keine menschlichen. Das gehöre sich wohl bei den Hushen nicht. Doch als Maggies Magie nicht abebben wollte und Lisa unentwegt nach ihr schrie, hatten sie eine Notfalllösung gebraucht.

»Du weißt schon, dass diese Kunststückchen bei den Hushen verboten sind, weil die Anmaßung, ein Mensch zu sein, als Verbrechen an unserem Dimen gewertet wird?«, erkundigte er sich weiter.

Hatte TJ deswegen damals so ungehalten reagiert? Gakumon war mir auch wütend erschienen, mischte sich Alice ein.

Maggie setzte eine sture Miene auf: »Ich sehe nichts, was sich verboten gehört. Wenn ich ihr erlaube, meinen Part zu übernehmen, während es mir nicht so gut geht, ist es doch nichts anderes, als wenn Alice oder Valerie rauskommen, um den Körper zu lenken. Müsstet ihr Hushen das nicht viel besser verstehen können? Da die Desson ja eure Vertrauten sind?«

Zum ersten Mal grinste SR sie an.

»An sich schon. Aber unsere Seelen sind ja immer noch Teile unseres Seins. Desson sind eigene Geschöpfe. Bessere Haustiere, wenn ich die altmodischen Ansichten teilen würde«, obwohl er scherzte, schmerzten die Worte.

Dabei wollte sie doch nur Ruhe …

Ruhe oder TJ. Ja. Sie müsste mit ihm reden. Vielleicht sollte sie den Yubiwa zurückgeben? Wie konnte sie mit einem Hushen verlobt sein, wenn sie sich nun wieder an ihre Vergangenheit, an ihre Pflichten erinnerte! Sie war eine Flora. Die Tochter der ehemaligen Floris. Die Geschichte ihrer Familie reichte Jahrhunderte zurück. Strenge Traditionen und Regeln hatten ihren Alltag bestimmt. Auxilius, die besten Leibwächter unter ihnen, hatten sie beschützt!

Und sie hatte als Dank einen kompletten Stützpunkt vernichtet. Ihre Kindheitsfreundin. Ihr Kindermädchen. Der nette Macian, der ihr stets einen Keks aus der Küche mitgebracht hatte. Die alte Dame, die ihr das Lesen beigebracht hatte … So viele waren von der blutroten Erinnerungswelle verschluckt worden. Obwohl kein Nebel mehr über ihrer Vergangenheit lag, fiel es ihr schwer, sich darauf zu konzentrieren.

Würde sie zurückkehren *müssen*?

Nachdenklich blickte sie auf und bemerkte verwundert, dass der Hushen etwas erzählte. Jedoch fehlte ihr jegliche Kraft, den Worten zu folgen. Sie wünschte sich Yuki und TJ herbei. Alle beide.

Nur hatten beide ihre Aufgaben.

»Gehst du bitte?«, unterbrach sie die Sätze, die sie eh nicht verstehen konnte, »Ich möchte allein sein.«

»An sich gern. Aber wenn die Macian wiederkommen

und ich nicht-«

»Sie kommen nicht wieder. Und selbst wenn: Es gibt nur einen Weg zum Waisenhaus. Die restlichen würden durch Shizens Gebiet führen. Wieso beobachtest du nicht den? Oder noch besser-«, sie ballte die Hände, »Geh zu Jessica zurück. Ich glaube, dass sie deine Anwesenheit mehr schätzen würde als Tatakais.«

Schweigend starrte SR sie an. Endlich seufzte er und wandte sich ab.

»Wenn es dein Befehl ist«, damit verschwand er.

Irritiert blickte sie auf die leere Luft. Ihr Befehl? Aber sie durfte als Flora keine Befehle geben. Das gehörte sich nicht! Und selbst wenn, musste er als Hushen nicht-

Hatte er sich auf den Yubiwa bezogen? Weil sie nun TJ's Verlobte war? Aber so hatte sie es erst recht nicht gemeint! Sie wollte vielleicht ihre Ruhe, allerdings wollte sie ihn nicht wegschicken, oder?

Erinnerst du dich an die Schulpause zurück? Als RS sich in unsere Richtung gelehnt und ich ihn angefahren habe?, fragte Valerie plötzlich nostalgisch.

Ehm. Ja. Was ist damit?

Ich hatte mich damals an das Massaker erinnern müssen. Als die Tür aufging und die Hushen in den Garten strömten. JuNi lag nebenan. Die Hand in unsere Richtung gestreckt. Die Augen im selben Blauton wie die von Jessica. Und da war er als verletzter Junge.

Maggie sprang auf.

Du hast beide damals schon erkannt und nichts gesagt? Du hättest-

Was hätte ich sagen können?

Unwillkürlich blieb sie wieder stehen. Valerie hatte Recht. Sie hatte den Mund halten müssen. Sie hatte gewusst, dass ihre Schülerin JuNi's Tochter und der Hushen mit für JuNi's Tod verantwortlich gewesen war.

Und sie hatte das Wissen in sich begraben müssen.

Eine Welle Mitleid stieg in Maggie empor. Nur stand sie im kompletten Kontrast zu Alice' aufschäumender Wut, sodass die Kälte wieder aus ihr herauskroch.

Du hast sie sich wissentlich anfreunden lassen? JuNi's Mörder und seine einzige Tochter? Bist du denn von SINNEN?!

Alice!

Der warnende Ausruf genügte zum Glück. Sobald der Wassergeist die Eiskristalle erblickte, flutete Furcht aus ihr empor. Still zog sie sich zurück. Still und frustriert.

Sofort machte sich Maggie daran, die Magiespuren zu beseitigen. Sie fühlte sich so ausgelaugt. Ob das noch von der Abwehr auf Kumohoshi herrührte? Ein Teil von ihr wünschte sich, jemanden zum Reden zu haben. Jemanden, der sie verstand und-

Schritte erklangen auf dem Flur. Paul rief etwas nach unten. Jemand antwortete ihm. War das seine Freundin? Maggie wusste es nicht zu deuten, aber …

Ehe sie darüber nachdenken konnte, stand sie an der Tür. Ihre Hand lag auf der Klinke. Sie zitterte. Sollte sie wirklich mit Paul reden? Er hatte ihr so oft geholfen. Sie konnte ihm vertrauen. Nur: Würde er sich wundern, sie hier oben zu sehen? Oder würde es wegnicken?

Er ist ein Hutan. Es sollte schon in Ordnung sein?, murmelte Valerie unterstützend und so steckten sie den Kopf auf den Flur und flüsterten seinen Namen.

»Mag?«, überrascht blickte er aus dem Nachbarzimmer, »Was machst du hier?«

»Können wir reden?«, fragte sie stattdessen.

Verlegen kratzte er sich am Hinterkopf und schob sich gänzlich auf den Flur: »Wegen Cassey? Ich schwör, ich wollte es dir sagen. Aber dann ist es bei uns alles drunter und drüber gegangen. Und als ich dich vorletzte Woche anrufen wollte, meinte Nik, dass du viel um die Ohren hättest. Deswegen, na ja, ich dachte nur-«

Obwohl sie es nicht wollte, entkam ihr ein leises Lachen: »Schon gut. Nicht darüber, ja?«

Nach Macianstandards war jede Schwangerschaft ein Wunder Zangashas. Seitdem das Wissen wieder da war, konnte sie doch nicht sauer sein, nur weil sie nichts von den Umständen einer fremden Frau wusste. Cassey hatte nichts mit ihr zu tun, wenn man mal von Paul absah. Sie brauchte keinen Segen von Maggie.

»Was los?«

Ehe sie sich versah, stand Paul direkt vor ihr. Er wirkte so ernst. So gefasst. Spürte er, was mit ihr los war? Nein. Er war nur ein Hutan. Er konnte mit Magie nichts anfangen.

»Ich glaube, ich brauche nur jemanden. Ist-«, die Tränen brachen ungefragt hervor und hastig wischte sie das Wasser weg, »Entschuldige. Es war so viel und …«, ihre Stimme brach, mit letzter Anstrengung brachte sie ein letztes Wort hervor.

»Hilfe.«

»Schon gut. Ich hab dich«, sanft schloss er sie in die Arme, »Alles gut. Es ist alles gut, ja?«

Sie brachte nur ein Kopfschütteln hervor und gab die Dominanz ab.

Maggie wusste nicht, wie sie das Durcheinander erklären konnte. Sie brauchte die Seele, die es länger vor sich herschob. Sie brauchte Valerie.

»Ich kann mich wieder erinnern«, sprach diese aus, was keiner von ihnen sonst vor Paul herausbekommen hätte, »An alles. Ich weiß es wieder. Und es tut so weh …«

Paul drückte sie enger an sich. Sanft strich er über ihren Rücken. Es erinnerte sie an ihren richtigen Bruder. Als er sie früher vor Vater in Schutz genommen hatte. Danach hatte er den Stützpunkt verlassen müssen. Ihre Mutter war so wütend gewesen. Warum? Was war los gewesen?

»Schon gut. Wir kriegen das alles hin. Wenn du nicht wegwillst, musst du nicht. Ma würde dich auf keinen Fall rauswerfen, ja? Ich kann auch mit Anja und Tom reden. Dann bleiben wir ein paar Tage länger, hm?«, rissen Pauls Worte sie zurück.

Doch Maggies Kopf blieb nur an einer Silbe hängen. Ma. Ja, sie sah Sabine auch als eine Mutterfigur, aber war das fair? Wo sie zuvor ja eine eigene gehabt hatte?

»Ich weiß nicht, was ich will. Ich weiß wieder so viel und irgendwie gar nichts …«, ihr Körper bebte und angestrengt besann sie sich auf ihre Magie.

Sie durfte auf keinen Fall die Kontrolle verlieren!

»Zu überwältigend? Also … ehm … Möchtest du darüber reden?«, bot er zaghaft an.

Reden? Ja. Sie sollte mit ihrem Bruder reden, oder? Mit Tristen und Steffen. Sie musste-

Fremde Zustimmung echote durch sie hindurch und erschrocken bemerkte sie, dass sie aus der Duria kam. Aber sie konnte diese nicht weglegen, ohne Paul das Farbenspiel darauf zu offenbaren.

»Wird schon«, blockte sie daher ab, »Entschuldige. Das war egoistisch von mir. Cassey sucht dich bestimmt schon. Ich muss selber mit mir klarkommen, ja?«

Damit schob sie sich aus seinen Armen und wandte sich ab. Doch als sie die Tür schließen wollte, hielt er diese fest. Er wirkte geknickt. Als hätte sie ihn geschlagen.

»Mag, ich wollte nicht-«

»Hast du nicht«, widersprach sie sofort, »Ich fühle mich nur wie ein Flummi, der zwischen verschiedenen Gefühlen hin und her springt. Wird schon«, beharrte sie.

Einen Moment starrte er sie an. Dann erst trat er zurück und sie sperrte sich in ihr Zimmer ein.

Vorsichtig öffnete sie die rechte Hand, aus der sofort das

leuchtende Farbenmeer heraussprang. Das wäre fast schief gegangen! So könnte sie nie wieder unter Hutan …

Seufzend trat sie ans Fenster und flüsterte Yukis Namen hinaus. Das Wort lenkte sie mit dem Wind nach unten und im Nu tauchte der Desson in ihrem Zimmer auf. Verdattert starrte sie auf die Duria.

»Das wird ja immer heller!«

»Ich weiß. Ich weiß …«, obwohl sie TJ bei seinen Pflichten nicht stören wollte, so brauchte sie seine Hilfe. Nur er würde verstehen können, was in ihr vorging. Nur er konnte notfalls den Yubiwa zurücknehmen. Und nur er durfte verstehen, wer ihr Bruder war.

Sie wusste ja nicht einmal, ob sie Jessica und SR ihre Vergangenheit anvertrauen konnte.

Kapitel 2: Geständnisse der Vergangenheit

Ein Knall riss Jessica aus dem Land der Träume. Hastig blickte sie sich um und brauchte einen Moment, um sich zu orientieren. Dort standen Stühle, da drüben ein Tisch. Jedoch hatte sie auf dem Boden sitzend geschlafen. Einzig mit einer abgetragenen Jacke zugedeckt …

Das war doch Ryans, oder?

Langsam kehrte die Erinnerung zurück. Nicole hatte nach ihrer Mom verlangt. Sie waren zu ihr gelaufen. Dann war das Gespräch gekippt. Nici war sich so sicher gewesen, dass ihre Mama von der Magie wusste. Sie hatte es mit der Frau teilen wollen.

Nur waren die anderen dann gekommen. Einer hatte ihre Mutter getötet. Die Welt hatte gebebt. Überall war Feuer gewesen. Ryan! Ja. Er hatte sie weggebracht. Mit seinen Teleportationstrick oder so.

Leise stand Jessica auf und presste sich an die Wand. Es behagte ihr nicht, dass Nicole so still war. Außerdem wirkte es hier so verlassen. Woher war das Poltern geko-

»Habe ich dich geweckt?«, fragte Tatakai plötzlich.

Es verunsicherte sie, dass sie ihn nicht bemerkt hatte. Generell war er immer so leise! Dabei müssten seine riesigen Krallen doch irgendwelche Geräusche machen, oder? Er mochte wie ein Hund aussehen, aber seine Größe glich eher einem Pony!

»Wo ist Ryan?«, fragte sie und zuckte dabei zusammen.

Ihre Stimme war so heiser. Was hatte sie damit gemacht? Wieso erschien ihr alles so weit entfernt?

Der Desson antwortete nicht gleich. Zuerst grasten seine Augen das Zimmer ab. Suchte er etwas? Jemanden? Wen?

»Er hat zu tun«, meinte er knapp, »Es gab gestern einen größeren Angriff und vor einer knappen Stunde sind Leute am Waisenhaus aufgetaucht. Mein Vertrauter wollte dort die Stellung halten.«

Am Waisenhaus? Bei Maggie?

Ein Zittern suchte sie heim. Jessica musste an ihre Mutter denken. An den Tod, der sich in ihre Augen schlich. An-

Würde das andere Mädchen genauso aussehen? Hatte sie deswegen so auf ihre Privatsphäre gepocht? Und nun, wo Jessica mitten im Dorf die Kontrolle verloren hatte … Waren diese *Leute* wegen ihr zum Waisenhaus gegangen?

Funken stoben aus ihren Händen hervor. Sie formten sich in weiße Flammen, die über ihre nackten Handrücken tanzten. Sie wirkten so wunderschön …

Bis einer davon auf den Tisch sprang und diesen sofort in Brand steckte.

Erschrocken sprang Jessica zurück. Sie hörte sich schreien. Panik kroch an ihr empor. Sie wollte nach Nici rufen. Sie brauchte die Hilfe ihres anderen Ichs!

Ehe der Brand um sich greifen konnte, sprang ein rothäutiges Wesen auf den Tisch. Es schlug meckernd durch die Flammen und schien das Element aufzusaugen. Seine Hand verschluckte das Feuer ebenso wie das ganze Möbelstück!

»Also wirklich. Fackel mir mein Winternest nicht ab, klar?«, schimpfte er sie an.

Er war klein. Gerade mal so groß, dass er auf die Stühle neben sich gucken konnte. Ein Meer aus schwarzen, struppigen Haaren spross aus seinem Kopf hervor und bündelte sich in einen wirren Zopf. Um die Beine trug das Wesen einen ledernen Rock, ansonsten war es nackt.

Unschlüssig blickte Jessica zwischen ihm und Tatakai hin und her. Obwohl sie sich einst in Letzteres Nähe unsicher gefühlt hatte, war er ihr nun um Welten lieber. Ihn kannte sie. Den anderen nicht.

»Was willst du hier?«, fragte das Hundewesen knurrend.

»Ich? Ich wurde von JM eingeladen. Sie meinte, falls die Kleine nicht mehr zu Sinnen kommt, solle ich sie notfalls abkapseln. Ehe sie die Kontrolle verliert und so, weißt du?«, ungerührt schüttelte er die Hände, »Den Tisch hatte ich aber eigentlich nicht wegschicken wollen. Hm. Holt euch lieber 'nen Neuen, ja?«

Nici! Hast du eine Ahnung, was er meint? Hey! Nici!

Stille antwortete ihr. Es war, als stünde plötzlich eine riesige Mauer in ihr, durch die sie nicht durchkam. Wieso tat ihr anderes Ich das? Wieso schottete sie sich so ab? Wollte sie, dass Jessica sie erneut vergaß?!

»Das war keine Dessonmagie«, knurrte Tatakai.

Dessonmagie? Was sollte das sein? Wovon sprach Ryans Hund? Nichts machte Sinn. Nichts!

»Gut erkannt! Dennoch wurde mir diese Gabe anvertraut. Möchtest du mal schnuppern?«, das rothäutige Wesen hob beide Hände und ein verschnörkeltes Zeichen bildete sich auf den Handflächen. Verspielt tanzten die Linien umher. Dabei pulsierten sie. Wie ein Herzschlag!

»Flossen runter!«, Tatakai kauerte sich zum Sprung bereit hin, »Und lass sie in Ruhe oder-«

»Die Macian? Wäre ich hier, um sie auszulöschen, wäre sie bereits erledigt«, erklärte er grinsend und schüttelte die Zeichen von den Händen, »Wie gesagt. Ich wurde eingeladen. Ich bin nicht gekommen, um zu kämpfen.«

»Macian …«, wiederholte Jessica, »Das … jemand hat das gestern auch gesagt. Macian und … Hushen?«

»Genau. Du bist-«

»KLAPPE!«, noch nie zuvor hatte sie gehört, dass Tatakai die Stimme erhob. Es war sonst nie nötig gewesen. Wer einen solch riesigen Hund ignorierte, musste einfach nicht mehr bei Sinnen sein. Doch nun?

Schaudernd trat sie von den beiden Wesen weg.

»Ich … ich muss hier raus … Sorry«, eilig wandte sie sich ab und lief zur Haustür, neben der ein Schrank umgeworfen war. War das der Krach vorhin gewesen? War

Tatakai von draußen gekommen? Egal! Raus. Sie musste raus und … sie musste mit jemanden reden. Ryan war okay. Oder Maggie. Sie musste-

»Du solltest hierbleiben«, riet das Hundewesen plötzlich, »Dort draußen ist es gefährlich. Ich habe auf dem Weg hierher Leute gehört, die dich gesucht haben. Wenn du nun rausgehst, wirst du ihnen direkt in die Arme laufen.«

Jemand hatte sie gesucht? Zitternd hielt Jessica inne. Wer? Ihre Tante? Aber sie würde bestimmt auch Jessicas Mom suchen. Ihre tote Mom …

Ob sie den Körper schon gefunden hatten?

Erschöpft sackte sie neben der Tür zusammen. Sie traute sich nicht raus. Sie wusste nicht, was sie ihrer Tante erzählen sollte. Wie könnte sie der Frau je die Wahrheit sagen? Hätte sie Nicole nicht nachgegeben, hätte diese nicht ihre Kräfte auf offener Straße präsentiert und- und-

Ein Schluchzen entkam ihr.

Womit hatte sie das verdient?

***

Sven setzte drei Marker auf der Straße zum Waisenhaus. Einen direkt davor. Einen etwa auf die Hälfte des Weges und einen letzten dort, wo Kriegsheim begann. Die sollten für den Notfall genügen, oder? Bislang hatte er hier eh mehr Markierungen verteilt als auf ganz Kumohoshi!

Zu viele! Du strengst dich zu sehr an!, beschwerte sich Ryan, nur beachtete Sven ihn nicht.

Die üble Laune würde schon bald abklingen. Erst musste sich seine andere Seele an den Dominanzwechsel gewöhnen. Sie waren nicht mehr RS. Sie waren SR. Genauso wie vor dem Verschwinden ihrer Mutter.

Gerade als er sich einen ruhigen Fleck suchen wollte, um sich auf seine Mission zu konzentrieren, wurde sein

Zentrip wärmer. Er spürte, wie Tatakai nach ihm zu rufen schien. Ob die andere wieder bei Sinnen war? Noch einmal könnte er nicht durch die Flammen springen, um ihren Hintern zu retten. Er hatte sich schon beim ersten Mal fast in die Hose gemacht!

Seufzend folgte er dem Rufen und blinzelte sich ins Gruselhaus zurück. Direkt zu seinem Vertrauten, einem fremden Desson und der heulenden Macian.

Super. Noch eine Baustelle.

»Magst du nicht wieder rüber? Das sieht alles andere als bequem aus«, versuchte er, sie zu necken.

Überrascht blickte sie auf. Tränen glitzerten in ihren Augen. Daneben schien ihre Haut zu strahlen. Kleine Funken stoben in unregelmäßigen Abständen hervor. Wenn er nichts tat, würde sie noch das Haus abfackeln!

»Es ist … Ich muss hier raus. Ich muss-«, sie stockte.

»Obwohl du keinen Plan hast, was los ist, willst du in die Schlacht watscheln, Giftzunge?«

Ryans Spitzname für sie schien zu helfen. Wut blitzte in ihren Augen auf. Und mit der Wut ließen auch die Funken nach. Also konnte diese Nicole ihn derzeit ebenfalls nicht ausstehen? Das konnte ja spaßig werden.

»Was weißt du schon, Blondie! Du bist doch nur-«

»-seit knapp zehn Jahren Teil des Krieges. Willkommen im Leben«, unterbrach er sie schroff, »Tote zu sehen gehört bei mir zum Alltag. Und derzeit würde ich deine Freundin auf den Mist lieber gar nicht ansprechen. Sie lebt bewusst unter Nichtmagischen in einem Waisenhaus, weißt du?«

Stumm starrte sie ihn an. Ihre Lippe bebte. Aber zumindest schien sich ihre Magie beruhigt zu haben. Eigentlich hatte er der anderen Macian dieses Desaster überlassen wollen. Nur brauchte Jessica jetzt Antworten! Nicht in ein paar Stunden oder Tagen. Und wenn er sie schon hatte retten müssen, konnte er seine Mühen nicht im Sand verlaufen lassen.

»Komm rüber«, befahl er ihr und wandte sich an Tatakai, »Straße zum Waisenhaus im Blick behalten. Noch hat sich nichts getan. Falls die Macian nochmal auftauchen, rufst du mich, ja?«

Nickend verschwand sein Vertrauter. Damit blieb nur noch das andere Wesen, das SR fast wieder vergessen hätte.

»Und du bist?«

»Ein Besucher.«

»Ich habe dich nicht eingeladen.«

»Dafür aber JM.«

Seine Cousine? Nun gut. Vorerst würde er den Desson tolerieren. Es wäre eh unklug, sich mit dem Winzling anzulegen, solange er ihn nicht zuordnen konnte. Wenn das Vieh zu einem Hushen gehörte, müsste es früher oder später seinen Vertrauten aufsuchen. Wenn er zu Shizens Wald gehörte, würde SR sonst seinen Kopf verlieren.

Ohne ihn weiter zu beachten, ging Sven nach nebenan. Er runzelte die Stirn. Ein Tisch fehlte.

»Tut mir leid … Ich hatte ihn …«, kommentierte Jessica seinen nachdenklichen Blick.

»Er hat eh gekippelt«, lügend zuckte er mit den Achseln.

Dann beobachtete er sie genauer. Sie lief geknickt. Dabei rieb sie sich immer wieder an den Armen. Kalt konnte ihr jedoch nicht sein. Sie trug ja noch seine Einsatzjacke. Die war gut gefüttert.

»Vorneweg, deine Freundin hat dich aus dem ganzen Mist raushalten wollen. Deswegen wollte sie nichts sagen. Das wäre sicherer gewesen«, knurrte er und beobachtete, wie Jessica nickte.

Er hoffte inständig, dass sie es glauben würde. Denn wenn sie Maggie oder ihre anderen Ichs verteufelte, würde sie nicht mehr auf die andere Macian hören. Und solange sie ihre Kräfte nicht kontrollieren konnte, brauchte sie jede Hilfe, die sie kriegen konnte!

»Ich bin kein Freund von langen Reden, daher in Kürze: Hushen«, er wies auf sich, »und Macian«, nun auf sie, »hassen sich, sind verfeindet und schlachten sich seit wann-weiß-ich gegenseitig ab. Ihr seid dabei diejenigen, die unkontrolliert die Elemente in Rage bringen. Wir diejenigen, die einen Bund mit den Desson«, er zeigte auf das rothäutige Wesen, »eingehen, um unsere Chakren gefahrlos zu lenken. Soweit klar?«

»Macian, Hushen und … Desson?«, sie kopierte seine Gesten fragend.

»Ja«, Sven spürte, wie Ryan sich einmischen wollte, doch schob er ihn beiseite, »Keine Ahnung, was der Auslöser war. Ich bin kein Freund von Geschichte. Euer Volk versteckt sich meist unter der Erde, unseres auf fliegenden Inseln. Ach, und dann gibt es da noch die Hutan. Die Menschen ohne Magie. Wie deine Mutter.«

Jessica zuckte zusammen, nickte aber dennoch.

»Einfach ausgedrückt: Macian und Hushen wollen sich gegenseitig abschlachten, Desson werden mit reingezogen, wenn sie mit einem Hushen verbunden sind und die Hutan werden von den meisten als nützliche, na ja, sagen wir mal, Platzhalter betrachtet.«

»Platzhalter?«

Sven bemerkte, wie sie mit ihren Gedanken zu hadern schien. Irgendetwas brachte sie ins Stocken. Konnte sie sich wegen Nicole nicht auf ihn konzentrieren? Noch hatte sie ihn zumindest nicht beschimpft. Immerhin standen sie ja offiziell auf gegensätzlichen Seiten.

»Platzhalter. Tiere. Viecher. Ballast. Nur wenige Hushen oder Macian sehen sich gleichwertig mit den Hutan. Für die meisten sind sie nur ein größerer Kollateralschaden.«

Nun zuckte sie zusammen. Funken tanzten über ihre Haut. Sie krallte sich in ihrer Hose fest. Dachte sie an ihre Mom? Bestimmt. Sollte er ihr helfen, den gestrigen Vorfall zu verstehen? Aber was, wenn sie ihn angriff? Oder zu den Macian wollte?

Zu den Mördern ihrer Mutter? Hast du sie noch alle?

Besser als beim Todesgrund ihres Vaters zu verweilen, oder?, schoss er zurück.

»Die anderen Macian hatten dich gestern irgendwie bemerkt und deine Mutter entweder als Hushen oder Hutan erkannt. Keine Ahnung. Wahrscheinlich dachten sie, dass sie dir helfen würden, wenn sie dich mitnehmen«, erklärte er schulterzuckend.

Zornesrot sprang sie auf ihn zu: »Was soll das denn heißen?! Soll das etwa ihren Mord entschuldigen?! An meiner Mom?! SPINNST DU?!«

Obwohl sie so geladen war, erschienen kaum Funken. Von daher brauchte sich Sven auch nicht um Ryans Phobie zu sorgen. Solange die Situation nicht brutzelte, konnte er sich auf das Gespräch konzentrieren und sie irgendwie noch zur Einsicht bewegen.

»Du missverstehst«, erwiderte er und setzte sich, »Sie mögen das Falsche getan haben, aber ihre Gründe sind durchaus nachvollziehbar. Nicht wie ich, der seine Feindin eigentlich töten sollte und ihr stattdessen bei der Flucht geholfen hat. Willst du meine ursprüngliche Mission sehen? Sie liegt in der Küche. Der unterste Ordner, oberstes Blatt.«

Schweigend starrte sie ihn an. Ihr Mund öffnete und schloss sich. Dann machte sie auf dem Absatz kehrt. Er lauschte, wie die anderen Papiere auf dem Boden flogen. Super. Das durfte er nachher wieder sortieren. Aber gut. Solange er sie damit auf den Boden der Tatsachen bekam.

Stille Worte erklangen nebenan. Er hörte, wie sie sich

den Auftrag laut vorlas. Abrupt brachen ihre Worte ab.

»Fertig?«, erkundigte er sich, als sie zurückkam – den Zettel immer noch in der Hand.

»Du wolltest mich töten? Aber … Du hast …«

»Eine Laune des Schicksals«, erwiderte er ehrlich, »Ich habe erst mit deiner … Freundin Kontakt gehabt. Doch sie hatte ein paar gute Argumente, euch in Ruhe zu lassen. Ist kompliziert. Aber wenn ich darüber rede, lebe ich nicht mehr lange. Frag sie lieber selbst, ja?«

Stumm ließ sie sich auf dem nächsten Stuhl nieder. Sie starrte weiter auf den Zettel. Auf jedes der Worte.

»Wenn herausgekommen wäre, was ich bin … Hier steht, dass Mom dann wahrscheinlich auch eine Macian wäre. Weil eine Blutvermischung nicht in Betracht gezogen wird. Aber … Warum?«, fragte sie langsam.

Für einen Augenblick erinnerte sich Sven an den Moment zurück, als er die Mission erhalten hatte. Sein Onkel hatte gemeint, dass er einen Teil schwärzen musste, da es nicht für ihn bestimmt gewesen wäre. Damals hatte er es nicht weiter hinterfragt. Erst als Jessica den Namen ihres Vaters verraten hatte, hatte er es verstanden:

Sie war eine Schermer. Schermer waren Spezialisten mit ihren Affinitäten. Ein Schermer war gefährlicher als zehn normale Macian zusammen. Dass sich einer herabließ, um mit einer Hutan ein Kind zu zeugen, kam einem Skandal gleich! Noch dazu hatte er beim Massaker ihren Vater in den Tod geschickt. Er war die Ablenkung gewesen. Er-

»Ich kann nicht alles wissen, Giftzunge«, wich er aus, »Ich kann dir nur sagen, dass andere Macian im Dorf sind und diese Maggie im Waisenhaus feststeckt. Sie wollte etwas klären und kommt danach wohl vorbei. Derzeit geht aber alles drunter und drüber. Deswegen wechsel ich mich mit Tatakai schon die ganze Nacht ab, um auf euch aufzupassen. Eine Mütze Schlaf wäre nicht schlecht.«

Verwundert runzelte Jessica die Stirn und sofort kehrten die Funken zurück. Super. Musste er sie wütend lassen, damit sie mal nicht außer Rand und Band geriet? Was war mit ihren komischen Murmeln?

»Aber du bist doch unser Feind, oder? Wieso hilfst du uns dann?«

Oh, oh. Giftzunge denkt mit, säuselte Ryan.

»Deine Freundin hatte die guten Argumente. Frag sie doch«, blockte er ab.

»Argumente, vor denen du Angst hast?«, riet sie.

Plötzlich lachte das rothäutige Wesen auf und Sven blickte zu dem Winzling herüber. Er hatte ihn fast vergessen! Wie konnte der Desson so im Hintergrund untergehen? Sonst achtete SR doch auch auf alles!

»Oh, ich wollte nicht stören. Macht ruhig weiter«, grinste er und wank ab.

Etwas stimmte mit dem Vieh nicht.

»Schon gut. Waren eh durch«, behauptete Sven lächelnd, »Ich weiß, wann ich die Füße stillhalten sollte.«

***

Es war früher Nachmittag, als Yukis Kopf in die Höhe schoss. Aufgeregt peitschte ihr Schwanz gegen Maggies Bett und diese umklammerte sofort ihre Duria stärker.

Sie wollte nicht, dass Tristen oder Steffen von TJ erfuhren. Noch nicht. Erst musste sie mit dem Hushen über ihren Bruder, ihre Erinnerungen und Alice sprechen. Erst danach würde sie die Bitten aus dem bunten Stein erhören. Sie musste. Die Duria war mit ihrer Magie verbunden. Wenn sie ihn weiterhin ignorierte, würde sie gewiss wieder die Kontrolle verlieren.

Ob es genauso schlimm enden würde, wie nach dem Tod ihrer Mutter?

TJ tauchte so abrupt neben ihr auf, dass sie zum ersten Mal seit Jahren wieder zusammenzuckte. Überraschung blitzte in seinen Augen auf. Dann Sorge. Und Argwohn?

Erschöpft atmete sie durch.

»Hey? Was ist?«, langsam ließ er sich neben ihr nieder, »Du bist so sprunghaft. Hat RS etwas angestellt?«

RS? Stimmt. TJ hatte gewiss noch nicht mitbekommen, dass sein Freund einen Dominanzwechsel hatte. Das wurde ja immer mehr. Wo sollte sie nur anfangen?!

Soll ich wieder übernehmen?, fragte Valerie leise, um Alice nicht zu wecken.

Der Wassergeist war erst vor einer knappen Stunde eingeschlafen. Sie nun in das Gespräch zu zerren, würde mehr Probleme als Lösungen verursachen.

Nein. Ich muss mich auch der Vergangenheit stellen. Nicht nur du.

»Es ist alles so durcheinander«, erklärte sie und bemerkte nun erst, wie Gakumon aufs Fensterbrett sprang – Yuki folgte ihm still, »Vielleicht … vielleicht solltest du den Yubiwa wieder zurücknehmen«, kämpfte sie hervor, »Ehe es noch verrückter wird und-«

»Mag, was ist los?«, TJ drehte sie sanft um, damit sie ihn ansehen musste, »Was hat RS für einen Scheiß erzählt? Lass dich nicht von seinen Worten verunsichern, hörst du? Das hier ist kein Fehler.«

Die Entschlossenheit in seiner Stimme schmerzte mehr, als ihr lieb war. Sie beobachtete, wie er ihre Hand hob, um ihr den Ring zu zeigen. Diesen Yubiwa, mit dem sie einem Bündnis zugestimmt hatte.

»SR hat nichts in der Richtung gesagt«, murmelte sie und verknotete ihre Finger mit TJ's, »Ich kann mich wieder erinnern.«

Maggie hatte es ausgesprochen. Mit seiner Hand in ihrer waren die Worte leichter gekommen. Dennoch ließen sie ihr Herz bluten. Sie spürte erneut, wie ihr Bruder Kontakt suchte und blockte die Gefühle aus der Duria entschlossen ab. Lange könnte sie es nicht mehr machen. Wieso hatte der Stein sie auch gefunden? Hätte er nicht verschollen bleiben können?!

»Das ist … egal. Hörst du? Du musst nicht zurück, ja? Es ist alles gu-«

»Ich bin eine Flora«, unterbrach sie ihn, »Ich …«, etwas in ihr bebte und eilig kämpfte sie gegen die aufgebrachten Gefühle ihres schlafenden Ichs. Sie spürte, wie Alice in einem Alptraum steckte. Da war überall Blut im Garten. Ihre tote Mutter. Die toten Hushen und Desson und Macian. Blut. Blut! BLUT!

»Hey, alles gut. Da sind nur rote Blumen, ja?«, drang TJ's Stimme zu ihr durch, »Sie blühen so schön im Herbst. Weißt du?«

Langsam verblasste das Horrorbild. Sie erinnerte sich an den Garten bei Shanai in seiner Blütezeit zurück. Stimmt. Damals waren die Blumen alle rot gewesen. Valerie hatte den Anblick geliebt, den Maggie mit ihrer Affinität heraufbeschworen hatte. Selbst Alice hatte es geliebt, wie ein gewöhnliches Kind dort hindurch zu rennen.

»Entschuldige. Alice ist noch-«, Maggie atmete durch.

Wo waren sie gewesen? Was hatte sie zuletzt gesagt? Ihr Kopf schmerzte. Da waren Gefühle, die an ihr zerrten. Gefühle, die-

»Wir schaffen das. Keine Sorge. Ich habe heute schon mit RT und TC geredet. Keiner wird dich vor den anderen Hushen enttarnen. Ich glaube sogar, dass die Kleine dich mag, weißt du?«, sanft schloss er sie in seine Arme, nur konnte sich Maggie darin nicht wohlfühlen.

Nicht so! Dieser Sturkopf musste es verstehen! Selbst wenn er kein Macian war, so musste er von den Floras gehört haben. Er musste erfahren, was beim Massaker passiert war. Er musste wissen, was ihr Bruder und was vor allem Alice von ihr wollten!

»TJ, bitte«, sie wandte sich aus seinen Armen und lief im Zimmer auf und ab, »Es ist- Argh!«, eilig klatschte sie die Hand gegen ihren Mund und lauschte in das Haus.

Stille antwortete ihr. Gut. Ihre Stiefgeschwister durften nichts hiervon erfahren. Und dennoch wollte sie, dass TJ es verstand. Er musste!

»Ich bin eine Flora. Wäre ich damals nicht weggelaufen, wäre ich sogar die Floris. Theoretisch müssten sich alle Generäle vor mir rechtfertigen, wenngleich ich sie nicht befehligen darf. Aber viel wichtiger: Ich bin mit großer Sicherheit die einzige, die lebendig dem Massaker von Shanai entkam – weil ich es verursacht habe«, ihre Stimme zitterte und kleine Wölkchen stiegen empor, »Bitte versteh mich doch, TJ. Damals sind nur wie viele? Knapp zwanzig Hushen und Desson eingefallen? Nur habe ich meine Kontrolle verloren, als einer von ihnen meine Mama umgebracht hatte. Ich konnte den Blick nicht von ihrem Blut abwenden. Ich … Ich habe die Worte deines Vaters kaum wahrgenommen, ehe ich … ehe ich …«

Maggie kam nicht weiter. Sie war für den Tod von TJ's Vaters verantwortlich. Wie sollte sie ihm das nur noch deutlicher sagen? Sie hatte all die Hushen und Desson und bestimmt hundert Macian ermordet!

Deswegen hatten sie die Schuldgefühle so zerfressen …

Erschöpft blickte sie zu ihrem Scrapbook herüber. Es fühlte sich wie eine entfernte Erinnerung an. Dennoch kam ihr dieses Ding wie ein Rettungsring vor, der-

TJ tauchte direkt vor ihr auf. Der Hushen war nicht aufgestanden. Er hatte sich zu ihr geblinzelt, um sie abrupt an sich zu drücken. Seine Wärme fühlte sich gut an. So ersehnt und gegensätzlich zu der Kälte, die sich durch ihren Körper fraß.

»Du warst ein Kind. Ihr wurdet angegriffen. Dir muss nichts leid tun, in Ordnung?«, hauchte er in ihre Haare.

»Wie kannst du das sagen? Er war dein Vater!«, hektisch schüttelte sie den Kopf, doch presste er sie nur noch fester in seine Brust.

»Ja, er war mein Vater. Aber er ist tot. Nichts holt ihn mehr ins Leben zurück. Dich kann ich nicht genauso verlieren, verstehst du? Ich kann nicht«, meldete sich John zu Wort, »Du hast geschworen, mich an deinem Leben teilnehmen zu lassen. Ich habe dir versprochen, dich eines Tages zu töten. Alles andere ist nicht von Belang.«

Langsam ließ die Kälte von ihr ab. Maggie spürte, wie sich ihre Magie wieder beruhigte. Es überraschte sie selbst, wie sehr Valerie sich entspannte. Wann hatte ihre einst so zickige Seele TJ so ins Herz geschlossen?

Vielleicht reagierte Maggie ja über? War sie zu gestresst von den Erinnerungen?

Fremde Neugier kroch durch sie hindurch und hastig ballte sie ihre rechte Hand fester zusammen.

»Das ist nicht alles«, erklärte sie und presste sich gegen seine Brust, um etwas mehr Abstand zu schaffen. Der Hushen ließ es nur langsam zu. Aber er ließ sie dennoch nicht los.

»Ich weiß wieder, warum in meinem Kopf drei Seelen hausen«, begann sie das leichtere Thema, »Valerie und ich, wir waren von Geburt an hier drin. Aber Alice ist … sie ist eigentlich ein Desson. Also, genauer gesagt, sie ist der Wassergeist vom Shanai. Aber nachdem sie uns vor dem Ertrinken gerettet hatte, kam sie nicht mehr raus.«

»Sie ist eine … Najade?«

Für einen Moment stockte Maggie bei dem Begriff. Dann kam die Vertrautheit zurück. Ja. Najade. So hatte man die Wassergeister früher genannt, oder?

»Ja. Sie ist mit einem Schwur an die Macian gebunden.

Eigentlich ist sie eine Quelle. Eine Heilquelle. Aber weil wir weggelaufen sind und sie keine Erinnerungen mehr besaß, ist der Shanai nun bestimmt ganz ausgetrocknet. Deswegen will sie nun eine neue Quelle erschaffen. Weil sie es mal irgendeiner Floris geschworen hat, weißt du?«, murmelte die Macian und seufzte, »All meine Heilkräfte kommen eigentlich von ihr. Aber ohne eine richtige Quelle denkt Alice, dass sie sehr viel Leid und Kummer der letzten Jahre zu verantworten hätte. Dabei gab es schon damals viel zu wenig Heilwasser. Und ohne sie wird es sich ja kaum gebessert haben …«

»Deswegen will sie zu den Macian?«, fragte Tarek. Er presste Maggie wieder stärker an sich.

»Unter anderem«, gab Maggie zu.

Steffen wird immer drängelnder. Er muss merken, dass hier etwas vor sich geht. Wir müssen uns beeilen, meldete sich Valerie plötzlich und erschrocken hielt die Macian inne. Sie hatte gar nicht bemerkt, wie stark sich ihr anderes Ich auf die Duria fokussierte!

»Ich weiß nicht, wie lange Valerie uns noch abschirmen kann. Bitte, Tarek«, flüsterte sie und lehnte sich gegen seine Arme.

Diesmal ließ er sie los. Seine Hand legte sich auf sein Zentrip und er beäugte das Zimmer, als würde er eine Gefahr erwarten.

»Nicht …«, sie zeigte ihm die Faust, »Dieser leuchtende Stein. Er nennt sich Duria. Es ist kompliziert, aber … Ich kann ihn nicht loswerden, ohne das Waisenhaus in Gefahr zu bringen. Und sobald wir ihn nicht mehr gedanklich abblocken können, wird es gefährlich für euch. Ich glaube, dass mein Bruder so Kumohoshi gefunden hat. Weil der Stein dort meine Magie gespürt hatte und-«, sie seufzte. Das würde immer verworrener. Wollte sie vom richtigen Thema ablenken. Aus Angst? Nein. War das Missmut?

»Er hat nach deinem ersten Aufenthalt auf Kumohoshi mit dem leuchtenden Farbenspiel begonnen …«, bestätigte TJ nachdenklich.

Erleichtert nickte sie.

»Ja. Weil er seine andere Hälfte gesucht hat. Die, die bei meinem Bruder ist und … er war heute Morgen hier. Er hat die Erinnerungen zurückgebracht«, ihre Stimme brach zum Ende hin fast. Erneut suchten sie vergangene Bilder heim. Ihre tote Mutter. Das Blut. Die Angst.

»Er hat dir das angetan?«

Für einen Augenblick erkannte Maggie die Stimme nicht wider. Sie musste zweimal auf TJ's Gesicht blicken, um Tarek als Sprecher zu erkennen. Zu wutverzerrt starrte er sie an. Er wirkte, als würde er gleich etwas in Stücke reißen wollen!

»Nicht bewusst«, erklärte sie zögerlich und legte ihre linke Hand auf die, die das Zentrip umklammerte, »Er hat mich erkannt und … Ich glaube, er wollte nur seine Schwester zurückhaben. Er ist mein Bruder, TJ. Wir sind durch die Duria verbunden. Wenn ich leide, leidet er auch. Und anders herum. Ich kann mir nicht vorstellen, dass all das Chaos seine Absicht gewesen war. Wenn, da- TJ?«

Ein Zittern war durch ihn gerannt. Angespannt schloss er die Augen und atmete durch.

»Wenn ihm also etwas passiert, spürst du es auch?«

»Ja? Es geht in beide Richtungen. Deswegen schirmt Valerie den Stein gerade auch ab, damit er dich nicht wahrnimmt. Damit …«, unter ihrer linken Hand blitzte es und überrascht bemerkte sie, dass die Magie aus TJ's Zentrip kam.

»Tarek?«, Gakumon presste sich gegen ihre Beine und augenblicklich verschwanden die Magieausläufe.

»Bist du dir sicher, dass es in beide Richtungen geht?«, fragte TJ noch einmal.

»Ja…? TJ, du …«, die Erkenntnis krachte wie ein Donner auf sie ein, »Bitte. Du darfst ihm nichts tun, ja? Bitte. Er ist mein Bruder«, wiederholte sie.

»Ich will nur wissen, ob er wenigstens dieselben Schmerzen erleiden musste wie du, als die Erinnerungen hervorbrachen«, knurrte der Hushen fast.

Könnt ihr bitte etwas schneller machen? Da drängelt jemand!, mischte sich Valerie wieder ein.

»Zum Teil, glaube ich. Es war ein zu großes Chaos in meinem Kopf. Alles ging rauf und runter. Valerie hatte versucht, Ordnung reinzubringen, aber … ich weiß nicht«, sie dachte daran zurück, wie sie wieder ins Haus gegangen war und ihren Bruder fortgeschickt hatte, »Ich bin irgendwie wieder rein. SR blieb draußen … Shizen war auch da. Erst wollten die Macian das Waisenhaus stürmen, aber … ich habe all die Zuneigung und Liebe von Ma und meinen Stiefgeschwistern durch die Duria geschickt. Damit er wieder geht. Damit sie das Waisenhaus in Ruhe lassen, weißt du?«, sie seufzte, »Seither will mein Bruder mit mir reden. Ich solle ins Dorf kommen. Er schickt immer wieder Gefühle und Eindrücke durch die Duria und tastet nach meinen. Aber … Ich wollte erst mit dir reden, weißt du?«

Schweigen antwortete ihr. Dann drückte TJ sie wieder an sich. Diesmal war seine Umarmung sanfter. Es fühlte sich vertrauter an. Sicher.

»Er hat dich all die Jahre nicht gesucht und nun sollst du springen?«, fragte er harscher, als sie erwartet hätte.

»Ich weiß nicht, ob er mich gesucht hat oder nicht. Ich … Bislang bin ich seinen Gefühlen ausgewichen. Damit ich klar denken konnte. Ich muss-«

Ehe Maggie sich versah, küsste TJ ihre Stirn. Es war ein sanfter Kuss. So zart wie ein Lufthauch.

»Ich kann den Yubiwa nicht zurücknehmen, da ich dich

nicht verlieren kann, verstehst du? Ich … Ich hasse es, dass er dir Leid zugefügt hat und ich nichts tun kann. Dass ich nichts-«

»Ich glaube nicht, dass er das wollte«, erinnerte sie ihn.

»Dennoch würde ich am liebsten-«, er atmete tief durch, »Nein. Nicht so wichtig.«

Tick. TACK!, schrie Valerie plötzlich aus und erschrocken zuckte Maggie zusammen.

»Val kann gleich nicht mehr. Ihr solltet-«

»Du willst ihn treffen?«, fragte TJ.

Die Macian hielt inne. Wollte sie? Oder musste sie?

»Es wäre besser so«, gab sie daher zu.

TJ nickte. Er öffnete den Mund. Stockte.

»Geh auf keinen Fall allein hin, ja? Nimm Yuki und … SR mit. Falls irgendetwas schiefgeht, soll er dich sofort rausholen. Notfalls wird Gakumon seine Gedanken wieder offenhalten, damit Yuki sich jederzeit melden kann. Egal, was los ist – zögere auf keinen Fall, wenn du Hilfe brauchst. Ja?«

MAG!

»Danke«, diesmal drückte sie ihn an sich, »Danke…«

Sobald sie von ihm abließ, verschwand er.

Eilig presste sich Yuki gegen sie: »Schon gut. Kein Grund zu weinen.«

Verwundert rieb Maggie sich die Augen.

Sie hatte gar nicht bemerkt, dass die Tränen aus ihr hervorgebrochen waren …

Kapitel 3: Mit Argwohn im Schritt

SR bemerkte den Besuch, als sein Sicherheitsbannkreis beschädigt wurde. Er schaute kurz nach der stillen Macian, deren Magie immer noch unruhig flimmerte. Nun gut. Zumindest hatte sie nichts mehr abgefackelt. Das war ein Fortschritt, oder? Auch der fremde Desson hatte sich zum Schlummern in der hintersten Ecke verkrochen.

Sven traute ihm nicht.

Dennoch blinzelte er sich nach nebenan. Er ballte eine Hand und schüttelte sie nebensächlich auf. TJ verstand das Zeichen sofort. Sein Blick wies aus dem Fenster und schon trafen sie sich auf der Rückseite des Gruselhauses.

»Wann wolltest du deinen Dominanzwechsel bekannt geben?«, fragte der Neuankömmling ungehalten.

»Keine Ahnung. Wenn ich nicht mehr wie ein Flummi überall zugleich sein muss?«, gab SR zurück.

Er glaubte nicht, dass sein früherer Kollege das Vergehen weiterleiten würde. Denn obwohl jeder Dominanzwechsel sofort meldepflichtig war, so wurde auch sofort eine Ursachenforschung betrieben. Dadurch würden andere Hushen nach Kriegsheim kommen und gegebenenfalls TJ's Macianfreundin bedrängen.

»Du hättest wenigstens mir Bescheid geben müssen«, murrte der Otou-san nun, »Verdammt! Wenn ich nichts weiß, kann ich dir kein Alibi verschaffen. Man muss doch nur deinen Arm sehen, um es zu kapieren.«

Ja! Wir sollten lieber zurü-

Klappe!

Sven durfte nicht nachgeben. Die ersten Tage nach dem Dominanzwechsel waren entscheidend. So sehr er Ryan auch mochte und so sehr er mit ihm klarkommen wollte, so sehr musste er diesen nun in seine Schranken weisen.

Ryan würde die Briefe nicht mit dem nötigen Feingefühl anfassen können.

»Du weißt es von ihr?«, lenkte er daher ab, »Ich wollte dich eh fragen: Reißt du mir den Kopf ab, wenn ich sie hier bei ihrem Namen nenne? Oder willst du ihr gleich die offiziellen Titel aufdrücken? Ich möchte mir ungern einen weiteren Fauxpas leisten, nachdem Ryan uns schon in Berge voll Scheiße geritten hat.«

»Solange sie nicht vor den anderen Hushen ist, änderst du nichts an der Ansprache. Sie hat genug um die Ohren«, nachdenklich lehnte sich TJ gegen die Häuserwand, »Du warst dabei? Als die anderen Macian …?«

Wäre Ryan der Dominante gewesen, hätte er sofort zugestimmt. Er spürte, wie sich sein anderes Ich aufregen wollte. Wie er schimpfen und zetern wollte!

Stattdessen begutachtete Sven seinen Freund genauer.

Gakumon direkt neben seinem Bein. Die Finger zuckten. Die Brauen waren angespannt. Augenringe …

»Ich habe nur das getan, was sie zugelassen hat. Alles andere hätte wahrscheinlich eh das Waisenhaus in Gefahr gebracht. Wenn du's genauer wissen willst, frag ruhig bei Shizen nach. Der hat ihren Bruder immerhin einmal über die Lichtung geschleudert.«

TJ zuckte bei dem Wort Bruder zusammen und sofort schmiegte sich Gakumon an ihn.

Die Erkenntnis traf SR blitzartig. Das Band zwischen Geschwistern wurde unter Hushen sehr speziell ausgelegt. So war RT ja auch gänzlich für TC's Wohl verantwortlich, mit all ihren Belangen und Verletzungen. Es war eine Regel, die bereits vor knapp zweihundert Jahren eingeführt wurde, damit die Eltern schnellstmöglich an die Front zurück konnten. Brüder waren für das komplette Leben ihrer Schwestern zuständig. Egal, ob diese älter oder jünger waren.

Deswegen machte TJ's Mutter ihren neuen Otou-san ja auch für die Totgeburt seiner Schwester verantwortlich …

»Was hat er in deinen Augen verbrochen?«, fragte Sven leise.

Der Hushen starrte schweigend in den Himmel. Für einen Moment bezweifelte SR, eine Antwort zu erhalten. Doch überraschte ihn sein Freund mit einer Zorneswelle, die er nie erwartet hätte.

»Er ist ihr Bruder und er hat sie nicht gesucht. Ich weiß es. Ich habe damals ihren Fluchtweg vom Shanai im Blick behalten. Gakumon hat dort täglich nach Spuren gesucht. Keine Macian«, seine Schultern bebten, »Er ist ihr Bruder und er hat ihr die Erinnerungen aufgedrückt, die ihr nur Schmerzen zugefügt haben«, seine Stimme senkte sich zu einem Flüstern, »Er ist ihr Bruder und spioniert ihr durch diesen dämlichen Stein nach. Er hält sie damit gefangen, weil sie um die Leben der anderen Waisen fürchtet, wenn sie die Verbindung kappt. Er-«

TJ schlug heftig gegen die Häuserwand. Blitze stoben unkontrolliert aus seinem Zentrip. So zornig hatte SR ihn noch nie erlebt! Für einen Augenblick überlegte er, das Weite zu suchen. Aber er durfte nicht nur an sich denken. Nein. Immer das große Ganze. Nur so konnte er auch verstehen, was die Briefe bedeuteten.

»Unter Macian ist die Bruderverantwortung vielleicht nicht so … relevant?«, behauptete er vorsichtig.

Die Blitze zuckten erneut auf, ehe sie versiegten. TJ schloss die Augen. Ob seine Seelen miteinander stritten? Worüber? Und wollte er es wirklich wissen?

»Selbst wenn«, er seufzte, »Selbst wenn er keine Verantwortung hätte, wie kann er sie in etwas reinziehen, mit dem sie nichts mehr zu tun haben will?!«

Das sah nicht gut aus. Sven brauchte einen frischen Gedanken, um seinen Freund zu beruhigen. Irgendetwas, was diesen nicht an die Decke schießen ließ! Irgendetwas, das- Ah!

»Bist du dir sicher, dass sie nichts mit dem Krieg zu tun haben wollte?«, gab er unschuldig von sich und wandte dabei den Blick ab.

Er konnte regelrecht spüren, wie sich der Missmut nun auf ihn richtete. Aber er musste noch warten. TJ sollte erst selbst nachdenken.

»Wähle. Deine. Worte. Mit. Bedacht.«

Die Warnung ließ Sven lächeln: »Ich mein ja nur. Sie hat Kumohoshi aus freien Stücken beschützt. Das sieht für mich nicht danach aus, dass sie nichts mit dem Krieg zu tun haben will. Eher, dass sie sich ein Ende herbeisehnt. Ein Ende, dass du mit in die Wege leiten könntest.«

Angestrengt starrte SR weiter in den Himmel. Er beobachtete die Wolken dort oben. Seit gestern war es bewölkter. Ob das ein Zeichen war?

»Sie hat nur die Hushenbevölkerung schützen wollen. Sie hat nicht kämpfen wollen. Das ist ein Unterschied«, gab der Otou-san zurück.

Endlich klang TJ's Stimme wieder ruhiger. Das war ein Anfang. Damit konnte Sven arbeiten.

»Ist ja auch egal«, schulterzuckend schüttelte er das Thema ab, »Wie geht's weiter? Kann ich RT als Unterstützung mit ins Boot holen? Oder spiele ich hier weiterhin Pingpong? Diese Jessi ist seit heute Morgen schon fast dreimal durchgedreht. Ich musste ihr vom Krieg erzählen, damit sie nicht irgendeinem Mistkerl in die Arme läuft und Tatakai beobachtet die Waldstraße im Alleingang. Ein paar weitere Hände wären echt nett.«

TJ verschränkte die Arme vor der Brust. Diese Haltung kannte SR nur zu gut. Dann könnte er seine Hoffnungen wohl an den Nagel hängen.

»RT und TC bleiben vorerst bei mir. Ich muss zusehen, dass TC ihren Mund besser kontrolliert«, erklärte er, »Unterstützung wird es nicht geben können, aber … du darfst die Waldstraße in Ruhe lassen. Gib Mag stattdessen einen Bannkreis, den sie notfalls zerstören soll, wenn etwas ist. Du wirst jeden ihrer Befehle befolgen und sie … begleiten.«

»Begleiten?«

»Melde dich dreimal täglich bei ihr und bring sie notfalls zu der anderen Macian. Vielleicht hilft das, ja?«

»Meinetwegen.«

Mehr würde TJ also nicht erklären. Super. Ob er mit den Gedanken schon wieder woanders war? Dabei hatte er noch irgendetwas ansprechen wollen. Irgendetwas, was ihm drinnen falsch vorgekommen war …

Was hatte ihn nur so beschäftigt?!

Ehe er sich versah, war SR allein hinter dem Gruselhaus. Er schüttelte das nagende Gefühl ab und blinzelte sich in die Küche zurück, um den Bannkreis fürs nächste *Klingeln* zu flicken. Still machte sich Sven ans Werk. Er rief Tatakai zurück. Schaute nach Jessica. Sprach sie leise an.

Doch schenkte sie ihm keinen einzigen Blick.

Na das konnte ja heiter werden.

***

»Radix?«, fragte LaNa, als sie in seine Gemächer trat, »General ALi wünscht, Euch zu sprechen.«

»Hat er einen Ort gefunden, der alle Kriterien erfüllt?«, erkundigte sich Tristen sofort, ohne aufzuschauen.

Er hoffte inständig, dass der Mann nicht erneut seine Zeit verschwenden wollte! Seitdem sie wieder im Stützpunkt waren, hatte ALi bereits dreimal nach ihm gefragt. Beim ersten Mal wollte er die Vermählung mit seiner Tochter besprechen. Das zweite Mal hatte er eine Nachricht von TriSte's Vater überbringen wollen. Zuletzt hatte er ihn gerufen, damit sie gemeinsam zu Abend essen könnten.

Natürlich mit dessen Tochter CiLu, deren vorheriges Verschwinden stur totgeschwiegen wurde.

Und bei eben jenem Abendmahl hatte es Steffen gereicht. Er hatte die Dominanz ergriffen, um die Tätigkeiten des Generals zu hinterfragen und ihn in seine Schranken zu weisen. Nicht einmal Tristen hatte ihn aufhalten können, so sehr hatte die Seele vor Wut gekocht!

»Er erwartet Euch in seinem Büro, aber … er hat auch seine Tochter hinzu bestellt«, gab seine Auxilius preis.

Wenn er noch einmal-

Ruhig, Steffen. Bitte, Tristen blickte auf die Duria herab, die er stur umklammerte.

Jeden freien Moment lenkte er Gedanken und Gefühle hinein. Es war nicht sonderlich schwer. Er hatte nie an den Tod seiner Schwester geglaubt. Nun all die aufgestauten Hoffnungen und Emotionen mit ihr zu teilen, war eher befreiend. Vor allem, wenn er dadurch etwas aus ihrem Blickwinkel erhaschte.

Warum blockt sie uns immer so ab?, fragte er sein anderes Ich, als er den Anhänger losließ.

Der Gedanke war ihm schon ein paar Mal gekommen, jedoch hatte er ihn sonst stur verdrängt. Aber war das richtig? Sie hatte ihn ja wieder den gesamten Morgen über ausgesperrt! Wieso antwortete sie kaum?!

Sie wird schon ihre Gründe haben. Vielleicht möchte sie uns nur beschützen? Genauso wie damals, als sie Vater darum bat, dass wir bei ihr bleiben könnten? Erinnerst du dich noch?

Tristen war sich unschlüssig. Sein anderes Ich war im siebten Himmel. In seinen Augen konnten weder Valerie noch Maggie und schon gar nicht Alice irgendetwas Verbotenes tun. Sie waren für Steffen immer noch das kleine Kind, das stets an ihm hing.

Trotzdem waren sie all die Jahre untergetaucht. Warum?

Ohne zu klopfen trat er in das Büro des Generals. Der Weg war wie im Flug an ihm vorbeigezogen. Kurz blickte er auf seine Zukünftige, die mit gesenktem Haupt an der Wand stand. Sie schenkte ihm keinen Blick und ihre Wange … sah sie röter aus?

»Ah, Radix! Wie schön, dass Ihr hierher-«

»Habt Ihr einen geeigneten Ort gefunden, General?«, unterbrach er die übereifrige Begrüßung stur.

Der Mann ließ die Hände sinken. Grimmig schaute er zu seiner Tochter herüber. Dann nickte er.

»Radix, Sie müssen verstehen, dass CiLu die beste Partie-«

»Ich frage nach einem geeigneten Ort im Dorf, wo ich mich mit einer anderen Macian treffen kann. Hierbei spielt unser Arrangement keine Rolle!«, donnerte es aus ihm heraus.

»Dass sich eine Macian eh über Jahre versteckt, kommt dem schlimmsten Verrat gleich. Ich verstehe nicht, wieso Ihr Eure Zeit mit ihr verschwenden wo-«

Äste schossen aus den Möbeln. Unaufhaltsam bohrten sie sich durch den Raum und verwandelten ihn in einen Hürdenparkour. Tristen konnte nicht anders. Er sah rot. Wie konnte dieser abscheuliche General es überhaupt wagen! Gut, Tristen hatte nicht offenbart, dass er seine Schwester zu treffen gedachte. Er hatte lieber extrem klare Anweisungen gegeben, damit ihre Identität auf jeden Fall unter Verschluss blieb. Dass nun ein General es sich aber anmaßte, ihm ins Gewissen reden zu wollen – für wen hielt er sich? Er war es eh leid, dass die Generäle auf ihn herabblickten, weil er ein Mann war!

Ein erschrockenes Aufkeuchen lenkte seinen Blick zu seiner Verlobten. Sie schien diese Machtdarstellung nicht gewohnt zu sein. Huh? Dabei war es doch ein normales Procedere unter ihresgleichen.

Erstmalig schien auch Steffen sie genauer zu mustern.

Warum war sie ... eigentlich bei ihr gewesen?

Die kleine Macian meinte, dass diese CiLu sie bei den Hutan abgeben wollte. In diesem Waisenhaus-, Tristen stockte, als ihn eine Ahnung heimsuchte.

»Zuletzt im Dorf gewesen?«, fragte er sie und wank die Äste beiseite.

»Ich? Dort hätte ich nichts zu suchen, Radix«, entgegnete sie hastig.

»Wohl wahr! Es wäre ein Skandal, wenn die Tochter eines Generals unter Hutan zugegen wäre, oder?«, mischte sich ALi eilig ein und bändigte das Metall von seinen Armbändern in Klingen, die die restlichen Äste zerstörten, »Es wäre doch-«

»Und dennoch haben wir uns an einem Hutanort getroffen, oder nicht?«, unterbrach er den Mann erneut.

LaNa trat vor und baute sich neben ihm auf. Für einen Augenblick überlegte der Radix, ob er auch seinen anderen Leibwächter hätte mitbringen sollen. Nur hatte sich dieser eine Pause verdient. Nein. Er bräuchte beide Auxilius, wenn er seine Schwester treffen wollte. Er musste ihnen ihre Schlafzeiten gewähren.

»Radix, bitte-«

»Lüg mich an und zahle den Preis«, warnte er CiLu, »Kennst du dich im Dorf aus?«

Sie blickte unschlüssig zu ihrem Vater. War das Angst in ihrem Blick? Wieso? Fürchtete sie sich, weil er sie zum Schweigen über seine Schwester aufgefordert hatte? Nein. Dieses Gefühl brachte sie nicht ihm entgegen …

»Ich frage mich, wie prachtvoll Ihr Büro ohne Sie wohl aussieht, ALi«, befahl er dem General indirekt.

»Der Anstand gebietet es, dass ich meine Tochter nicht-«

»LaNa ist hier und wird als Zeugin unserem Treffen beiwohnen. Sie dürfen gehen.«

Steffen lachte sich kaputt, als der Mann hinaus stampfte. Brummend schloss er die Tür, doch den Blick, den er dabei seiner eigenen Tochter zuwarf …

Das war eine Warnung.

»Mir ist es gleich, woher du dich da oben auskennst. Zumindest derzeit«, erklärte er dem Mädchen, »Ich will nur mit meiner Schwester reden.«

Das Mädchen kratzte sich an den Händen. Sie schien nervös. Glaubte sie, dass jede Information auf sie zurückfallen würde? Der General würde freilich zu genau diesem Schluss kommen. Wollte sie Schutz? Als Mädchen? Dabei dürfte eh kein Mann Hand an sie legen!

Aber ihre Wange, Tristen. Es sieht so aus, als ob sie geschlagen wurde …

So absurd ihm der Gedanke auch erschien, musste er seinem anderen Ich zustimmen.

»Wovor hast du Angst?«

»Steht mein größter Grund nicht vor mir, Radix?«, ihre Stimme zitterte.

»Nur achtest du eher auf deinen Vater als auf mich«, gab er zurück.

Sie blickte zur Seite. Dennoch hörten ihre Hände nicht auf, sich zu kratzen. Diese Stressreaktion war ihm neu. Eigentlich manipulierten Macian eher die Elemente. Ob beabsichtigt oder unbeabsichtigt, sei dahingestellt.

Nur schien sie ihre natürliche Reaktion zu unterdrücken.

Es war, als ob sie ein Leben unter Hutan gewohnt war!

»Wenn Ihr mit Eurer ersehnten Antwort dieses Büro verlasst, wird mein Vater mich einsperren. Und das für eine Lügnerin, die uns mehrere Jahre an der Nase herumgeführt hat. Sie … Sie hatte einen Hushen bei sich, Radix. Und Desson!«

Steffen tobte bei den Worten. Maggie und Valerie als Lügnerinnen darzustellen, trieb ihm den Zorn mit tosendem Gebrüll durch die Seele. Es kostete Tristen jegliche Kraft, dasselbe zu empfinden und sich so nichts anmerken zu lassen.

»Mir ist gleich, wer oder was sich alles dort rumgetrieben hat. Das sollen meine Sorgen sein, nicht deine. Sei dir nur gewiss, dass ich der einzige bin, der dich derzeit in diesem Stützpunkt beschützen kann«, stellte er klar.

Diese CiLu sah nicht so aus, als würde sie seinen Worten vertrauen. Dennoch widersprach sie nicht. Was dachte sie nur? Sie schien ihn ja seit ihrer ersten Begegnung als Last wahrzunehmen! Dabei würde ihr die Vermählung die größte Sicherheit schenken …

Was konnte man mehr wollen?

Genervt blickte er zu seiner Auxilius herüber. LaNa wusste sonst immer einen guten Rat. Nur diesmal schien sie abwesend zu sein. Ihre Brauen waren gerümpft, der Blick auf die Hände des Mädchens gerichtet.

Mit einer fordernden Handgeste verlangte er nach einer Erklärung.

»Cindy Lucy, Ihr …«, LaNa ließ die Luft kräuseln und automatisch fing das Mädchen den Wind auf, »Ihr habt Wind als Hauptaffinität, nicht wahr?«

Wind? Das konnte nicht sein! Unter Generalskindern wurde die Windmanipulation fast nie unterrichtet, weil es zu gefährlich war. Wenn sich eine Affinität für dieses Element bei den Kindern verankerte, würden sie nicht mehr in der Sicherheit der Erde verweilen wollen und-

»Deswegen warst du dort draußen. Du willst wieder zurück?«, verstand er.

»Und wenn schon?«, fuhr sie ihn an.

Jeder andere wäre für diese Unbesonnenheit bestraft worden. Seine Auxilius war jeden Moment bereit, den Ausruf zu ahnden. Nur war diese CiLu seine Verlobte. Sie war die Tochter des Generals. Und sie kannte das Dorf.

»Sag mir, wo ich ungestört mit meiner Schwester reden kann und ich nehme dich mit an die frische Luft«, bot Tristen an.

Nun schien sie sein Angebot in Erwägung zu ziehen. Ihre Hände hielten endlich still. Blieben entspannt.

»Woher seid Ihr Euch so sicher, dass Sie Eure Schwester ist?«, flüsterte sie, »Ich kann es mir nicht vorstellen. Es passt nicht mit … Großmutter hatte damals gesagt, dass die Calyx streng und direkt wäre. So ist Maggie nicht. So- Es passt nicht.«

Moment. Wieso redet sie so vertraut von Maggie? Woher kennt sie unsere Schwester?, Steffens Wut verflog so schnell, wie sie aufgezogen war.

Sie hatte vorhin schon einmal etwas Ähnliches gesagt. Als sie Maggie als Lügnerin beschimpft hatte.

Da habe ich nicht so hingehört. Konnte nicht.

Ja, das hatte Tristen bemerkt.

»Maggie war damals nicht die Dominante. Etwas muss passiert sein und ich muss wissen, was. Solange das mit ihr nicht geklärt ist, kann ich unsere Vermählung nicht durchziehen, ich muss-«

»Unsere Vermählung wird aufgeschoben?«, erkundigte sie sich.

»Vielleicht sogar aufgehoben. Wenn wir eine Floris haben, haben weder ich noch Vater ein Anrecht über meine Zukunft zu bestimmen«, erklärte er.

Sofort streckte CiLu den Rücken durch.

»Die Kirche im Dorf. Dort gibt es nur einen alten Pfarrer, der das halbe Jahr über betrunken ist. Solange ihr die Spendentage meidet, wird euch niemand stören. Der gute Kerl steht unter der Woche nicht vor um zwölf auf, da niemand morgens reinkommt«, riet sie eilig.

Ehm. Das kam fix? Können wir dem trauen?, Steffen schien überfordert mit dem Stimmungswechsel zu sein.

Tristen jedoch hatte etwas in ihren Augen aufblitzen gesehen. Da war ein Fünkchen Hoffnung gewesen. Warum? Es war nicht einmal da gewesen, als er von der frischen Luft sprach. Wollte sie schnellstmöglich heiraten? Oder … gar nicht?

»Gut. Danke …«, nachdenklich sah er LaNa an, »CiLu sieht sehr müde aus, oder? Ich glaube, die Gastgemächer neben meinen sollten besser gelegen sein. Würdest du sie mit ihr teilen?«

»Natürlich, Radix.«

***

Maggie schrak aus ihrem Traum hoch. Blut. Da war überall Blut gewesen. Gesichter. Augen. Hände! Noch immer fühlte sie sich umzingelt. Umzingelt von Toten, die sie an ihre Schuld erinnerten.

»Hey? Alles gut?«, Yuki strich gegen ihren Oberarm und langsam konnte sich Maggie wieder orientieren. Es war früher Morgen. Die Sonne schien sanft in ihr Zimmer. Und all ihre Erinnerungen …

Sie hatte gerade mal einen Tag damit überstanden.

»Ich weiß nicht … Ich kann kaum verstehen, wie Valerie das all die Zeit allein ausgehalten hat. Sie … Sie ist so stark«, bemerkte Maggie schaudernd.

Sie selbst fühlte sich viel zu schwach.

Wankend stand sie auf und warf dabei fast ihr Scrapbook runter. Sie war nur mit dem Ding auf dem Schoss eingeschlafen. War es schon so weit gekommen? Sie hatte gestern ja auch kaum etwas gegessen. Yuki hatte ihr ein paar Äpfel und Cracker nach oben geschmuggelt. Aber sie hatte nicht mal die Hälfte davon runter bekommen. Sollte sie vielleicht etwas beten? Damit könnte sie-

Beten?, fragte das andere Ich plötzlich, ehe sie gänzlich

wach wurde, *Das sind nicht unsere Gedanken!*

Verwundert blickte Maggie auf ihre Duria. Ja. Das war ihr Bruder. Er wollte dass sie zur Kirche kam. Sie musste dahin. Sie-

Nicht allein. Wir gehen auf keinen Fall allein, beharrte sie schaudernd.

Was ist los?, erkundigte sich nun auch Alice.

Unser Bruder ruft uns, erklärte Valerie direkt.

Wunderbar! Brechen wir endlich auf?

Wir gehören nicht mehr zu den anderen Macian!

Ich muss zurück! Ich muss eine neue Quelle-

RUHE!

Maggie konnte es nicht mehr hören. Das ewige Hin und Her in ihrem Kopf war eine Qual. Immer wenn sie sich gerade auf etwas geeinigt hatten, verwarf es irgendjemand wieder. Ihre Abmachungen waren genauso greifbar wie flüchtiger Nebel!

Wir müssen uns anhören, was er zu sagen hat. Nur so können wir ihm klarmachen, uns in Ruhe zu lassen oder mitzunehmen oder sonst irgendetwas!, entschied sie.

Da stimmten ihr die anderen beiden zu. Beruhigt atmete sie kurz durch und beseitigte die neuen Frostspuren.

»In zwei Stunden«, murmelte sie in die Duria, »Zwei Stunden ...«

Die sollten reichen, oder?

»Was ist in zwei Stunden?«, fragte Yuki vorsichtig, als der Stein endlich aufhörte, einen Leuchtturm auf offener See nachzuahmen.

»In zwei Stunden an der Kirche. Ich werde mich meinem Bruder stellen. Aber vorher muss ich noch mit jemandem reden«, erklärte sie und zerriss einen der Bannkreise, die SR ihr vorbeigebracht hatte.

Kurz darauf stand er vor ihr.

»Was los?«, gähnte er herzhaft.

»Ich muss zu Jessi. Und dann …«, sie umklammerte den Stein fester, »Danach muss ich mich meiner Vergangenheit stellen. Könntest du mich- Also, TJ meinte, dass du-«

»Ich bin das Taxi vom Dienst. Gern geschehen«, erklärte er gähnend, ehe er sie ins Gruselhaus blinzelte.

Kapitel 4: Aus Kindheitstagen mitgebracht

Mit schwerem Herzen hatte sie ihr Scrapbook auf ihrem Tisch zurückgelassen. Es war ihr nicht richtig erschienen, das klobige Ding mitzuschleppen. Dennoch fühlte es sich falsch an. Seitdem die Duria so laut durch ihren Kopf dröhnte, war das Sammelwerk wie ein Anker im Sturm. Es erinnerte Maggie an all die neueren Erlebnisse. An die Freundschaften, die sie nicht missen wollte.

Sie wollte das Buch nicht von sich wissen.

»Sie ist nebenan«, flüsterte SR, als sie sich in der altmodischen Küche des Gruselhauses orientiert hatte, »Sie hängt echt durch. Ist seit dem letzten Gespräch auch recht ruhig. War wohl zu … direkt?«

Maggie nickte stumm. SR hatte Jessica nicht gerettet, um sie nun um den Verstand zu bringen. Dennoch wäre es ihr lieber gewesen, wenn nicht er dem Mädchen vom Krieg berichtet hätte …

»Das wird schon, ja? Ich bleibe bei dir«, schmiegte sich ihr Halstuch an sie und erleichtert streichelte sie Yuki.

Ja. Wir schaffen das irgendwie, in Ordnung?

Sprich für dich. Ich halte uns Steffen so lange vom Leib. Wenigstens scheint Tristen mal selbst beschäftigt zu sein, murrte Valerie.

Alice blieb komplett abgekapselt. Seitdem Maggie dem Treffen mit ihrem Bruder zugestimmt hatte, schien sie auf Abstand bedacht zu sein. Als müsse sie sich auf etwas vorbereiten, zu dem sei die Macianseelen nicht einlud.

Es war eine riesige Klippe in ihrem eigenen Geist.

Streichelnd stimmte sie der Gestaltwandlerin zu und trat nach nebenan. Tatakai kauerte neben der Tür. Ein Tisch fehlte. Dahinter, an der dunkelsten Stelle, lümmelte Jessica an eine Wand angelehnt.

So hatte sie das Mädchen noch nie gesehen. Eingewickelt in SR's Jacke schien sie eher darin zu versinken. Einzig

Kopf und Schuhe schauten hervor. Dabei wirkten ihre blauen Augen so leer. Nein. Seelenlos. Sie erinnerten Maggie an ähnliche Augen. Tote Augen. JuNi's Au-

Yuki krallte sich in ihre Schulter und angespannt schob sich Maggie weiter. Ihre Hände malten die üblichen Kreise in die Luft. Simple Gesten, die das Wasser fortlenkten, um die Kälte zu vertreiben.

»Hey«, langsam ließ sie sich neben dem Mädchen nieder, »Hört ihr mich?«

Schweigen grüßte sie. Doch blieb Maggie geduldig. Wenn sich die beiden Seelen miteinander unterhielten, konnte es seine Zeit dauern, bis sie reagieren konnten. Bis sie-

»Nur ich«, hauchte Jessica leise, »Nici … sie ist weg.«

Zum ersten Mal, seit ihre Erinnerungen hervorgebrochen waren, verspürte sie Mitgefühl von Alice. Es war eine Emotion, die diese sonst viel zu oft verschenkte und mit der sie über den letzten Tag extrem sparsam umgegangen war. Doch dieses gebrochene Mädchen hatte ihre harte Schale erweicht. Für JuNi's Tochter wagte sie den Kopf heraus. Sie wollte ihr helfen.

Nicole ist noch viel zu jung. Es muss ihr zu viel gewesen sein, mutmaßte die Najade.

Maggie stimmte ihr eilig zu.

»Hat sie gesagt, dass sie allein gelassen werden möchte? Oder hat sie sich abrupt zurückgezogen?«

Wieder reagierte die Blonde nicht sofort. SR setzte sich zu ihnen. Leise quietschte der Stuhl unter seinem Gewicht, als er sich vorlehnte und endlich blickte Jessica auf.

»Er hat mir vom Krieg erzählt. Er hat gemeint, dass er mich eigentlich töten sollte«, erklärte sie ungerührt, »Aber du hättest irgendwelche Argumente vorgelegt und-«

Maggie hörte nicht mehr zu. Ihre Augen hatten sich an den Boden geheftet.

Da … da unten stimmte etwas nicht. Was tat Nicole? Ihr war, als ob sich etwas unter den Dielen bewegte. Als ob-

»Was machst du, Nici?«, unterbrach sie schroff.

Jessica blinzelte verwirrt. Sie schien nicht zu begreifen, dass ihr anderes Ich aktiv geblieben war. Selbst SR wirkte verunsichert. Niemand hatte den Boden im Blick.

»Sie ist weg. Hab' ich doch gesa-«

»Steh auf«, forderte Maggie stattdessen.

»Bitte?«

»Aufstehen.«

Während Jessica versuchte, sich hochzuziehen, blieben ihre Beine am Boden haften. Dann war Nicole also noch nicht fertig? Sie musste das kindlichere Ich zum Reden bringen, ehe sie sonst etwas anstellte!

»Ich schwöre, ich versuch's«, Jessica fluchte über ihre starren Beine.

»Schon gut. Das ist sie. Und sie wird nun rauskommen und sagen, was los ist.«, erklärte Maggie sicher.

»Ehm … Und meine Unterkunft bleibt am Ende auch heile?«, murmelte SR ungehalten.

Maggie seufzte. Nicole war immer noch ein Kind. Kinder dachten einfacher. Genau wie ihre Stiefschwester Lisa. Ja! Was hätte das Kind getan, wenn sie Nicole gewesen wäre? Die Macian kannte nur SR's Version der Geschichte. Er hatte gemeint, dass Nicole den Verlust ihrer Mutter kaum verkraftet hätte. Deswegen hätte er seither nur mit Jessica zu tun gehabt. Also hatte er in erster Linie ihr vom Krieg erzählt und Nicole hätte es nur gefiltert wahrgenommen.

Genauso wie seinen Auftrag.

Wenn sie Lisa wäre, hätte das Kind sicherlich in dem Hushen einen Feind gesehen. Seine Hilfe wäre nicht für voll genommen worden. Sie hätte nur in schwarz und weiß gedacht. Dabei würde selbst Maggie nicht in die weiße Kategorie des Kinderdenkens fallen, solange sie ein gutes

Verhältnis zu SR pflegte.

Wie konnte sie ihre Taten einem Kind erklären? Denn nichts anderes war Nicole. Sie war ein Kind!

Ein Kind, das ihren Vater vermisste.

»Hat … Ryan dir erzählt, dass ich mich wieder erinnern kann?«, hastig riss der Hushen den Kopf rum, »Ich habe damals jemanden mit Jessicas Augen gekannt. Für mich war er nur JuNi. Ein Auxilius, der Flammen tanzen ließ. Er hat mir beigebracht, mit dem Feuer umzugehen. Er war sicherlich ein toller Vater.«

Jessicas Gesicht verschob sich. Stattdessen war Nicole da. Wutverzerrt starrte sie Maggie an. Ihre Hände waren geballt. Die Knie angespannt.

»Wage es nicht, von meinem Papa zu reden, Verräterin!«

Obwohl sie eine solche Reaktion von anderen Macian mittlerweile erwartete, so schmerzte sie von Nicole umso mehr. Immerhin war Nicole auch ihre Schülerin. Sie hatte sie wie eine Mentorin betreut. Genauso, wie es unter Macian üblich gewesen wäre …

»Bin ich eine Verräterin, weil ich dir geholfen habe? Oder weil ich dich beschützt habe?«, fragte Maggie ruhig und ignorierte, wie sich die Erde unter ihnen verschob.

»Du bist eine Verräterin, weil du uns verkauft hast! Warum sonst sollten sie uns in Ruhe lassen, hm? Er wollte meine ganze Familie auslöschen!«, zornig sprang Nicole hoch und wies dabei auf SR.

Sofort stand sie zwischen beiden und drückte den Arm des Mädchens runter.

Es dröhnte unter ihnen.

»Ich habe niemanden verkauft«, widersprach sie, »Du hättest jederzeit gehen können. Aber du bist hilfesuchend zu mir gekommen. Ich habe dir gesagt, dass wir nach deinem Training gerne Fremde sein können. Dass du deinen eigenen Weg gehen sollst. Selbst als noch nicht klar war, ob ich Ryan überzeugen könnte, dich in Ruhe zu lassen, habe ich dir alle Mittel in die Hand gedrückt, um vor den Hushen fliehen zu können. Du. Bist. Frei.«

»Und was ist mit dir?!«, schoss Nicole zurück.

Sie ist zwar ein Kind, aber sie hat auch Jessicas Erfahrungen in sich. Du musst vorsichtiger sein, riet Alice auf einmal.

Die Offenheit überraschte Maggie. Doch nahm sie es hin. Sie hatte keine Zeit, die Najade zu hinterfragen.

»Ja, ich habe Abmachungen mit einem Hushen«, gab sie zu, »Nur sind diese Abmachungen anders, als du denkst. Ich habe mir den Tod gewünscht, als ich von einem von ihnen gerettet wurde. Danach hat er mir geholfen unter den Hutan Fuß zu fassen. Nicht, damit ich irgendwelche Macian verrate. Sondern damit er verstehen konnte, worin wir uns unterscheiden. Er wollte nicht stur die Meinungen der anderen Hushen übernehmen.«

Und ich mich von Zangashas Riten lösen, dachte sie.

Dabei hast du sie nicht mehr gekannt. Ich hatte alles über die Dimen verdrängt, bemerkte Valerie.

Aber du wolltest mich dennoch vor dem schlimmsten Verbrechen vor Zangasha bewahren, oder?

Doch nun war es zu spät. Ihr Suizidwunsch hätte sie unter den Macian sofort ausgeschlossen. So zickig ihr Valerie auch vorgekommen war: Sie hatte ihre Gründe.

»Wie albern!«

»Meinst du?«, Maggie ließ den Arm los und setzte sich auf einen Stuhl, »Dabei habt ihr euch doch angefreundet, oder? Nur Kriege sind nicht fair. Sie suchen sich immer die schwächsten Opfer. Deine Mom … Sie hatte den Tod nicht verdient.«

»Genau! Nur war das ein Trick der Hushen! Damit ich die Macian verantwortlich mache! Damit ich-«

»Hat dich JuNi davor gewarnt?«

Nicole zuckte zurück. Sie schaute zur Seite. Es war eine simple Geste, aber Maggie konnte die Unschlüssigkeit darin erkennen. Dieses Mädchen … wie sehr hatte sich Maggies einstiger Auxilius um sie gesorgt? Ob er ihr dasselbe beigebracht hatte wie Valerie einst? Worte, die sie mit Tinte auf einen Zettel schweben ließ? Wieso waren ihr damals genau diese in den Sinn gekommen?

»Traue niemandem«, wiederholte sie leise, »Das ist das Motto vieler Macian. Es gibt nur wenige Ausnahmen: Geschwister. Mütter. Manchmal sogar Großmütter. Allen anderen habe man mit Argwohn zu begegnen. JuNi hatte mir die Worte damals eingebläut und … ich glaube, Valerie wollte sie deswegen unbedingt mit dir teilen. Nicht nur, weil wir an diesem warmen Nachmittag von einem grummeligen Hushen verfolgt wurden. Sondern, weil du so auch ohne unsere Hilfe zurechtgekommen wärst.«

Seufzend schloss sie die Augen. Wie sollte sie es der anderen nur erklären? Jessica ging weitaus vernünftiger mit der Welt um. Und das hatte schon was zu heißen, bei all den Wortgefechten, die sie sich mit SR lieferte.

Die Duria in ihrer Hand wurde wärmer und nachdenklich starrte Maggie darauf. Sie dachte an ihren Bruder – und an ihre Stiefgeschwister. Ihnen gegenüber hatte sie kein Misstrauen mehr empfunden. Warum? Weil sie Familie waren? Selbst jetzt, da sie von Janines Hushendasein und ihrem Verschwinden erfahren hatte, vertraute sie ihr.

Sie war ihre Stiefschwester!

Unser Leben ist so verhunzt, gestand sie sich ein.

Die Zustimmung ihrer anderen Ichs fühlte sich wie eine warme Umarmung an. Sie waren alle einer Meinung. Alle-

Nicole trug immer noch SR's Jacke. Obwohl sie in ihn den Feinde sah, schüttelte sie das Kleidungsstück nicht ab. Das musste doch etwas bedeuten, oder?

»Du lügst nur. Du lügst!«

Funken stoben über ihre Haut. Das war Jessica. Die andere kämpfte um die Dominanz. Aber wenn sie nun wechselten … würde Nicole dann nicht noch fuchsiger werden? Weil sie sich verdrängt fühlen würde?

»Bitte warte kurz, Jessi.«

Überrascht starrte das Mädchen sie an. Das Glimmern ließ nach. Sie wurde ruhiger. Misstrauischer?

»Was soll das? Unsere Dominanz geht dich nichts an«, trotzig verschränkte sie die Arme vor der Brust. Allerdings wirkte es eher, als wolle sie sich in den Arm nehmen.

Wie einsam musste sie sich nur vorkommen? Die Familie ihrer Mutter bestand aus Hutan. Dort konnte sie nicht sie selbst sein. Und die ihres Vaters …

Familie …

Das Wort echote in ihr nach. Ob es von Maggie selbst kam oder aus der Duria konnte sie nicht sagen. Aber es fühlte sich richtig an. Sie ging im Kopf alles durch. Da … JuNi hatte mal von jemandem erzählt. Einer Schwester, oder? Er hatte nicht mit ihr darüber gesprochen. Sondern mit Tristen. Sollte sie ihren Bruder fragen?

Vergiss es! Wenn ich nun die Blockade wieder aufhebe, kriege ich sie nicht mehr hoch. Dann steht er in fünf Minuten vor der Tür!, widersprach Valerie sofort.

Ja. Das wäre ein Problem. Vor dem Waisenhaus hatten die Macian nur Halt gemacht, weil es in Shizens Gebiet lag und weil sie die Hutan beschützen wollte. Aber vor einem Ubrid und einen Hushen würden sie sich sicherlich nicht zurücknehmen.

»Einsamkeit tut weh, oder?«, murmelte Maggie seufzend und sah zu SR rüber, der sich bei den Worten abwandte, »Egal, was wir sind. Wir empfinden ähnlich.«

»Na und? Warum sollte es dich kümmern?«, Tränen rannen aus Nicoles Augen, »Ich wurde doch eh von allen zurückgelassen! Papa kam nicht. Mama ist wegen mir tot.

Jessica hasst mich! Ich- Ich bin ein Monster…«

Monster. Das Wort weckte Erinnerungen.

»Du? Nein. Du hast einen Fehler gemacht. Doch Jessica kann dich nicht hassen, ohne sich selbst zu verabscheuen. Erinnerst du dich? Das habe ich euch schon mal gesagt«, die Macian schloss die Augen, »So sehr du es dir auch wünschst – du bist nicht allein. Deine Tante sucht das halbe Dorf nach dir ab. Und dein Vater hatte auch … eine Schwester oder so. Ich erinnere mich nicht richtig. Und wenn du nicht zu dieser willst, kannst du bestimmt auch bei Ryan unterkommen, bis du dir einen eigenen Weg im Leben gesucht hast. Niemand zwingt dich zu irgendetwas. Du suchst dir selbst aus, wer deine Familie ist, ja? Und wenn du möchtest«, Maggie streckte ihr eine Hand entgegen, »Ich hätte nichts gegen eine weitere kleine Stiefschwester einzuwenden.«

Verdattert blickte Nicole sie an. Sie wirkte unschlüssig. Als wolle sie zurückweichen. Dann schaute sie zu SR.

»Ich vertraue ihm nicht. Warum sollte ich hierbleiben wollen?«

»Wenn du ihm nicht vertraust, warum trägst du noch seine Jacke?«

Schlagartig veränderte sich ihr Gesicht. Es war, als ob Nicole weggesprungen war und Jessica auf eine Bühne geschubst hatte. Blinzelnd schüttelte die Blonde den Kopf. Sie murmelte einen lautlosen Fluch.

»Alles gut?«, mischte sich SR plötzlich ein.

Nicken. Innehalten. Ihre Augenbrauen hoben sich.

»Nici ist … sie war doch nicht weg, aber-«

»Es ist ihr nur zu viel. Sie ist innerlich ja noch ein kleines Kind«, erinnerte Maggie und seufzte, »Dennoch steht mein Angebot. Ich lasse nicht zu, dass dir etwas passiert. Ich passe auf dich auf … wenn du mich lässt.«

Jessicas Blick sah nicht so aus, als könnte sie sich schon

entscheiden, also ließ Maggie das Thema vorerst ruhen. Stattdessen tastete sie nach der nun ruhigen Erde, ehe ihre Augen auf den vollen Becher Ramennudeln fielen, der auf dem Boden stand. Daneben eine Wasserflasche. Wann hatte sie wohl zuletzt etwas gegessen? SR schien die Sachen besorgt zu haben, aber solange Nicole ihm nicht traute, hatte sie Jessica gewiss vom Hunger abgelenkt.

Genauso wie von dem Hohlraum, den sie unter dem Haus ausgehoben hatte.

Mit einer flüssigen Bewegung wandte sich Maggie an den Boden. Sie ließ Wurzeln aus den Dielen sprießen. Sicher suchten sie sich einen Weg in die Erde, um den leeren Raum zu füllen. Wenn das Haus einstürzte, wäre keinem geholfen.

»Hast du vielleicht noch ein paar Kekse oder so? Ehe Jessi uns vor Hunger umkippt?«, fragte sie den Hushen.

Wortlos blinzelte er sich weg, nur um direkt wieder auf dem Stuhl zu erscheinen – drei Packungen Gebäck und eine Schale Weintrauben in der Hand.

»Wird eh nicht vermisst werden«, erklärte er ungerührt.

Obwohl es sehr nach Diebstahl klang, ließ sie es unkommentiert. Er musste selber wissen, was er tat.

»Ich habe keinen Hunger«, widersprach Jessica sofort.

»Sicher? Wann hast du zuletzt gegessen? Vorgestern?«

Das Mädchen wollte etwas erwidern, stockte jedoch im ersten Wort. Sie legte den Kopf schief. Brummte.

»Nici hat es unterdrückt«, murmelte sie und riss die ersten Kekse auf, »Diese …«

»Sie hat es auf ihre Art gut gemeint«, lenkte Maggie ein, als die ersten Funken aufstiegen.

Etwas gut meinen bedeutete nicht, dass es auch gut war, wurde ihr dabei schmerzlich bewusst. War es wirklich richtig, dass sie sich mit ihrem Bruder traf? Oder dass er sich mit ihr traf? Sie war eine Mörderin! Sie war-

Yuki presste sich an sie und sofort konzentrierte sich Maggie auf die Gegenwart. Dort war SR. Hier Jessica. Da hinten Tatakai.

»Entschuldigt. Ist schwierig mit den ganzen neu-alten Infos«, murmelte sie.

»Entschuldige dich nicht«, belehrte der Hushen sie scharf, »Du musst dir das abgewöhnen. Damit machst du uns später sonst nur Probleme.«

»Wawum?«, bekam Jessica trotz vollem Mund raus.

»Entschuldigungen sind ein Zeichen von Schwäche. Wenn man falsch lag, sollte man keine äußern. Ansonsten werden einem in jedem Vorhaben Fehler vorgeworfen – egal ob es schon passiert ist oder nicht«, so scharf hatte er noch nie geklungen. Aber als Maggie seinen Blick auf den Yubiwa erhaschte, verstand sie.

SR war besorgt, dass es auf TJ zurückfiel.

»Ich bemüh' mich«, lenkte sie daher ein.

Wieder wurde die Duria wärmer und unschlüssig blickte Maggie hinab. Sie hätte bestimmt noch eine knappe Stunde Zeit, bis sie sich treffen wollten. Wollte ihr Bruder sichergehen, dass sie kam? Warum tastete er immer wieder nach ihr?

»Wir müssen noch wo hin«, erklärte sie Jessica langsam, »Ich weiß nicht, was passieren wird, aber-«

»Stopp! So was Ähnliches hast du schon mal gesagt. Und ich habe erst Wochen später erfahren, dass mich der Kerl da«, sie wies auf SR, »umbringen wollte. Können wir diesmal vielleicht etwas mehr ins Detail gehen?!«

Maggie fühlte sich unwohl unter dem Blick. Am liebsten wollte sie Jessica alles sagen. Aber sie wollte TJ nicht noch tiefer hineinziehen. Sie wollte ihn nicht-

»Ich wäre eigentlich auch dafür«, mischte sich SR nun ein, »Ich möchte nicht wieder die Notfallerklärungen geben und um die ganzen Themen rumtanzen, weil ich nicht weiß, wie viel ich sagen *darf*.«

So legitim der Wunsch auch war, so unsicher fühlte sich Maggie dabei. Gedanklich tastete sie nach Valerie, die jedoch nur auf die Duria fokussiert war. Alice schottete sich hingegen schon wieder ab. Sie wollte damit nichts zu tun haben. War sie sauer?

Ihr blieb einzig Yuki.

Sanft strich sie über das verwandelte Fell ihrer Freundin und ließ sich alles durch den Kopf gehen.

Mit TJ's Position wäre es nicht fair, wenn sie ihn so offen ansprach. Dass aber noch jemand beteiligt war, konnte Jessica sich bestimmt jetzt schon denken. Maggies eigene Erinnerungen hingegen … Sie hatte bereits offenbart, dass sie JuNi gekannt hatte.

»Alles kann ich auch noch nicht sagen. Das wäre nicht fair gegenüber der Person, die mich die letzten Jahre über gedeckt hat«, flüsterte sie langsam, »Aber es gibt jemanden, der sich für dich mit eingesetzt hat, als … Ryan hierher kam. Und nun ist da eine Person aus meiner Vergangenheit, die mich zurück zu den Macian holen will, nur …«

Was wollte sie wirklich? Es war schwer, sich darüber klar zu werden, solange ihr Bruder in ihre Gedanken sprang und ihre anderen Seelen sich immerzu stritten. Sie wusste nicht mehr, ob ihre Meinung noch die ihre war!

»Die Aussagekraft geht wieder gegen null«, beschwerte sich Jessica.

Lachend musste Maggie ihr zustimmen. Was hätte sie auch sonst sagen können?

***

Die Kirche war geräumig, ja. Aber da hörten ihre positiven Eigenschaften auch schon auf. So war sie alles andere als schön. Tristen hätte sie eher als Klotz inmitten des Dorfes bezeichnet! Sie war ja nur ein eckiges Gebäude mit einer Glocke oben drauf. Dieser Turm im Dach wirkte geradezu so, als wäre er dafür nachträglich umgebaut worden! Vor der Kirche befand sich ein abgelaufener Rasen. Hier und da kämpften sich ein paar Wildblumen hervor. Der Rest wirkte nahezu tot. Einzig die Eingangstür hatte etwas Beeindruckendes. Dunkles, dickes Holz mit Schnitzereien am Rand. Kunstvoll verzierten sie das ganze Ding und luden zu der Enttäuschung des Innenraumes ein:

Holzbänke, Podest, eine Wasserschale sowie ein eckiges Kämmerchen am Ende. Leerer konnte das Teil nicht sein.

»Dass Hutan freiwillig hier reingehen«, murmelte er, während ESi den Raum checkte.

»Seid Ihr Euch sicher, dass Ihr Euch hier treffen wollt?«, fragte LaNa unschlüssig und hielt dabei neben ihm Ausschau.

»Hast du einen besseren Ort im Sinn?«

Damit hielt sie den Mund.

»Nix. Alle Kerben hier sind auch schon älter«, schloss ESi, als er fertig war, »Dahinten ist noch eine Tür eingelassen. Wahrscheinlich für den Pfarrer. Ich habe sie etwas bearbeitet, damit sie quietscht, sobald man die Klinke runter drückt. Das sollte als Vorwarnung reichen, ohne zu viel Aufmerksamkeit zu erregen.«

Tristen nickte. Immerhin war das eine seiner Vorgaben gewesen. Die Hutan hatten rausgehalten zu werden. Zumindest bis er verstand, was sie seiner Schwester bedeuteten.

»Solange ich euch nicht rufe, bleibt ihr draußen. Keine Unterbrechungen«, befahl er.

Seine Auxilius wechselten einen unruhigen Blick. Sie schienen nicht begeistert zu sein. Aber mit den zwei könnte er sich keinesfalls auf die Duria und seine

Schwester konzentrieren. Er würde sie an beiden Fronten überzeugen müssen, um zu ihr durchzudringen. Er wusste, wie stur Valerie sein konnte.

Sie kommt!, meldete sich Steffen und zeitgleich spannten sich seine Leibwächter an.

Langsam drehte er sich um. Er starrte sie an. Erblickte den Hushen daneben. Spürte Hass in sich auflodern. Schluckte das Gefühl angestrengt herunter. Er hielt es von der Duria fern. Konzentrierte sich nur auf die Sehnsucht, seine Schwester wiederzusehen.

Sie stockte.

Dann wandte sie sich dem Hushen zu.

Sofort manipulierte LaNa den Wind für sie.

»Bleib hier. Keine Kämpfe ja?«, hörte er Maggie sagen.

»Und wenn sie mich ärgern?«, murrte der Hushen.

»Lass es«, sie seufzte, »Kannst du das?«

Der Fremde blickte zu ihnen herüber. Er rümpfte die Nase, ehe er mit den Schultern zuckte.

»Dann tu mir den Gefallen und sorg dafür, dass dir nichts passiert. Ich möchte meinen Kopf gern behalten.«

Nickend kam sie näher. Tristen spürte, wie Steffen innerlich Freudensprünge machte. Er selbst konnte es kaum glauben. Dennoch war sie hier. Sie lebte!

»Lasst ihn auch in Ruhe, ja?«, wandte sich Maggie jedoch zuerst an seine Auxilius.

»Ich nehme nur Befehle von-«

»Ihr werdet nicht kämpfen«, schnitt Tristen durch ESi's Einwände, »Wartet hier und sorgt für keine Störungen. Alles andere ist nicht akzeptabel.«

Mit einem »Jawohl, Radix« ließen die Auxilius sie endlich allein in die Kirche. Er hörte, wie seine Schwester ihm folgte. Seine Schwester, die er seit fast einem Jahrzehnt vermisst hatte und-

Die Tür fiel knarrend hinter ihnen zu. Für einen Moment

spannte sich Tristen an, doch als er sich umdrehte-

-ehe er sich versah, übernahm Steffen die Kontrolle über ihren Körper und presste die Macian an sich. Er sog ihren Duft ein und obwohl er sich verändert hatte, war er noch immer so vertraut. Sie war ihm immer noch vertraut. Sie-

Das war seine Maggie. Seine Valerie! Das Mädchen, das er zu beschützen geschworen hatte! Noch immer konnte er sich daran erinnern, wie sie ihn als Winzling verfolgt hatte, um Laufen zu üben. Er hatte sie getröstet, wenn sie hingefallen war. Und als sie aus dem Shanai geborgen wurde, die Lippen ganz blau-

Jeder hatte sie für tot gehalten. Seine Mutter hatte bereits die ersten Tränen vergossen. Aber er glaubte nicht daran. Er war zu ihr gerannt und hatte sie gerufen. Er hatte gespürt, dass sie noch leben musste!

Und dann hatte Alice die Augen geöffnet und seine Schwester gerettet.

»Nicht … Nicht so doll«, bat sie und allmählich zog sich Steffen zurück, um seine Gefühle stattdessen in die Duria zu lenken.

So, wie es eigentlich abgesprochen gewesen war.

»Ich habe nie geglaubt, dass du tot wärst. Du musst mir glauben«, begann Tristen sofort.

Sie nickte zaghaft und strich dabei über ihr Halstuch. Ihre Augen blieben braun. Es waren Maggies Augen.

Seine Maggie!

Beim letzten Mal war es auch Maggie gewesen, die als Dominante auftrat. Warum hatten ihre Seelen die Plätze getauscht? Was war geschehen?

»Schon gut. Ich mache niemanden einen Vorwurf«, sie zitterte und ließ sich auf eine Bank fallen.

Sofort war er neben ihr.

»Solltest du aber! Vater hat dich zwar suchen lassen, als der Generalstab jedoch mit Gegenvorschlägen kam, hatte

er eher mich unter seiner Kontrolle wissen wollen. Zwei Auxilius hat er mir aufgedrückt, damit ich nicht gleich an die vorderste Front ziehe. Zwei!«

Stumm strich sie sich über ihr Halstuch. Sie hörte zu, das wusste er. Er konnte es spüren. Aber irgendetwas hielt sie davon ab, zu antworten. Und dabei überhäufte Steffen sie mit Sehnsüchten! Was war los? Sonst hatte sie sich doch auch immer an ihn geklammert!

»Vielleicht hätte ich damals besser mit Mutter sterben sollen«, flüsterte sie.

Das Echo hallte unheilvoll nach. Tristen lief es kalt den Rücken runter. Selbst Steffen stockte.

Hatte sie den Verstand verloren?!

»Das kannst du nicht ernst meinen«, lachte er.

Sie ging nicht darauf ein.

Stattdessen nahmen ihre Augen einen so entfernten Blick an. Hörte sie ihn überhaupt noch? Was konnte so wichtig sein, dass sie nun mit ihren anderen Ichs abschweifte? Sie war eine Flora! Sie durfte nicht mal an den Tod denken!

»Du weißt nicht, was passiert ist. Dieser … Horror«, sie zitterte und plötzlich konnte er ihren Atem sehen. Es war ein sanfter Hauch. Ein schwacher Nebel. Und dennoch sprang sie bei dem Anblick sofort auf und wedelte eilig mit den Händen herum.

»Nein. Das wollte ich nicht. Das- Alice. Sie ist- Ich meine-«, schaudernd blieb sie stehen.

Sie fürchtet sich vor ihren Kräften!, erkannte Steffen, *Tristen! Schau sie dir an! Was hat der Hushen ihr in den Kopf gesetzt, dass-*

»Lasst SR da raus«, unterbrach sie plötzlich, als er zur Tür sah.

»Du … konntest du Steffen hören?«, fragte er langsam.

Sie schüttelte den Kopf.

»Nein. Aber ich kann den Hass in deinen Augen sehen.

Du hasst die Hushen. Du hasst die Desson. Vielleicht sogar die Hutan. So warst du früher nicht«, sie öffnete langsam die rechte Hand und er erblickte ihre Hälfte der Duria darin. In der Haut daneben hatten sich ihre Fingernägel hineingebohrt. Wie lange hatte sie den Stein umklammert? Vermisste sie ihn so sehr? Oder hatte sie das Licht nur vor den Unmagischen verbergen wollen? Wieso konnte er sie nicht mehr verstehen?!

»Wie könnte ich jene nicht hassen, die einen ganzen Stützpunkt vernichtet haben, nur um dich und Mutter zu töten? Diese Monster gehören allesamt ausgerottet!«, fuhr es aus ihm heraus.

Schweigend blickte sie zu Boden. Er glaubte, zu hören, wie sie das Wort Monster wiederholte. Dann baute sich eine Wand zwischen ihnen auf. Langsam legte sie ihre Duria auf der nächsten Bank ab.

»Das hier war ein Fehler. Ich hätte nicht kommen sollen«, viel zu langsam trat sie von dem Stein weg.

»Maggie, was-?«

»Nein. Ich hätte nicht … Ich sollte gehen. Ich gehöre nicht hierher. Ich gehöre nirgends hin. Ich-«

Eilig ergriff Tristen ihr Handgelenk. Er sammelte den Stein mit der anderen auf, presste ihn gegen ihre Brust.

»Das kannst du nicht ernst meinen. Bitte. Sie- Was auch immer sie dir angetan haben, du brauchst dir keine Sorgen machen. Wir kriegen das hin. Wenn nötig metzeln wir jeden einzelnen nieder, um-«

Warte!, Steffens Ausruf überraschte ihn mehr, als er zugeben wollte. Dennoch ging er auf den Wechsel ein.

»Mag?«, hörte er seine andere Seele sagen, »Was ist wirklich los?«

Diesmal wies sie ihn nicht sofort ab. Ihre Augen schwankten zwischen ihren Seelen hin und her. Da lag etwas in ihrem Blick, das er noch nie zuvor gesehen hatte.

Was war das? Wieso wirkte sie wie eine Namenlose?

»Ja, die Hushen sind in den Stützpunkt eingefallen«, gedankenverloren nahm sie die Duria wieder an sich und sofort besann sich Tristen aufs Lauschen, »Sie kamen … Sie töteten Mama. Da war Blut. So viel Blut. Nur weil mich ein Desson als Druckmittel nutzen konnte … und dann …«, da waren Schmerzen – Schuldgefühle!

Ja! Das waren Schuldgefühle in ihren Augen!

»Was ist passiert? Haben sie dich zusehen lassen? Mitgenommen? Was haben diese Monster dir angetan?!«

Trockenes Lachen. Graue Augen blickten zu ihm auf. Valerie riss sich los und stützte sich auf einer Bank ab. Dann schien eine Last sie niederzudrücken.

»Verstehst du's echt nicht? Ich bin das Monster. Ich habe die Kontrolle verloren. Alice' Kräfte waren zu viel für mich. Ich sah nur noch rot und im nächsten Moment-«, Kälte breitete sich im Raum aus, Eiskristalle formten sich in der Luft, Frost kletterte an den Bänken entlang, »Jede Seele, die nicht beim Einmarsch der Hushen gestorben ist, ist durch meine Hand gestorben! LaNa's Tochter. ESi's Mutter. Meinst du, ich hätte sie nicht wiedererkannt? Maggie findet sich noch mit allem zurecht, ich aber durfte nicht vergessen. Ich musste mich erinnern, damit ich meine anderen Seelen vor diesem Horror bewahren konnte. Verdammter, Steffen! Alice ist eine Najade! Sie ist ein Wassergeist der Heilung. Was meinst du, wäre passiert, wenn sie ihre Schuld damals realisiert hätte? Es hätte sie zerrissen!«

Tristen schob Steffen wieder beiseite und sofort spürte er die eisige Kälte. Diese Kräfte hatte es bislang unter Macian nicht gegeben. Kein Wunder, dass es ihr zu viel erschien. Aber selbst wenn-

»Du bist eine Flora. All deine Taten müssen verziehen werden«, beharrte er stur.

Warum sorgte sie sich also?

»Müssen sie das? Wie soll ich auf Vergebung hoffen, wenn ich mir selbst nicht mal über den Weg traue?!«, erschöpft sackte sie zusammen und atmete durch. Dann ließ sie ihre Hand durch die Luft kreisen.

Fasziniert beobachtete Tristen, wie sie die Kälte vertrieb. Sie sammelte die Luftfeuchtigkeit ein und lenkte sie fort. Zurück blieb eine trockene, aber wärmere Atmosphäre.

»Ihr bezeichnet die Hushen als Monster. Dabei gebührt mir dieser Titel viel eher, nicht wahr?«

Unschlüssig betrachtete er sie. Er hatte nicht das Gefühl, dass sie noch mit ihm sprach. Richtete sie sich an Alice? An Maggie? Nein. Maggie war wieder diejenige, die den Körper lenkte. Das erkannte er an ihrer Stimmlage.

»Wir bekommen das alles hin, ja? Komm nach Hause. Wir … ich brauche dich«, gestand er.

Er wollte sie nicht mit seinen Problemen belasten, aber ohne sie würde er es nicht schaffen. Wie sollte er den Generalstab hinterfragen, wenn sie auf ihn herabblickten, weil er ein Mann war? Er hatte keine Geduld für nervige Machtspielchen! Er wäre eher auf dem Schlachtfeld aufgehoben. Fernab von den Stützpunkten, wo keiner sein Geheimnis offenbaren konnte …

»Selbst wenn – ich wäre eine Gefahr für jeden. Und ich kann nicht einfach aus der Welt der Hutan verschwinden. Es ist alles so verstrickt. Verknotet. Ich-«, sie sprach so schnell, dass sie über ihre Worte stolperte. Eilig holte sie Luft und strich über ihren linken Arm.

»Tristen. Ich habe mir den Tod gewünscht, nachdem ich das erste Mal die Kontrolle verloren habe. Eigentlich wäre damals alles zu Ende gewesen, aber-«

Abbruch. Ihre Augen wechselten die Farbe. Grau. Braun. Grau. Braun. Grün. Braun. Grau. Braun.

»Was es auch ist, wir kriegen alles hin«, versicherte er ihr nochmal, während Steffen all seine Unterstützung in die Duria lenkte. Tristen selbst trat an seine Schwester heran. Schloss sie sanft in seine Arme.

»Ich habe eine Abmachung getroffen«, hauchte sie so leise, dass die Worte beinahe im Geräusch seines eigenen Atems untergingen, »Mit einem Hushen. Nicht dem dort draußen. Es-«, sie seufzte, »Ich wollte sterben und er versprach mich umzubringen, wenn ich ihn dafür Einblicke in mein Leben gewähre. Er hat mir geholfen, erst unter den Desson dann unter den Hutan zu leben. Und er hat mich markiert.«

Am liebsten wollte Tristen aufschreien. Er wollte all diese Abscheulichkeiten auf einmal auslöschen! Aber er durfte nicht. Er wurde hier gebraucht. Er spürte, wie die Angst durch seine Schwester kroch.

Glaubte sie, dass er sich von ihr abwenden könnte? Obwohl sie durch die Duria verbunden waren? Er hatte geschworen, sie zu beschützen! Sein Leben lag noch in ihrer Hand. Und er wäre verdammt, wenn er zuließ, dass sich eine solche Markierung dazwischen schob!

»Wir kriegen das hin«, behauptete er wieder, »Wir kriegen das hin.«

Kapitel 5: Mit wachsender Verwirrung

Obwohl sich SR nach außen hin ruhig gab, so konnte er die innere Unruhe nicht abschütteln. Die Macian vor ihm waren Auxilius. So viel hatte er von Maggie verstanden. Sie waren darauf trainiert, während einer Kampfsituation stets ihre Zielperson zu schützen. Sie waren die besten Kämpfer direkt nach Generälen. Einem von ihnen könnte er wohl entkommen. Aber zweien?

Egal, wo wir uns hinstellen. Es fühlt sich nicht sicher an, brummte Ryan in ihm.

Unwillkürlich musste er zustimmen. Sven hatte bereits dreimal seinen Posten gewechselt. Auf jeden Hutan hätte er damit unruhig gewirkt. Auf ein Wesen mit Magie eher übermäßig vorsichtig.

Ruhig schlenderte er ein paar Schritte weiter und schaute zur Straße herüber. Dabei behielt er stets die Macian im Auge. Er konnte sich keine Fehler leisten!

Ein Pärchen lief die Straße entlang. Peilten sie die Kirche an? Zu dieser Uhrzeit? Nein, das wäre albern, oder?

Wieso hingen sie Zettel auf?

Ein unruhiges Gefühl beschlich ihn, als sie eine Passantin anhielten. Der herrische Tonfall des Mannes war selbst von hier zu hören. Er erinnerte Sven an eine Beschwerde von Jessica, als sie sich im Gruselhaus verkrochen-

Sag bloß, Onkel und Tante machen Stress?, murrte Ryan.

In diesem Moment ging endlich die Tür auf. Sofort schaute der Hushen herüber. Dort war der andere Macian. Und Maggie. Sie wirkte verunsichert. Na toll. Das würde TJ ihm bestimmt auch noch anlasten!

»Ich meine es ernst«, beharrte ihr Bruder gerade, »Du-«

»Kurze Unterbrechung«, warf Sven ein und wurde sofort hasserfüllt angestarrt, »Kannst du mal lauschen, ob da Probleme anlaufen oder ob man beherzt durchs Dorf tanzen kann?«

74

»Was fällt dir eigentlich ein?!«, der männliche Auxilius sprang ihm bei den Worten fast an den Hals.

»Mir fällt ein, dass ich weiß, wie ich meinen Job machen muss. Und selber?«, lächelte er zurück.

SR wusste, dass seine Worte riskant waren. Jedoch glaubte er kaum, dass Maggie einen Angriff dulden würde. Dafür erschien sie ihm zu ausgelaugt. Ein Angriff würde auf einen Kampf hinauslaufen und das würde die Hutan mit reinziehen, wenn nicht sogar das Waisenhaus. Wenn der Macian jedoch den ersten Schlag ausführte-

»Lasst ihn«, antwortete sie mit tanzenden Händen, dann runzelte sie die Stirn, »Er hat Recht. Ich muss-«

Noch in ihrem ersten Schritt hielt ihr Bruder an ihr fest. Er schien sie nicht gehen lassen zu wollen.

Augenblicklich lag Svens Zentrip in seiner Hand. Er sah davon ab, etwas zu sagen. Zu sehr fokussierte er sich auf die anderen Macian. Erst danach betrachtete er Maggie eingängig. Und die verwandelte Yuki.

Solange der Desson ruhig war, sollte alles in Ordnung sein, oder? Er bezweifelte, dass sie in dieser Gestalt blieb, wenn sie eine echte Gefahr witterte.

»Es ist nicht richtig«, murmelte Maggies Bruder.

Zu Svens Überraschung schüttelte sie nur lächelnd den Kopf. Sanft löste sie seine Finger von sich.

»Ein anderes Mal«, dann ging sie zielsicher zu SR, »Kannst du mich bitte nach Hause bringen?«

Nachdenklich blickte Sven nochmal zu den angespannten Macian zurück. Nur schien keiner sie aufhalten zu wollen. Entgegen aller Befürchtungen hielten sie nur die Stellung.

»Meinetwegen«, damit legte er eine Hand auf ihre Schulter und blinzelte sie ins Waisenhaus.

Sofort sackte sie auf ihrem Bett zusammen. Yuki verwandelte sich zurück und glitt auf ihren Schoss. Sie … Warum weinte Maggie?

»Schaffst du es, Jessica noch ein wenig abzuschirmen? Ich glaube nicht, dass sie ein Treffen mit ihrem Onkel derzeit übersteht. Ein, zwei Tage noch. Vorher nicht«, flüsterte sie und öffnete die Hand mit der Duria.

Der Stein strahlte zwar, nur schien er sich auch irgendwie beruhigt zu haben. Er war nicht mehr so hektisch.

»Er hat dich gehen lassen?«, ignorierte Sven ihre Bitte.

»Mein Bruder? Ich … Ich habe gemeint, dass ich zurück muss. Und dass ich gezeichnet bin. Nicht von dir. Mehr habe ich dazu nicht gesagt, aber …«, sie stockte, »Die Erinnerungen tun weh. Und diese …«, sie gestikulierte mit den Händen, nur kam nichts dabei heraus. Als hätte sie für einen Moment verlernt, zu sprechen.

»Diese was?«

»Schuldgefühle«, antwortete Yuki stattdessen, »Oder diese Schuld generell.«

»Das geht nicht so schnell weg«, mischte sich JM plötzlich ein.

Hastig wandte sich SR um. Eben war sie noch nicht hier gewesen! Und hatte sie nicht irgendetwas erledigen wollen? Seine Mutter hatte etwas in der Richtung gesagt. Ging es nicht um JM's Erzeuger?

»Es fühlt sich so zerrissen an«, gab Maggie zu, »Alice fühlt sich genötigt, zurückzukehren. Valerie hat … Ich denke, sie hat Angst. Und ich möchte nur in Frieden leben. Mit meinen Geschwistern und … und mit-«, sie starrte auf den Yubiwa.

Unaufgefordert setzte sich die Hushen aufs Bett und Sven blickte fragend zu Yuki rüber. Sollte er den Eindringling rauswerfen? Oder sie lieber allein lassen? Nichts erschien ihm richtig! Hätte es für so einen Moment nicht einen Brief geben können?

Gar nicht so einfach, wenn man den Körper selbst steuert, oder?, lachte Ryan ihn aus.

Das reichte.

»Hört sich für mich wie zwei gegen eins an. Wäre es dann nicht geklärt?«, hinterfragte er.

Als Antwort schüttelte Maggie den Kopf. Irgendetwas schien sie zurückzuhalten. Aber ehe er nachfragen konnte, wechselte sie das Thema.

»Jessis Onkel hat sich nach dir und mir erkundigt. Er wird bestimmt schon bald am Gruselhaus auftauchen. Du solltest ihn lieber rechtzeitig abfangen.«

»Wirfst du mich raus?«, erkundigte sich Sven.

Sie zögerte. Dann nickte sie.

»Ich muss mit Janine reden. Bitte.«

Seufzend kam er ihren Worten nach. Er blinzelte sich in sein eigenes Haus, begutachtete die leeren Stühle im Stübchen, ehe er in die Küche ging, wo Tatakai und eine funkelnde Macian mit dem alten Ofen kämpften.

»Aber das muss doch irgendwie gehen!«, beschwerte sie sich über eine Gaskatusche gebeugt.

»Was soll das werden?«

»Sie wollte die Dosennudeln warm machen«, erklärte sein Vertrauter.

Sven zog eine Augenbraue hoch. So schlimm hätte es nicht einmal bei Ryan ausgesehen. Wie hatten sie die Dose überhaupt aufgemacht? Hatten sie es echt mit Messer und Hammer aufgeschlagen? Wieso hatte diese Giftzunge nicht gleich das Metall weggeätzt?!

»Lasst mich mal«, er schob beide zur Seite und kümmerte sich um das Essen, das er sonst nur kalt zu sich genommen hätte, »Ganz im Ernst – du bist ein Desaster auf zwei Beinen«, murmelte er Jessica ungehalten zu.

»Weil du auch so perfekt bist, Blondie.«

***

Maggie schaute noch einen Moment länger auf die Stelle, an der SR verschwunden war, ehe sie sich Janine zuwandte. Obwohl diese eine Hushen war, vertraute sie ihr. Sie wusste, dass es nach Macianstandards dumm war. Sie selbst hatte ja nie sehr viel mit ihrer ältesten Stiefschwester zu tun gehabt. Selbst hier im Waisenhaus.

Aber Janine war ein Teil ihrer Familie. Sie war jemand, der stets betonte, dass sie alle aufeinander aufpassen sollten. Sie konnte nicht böse sein …

Oder?

»Das Leben ist nie leicht, hm?«, fragte Janine gelassen und lehnte sich nach hinten, »Immer wird man zu Entscheidungen gezwungen, die nicht nur einen selbst betreffen. Doofes Gefühl.«

Obwohl Maggie sich nicht danach fühlte, entfloh ihr ein trockenes Lachen.

»Du hast es schon durch?«, fragte sie leise.

»Hm«, die Ältere schloss die Augen, »Wäre ich zu den Hushen gegangen, hätte man mich als Ubrid beschimpft. Na ja. Bis sie meinen Vater gefunden hätten. Nur hätte das für eine Hinrichtung gesorgt und ehe sich mein Leben entspannt hätte. Darauf hatte ich keine Lust.«

»Also bist du mit Ma mit?«

Für einen Augenblick schwieg die Hushen, dann nickte sie: »Mein Erzeuger wollte mich loswerden. Also hat er Mutter eine Falle gestellt. Er hat Macian unseren Aufenthaltsort verraten, aber als sie kamen … da war ein anderes Hutankind in der Nähe. Ich hatte damals mit ihr gespielt. Es war nur ein Zufall, dass sie uns vertauscht hatten. Ansonsten hätte ich den Tag nicht überlebt.«

Klingt nicht so, als ob sie wütend auf unser Volk wäre, bemerkte Valerie.

Bist du davon ausgegangen?, erkundigte sich Maggie.

Das nicht, aber … es war eine Möglichkeit.

Alice bemerkte diesmal nichts. Sie schien sich erneut zurückgezogen zu haben. Als ob sie das Waisenhaus nichts mehr anginge.

Unschlüssig sprach Maggie das andere Thema an, das sie die letzten Tage heimgesucht hatte. Sie musste einfach die Wahrheit wissen. Und so, wie sie ihre Stiefschwester einschätzte, würde sie ihr keine Lügen auftischen, oder?

»Seit wann wusstest du, dass ich eine Macian bin?«

Für einen Augenblick schien die Welt stehen zu bleiben. Yuki hob den Kopf, um die andere zu mustern. Maggie gab sich jedoch unwissend. Sie starrte auf ihre Hände:

Ihre rechte umklammerte noch immer die Duria, die linke trug den Yubiwa. Zwei Sachen. Zwei Welten. Und sie sollte sich irgendwie dazwischen entscheiden …

Es war nicht fair.

»Ich wusste von dir, seitdem du in Shizens Wald wohntest«, gab Janine zu, »Die Desson sind richtige Plaudertaschen. Sie haben sich ziemlich die Münder über dich zerrissen. Danach habe ich Borei ein paar Mal zu dir geschickt, weil ich neugierig wurde und- na ja. Vielleicht habe ich hier und da auch mal nachgeholfen.«

Nachgeholfen?

Maggie spürte, wie eine Erinnerung sie heimsuchte. Da waren rote Augen gewesen. Und ein Blitz. Genau! Sie hatte das Waisenhaus zwar durch Zufall gefunden, aber eigentlich hatte sie erst nicht reingehen wollen. Valeries Affinität hatte den Sturm verstärkt und eigentlich hatte sie abhauen wollen. Nur hatte Paul sie bemerkt und als sie gehen wollte …

»Du hast einen Blitz in unsere Richtung gelenkt?«, Yuki sprang auf, als auch sie die Verbindung erkannte.

»Na ja. Ich konnte nicht mit ansehen, wie ihr im Wald verkommt. Überlebt hättet ihr ohne Frage. Nur wirket ihr so ausgestoßen, dass ich mir Sorgen machte«, Janine zuckte mit den Schultern, »Aber ich konnte ja schlecht zum Quatschen vorbeikommen. Das wäre nur auf Argwohn gestoßen. Da habe ich lieber so nachgeholfen.«

Dann waren das Boreis Augen gewesen, die wir gesehen haben. Es waren dieselben wie auf Kumohoshi, als wir mit dem Bewusstsein gekämpft hatten!, erkannte Valerie.

»Du hast all die Jahre auf uns aufgepasst?«

»Nicht nur auf euch«, lachend boxte Janine sie in die Schulter, »Du glaubst gar nicht, wie viel Mist Flo anstellen kann. Oder denk an Lisas geschmolzenen Topf vor ein paar Wochen! Borei hat immer ein Auge auf unsere Kleine und sie abgelenkt, damit ich den Herd runterdrehen konnte. Sonst wäre es zu schnell abgefackelt, ohne dass Ma reagieren könnte, weißt du?«

»Warum hast du es nicht ganz ausgedreht?«, verwundert streichelte sie Yukis Fell, als sich die Gestaltwandlerin erneut auf ihren Schoß legte.

»Dann hätte sie es bemerkt und wieder aufgedreht. So wurde es warm, es gab ein kontrolliertes Problem, ohne dass es ausarten konnte. Nochmal sollte sie den Mist nicht ausfressen«, erklärte die Hushen.

Ja. Das machte Sinn. Es passte zu Janine. Niklas hatte ähnliche Geschichten erzählt. Janine wäre nicht darauf aus, Probleme anderer zu lösen. Sie wollte, dass man selbst auf die Lösungen kam. Damit man später nicht aufgeschmissen wäre.

Und dennoch fühlte sich Maggie nun so.

Vorsichtig öffnete sie ihre rechte Hand und starrte auf den schimmernden Stein. Sie war unendlich dankbar, dass ihr Bruder keine Gefühle hineinleitete. Sonst hätte sie sich nicht mehr konzentrieren können. Ob es daran lag, dass er selbst viel über ihr Gespräch nachdenken musste? Über die Abmachung, die sie ihm gebeichtet hatte?

»Du siehst scheiße aus«, kommentierte Janine ungerührt.

»Was soll das denn heißen?«, Yuki war wieder auf den Beinen und knurrte.

»Schau sie dir doch an, Plüschnase. Der innere Stress lässt deine Freundin im zehnfachen Tempo altern. Morgen sprießen ihr graue Haare, wenn es so weitergeht.«

Graue Haare? Die Vorstellung brachte sie zum Lächeln.

»Jede von mir will etwas anderes. Und wenn wir uns auf irgendwelche Prioritäten einigen, werden sie ein paar Stunden später wieder verworfen. An sich ist es nicht schlimm, aber-«

»Es bringt deine Magie durcheinander und du traust dich kaum vor die anderen Hutan«, endete Janine unbeirrt.

Die Macian nickte.

»Ich wünschte, ich wäre nur eine normale Macian. Also, nur mit zwei Seelen«, flüsterte sie, »Es ist so schon kompliziert genug. Aber seitdem die Erinnerungen zurück sind, ist Alice nicht mehr sie selbst. Es wäre sicherlich besser, wenn sie mich damals nicht gerettet hätte. Dann hätte sie weiterhin die Najade von Shanai bleiben können. Wir hätten nicht diese Kraft besessen, die einen ganzen Stützpunkt vernichtet hätte. Wir- Wir-«

Tränen entkamen ihr erneut. Diesmal bildete sich jedoch auch ein Knoten in ihrem Bauch. Es fühlte sich an, wie ein tonnenschwerer Ballast.

Zitternd wischte sie sich übers Gesicht.

Wieso musste heute alles auf einmal raus?!

»Aber dann hättet ihr auch nie TJ kennengelernt. Ihr wärt nie ins Waisenhaus gekommen oder hättet der anderen Macian helfen können. Was-wäre-wenns helfen nicht weiter, Schwesterchen. Wenn du was ändern willst, schau nach vorne«, riet sie stattdessen.

Nach vorne? Maggie wollte lachen. Klar könnte sie nach vorne schauen: Egal, wo sie hinging, sie wäre eine Gefahr für ihre Mitmenschen. Sie hatte ja bereits einen Stützpunkt auf dem Gewissen – wie viele sollten es noch werden?!

Es muss nicht so kommen, meldete sich Alice plötzlich, *Vielleicht können wir es kontrollieren, sobald wir eine neue Quelle angelegt haben?*

Vielleicht, ja. Vielleicht auch nicht. Und was dann? Wir sind uns ja auch so kaum einig! Ihr habt es im Gespräch mit Tristen doch bemerkt!

»Mag?«

Yukis sanfte Stimme brachte sie zurück ins Waisenhaus. Angestrengt entspannte sie sich und lenkte die Kälte fort.

Sie konnte nicht mehr lange hierbleiben. Sie wollte ihre Stieffamilie auf keinen Fall in Gefahr bringen. Ben. Flo. Paul. Nik. Ma. Die kleine Lisa!

Sie hatten nichts mit der Magie zu schaffen …

»Ent-«, sie unterbrach sich und atmete tief durch – keine Entschuldigungen, hatte SR gemeint, »Geht es wieder?«

»Ach, mir war gerade eh ein wenig warm«, entgegnete Janine gelassen.

Maggie wäre Schimpfen lieber gewesen.

»Es ist einfach so schwierig, die Balance zu finden. Besonders nun, wo … wir so viel zu verarbeiten haben … und wieder wissen, wer-«

Sie biss sich auf die Zunge.

»Du meinst, weil du eine Flora bist?«

Maggie zuckte zusammen. Dann nickte sie. Fragend sah sie hoch. In diese gutmütigen Augen.

»Was weißt du?«, erkundigte sie sich leise.

»Nur das, was in der Kirche besprochen wurde. Borei war neugierig und hat mir beim Lauschen geholfen, weißt du?«, Janine presste die Hände entschuldigend zusammen, »Vor heute habe ich nur ein paar Mal von euch gehört. Irgendwas von wegen: Floras wären die Vorsitzenden des Generalstabs oder so. Da eure Ururur-irgendwas-Oma die Tochter eures Dimen gewesen sein soll. Deswegen haben sich die Generäle vor euch zu rechtfertigen. Aber da euer ganzes Konzept dem Sinnbild der Hushen mit dem Tod widerspricht, werden alle weiblichen Floras abgeschirmt und als Mütter des Volkes oder so deklariert.«

Obwohl sie es nebensächlich klingen ließ, tat jedes Wort weh. Maggie und Valerie waren seit ihrer Geburt auf ihre Rolle vorbereitet worden. Sie durften keine direkten Befehle äußern, aber ihre Wünsche mussten stets befolgt werden. Einzig ihre älteren Familienmitglieder durften von ihr Rechenschaft einfordern, da sie damals noch als Kind galt. Doch nun?

»Alice muss zurück, weil sie es unserem Volk einst geschworen hat. Allerdings haben weder Val noch ich je den Schwur der Floras geleistet. Wir waren Mamas anerkannte Nachfolgerin, aber da hört es schon auf. Wir könnten, also- vielleicht …«

Willst du damit sagen, dass wir nicht zurückgehen?, überrollte die Stimme des Wassergeistes ihre Gedanken.

Nein! Ich denke nur darüber nach. Wir müssen alle Optionen in Betracht ziehen, widersprach sie eilig.

Besser wäre es doch, wenn du unseren Körper endlich verlässt! Du bist eh nur am Meckern, seitdem du die Vergangenheit kennst!, platzte Valerie abrupt der Kragen.

Was soll das?! Ich habe EUCH das Leben gerettet! Wo bleibt EURE Dankbarkeit?!

Wir hatten dich nie darum gebeten!

Wie undankbar kannst du eigentlich sein!

HÖRT AUF!, schrie Maggie durch das Chaos, *Bitte!*

Stille. In ihrem Zimmer war es wieder eiskalt. Diesmal hatten sich sogar Eiszapfen an der Decke gebildet.

Zitternd stand die Macian auf und holte ihr Scrapbook. Sie blätterte durch die ersten Seiten. Zu einem Eintrag, den Nik ihr mal reingekrakelt hatte. Es war nur die Bitte, dass sie endlich mehr sprach. Aber die paar Worte reichten schon, um sie an den Moment zu erinnern. An die Ruhe, die sie damals erfüllt hatte.

»Ist ja schlimmer, als ich dachte«, murmelte Janine.

Maggie blickte zu ihrer Stiefschwester herüber, die den Raum viel zu ruhig musterte. Yuki war neben dieser sitzen geblieben. Sie beobachtete die Hushen argwöhnisch. Wieso? Woher kam dieses Misstrauen?

»Es ist nicht beabsichtigt«, erklärte die Macian, »Aber ich weiß auch bald nicht mehr weiter. Ich kann nicht immer zwischen Alice und Valerie schlichten. Nicht, wenn ich selbst am liebsten schreien möchte.«

Etwas in dem Blick der Frau veränderte sich. Seufzend starrte sie auf ihren Holzarmreif und drehte ihn ein paar Mal im Kreis. Dann sah sie mit einem plumperen Gesicht auf. Ihre Haare waren strähniger, die Augen matter. Eine feine Narbe zog sich an ihrem Kinn lang.

»Du weißt es nicht von mir, klar?«, die Stimme ihres anderen Ichs war schärfer.

»Ich weiß was nicht?«

»Schwör, dass du es nicht von mir weißt«, wiederholte sie nochmal fordernd.

»Ist gut? Ich … schwöre, dass ich etwas nicht von dir weiß?«

»Bei unserer Ma.«

Das brachte Maggie ins Stocken. Sie sollte auf ihre Betreuerin schwören? Die Stiefmutter, die sie wie ihre eigene Mama liebte? Dabei schmerzte diese Liebe so sehr, seitdem sie sich erinnern konnte. Einfach, weil es sich wie eine Verleugnung ihrer eigenen Mutter anfühlte …

Sie holte tief Luft.

»In Ordnung. Bei unserer Ma …«

Die Hushen blinzelte sich direkt vor sie. Sie starrte ihr einen Moment in die Augen. Nickte.

Dann war Janine zurück.

»Wenn du wirklich nicht mehr kannst, frag Shizen nach Oni. Sag, du möchtest ins Labyrinth. Es wird nicht leicht sein, aber ich weiß, dass man verändert rauskommt. Damit sollte eure Magie umgewandelt werden. Permanent. Es ist jedoch nur für den allerletzten Notfall. Geh auf keinen Fall leichtsinnig hinein, klar?«

Maggie nickte unschlüssig.

»Wieso soll ich es dann nicht von dir wissen?«

Es wirkte, als ob Janine nicht antworten wolle. Aber dann wurden ihre Gesichtszüge weicher. Sie wirkte erschöpft. Ausgelaugt.

»Weil ich selbst nicht davon wissen dürfte. Oni hat es nur durch einen Zufall erhalten. Wenn herauskäme, dass er der Besitzer ist ... es würde nicht gut für ihn enden. Selbst mit Shizens Schutz.«

***

TJ sortierte seine Arbeit in zwei Stapel. Einer war für die wichtigen Entscheidungen: Kumohoshis Umlenkung, das nächste Konziltreffen, die Protokolle zur Maciansuche. Der andere beinhaltete die Missionen, Ausrückungen, Proviantanforderungen, Akademiepläne …

Und genau diesen drückte er RT auf, sobald sein Freund durch die Tür trat.

»Ein Witz?«, hoffte der Brillenträger, während TC noch unschlüssig in der Tür stehenblieb.

»Nein. Das gehst du durch. Vorher brauchst du dich nicht mal für Pinkelpausen entschuldigen«, an die kleine Hushen gewandt wies er auf einen Kindertisch, den er extra für sie besorgt hatte, »Du kannst da hin. Male, lerne, spiele mit Chou – was du magst. Aber du bleibst vorerst hier, ja?«

»Wie Ihr wünscht, Otou-san«, TC verneigte sich holprig.

So würde das nichts werden. Er musste ja zusehen, dass sie lernte, den Mund zu halten. Das würde nicht klappen, wenn sie sich lieber auf ihre Manieren besann.

»TJ. Du darfst mich hier ruhig weiter TJ nennen.«

»Ehm, das ist zwar lieb, aber-«

»Es ist ein Befehl«, unterbrach er RT.

Seine Nerven lagen ohnehin schon blank. Seitdem Gakumon berichtet hatte, dass Maggie sich mit ihrem Bruder getroffen hatte, hatte er sich in die Arbeit gestürzt. Er musste es tun. Er wollte nicht, dass sie ihm wieder den Yubiwa zurückgeben wollte. Das konnte er kein zweites Mal ertragen!

»Du hast keine gute Laune«, riet RT ins blaue hinein.

»Du machst sie nicht unbedingt besser«, gab er zurück.

Stur griff er nach dem ersten Zettel auf seinem Stapel. Er war von einem Konzilmitglied. Es ging um eine Macian, die in Raptioville gefangen genommen wurde und die nun von ihrer Illusionsmeisterin vernommen wurde. RT's und TC's Mutter. Sie klagte über die Unterfinanzierung ihrer Abteilung, da ihnen deswegen zwei weitere Macian entkommen waren. Ein Kind und eine Frau, die sich als Blumenverkäuferin ausgegeben hätte.

Das Foto einer Überwachungskamera zeigte die zwei.

TJ brummte.

Das ist die Macian, hinter der sich Maggie versteckt hatte, oder?, fragte er John.

Die Zustimmung kam augenblicklich: *Die, die weggelaufen war, ja. Meinst du, TL konnte den Fall schon auf Kriegsheim zurückverfolgen?*

Vielleicht. Solange sie aber auf eine Budgeterhöhung hofft, darf sie keine zu frühen Erfolge präsentieren. Sie würde diese dann erst verspätet einreichen, oder?

Super. Wie sollten sie damit nun umgehen? Direkt eliminieren wäre am einfachsten, aber auch zu auffällig.

Freilassen würde auf Gegenwehr stoßen und ihm vielleicht noch ein Messer in den Rücken rammen.

»Wann habt ihr eure Mutter zuletzt gesehen?«, fragte er nachdenklich in den Raum.

Hastig blickte RT zu seiner Schwester rüber. Dann zu ihm. TJ kannte diese Hektik. Bestimmt hatte sich die Frau seit mehreren Monaten nicht blicken lassen.

»Sie, ehm, sie-«

»Sie war zuletzt vor drei Wochen daheim«, antwortete TC geknickt, »Vater meinte, dass sie viel zu tun hätte, weil sie die Neulinge gerade ausbildet.«

Dann konnten sie vielleicht noch etwas Zeit haben.

Erneut starrte er auf das Foto im Antrag. Er ließ sich das Bild durch den Kopf gehen. Bedachte es als Otou-san. Als Hushen. Als TJ. Er erinnerte sich an damals, als er Maggie getroffen hatte. Als sie so aufgelöst war.

Sie hatte beim letzten Mal erzählt, dass der Verlust ihrer Mutter sie über den Abgrund getrieben hatte. Nur weil die Frau gestorben war, hatte sie die Kontrolle verloren. Würde sich dasselbe in diesem Krieg immer wieder wiederholen? Gab es denn kein Ende?

Nicht, solange wir keines ansteuern.

Johns Worte gaben ihm neuen Mut. Entschlossen machte er ein neues Formular fertig. Er veranlasste eine direkte Überführung. Als Anlass nahm er eine wahrgenommene Überforderung von TL's Abteilung. Das würde ihre Budgetanfrage zurückschrauben und ihm hoffentlich etwas Luft verschaffen.

»Bring das zu eurer Mutter und kehre auf keinen Fall ohne die Gefangene zurück«, befahl er seinem Freund.

Zögerlich nahm er den Zettel entgegen und überflog ihn.

»Sie wird toben«, bemerkte er.

»Du gehst als mein Gesandter. Wenn sie dir frech kommt, erinner sie, dass sie damit auch mich beleidigt, ja?«

Seufzend nickte RT. Er blickte nochmal auf TC. Dann wieder auf TJ.

»Sie kann hierbleiben?«

»Klar.«

Dankbar verneigte sich sein Freund und eilte mit seinem Vertrauten hinaus.

Kapitel 6: Die Auswege aus dem Chaos

Die ganze Fahrt zurück zum Stützpunkt ließ Tristen das Gespräch mit seiner Schwester nochmal Revue passieren. Er spürte, wie selbst Steffen darauf verzichtete, die Duria zu belagern. Dafür gingen ihnen zu viele Gedanken durch den Kopf:

Seine kleine Schwester hatte das Massaker von Shanai zu verantworten. Valerie hatte danach die Erinnerungen und somit auch ihn begraben. Und sie hatten eine Abmachung mit einem Hushen getroffen.

Letzteres bescherte ihm die meisten Bauchschmerzen.

Er wusste, dass man diese Markierungen abschirmen konnte. Wenn ein Ort zu viel Magie besaß oder tief genug unter der Erde lag, kamen die Hushen dort nicht hin. Aber würde dieser Hushen diese Beschränkungen umgehen, wenn er eine Flora jederzeit töten konnte? Wäre es nicht besser, einen Gegenhandel anzubieten? Nur was müsste er anbieten, damit darauf eingegangen werden würde?

Oder wir bringen ihn einfach um. Dann stellt er keine Bedrohung mehr dar, schlug seine andere Seele vor.

Das wäre am naheliegendsten, gab er zu, *Jedoch bezweifle ich, dass irgendein Hushen zu seiner eigenen Hinrichtung läuft.*

Wir könnten den Gegenhandel ja auch nur vorschlagen, um ihn herzulocken?

Das wäre der Plan.

Nachdenklich blickte er aus dem Autofenster. Flyer sprangen ihm ins Auge. Darauf waren zwei Leute abgebildet: laut Überschrift Mutter und Tochter. Die Frau erkannte Tristen. Er selbst hatte die Feuerbestattung angeordnet, um ESi's Spuren zu verwischen. Das Mädchen war ihnen damals entkommen. Ein Teil von ihm wollte dem Fall weiter nachgehen. Ein anderer mahnte sich dazu, die Füße stillzuhalten.

Maggie hatte sich wegblinzeln lassen, als der Hushen sie auf die Leute hingewiesen hatte, die diese Flyer verteilt hatten. Wieso? Was hatte sie mit alledem zu schaffen?

»Wir sind wieder da«, erklärte LaNa, als sie gerade das Tor passierten, »Was habt Ihr vor?«

Abwägend schaute er zu seinen Auxilius. Es war eine berechtigte Frage. Selbst ESi schien ihm vom Fahrersitz aus zu beobachten.

Wir müssen Vater unterrichten, oder?, erkundigte er sich bei Steffen.

Ich weiß nicht. Er hat Vali damals gar nicht richtig gesucht. Muss er von-

Er ist auf dem Weg, Steffen. Für unsere Vermählung, unterbrach er den anderen.

Eine Vermählung, die derzeit gar nicht stattfinden kann. Können wir ihn nicht damit wegschicken?

Er hat über sechs Jahre alle guten Partien durchgespielt. Wenn wir es nun platzen lassen, wird er eh kommen, um zu toben. Was ist dir lieber?

Darauf wusste seine andere Seele nichts zu erwidern.

»Lass Vater eine Nachricht zukommen. Es gibt eine Planabweichung und er … möge sich bitte ruhig verhalten, wenn er kommt. Auch Rosen haben Dornen«, er bemühte sich, die Nachricht höflich zu formulieren.

Sein Vater würde eh über die Unverblümtheit toben.

»Und wegen …«, LaNa wies in Richtung Dorf.

»Ich werde es ihm persönlich mitteilen. Tut mir dieses eine Mal den Gefallen und posaunt es nicht bei den Generälen oder Vater herum. Meine Duria, das Überleben meiner Schwester, eurer Floris – wir müssen es vertraut behandeln«, behauptete er.

Kurz blickten sich die beiden an. Dann nickten sie.

Damit war von seiner Seite aus alles gesagt. Er ignorierte den General, der ihn bereits mit einem falschen Lächeln empfing und eilte zu seinen Gemächern.

Vor der Tür blieb er stehen. Er blickte zu den gegenüber liegenden Räumen. Dann wies er seine Leibwächter mit einer Geste an, zu warten.

Er trat ohne zu klopfen ein. Es war eh mitten am Tag. Und wenn er seine Verlobte überraschte, umso besser!

»Hey-! Oh. Hi?«, CiLu's Schimpfen brach ruckartig ab.

»Hi?«, wiederholte er, sobald die Tür zu war.

Ihre Augen weiteten sich. Dennoch blieb sie ruhig stehen. Das musste er ihr lassen. Sie war zumindest bemüht, sich nach Außen hin nichts anmerken zu lassen.

»Was wollt Ihr hier?«, fragte sie nun schroffer.

Sehr angriffslustig, dabei könnten wir auch hier sein, um uns zu bedanken.

Das sind wir aber nicht.

Meinst du, sie merkt es?

Tristen begutachtete das Zimmer. Er konnte nicht einmal erahnen, was sie bis eben getan hatte. Hier lag nichts herum, das auf irgendeine Art Aktivität schließen ließe. Und trotzdem wirkte sie, als ob er sie bei etwas unterbrochen hätte. Einem Gespräch mit ihrem anderen Ich vielleicht? Nein. Das passte nicht zu ihrer Mimik.

Geistesabwesend wies er seine Auxilius an, im Raum Stellung zu beziehen.

»Ich habe mich eben mit meiner Schwester unterhalten und mir sind einige Fragen gekommen«, begann er.

»Nun. Sie ist Eure Familie. Nicht meine. Ich kann also wohl kaum mit Antworten dienen.«

»Aber du kennst sie, oder? Du benimmst dich zu ungehobelt für eine Macian. Dein Verhalten passt eher zu den Hutan. Hutan, unter denen sie sich versteckt hat.«

CiLu's Augen verengten sich: »Wollt Ihr mir etwas vorwerfen, Radix?«

Er lächelte. Obwohl es eine Möglichkeit war, so wollte er

sich diese lieber aufsparen. Sie wussten beide, was passieren würde, wenn man die Anklage erst einmal aussprach. Angemessener wäre es, ihre freiwillige Hilfe zu erhalten. Vor allem, wenn er die Floris zurückholen wollte: Jedes bekannte Gesicht zählte.

Dabei waren nicht mehr viele am Leben. Vom Shanai hatten ja nur jene überlebt, die damals auf Einsätzen unterwegs waren. Die Hälfte davon hatte in Trauer ihre Namen abgelegt und sich als Grabwächter deklariert. Die andere war an die Front gegangen.

Er durfte nicht nur in der Vergangenheit suchen.

»Noch nicht«, mit einer Geste lud er sie ein, Platz zu nehmen, »Meine Schwester muss zurückkehren und ihre Position als Floris einnehmen. Ich kann als Mann den Generalstab nicht kontrollieren, du wärst nur eingeheiratet«, erklärte er, »Unser beider Einwände würden ignoriert werden, solange wir keine Tochter haben. Etwas, was ich nicht zeitnah für realisierbar halte.«

Du meinst: Etwas, was wir beide nicht für realisierbar halten, hm?, mischte sich Steffen ein.

Tristen drängte ihn zurück. Diese Worte durfte er nicht einmal in sein Kopfkissen flüstern!

»Politik? Wirklich?«, CiLu setzte sich widerwillig zu ihm, »Ich soll für so etwas helfen?«

»Dir wäre damit doch auch geholfen«, offenbarte er.

Nun stockte sie. Sie runzelte die Stirn und wartete.

Wenigstens schien sie geduldig zu sein.

»Wissentlich oder nicht – du hast die letzten Jahre über mit ihr zu tun gehabt, oder? Wenn du die Füße stillhältst, kannst du ihr bei ihrer Eingewöhnung helfen. Als ihre rechte Hand dürfte dir selbst dein Vater keine Vorschriften mehr machen. Du bräuchtest nicht einmal unsere Vermählung, um sicher zu sein«, erklärte er.

»Du würdest sie auflösen?«, fragte sie vorsichtig.

Dann war es wirklich das, was diese CiLu wollte? Keine Heirat? Obwohl es als größter Segen unter den Macian galt? Nun … Wenn ihr das so lieber war.

»Ich kann es nicht. Sie schon«, behauptete er.

Nickend lehnte sich die Rothaarige zurück. Sie sah dabei lümmelnd aus. Genauso, wie er es von einigen Hutan gesehen hatte, wenn er durch die Städte gefahren wurde.

»Aber dafür muss sie zurückkommen?«, hinterfragte das Mädchen, als müsse sie sichergehen.

»Genau. Ich muss-«

»Lass das Waisenhaus in Ruhe«, unterbrach sie ihn und obwohl er sie für das Verhalten tadeln wollte, stoppte er sich, als sie weitersprach, »Vor allem die kleine Lisa und Nik. Die sind für Mag wie echte Geschwister. Ach, und Flo und Ben, die beiden Ältesten derzeit, die passen wie Helikopter auf alle auf. Egal, was sie sagen – lass es ihnen durchgehen. Sie meinen es nur gut gegenüber Mag. Und wenn sie glaubt, dass die vier oder die Betreuerin bedroht werden, wird sie es nicht einfach wegstecken. Auch trägt sie immer diese Halstücher, als wolle sie sich darunter verstecken. Und sie hat so ein Scrapbook. Zum Erinnerungssammeln. Da nicht ungefragt reinschauen. Sonst wird sie richtig wütend, ja? Und wenn sie still bleibt, einfach so lassen. Sie macht schon von allein den Mund auf. Und …«

Verdattert nickte Tristen den Worten zu.

Ich glaube, wir haben einen Glücksgriff gemacht?, murmelte Steffen.

***

Erst als Janine schon ein paar Stunden weg war, traute sich Maggie wieder nach unten. Sie hatte die ganze Zeit mit ihren anderen Seelen gesprochen. Bis sie die Stille ihres Zimmers nicht mehr ertrug. Und ihre Magie schien sich eh endlich beruhigt zu haben. Vor allem nun, da Steffen sie nicht mehr ständig über die Duria kontaktierte.

»Mag!«, Lisa erblickte sie, noch ehe sie die Treppen hinab gestiegen war, »Spiel mit mir!«

»Ich bin also wieder abgeschrieben?«, lachend kämpfte sich Pauls schwangere Freundin vom Boden hoch.

»Du bist toll«, Lisa lehnte sich zur Macian rüber und flüsterte laut in deren Richtung, »Aber sie kann nichts mit den Zukunftstürmen anfangen. Oder Opfertellern!«

»Das unterschreibe ich sogar«, lachend kam sie auf Maggie zu, die sich sofort verkrampfte.

»Cassey. Wir konnten ja noch nicht in Ruhe miteinander reden, hm?«, sie bot ihre Hand an.

Die Macian starrte die ausgestreckten Finger an. Dann das Gesicht der Frau. Sie wirkte nett. Offen. Sie konnte schon verstehen, dass Paul sich in Cassey verliebt hatte.

»Maggie Garwin«, erwiderte sie mit ihrem Hutannamen, ohne den Handgruß zu erwidern.

»Okay. Ehm. Paul meinte, dass du nicht gleich so offen wärst und- Nun, ich hoffe einfach, dass wir gut miteinander klarkommen?«, fragte Cassey holprig.

Langsam strich Maggie über Yukis verwandelte Form, als Lisa sie auch schon nach draußen schob. Sie suchte verschiedene Steine zusammen, um sie zur Haustür zu tragen. Es war eine alte Tradition aus Kriegsheim, die die Macian selbst lange Zeit nicht verstanden hatte.

»Bau einen Turm mit jenen Steinen, die die wenigsten Gemeinsamkeiten aufweisen. Wenn er stehen bleibt, bedeutet es, dass du das Unmögliche möglich machen kannst. Wenn er umfällt, wirst du alles verlieren«, erklärte sie.

»Und das sind die … Zukunftstürme?«

Maggie nickte.

»Schau mal! Ich habe einen lustigen gefunden!«, Lisa schleppte einen großen roten Granitstein an.

Schweigend legte die Macian ihn als Basis auf die Treppe vor dem Haus und griff nach einem flachen Weißen, den sie darauf ablegte. So hatte sie es auch die letzten Male mit Lisa gehandhabt: Das Mädchen holte die Steine und Maggie sollte sie wild durcheinander verbauen.

»Und ... was sind Opferteller?«

Nachdenklich blickte sie auf die Schwangere. Dann auf den Wald. Sie konnte Risu dort erkennen. Der Desson kletterte direkt am Waldrand herum. Freudig schien er nach Lisa zu rufen, welche sofort herüber lief. Wieso auch nicht? Ihre kleine Stiefschwester liebte Tiere. Und ein Eichhörnchen, dass mit ihr zu spielen bereit war, musste einem wunderbaren Traum ähneln!

»Einfach gesagt: Du lässt etwas von deinem Essen übrig oder stellst es direkt am Anfang beiseite, damit auch andere etwas abhaben können.«

»Tiere?«

Maggie tat, als hätte sie die Nachfrage nicht gehört. Stattdessen baute sie weiter an dem Turm, bis er ihr sitzend bis zur Brust ging. Je ein Stein auf einem anderen. Es war ein buntes, schiefes Konstrukt. Aber es hielt.

»Tut mir leid, wenn ich dich neulich so überfallen habe. Ich dachte, Paul hätte dir schon von unserem Nachwuchs erzählt«, Cassey balancierte ihre eigenen Steine unsicher.

Die Macian nickte. Sie spürte, wie Valerie das Thema derweil als unwichtig abtat. Selbst Alice hatte andere Sorgen. Sie selbst ... Sie selbst glaubte, sich für ihren Stiefbruder zu freuen.

»Wisst ihr schon, was es wird?«

Kopfschütteln: »Wir wollen uns überraschen lassen, weißt du? Sonst würden meine Eltern- Oh. Entschuldige. Ich meinte nicht- Also-«

»Schon gut. Du brauchst dich deiner Eltern hier nicht zu schämen«, unterbrach Maggie.

»Ja, aber … Ihr habt ja-«

Die GAKs rannten aus dem Waisenhaus und unterbrachen das Gespräch mittendrin. Schimpfend eilte Anja ihnen hinterher und stolperte fast über die zwei Zukunftstürme, ehe sie verwirrt stehen blieb. Sie ließ die drei Chaoten auf der Waldstraße verschwinden und beugte sich nach unten.

»Mag? Du unten?«

Unschlüssig nickte sie. Anja war nach Tom und Janine ins Waisenhaus gekommen. Die Brillenträgerin hatte sich direkt dem Papierkram verschrieben und studierte nun in Havbolt Jura. Angeblich war sie auf einen guten Job aus, um mit dem Geld ihre Stieffamilie finanzieren zu können. Doch ihre strenge Art hatte Maggie meist verunsichert.

»Hm«, stimmte sie still zu.

»Paul!«, rief sie nun ins Haus, »Paul! Hintern her tanzen! Sofort!«

Es polterte. Dann beugte sie sich zu Maggie runter.

»Ich muss die Rasselbande wieder einfangen. Richte Paul aus, dass er euch richtig bekannt machen soll, oder ich jage ihn als nächstes durchs Dorf, ja?«

Ohne eine Antwort abzuwarten, rannte sie los. Sie hetzte ungezügelt über den Asphalt und für einen Moment sah es so aus, als würde sie einen neuen Weltrekord im Sprint aufstellen.

»Also: Was hast du angestellt?«, fragte Niklas hinter ihr.

»Was weiß ich denn! Ich bin unschuldig!«, Paul schob sich raus. Er blieb stehen. Blickte auf Cassey. Auf Maggie. Seufzte.

»Ehm- Ihr … Ihr kennt euch schon?«, erkundigte er sich kleinlaut.

Niklas lachte: »Und ich dachte, Flo ist unbeholfen!«

»Ach, hör doch auf! Ich, ehm-«, Pauls Augen blieben an Maggie hängen.

»Es geht wieder«, behauptete sie, ohne aufzusehen und umarmte ihre Beine, »Wirklich.«

Was sonst hätte sie sagen können, ohne Niklas noch zu sorgen? Bislang wussten einzig Paul und Janine von ihren zurückgekehrten Erinnerungen. Und ein Teil von ihr wollte es unbedingt so belassen.

Das war ihre persönliche Hölle.

»Schaut mal! Das Eichhörnchen hat mir den noch gebracht!«, unterbrach Lisa und überreichte der Macian einen weiteren Stein, »Bau es ganz hoch, ja?«

Schon war sie wieder weg.

Einen Moment starrte Maggie auf die raue Fläche in ihren Händen. Sie war so kühl wie ihre eigenen Kräfte. Und so weiß wie Schnee.

Diesen Stein wollte sie nicht verbauen.

»Hab ich was verpasst?«, fragte Niklas plötzlich und setzte sich zu ihr.

Sofort war der Knoten zurück. Schwer lag er in ihrem Bauch. Er schmerzte. Sie wollte weinen. Sie konnte nicht weinen. Sie sollte gehen. Sie wollte nicht gehen. Sie-

Ruhig! Mag! Du musst ruhiger bleiben!, warnte Valerie, als Cassey sich bereits die Arme rieb.

»Gedankenkarussell«, entgegnete sie, »Wird schon.«

»Hm …«, Niklas blickte zu Paul, dann zu Maggie zurück, »Hast du von den Flyern gehört?«

Flyern? Von Jessica und ihrer Mom? Ja. Als sie bei der Kirche war. Aber das wussten die anderen ja nicht. Also schüttelte sie den Kopf.

»Nik, ich weiß nicht, ob-«

»Mag und diese Jessica sind befreundet«, unterbrach er ihren älteren Stiefbruder.

»Hö? Du sprichst mit noch jemandem aus dem Dorf?«

»Redet ihr von dem Jungen, der zu Besuch kam?«, mischte sich Lisa ein, als sie zurückkam.

»JUNGEN?!«, sofort riss Paul sie in die Arme und warf dabei fast den Turm um, »Bitte sag, dass meine kleine Lieblingsschwester noch keinen Freund hat, ja?«

»Sagt derjenige, der sich selber eine Freundin angelacht hat«, erwiderte Cassey trocken.

»Ja, aber … Nein!«

Maggie blendete die beiden aus. Zu sehr lenkte Niklas' Blick sie ab. Er war zu forschend. Zu fragend. Vermutete er eine Verbindung? Er hatte mitbekommen, wie Cindy verschwunden war. Nun Jessica. Mit beiden hatte die Macian zu tun gehabt. Ob er sie-

»Du musst vorsichtig sein. Nicht, dass sich hier ein Sexualtäter oder so rumtreibt, ja? Dieser Ryan ist zu einer fragwürdigen Zeit aufgetaucht und ich habe gehört, wie er sich mit Jessica gestritten hat. Vielleicht ist er gefährlich.«

Schweigend schaute Maggie auf ihre Hände. Da war der Stein von Lisa. Der Yubiwa. Und ihre Duria …

»Keine Sorge. Ryan kann notfalls helfen«, gestand sie, »Er weiß, was im schlimmsten Fall zu tun ist.«

Damit legte sie den weißen Stein auf den Turm, der gefährlich wackelte.

»Darf ich ihn umstoßen? Ja?«, ungeduldig wippte Lisa auf ihren Fußballen auf und ab. Also nickte Maggie nur.

***

TJ blinzelte sich erst am Abend nach Kriegsheim. Er tauchte mit Gakumon erstmal neben dem Waisenhaus auf, ehe er nach Maggies Markierung tastete. So ließ er sie spüren, dass er da war. Dass er wartete.

Kurz darauf öffnete sich das Fenster einen Spalt und er spürte, wie sie sich entspannte. Das war Einladung genug.

Während er neben ihr auftauchte, kletterte sein Vertrauter die Hauswand hoch. Still orientierte TJ sich und lauschte den leisen Worten der Macian, die kurz erzählte, wo sich die anderen Waisen befanden.

Die meisten unten. Ein paar noch im Dorf. Also sollten sie hier in Ruhe gelassen werden.

»Wie geht es dir?«, fragte Tarek angespannt.

Sie schaute auf den Boden. Öffnete die rechte Hand ein wenig, um ihn den Stein sehen zu lassen. Diese Duria, die nun wieder schwächer glomm.

»Das Gespräch hat ein wenig geholfen. Steffen lässt mir zumindest etwas mehr Freiraum und- Ich musste ihm und Tristen von unserer ursprünglichen Abmachung erzählen. Sonst- sonst hätte er mich bestimmt genötigt, bis ich mitgekommen wäre …«, gestand sie viel zu leise.

Wütend verkrampfte TJ die Hände. Was erlaubte sich dieser ungehobelte Mistkerl eigentlich?!

»Das ist nicht alles, oder?«, fragte er dennoch sanft.

Sie schloss die Augen. Ihre Schultern sackten ab. Es war, als ob ein Gewicht sie nach unten zog.

»Es ist alles so chaotisch. Ich weiß nicht, wie lange ich meine Kräfte noch kontrollieren kann und ich habe Angst, damit wieder jemanden zu verletzen«, gestand sie leise, »Kannst du dir vorstellen, dass Valerie das zuvor alles allein durchgemacht hat? Fast zehn Jahre lang?«

Sie braucht eine Pause. Es wäre besser gewesen, wenn wir diesen verfluchten Stein gleich weggeworfen hätten. Wir hatten ihn noch vor der Einweihung in der Hand! Warum hatten wir ihn nicht ins Meer geworfen?!

Johns Frust war ansteckend. Tarek spürte, wie er der anderen Seele nur zustimmen wollte. Aber das hätte nichts an ihrer Situation geändert. Und sie hatte entschieden, dass sie das Teil nicht mehr loswerden wollte.

Er würde es ihr nicht wegnehmen.

»Magst du vielleicht etwas Positives hören?«, fragte TJ und lehnte sich an ihren Tisch. Er sah dabei auf ihr Scrapbook, dass offen da lag. Ein Eintrag von einem anderen Waisenkind prangte darauf. Ein alberner Spruch über Puppen und Sammelfiguren.

»Ich weiß nicht … Gern?«

Nickend zog er ein Bild aus der Brusttasche. Er hatte es sich von TC geben lassen, ehe sie sich mit RT auf den Heimweg gemacht hatte. Obwohl die Linien noch recht wirr wirkten, konnte man die Skizze gut deuten. *Er* konnte Maggie erkennen.

Und sie anscheinend auch.

Mit großen Augen starrte sie auf die Zeichnung. Dann blickte sie ihn an. Zuletzt wieder das Bild.

»Von TC?«, fragte sie.

»Hm… Sie hat immer wieder nach dir fragen wollen, doch RT blockt es stets ab. Er hat wohl Angst, dass ich ihm den Kopf abreiße. Fakt ist aber, dass TC keine Angst vor dir hat, sondern dich mag. Obwohl du eine Macian und sie eine Hushen ist. Ich glaube …«, TJ atmete tief durch, »Wenn es zu schlimm wird, kannst du sicherlich auch auf Kumohoshi unterkommen. Ich meine, du bist zwar eine Macian, aber … Du bist auch du.«

Stumm blickte sie wieder auf das Bild, ehe sie es in ihr Scrapbook legte. Sie schrieb etwas auf die Rückseite. Ein einziges Wort, das Tarek stocken ließ.

Hoffnung.

»Ich verstehe es nicht«, murmelte Maggie still, »Egal, wie ich darüber nachdenke: Klar, Macian und Hushen sind verschieden. Aber wir sind uns auch so unendlich ähnlich. Warum hassen sich unsere Völker so sehr? Wieso wird immer nur gekämpft, gekämpft, gekämpft?«

Tarek legte den Kopf schief. So lange er denken konnte, war der Krieg ein Teil seines Lebens gewesen. Er hatte ihn nie hinterfragt. Er war genauso Teil des Alltags gewesen, wie die Luft, die er atmete.

»Ich glaube, es gab mal Versuche, alles zu beenden. Also, es wäre komisch wenn nicht, oder?«, vermutete er.

Sie nickte still.

»Die alten Traditionen müssen sterben … Oder wir werden niemals einen wahren Frieden erleben …«, entgegnete sie.

Kälte kroch durch das Zimmer. Es war, als würden die Worte eine andere Bedeutung verbergen. Eine, die sie wie ein Schatten verfolgte.

»Mag?«, sanft legte er eine Hand auf ihre eisige Schulter.

»Das … dein Vater hatte das gesagt. Ich hatte es damals kaum verstehen können, weil …«, Eiskristalle krochen über den Boden, das Holz stöhnte, ihr Atem malte weiße Wölkchen ins Zimmer.

»Die alten Traditionen?«, fragte Tarek sanft.

»Es waren seine Worte«, beteuerte sie, »Er hat damit … Mamas Tod … ge- gerech-«

»Shhh…«, vorsichtig presste er sie an sich, »Du musst nicht weiterreden, wenn es zu schwerfällt, ja? Alles gut. Es ist nur eine Erinnerung. Nichts weiter.«

»Aber er war dein Vater. Ich habe deinen Vater-«, sie schluchzte.

Etwas in ihm zerbrach. Er hasste es, sich unfähig zu fühlen. Irgendwie musste er ihr klarmachen, dass ihm sein Vater nichts mehr bedeutete. Der Mann war ein Fremder! Er musste sie ablenken und-

Und wenn du ihr von der Gefangenen erzählst? Vielleicht können wir sie verschwinden lassen? Wenn Mag das Gefühl hat, etwas Gutes bewirken zu können, könnte sie es als Ausgleich sehen?

Obwohl Johns Idee nicht schlecht war, so schob er diese eilig beiseite.

Nein. Er kannte sie. Wenn sie erstmal mit etwas anfing, würde sie weitermachen wollen. Sie würde unglücklicher werden, da sie nichts mit dem Krieg zu tun haben wollte, aber ihm auch nicht entkäme. Sie-

Es wäre besser, wenn die Macian sie in Ruhe ließen!

»Es ist, wie es ist«, beteuerte er, »Bitte. Sonst sagt man mir später noch nach, dass ich dich ständig an den Rand der Verzweiflung getrieben hätte.«

Sie lachte leise. In ihren Augen wechselten sich alle drei Farben ab. Sie tanzten wild miteinander, ehe die Macian durchatmete und die Kälte verjagte.

»Das Leben ist nie leicht, was?«, murmelte sie.

»Leicht wäre auch langweilig!«, mischte sich Yuki ein und sprang dazwischen, »Ich bin lieber neugierig. Also sag schon, irgendwas Interessantes passiert?«

»Yuki …«, fasziniert beobachtete TJ, wie die Normalität in die Macian zurückkehrte.

Den Desson zu Maggie zu bringen, war die beste Idee seines Lebens gewesen.

»Viel Papierkram und Babysitting. TC ist zu jung, um allein den Mund zu halten, also habe ich sie und RT unter einem Vorwand zu mir zitiert. Damit sie nicht so leicht petzen können«, erklärte er ungerührt.

»Deswegen das Bild?«, erkundigte Maggie sich.

»Es ist nur eines von vielen. Das Kind soll eigentlich lernen, aber derzeit kann sie sich kaum aufs Lehrbuch konzentrieren. RT ist am Verzweifeln«, grinste er.

Es tat gut, Maggie lächeln zu sehen. Vor allem, da ihr die kleine Hushen etwas zu bedeuten schien. Selbst vor dem rabiaten SR war sie ja schnell aufgetaut. Vielleicht sollte er ihr mehr Bezugspersonen besorgen? Hushen, für die sie nach Kumohoshi käme? Er könnte auch das Waisenhaus umsiedeln lassen. Die Mittel hätte er. Dann müsste sie sich nicht mal mehr um die Hutan sorgen.

Dafür muss ihr Bruder sie aber zuerst in Ruhe lassen, Überflieger!

Tarek beobachtete, wie die Macian über das Bild strich. Dann schlug sie das Buch zu und schüttelte den Kopf.

Sie wirkte so erschöpft.

»Jeder lernt in seinem eigenen Tempo. Wahrscheinlich braucht TC nur etwas länger?«, mutmaßte sie.

»Kann sein. Trotzdem sorgt sich RT um sie«, er holte tief Luft, »Das haben große Brüder wohl stets an sich, hm?«

Ihre rechte Hand verkrampfte sich. Nun war Valerie da. Sie warf TJ einen warnenden Blick zu. Öffnete den Mund.

Ehe die Worte ausbrechen konnten, war Maggie zurück.

»Tarek ... Was soll das?«, flüsterte sie.

Genau! Wo ist dein Feingefühl hin?, schimpfte John.

Da, wo es hingehört. Wenn ihr Bruder sie in Ruhe lassen soll, müssen wir ihn eben davon überzeugen, oder?

Willst du ihm drohen? Du hast gehört, was sie gesagt hat! Sie spürt, wenn er verletzt wird. Sie sind verbunden. So ähnlich wie Vertraute, wenn ich es richtig verstanden habe. Du kannst ihn nicht einfach ausmerzen!

Ich will ihn nicht ausmerzen. Ich will ihn überzeugen, beharrte Tarek.

»Du weißt nicht weiter. Das ist in Ordnung. Dann lass dir doch helfen. Lass mich mit deinem Bruder reden, ja?«, bot er zügig an, ehe John ihn unterbrechen konnte.

»Du willst-«, Maggie stockte, »Ich meine ... Ich weiß nicht. Mir würde nichts passieren. SR haben sie auch in Ruhe gelassen, weil er mit mir kam und-«, sie runzelte die Stirn, »Du ... Wissen sie, dass du der Otou-san bist? Es könnte zu gefährlich für dich werden und-«

Eilig griff er nach ihren Händen, als die Kälte erneut aufstieg. Er hielt an ihr fest. Starrte in ihre Augen.

»Mag ... Du schaffst das nicht allein. Ich hätte meine Einweihung ohne dich auch nicht überstanden. Oder den

Angriff der Macian. Bitte, nimm es an«, er drückte ihre Hände, »Ich will dir auch helfen.«

Spürte sie, dass sie zitterte? Zumindest breitete sich die Kälte nicht weiter aus. Woher kam also ihre Reaktion? Hatte sie Angst? Musste sie gleich weinen? Vor ihrer Erinnerungsflut wusste er immer, was in ihr vorging! Wieso fiel es ihm nun so schwer?!

»Ich will nicht, dass ihr kämpft«, flüsterte sie, »Ich will nicht, dass … dass …«

»Du bist heute da gewesen. Also vertraust du ihm, oder?«, erkundigte er sich, obwohl die Worte schmerzten.

Nicken.

»Gut. Dann schwöre ich dir, dass ich nur mit Gakumon hingehen würde. Keine Magie. Ich werde nur mit ihm reden. Und ich werde ihm direkt klarmachen, dass ich nicht zum Kämpfen da bin. Ich werde ihm sagen, dass ich dich markiert habe und ihn dazu bringen, mir zuzuhören. Es wird keine Auseinandersetzung geben, solange er nicht angreift. Und selbst wenn …«, TJ holte tief Luft, »… ich werde mich eher wegblinzeln, als mich auf einen Kampf einzulassen, in Ordnung? Ist das akzeptabel?«

Schweigend starrte sie ihn an. Tarek wusste, dass er schneller gesprochen hatte. Sicherlich ahnte sie, dass er etwas vorhatte. Deswegen versuchte er, sie mit den ganzen Bedingungen abzulenken. Sie musste nur zustimmen und er würde sich um den Rest kümmern. Er würde schon dafür sorgen, dass ihr Bruder sie gehen ließe.

Dieser hatte sich die letzten Jahre eh nicht für seine Schwester interessiert!

»TJ … Ich weiß nicht. Selbst wenn du dich an all das hältst, was ist mit den Auxilius? LaNa und ESi waren schon früher für ihre Kontrolle bekannt. Oder was ist, wenn Tristen oder Steffen dich direkt angreifen? Ehe du irgendetwas sagen kannst? Was, wenn-«

»Was, wenn du ihn um Geduld bittest«, unterbrach Tarek sie gelassen.

Sie stockte.

»Du willst, dass ich ihn durch die Duria innehalten lasse?«, fragte Valerie langsam.

»Nur einmal am Anfang, damit er sich auch darauf einlässt. Den Rest kannst du mir überlassen. Ich werde mich an meinen Schwur halten. Keine Kämpfe. Und du kannst gerne mit SR in der Nähe warten, um notfalls einzuschreiten, ja?«, führte er weiter aus.

Du gehst zu weit.

Lass das, John!

Ich mein ja nur. Er ist ihr Bruder. Und begeistert sieht sie nicht aus. Du schiebst sie von uns weg, wenn du so weiter machst!

Tarek schob sein anderes Ich beiseite. Aber die Zweifel krallten sich nur noch tiefer in ihn.

War er zu weit gegangen? Er wollte doch nur, dass die Macian sie wieder in Ruhe ließen. Er brauchte sie! Maggie hatte ihn auf dem Boden der Tatsachen zurückgeholt. Alice hatte ihm gezeigt, dass man immer fürsorglich sein konnte. Und Valerie? Als er das erste Mal ihre Alpträume verjagen konnte, hatte er gelernt, dass er gar nicht so machtlos ist, wie er angenommen hatte. Durch die drei hatte er ein Selbstvertrauen gewonnen, das er nicht mehr missen wollte … missen konnte!

»Es wäre eine Möglichkeit«, lenkte sie langsam ein, »Auch wenn … Es fühlt sich so an, als sollte ich mich allein darum kümmern. Dir das Reden zu überlassen, ist-«, sie haderte ungelenk mit den Händen herum.

»Aber du bist nicht allein. Vertrau mir. Ich werde es schon schaffen, ja?«, versicherte Tarek nochmal.

Sie schaute ihn an. Blickte wieder zum Scrapbook. Dann zu den Desson.

»Du musst aber Yuki auch Bescheid sagen, wenn du irgendwelche Schwierigkeiten siehst, ja?«

Gakumon nickte glucksend.

Dennoch schien die Macian noch nicht beruhigt. Ihr Blick wirkte so wild. So wild und unbeständig.

TJ schloss sie in ihre Arme und küsste ihre Stirn.

»Es wird alles klappen, ja?«

Allmählich entspannte sie sich. Sie sackte an seine Brust gelehnt zusammen und krallte sich in seinem Kimono fest. Es fühlte sich verzweifelt an. Ängstlich.

Und dafür hasste er ihren Bruder umso mehr.

»Lass keine Blumen wachsen«, murmelte Valerie plötzlich, »Also, Hibiskus wäre in Ordnung. Oder Korn- Nein. Lieber gar keine.«

»Hibiskus?«

»Ist … Vergiss es. Gar keine ist sicherer. Denn auch Hibiskus kann etwas anderes bedeuten. Je nachdem, was man wie wachsen lässt-«, sie stockte nochmal und presste ihn an sich, »Die Pflanzen sind meist sehr klein. Aber sie können Befehle an die Auxilius übermitteln. Taktiken. Pläne. Aufgaben. So etwas halt. Wenn das passiert, musst du sofort verschwinden, ja?«

Zustimmend nickte TJ. Er hatte schon mal davon gehört, dass die Macian geheime Sprachen untereinander hätten. Doch Blumen? Ein paar vergängliche Pflanzen?

»Sobald auch nur ein Grashalm wächst, bin ich weg, ja?«

Maggie nickte wieder und kam ihm dabei viel zu zerbrechlich vor. Sie hatte eine Pause verdient. Einen ruhigen Ort, um ihre Gedanken und Erinnerungen zu ordnen. Stattdessen nervte ihr Bruder sie. Stattdessen hatte ihre Schülerin die Mutter verloren. Stattdessen stand immer noch der Auszug zweier Waisen an.

Ob sie das noch auf dem Schirm hatte? Er bezweifelte es. Aber er wollte es ihr auch nicht ins Gedächtnis rufen.

Nicht, wo sie eh schon so ausgelaugt war.

»Wenn du eine Pause brauchst, sag Bescheid. Ich bringe dich wenn nötig ans andere Ende der Welt, damit du durchatmen kannst, ja?«, bot er an.

Zu seiner Überraschung schüttelte sie den Kopf.

»Halt mich nur fest. Das reicht mir.«

***

SR schaute nochmal aus dem Fenster, ehe er zu seinem Gast zurückkehrte.

»Ich glaube nicht, dass sie so bald wiederkommen«, erklärte er, »Ich mach kurz meinen Check-up und bin dann wieder da. Dauert nur ein paar Minuten. Stell dich einfach taub, falls dein Onkel nochmal die Tür behämmert.«

»Hatte ich eh vor«, brummte Jessica zurück und legte eine Spielkarte auf den Boden.

Tatakai stupste mit der Nase eine vor sich an, damit sie diese für ihn umdrehte. Es irritierte den Hushen, wie gut die beiden miteinander auskamen. Doch ihr gemeinsames Kochabenteuer zahlte sich wohl aus.

»Wenn ich ganz schnell zurück muss, den Zettel auf dem Tisch zerreißen, ja?«

»Hm.«

Nicht mal sein Vertrauter blickte auf. Liebevoll.

Damit blinzelte er sich ins Waisenhaus und wandte sich abrupt vom Bett ab.

Sag doch, dass du rumkommst!, fluchte er ungehört.

»Du kannst ruhig gucken. Bleib aber leise«, forderte TJ ihn auf.

Langsam kam Sven den Worten nach. Er blickte auf den Otou-san, der auf dem Bett saß. Die Macian lag schlafend neben ihm. Sie sah entspannt aus. Sehr viel entspannter, als am Morgen. Ob das an dem Zentrip lag? TJ schien irgendeine Illusion aufgebaut zu haben.

»Ich wusste nicht, dass-«

»Lass es«, unterbrach der andere ihn, »Du hättest mir Bescheid sagen sollen, dass sie am Ende ist. Das Treffen hat sie überstrapaziert.«

SR nickte still. Er sammelte all seinen Mut, ehe er den Mund wieder öffnete.

»Jessica war auch durch. Ihre Hutanfamilie sucht sie«, lenkte er ein.

TJ blickte langsam auf. Sein Blick wirkte angespannt. Genervt. Dennoch blieb er ruhig.

»Maggie hat genug um die Ohren. Sorg dafür, dass sie nicht noch mehr abkriegt, ja?«

Sven schaute kurz zu den Desson, die sich schlafend zusammengerollt hatten. Dann wieder zu dem Otou-san.

»Hast du ihr von den Hushensitten erzählt? Oder zwingst du sie ihr nur auf?«

Zornige Augen bohrten sich in seine. Etwas Wildes hatte sich in den Blick geschlichen. Wären sie allein gewesen, hätte Sven sofort das Weite gesucht. Aber solange sich sein Freund auf die Illusion konzentrierte, war das sein bester Schild, oder?

»Ich warne dich, Sven.«

Scheiße. Kannst du uns bitte nicht umlegen lassen? Das wäre furchtbar lieb!

»Schon gut. Ich wollt's nur wissen«, eilig ruderte SR mit den Armen, »Ich mein', meine Granny war ja auch eine Hutan. Und auf den Inseln ist es üblich, dass Väter, Brüder oder Ehemänner die Verantwortung übernehmen. Unter Hutan nicht. Keinen Schimmer, wie es gar bei den Macian ist. Ich habe nur keine Lust, dass mir das Zeug um die Ohren fliegt, weißt du?«

»Wird es nicht.«

Damit war das Thema für TJ erledigt.

Sven wollte sich gerade verabschieden, als dieser ihn mit einer Geste zurückhielt.

»Ich werde mich mit ihrem Bruder treffen«, offenbarte er.

SR kniff die Augen zusammen.

»Wann?«

Gedanklich ging er die Daten auf den nächsten Briefen durch. Der nächste wäre in zwei Tagen fällig. Auf diesem war eine handschriftliche Bedingung geschmiert worden. Er solle erst geöffnet werden, wenn ein lebendiges Feuer starb. Genau deswegen trug er ihn nun schon seit Tagen mit sich herum. Bislang ohne Erkenntnis.

»Morgen, übermorgen, mal schauen«, TJ legte sein Zentrip beiseite, »Ich will, dass du währenddessen bei Maggic bleibst. Du wirst ihr nicht von der Seite weichen. Und wenn sie dich um etwas bittet, hörst du auf sie, ja? Kein Zögern.«

»Als ob ich so dumm wäre. Ryan vielleicht, aber ich?«

Sofort schimpfte sein anderes Ich. Aber mit dieser Wahrheit musste die Seele klarkommen!

»Ich meine es ernst. Ich werde RT und TC an dem Tag in meinem Büro allein lassen. Wenn du Hilfe mit etwas brauchst oder ich gesucht werde, klär alles mit unserem alten Kollegen. Ihr habt freie Hand.«

SR hielt inne: »Weiß er schon von seinem Glück?«

Schweigen.

Dann wohl nicht. Super. Wenn TJ also irgendetwas passiert, fällt es auf uns zurück. Yay?

»Ich weiß nicht, ob ich das mag«, gab er vorsichtig zu.

»Du musst es nicht mögen. Du musst nur deine Befehle ausführen.«

Das war überdeutlich formuliert.

»In Ordnung. Wenn Ihr mich nun entlassen könntet, Otou-san?«, verneigend blinzelte er sich zurück ins Gruselhaus, wo Jessica gerade die Karten neu mischte.

»Du siehst nicht gut gelaunt aus?«

»Und du siehst zu gut gelaunt aus«, er setzte sich dazu und klopfte auf den Boden, »Wie funktioniert der Desson?«

»Das Spiel?«

»Sag ich doch, Giftzunge.«

»Werd' nicht frech, Blondie!«

Damit gab sie ihm auch ein paar Karten und rasselte die Regeln runter. Sie gab sich normal, doch konnte Sven sehen, dass sie ab und zu innehielt. Anfangs hatte es ihn verwirrt, dass sie nach Dingen wie Karten oder etwas zu essen gefragt hatte. Nun erkannte er, dass es für sie ein Teil Normalität war. Und dass sie eben jene Normalität brauchte, um sich nicht mehr in eine Wunderkerze zu verwandeln.

Kapitel 7: Die lebendige Flamme

Der traumlose Schlaf war ein Segen.

Immer noch ein wenig benebelt setzte Maggie sich auf. Sie blickte zu Yuki rüber, die sich neben ihrem Kopfkissen zusammengerollt hatte. Von Gakumon und TJ war keine Spur mehr. Dafür wurde es draußen gerade dämmrig.

War sie schon wieder so früh wach? Irgendwie schien das ja zur Gewohnheit zu werden …

Hallo?, fragte sie still in sich hinein.

Alice schwieg. Valerie brummte. Nun gut. Es wäre eine nette Abwechslu-

Ihr Blick blieb an den Dielen hängen. Risse hatten sich darauf gebildet. Sie zogen sich fast durch das ganze Zimmer und erzählten von ihrer fehlenden Kontrolle. Kontrolle, die sie doch hier im Waisenhaus brauchte …

»Yuki?«, sanft streichelte sie ihre Freundin.

Aber die Gestaltwandlerin regte sich nicht. Unbehagen stieg in ihr auf und verdrängte die anfängliche Ruhe. Unschlüssig umarmte sie sich. Sie wollte den Desson nicht aus ihrem wohlverdienten Schlaf reißen. Wenn ihr jedoch noch mulmiger wurde, hätte sie wieder mit ihrer Magie zu kämpfen. Sie musste-

Fremde Ruhe schlich sich an sie heran.

Verwundert starrte sie auf die Duria. Der Stein schimmerte sanft. Nicht so fordernd wie die letzten Tage. Es war eher wie früher, als Valerie sich gesorgt hatte, ob Vater mit ihrem Bruder schimpfen würde.

Sachte tastete sie mit ihrer Magie nach dem Stein. Sie spürte die vergessene Blockade, die Valerie hochgezogen hatte. Aber da ihr anderes Ich schlief, war es nicht mehr als ein vergangener Gedanke.

»Übermorgen? Selber Ort?«, fragte sie und versuchte, den Vorschlag in Bilder zu verpacken.

Die Zusage kam augenblicklich. Gefolgt von Eindrücken:

Sie erkannte die Hutanschule. Dazu ein akzeptierendes Gefühl. Hatte Tristen sich das Dorf genauer angesehen? Befanden er und Steffen ihn für gut?

Obwohl es ein Ort der Hutan war?

Langsam zog er sich wieder zurück. Aber nicht, ohne das beruhigende Gefühl zurückzulassen.

Hatte sie ihn falsch eingeschätzt? Vielleicht würden er und TJ sich doch ganz normal unterhalten können?

Nachdenklich legte sie die Handfläche auf den Boden und erweckte das Holz zu Leben. Sie konzentrierte sich auf die Dielen. Ließ neue Äste wachsen, die die Lücken ausfüllten, bis es wieder eben aussah.

Mit neuem Selbstvertrauen gewappnet ging sie nach unten. Sie blieb vor dem Büro der Betreuerin stehen. Einen Augenblick hielt sie inne. Dann ging sie hinein und suchte ihre eigene Akte raus.

Zügig überflog sie die Papiere. Einige hatte TJ angefertigt. Einige Janine. Dennoch sahen alle so echt aus. Nur fand sie in ihrer Akte keine Antwort. Denn falls sie das Waisenhaus verlassen musste, um ihre Stieffamilie nicht zu gefährden, sollten sie sich keine Sorgen machen. Sie sollten glauben, dass alles in Ordnung wäre. Genau wie bei …

Langsam blickte sie zu den Gruppenfotos rüber. Auf einem war ein kleines Mädchen abgebildet. Janine hatte es liebevoll in die Arme geschlossen. Sie war nur ein paar Monate hier gewesen, ehe sie adoptiert wurde.

Damals hatte die Betreuerin angeordnet, dass jeder seine Ruhe verdient hätte.

»So früh schon wach?«

Erschrocken fuhr sie herum, als ihre Ma in der Tür stand.

»Ich- ehm-«, Maggie suchte nach den richtigen Worten.

»Schon gut. Paul hat gepetzt«, offenbarte sie mit einem traurigen Lächeln.

Die Macian konnte nicht anders. Angespannt wandte sie sich ab und blickte aus dem Fenster. Sie wollte ihrer Ma nicht in die Augen sehen. Nicht, wenn sie es der Frau doch selbst hätte sagen sollen.

»Ich weiß nicht, wie lange ich noch hier bleiben kann«, gestand sie leise.

»Sei nicht albern. Das hier ist dein Zuhause, Mag.«

Zuhause. Wenn das nur so einfach ginge. Sie selbst war doch die größte Gefahr für dieses Zuhause!

»Es ist kompliziert«, wich sie aus, »Ich habe hier nichts verloren. Ich habe ja eine Familie. Aber-«

Sie konnte ihrer Ma nichts von dem Horror des Krieges erzählen. Sicherlich würde sie sonst alle Waisen der Welt retten wollen! Das wäre zu viel. Das würde sie nur unnötig auslaugen …

»Wenn du dorthin zurück willst, geh zurück«, seufzte die Betreuerin, »Wenn du lieber bleiben möchtest, steht dir meine Tür jederzeit offen. Niemand muss von deinen Erinnerungen erfahren, Mag.«

»Mein Bruder weiß es schon«, gestand Maggie und spürte, wie sich endlich etwas in ihr regte, »Er will, dass ich mitgehe. Ich will eigentlich. Ich will es nicht. Ich will nur weg. Ich weiß nicht, was ich will!«

Erschrocken presste sie die Hände auf den Mund. Sie hatte nicht lauter werden wollen. Aber irgendwie hatte es rauskommen müssen. Es hatte-

»Denke in Ruhe über alles nach. Wenn du dich zum Abendessen mal verspätest, ist das kein Problem, ja? Versuche bitte nur, nichts zu übereilen«, nebenan polterte es, »Das sind Lisa und Kati. Ich kümmer mich um die beiden und du«, sie zog einen dünnen Ordner am anderen Ende des Regals vor, »Schau ruhig, was passt. Anja und Janine hatten mehrere Verträge und Papiere für den Notfall fertig gemacht. Vielleicht ist ja das richtige schon dabei.«

Damit drückte sie ihr die Blättersammlung in die Hände.

Das Wort Abschied prangte unheilvoll auf der roten Pappe.

***

TJ hastete in einem solchen Akkord durch die Akten, dass RT ihn schon fragend anstarrte. Doch ließ sich der Otou-san davon nicht beirren. Je eher er hier fertig war, desto früher könnte er alles für das Treffen in Kriegsheim vorbereiten.

»Was ist mit der überführten Gefangenen?«, unterbrach ihn sein Freund vorsichtig.

»Sie muss noch warten. Ich werde zusehen, dass ich übermorgen Zeit für sie finde«, erklärte er ungehalten.

Yuki hatte Gakumon bereits Bescheid gegeben, dass er Maggies Bruder morgen treffen könnte. Er musste also zusehen, dass sich bis dahin keine Probleme anschleichen konnten. Vor allem nun, da jede seiner Entscheidungen mit Adleraugen überwacht wurde.

»Was hast du morgen vor?«

»SR weiß Bescheid«, murmelte er ungehalten.

»SR?«

»Dominanzwechsel. Wird nach seiner Mission bekannt gegeben«, erklärte er.

»Aha … also soll ich mich notfalls an ihn wenden?«

»Nur wenn es überhaupt nicht mehr geht.«

Obwohl RT nickte, wirkte er nicht überzeugt. Stattdessen schaute er zu TC und ihren Desson rüber. Dann wieder zu TJ. Er ging durch drei schnelle Handzeichen.

Deine Macian von neulich?, fragte er hastig.

Tarek verkrampfte sich.

»So ähnlich«, antwortete er laut, »Nur musst du nicht mehr wissen, wenn alles wie geplant läuft.«

Damit war das Thema für ihn beendet. Langsam schaute er wieder zu RT's Schwester rüber.

»Mag hat dein Bild gefallen«, erzählte er offen.

TC riss den Kopf hoch.

»Mein Bild?«, sie wurde rot, »Ich, ehm, ich meine, vielen Dank, Otou-san. Das ist mir eine Ehre!«

»Schon gut. Wenn du diese Hingabe beibehältst, fallen dir auch die Lehrbuchaufgaben leichter«, lenkte er ein.

Strahlend beugte sie sich über das Buch und schrieb dreimal so schnell wie zuvor.

RT riss den Kopf zweimal hin und her. Er formte ein stummes Danke mit den Lippen, das TJ abwinkte.

Wenn TC die Aufnahme in der Akademie nicht bestand, würde ihre Mutter das Kind bestimmt vollkommen von sich stoßen. Sie war ja bereits wütend gewesen, dass sie letztes Mal nicht wie RT damals in den Sonderklassen zugelassen wurde.

Wir bürden uns zu viel auf, brummte John.

Zustimmend machte Tarek weiter. Er hastete durch die Anträge wie ein Besessener.

Die Zeit saß ihm im Nacken.

***

Lysander August starrte auf den Boten seines Sohnes. Dieser blieb unruhig vor ihm stehen. Jedoch war er nicht so doof, das Weite zu suchen. Artig hielt er die Stellung, während LyA's Schwester über dessen Mimik kicherte.

»Mein Sohn ermahnt mich also, mich zu benehmen?«, fragte er den Boten noch einmal.

»Nicht direkt. Es ist eine Bitte des Radix und-«

»Und ich bin euer Lyx!«, donnerte er.

Er war es schon damals leid gewesen. Stets hatte man Frau und Tochter ihm vorgezogen. Dabei war er derjenige gewesen, der seine Frau gelenkt hatte! Seit dem Verlust ihrer Eltern war die einstige Floris in seiner Familie aufgewachsen. Seine Mutter hatte sie noch vor ihrem achten Lebensjahr miteinander vermählt. Dabei war der Altersunterschied ignoriert worden. Was wäre schon dabei, wenn ihr LyA fast 15 Jahre älter war? So konnte er zumindest die Flora gut beschützen-

-und sie manipulieren.

Erst war es gut gegangen. Sobald er sie zum Handeln aufforderte, war sie seinen Worten wie eine Marionette gefolgt. Aber als sie eine Tochter bekamen …

Der Schermer hatte den Umzug zum Shanai empfohlen, damit der Lyx von seiner wahren Familie getrennt werden würde. LyA war ja kein geborener Flora. Er war nur ein Eingeheirateter. Stets hatte der Auxilius ihn fortgewiesen.

Und nun wollte sein Sohn dasselbe versuchen?!

»Der Radix hat einem älteren Flora gar nichts zu sagen«, knurrte er den Boten an, »Wir reisen wie geplant weiter. Du kannst mitkommen oder das Weite suchen. Aber halte in Zukunft deinen Mund vor mir!«

Schluckend nickte der mickrige Macian. Vielleicht sollte LyA ihn an die Front schicken lassen? Damit er diese Visage nie wiedersehen musste?

Tajan Julius trat lachend an ihn heran: »Nehmt es doch mit mehr Humor. Ich glaube kaum, dass Euer Sohn Euch kränken wollte.«

Der Lyx schaute zu dem General rüber. TaJu. Unter allen Macian war er als das Feuer selbst berühmt. Ein Phönix hatte sich ihm unterworfen und folgte dem Mann wie ein zugelaufenes Hündchen.

»Ich denke, dass ich wohl am besten einschätzen kann, wie mein Sohn seine Worte meint, General«, behauptete er stur, als er dessen Blick begegnete.

Es war derselbe wie vom verfluchten Schermer. Onkel

und Neffe besaßen viele Ähnlichkeiten. Ähnlichkeiten, die LyA am liebsten ausgemerzt gesehen hätte.

»Ich meine nur, dass wir anreisen, um einem frohen Fest beizuwohnen. Nicht um für Unruhe oder Diskussionen zu sorgen«, obwohl der Mann lächelte, versteckte sich eine Warnung in den Worten.

Eine Warnung, die LyA am liebsten ignoriert hätte. Aber TaJu war ein General. Er hatte Macht und Einfluss. Beides Dinge, die einem männlichen Macian kaum zustanden.

»Wir werden sehen«, damit wandte LyA sich ab und warf seiner Schwester einen zornigen Blick zu.

Entschuldigend wank LiJu ab. Also beließ er es dabei. Tristen hörte immerhin eher auf seine Tante. Wenn er sie zu sehr nervte, würde das nur Missmut hervorrufen. Missmut, den er nicht gebrauchen konnte, wenn er den Generalstab weiterhin kontrollieren wollte.

Warum sonst hatte er diese unfähige Macian als Frau für seinen Sohn ausgewählt?

***

Maggie sammelte ein letztes mal ihren Mut, ehe sie mit Yuki nach unten ging.

Ihre Stieffamilie aß noch Frühstück. Das war die perfekte Zeit, unbemerkt ins Dorf zu gehen. Immerhin wollte sie SR nicht nur als Taxi missbrauchen. Außerdem würde die Bewegung ihr guttun.

»Bist du auch schon fertig?«, grüßte Lisa sie, als sie aus dem Haus trat.

Verdutzt sah die Macian ihre jüngste Stiefschwester an.

»Was machst du hier?«

»Ich war heute schon gaaaaanz früh wach«, erklärte sie strahlend, »Also hat Ben mir eine Käsestulle gemacht. Aber deswegen hatte ich nun keinen Hunger mehr und wollte nochmal Zukunftstürme bauen, nur fallen die ständig um! Hilfst du mir?«

So gern Maggie auch wollte, sie musste weiter. Sie musste zum Gruselhaus, ehe ihr Bruder bei der Kirche ankam. Falls irgendetwas passieren würde, könnte sie so reagieren, ohne die Waisen in Gefahr zu bringen.

»Ich bin verabredet«, wich sie daher aus, »Vielleicht beim nächsten Mal?«

»Nicht fair! Du hast dich auch die letzten Tage immer so viel verkrümelt. Ich möchte mal wieder mit *dir* spielen«, quengelte Lisa rum.

Wir könnten sie ein Stück mitnehmen? Vielleicht kann sie im Dorf mit einigen Kindern spielen?, fragte Alice.

Sie wird unterwegs wieder irgendwelche Tiere auflesen und dann wird Ma mit uns allen schimpfen, lenkte Valerie direkt ein.

Besser, als zu spät zu sein, oder?, fragte Maggie.

»Magst du mich ein Stück begleiten?«, schlug sie vor.

Eifrig nickte das Kind. Den ganzen Weg bis zum Dorf quasselte sie der Macian die Ohren ab. Sie erzählte von ihren Träumen und wie toll ihre Zimmergenossin Kati malen konnte. Es sähe aus, als wäre die Tinte lebendig! Maggie sollte sie mal darum bitten, etwas für sie zu malen. Aber nichts Buntes. Das ausmalen wolle sie übernehmen.

Erleichtert hörte sie nur zu. Sie ließ das Kind einfach plappern. Lisa war so lebhaft, so frei heraus, dass Maggie sie richtig beneidete.

Irgendwann lenkte ein Geräusch ihre Aufmerksamkeit nach oben.

Risu saß kichernd auf einem Ast. Hatte er sich die letzten Tage nicht auch häufiger am Waisenhaus rumgetrieben? Ob er Jessicas Feuersäule gesehen hatte und sich nun vor ihr fürchtete? Wusste er überhaupt, dass diese derzeit bei SR wohnte? Oder war er nur neugierig?

»Was ist denn- Oh!«, Lisa winkte dem Desson aufgeregt, »Huhu! Hast du noch ein paar tolle Steine für mich?«

Eilig kletterte Risu nach unten. Er lief langsam auf sie zu und wirkte dabei wie ein gewöhnliches Tier – wären da nicht die wissenden Augen gewesen.

Hastig sprang er um einen Baum herum und brachte Lisa einen, den er an den Straßenrand legte.

Fragend legte er den Kopf schief.

»Ich glaube, er möchte wieder mit dir spielen«, meinte Maggie und schenkte dem Desson ein dankbares Lächeln.

So musste sie sich keine Sorgen machen, was sie mit Lisa machen sollte. Shizen würde keinesfalls zulassen, dass seinem Enkel etwas passierte.

»Oh, ja!«, hastig lief sie in Richtung Wald und las einen Stein auf, den sie vorsichtig auf Risus ablegte.

Maggie beobachtete, wie der Desson noch einen darauf stapelte, ehe sie sich leise verabschiedete und weiterging.

Am Dorfrand wartete SR bereits auf sie.

»Weißt du, dass ich schon vom Schlimmsten ausging?«, murrte der Hushen.

»Du wolltest mich abholen?«

»Wollen? Hm, sagen wir, es ist eine Mischung aus wollen und sollen«, er bot ihr eine Hand an.

Noch ein letztes Mal sah Maggie zu ihrer Stiefschwester zurück. Sie wollte sichergehen, dass das Kind nichts bemerkte. Dass sie auf keinen Fall die Magie sah, von der sie doch nichts wissen sollte.

Lisa und Risu spielten so friedlich miteinander …

»Erstmal zum Gruselhaus?«, fragte sie nach.

»Hm. TJ hat irgendwas in der Kirche markiert und wartet auf Gakumons Zeichen. Er ist in meiner Küche. Giftzunge schläft noch«, erklärte er.

Aber so wie er von Jessica sprach …

»Was, wenn sie aufwacht?«, fragte sie vorsichtig.

»Ich wusste nicht, ob TJ sie schon treffen wollte. Hab also ein paar Dämpfungsbannkreise verteilt. Die lassen Gespräche nicht raus dringen«, führte er aus.

»Ist gut«, entschlossen reichte sie ihm die Hand und fand sich sofort im Gruselhaus wieder.

»Hat lange genug gedauert«, grüßte TJ den anderen Hushen ungehalten.

»Lisa hat mich etwas begleitet«, bemerkte Maggie zu SR's Verteidigung und umarmte TJ kurz. Erst danach fiel ihr Blick auf die angelehnte Tür, »Ist das auch wirklich nicht riskant?«

»Tatakai ist nebenan und lenkt sie notfalls ab«, erklärte der blonde Hushen, »Keine Sorge.«

»Ich möchte nicht, dass sie sich ausgestoßen vorkommt. Sie hat schon genug durchgemacht«, gab Maggie zurück.

Wenn Nicole sich ausgeschlossen vorkommt, bekommen wir sie nicht so leicht wieder beruhigt, bemerkte Valerie.

»Wäre es dir lieber, wenn sie Bescheid wüsste?«, erkundigte sich TJ.

Unschlüssig blickte sie erneut zur Tür. Dann strich sie über Yukis Fell, sodass die Gestaltwandlerin sich an ihre Hand schmuste.

»Nicht alles. Aber … sie hat definitiv mehr verdient, oder? Sie konnte sich ja nicht einmal von ihrem Vater verabschieden, geschweige denn ihrer Mutter …«

Seufzend schloss TJ die Augen. Er hob eine fragende Augenbraue in SR's Richtung. Dieser schaute jedoch nur unruhig zur Seite.

»Ich meine ja nicht, sag ihr, was du getan hast«, führte sie daher an ihn gerichtet aus, »Ich meine … so etwas wie ein Grab. Damit sie einen Schlussstrich ziehen kann. Solange sie nicht loslassen kann, wird sie dieses ganze Durcheinander eh nicht verstehen, oder?«

Wünschst du dir so etwas?, fragte Valerie leise.

»Wieso nicht, oder TJ?«, übertönte SR ihr anderes Ich.

Nickend stimmte er zu. Dann spannten sich seine Brauen an. Seine Hand strich über ihre linke.

»Es geht los«, verkündete er.

Maggie wollte gerade ihre Duria heben, um Tristen anzuweisen, ruhig zu bleiben. Sie wollte sich an ihr Skript halten. Eines, das sie sich extra im Kopf zurechtgelegt hatte, als TJ sie plötzlich an sich zog und küsste.

»Ich halte mich an mein Wort«, erklärte er nochmal.

Verdattert nickte sie.

»Ich … weiß«, die Worte entflohen ihr ungefragt. Sie konnte sie nicht zurückweisen. Es war die Wahrheit. Eine Wahrheit, der sie mehr vertraute, als ihren eigenen Worten.

»Ich liebe dich«, flüsterte sie ihm zu.

Dann schloss sie die Augen und konzentrierte sich auf ihre Duria. Sie bat Tristen um Geduld. Um Vertrauen. Nur für einen Augenblick.

Als sie die Augen wieder öffnete, war TJ fort.

***

CiLu war ein echter Glücksgriff gewesen. Aufmerksam hatte Tristen alles verinnerlicht, was sie mit ihm geteilt hatte. Ihm war es immer noch ein Rätsel, warum sie sich so gegen eine Heirat sträubte. Aber was war schon eine Vermählung, wenn er dafür seine Schwester zurückholen konnte und damit den Machtkämpfen der Generäle entkam? Er hatte ja regelrecht spüren können, wie viel entspannter Maggie und Valerie auf ihn reagiert hatten, als er sich an die neuen Ratschläge hielt!

Als der Wagen vor der Kirche stoppte, betrachtete er das Haus schon fast ungeduldig. Das letzte Treffen war erst vor zwei Tagen gewesen und dennoch fühlte es sich wie eine Ewigkeit an!

ESi stieg als erstes aus, um die Lage auszupeilen. LaNa blieb wie gewohnt bei ihm. Tristen spürte ihren unruhigen Blick auf sich ruhen, ehe sie sich abwandte.

»Zweimal derselbe Ort?«, fragte sie vorsichtig.

»Wenn das Dorf größer wäre, könnten wir uns nach einem anderen Treffpunkt umsehen«, erwiderte er.

Sie nickte.

Einen Moment später kam ESi zurück. In einer flüssigen Bewegung setzte er sich ins Auto und manipulierte dabei einen kleinen Metallring vorne im Wagen. Eine reine Sicherheitsmaßnahme, mit der er sich vor ihnen als er selbst verifizierte. Man musste immer mit Illusionen oder verkleideten Spionen rechnen!

»Sieht genauso wie beim letzten Mal aus, aber drinnen ist noch keiner«, bemerkte er.

»Sie kommt bestimmt gleich«, Tristen stieg aus und sofort folgten ihm seine Auxilius.

Ich spüre, dass sie unterwegs war. Gerade unterhält sie sich. Aber ich kann nicht näher ran, sonst bemerkt sie mich, gab Steffen preis.

Das war für Tristen genug.

»Steffen meint, dass sie gerade aufgehalten wurde. Ich gehe schon mal rein. Lasst ihre Begleitung in Ruhe, wenn sie auftaucht, klar?«, befahl er.

Zwei »Jawohl, Radix!« antworteten ihn und so ging er vorerst allein hinein. Die Tür fiel schwer hinter ihm ins Schloss. Sie dröhnte leise. Fast so wie-

Eine ungewöhnliche Ruhe strömte aus seiner Duria. Ihm war, als ob Maggie und Valerie mit ihm sprachen. Als würden sie ihn um einen Augenblick bitten. Vertrauen …? Aber er vertraute ihnen doch!

Eine Bewegung aus den Augenwinkeln erregte seine Aufmerksamkeit. Es sah aus wie ein kleines schwarzes Tier – kaum größer als eine Katze. Und dennoch hatte ESi

es übersehen? Nein. Es-

Seine Hand zuckte. Noch immer erfüllte ihn diese eigenwillige Ruhe. Sie ließ ihn zögern, als er gerade nach seinem Auxilius rufen wollte und-

»Du brauchst deine Begleiter nicht. Wir sind nicht zum Kämpfen gekommen«, erklang eine fremde Stimme.

Angespannt blickte sich Tristen um. Dort, in der vordersten Reihe saß plötzlich ein Hushen. Ungerührt saß er dem Podest zugewandt, als müsse er nicht einmal nach dem Macian sehen. Dennoch ging eine bedrohliche Aura von ihm aus. Ein Gefühl, das weder Tristen noch Steffen abschütteln konnten.

Er hob einen Finger. Dachte an das Holzelement. An die Blumen, mit denen er sonst-

»Hat sie dich nicht um einen Moment gebeten? Es wäre nicht nett, seine Schwester zu ignorieren, oder?«, fragte der Fremde amüsiert.

Was erlaubt er sich eigentlich?!, Steffen tobte, doch wurde das Gefühl erneut durch die Duria gesandt.

Unwillkürlich hielt er inne.

»Was hast du ihr angetan?«, fragte er sehr viel ruhiger, als er sich fühlte.

»Ich?«, der Hushen lachte und nun lief der Desson zu ihm herüber. Dabei bemerkte Tristen, dass er die Form des Geschöpfes nicht ausmachen konnte. Als wäre sie in sich verschoben. Nicht ganz stimmig.

War es ein Gestaltwandler? War er so ESi entgangen?

»Warum sonst sollte meine Schwester Abschaum wie dich unterstützen?«, platzte Steffen aus ihm heraus.

Eilig drängte Tristen ihn zurück. Sein anderes Ich war zu unbesonnen. Dabei reichte nun doch ein einziger falscher Schritt aus, um-

»Wieso nicht? Sie hat dir ja von unserer Abmachung erzählt, oder?«, langsam wandte sich der Hushen um.

Überrascht starrte der Macian ihn an. Er kannte diesen Kerl von Fotos. Aus Erzählungen. Immer wieder hatte man versucht, ihn umbringen zu lassen. Zweimal waren die Spione sogar bis nach Kumohoshi gekommen, um ihn zu erledigen. Das eine Mal konnte er jedoch nicht gefunden werden, das andere Mal kam er mit einer Vergiftung davon, die am Tag drauf wieder verschwand.

Das war der Otou-san. Der Sohn des irren LR, der sich mit drei Generälen angelegt und davon gekommen war!

Unschlüssig schickte er sein Unverständnis in die Duria, nur schien es den Hushen nicht zu kümmern. Er saß einzig da und wartete. Worauf?

Wieder entstieg ein warmes Gefühl der Duria.

Blindes Vertrauen.

Der Hushen musste ihm irgendetwas angesehen haben. Stumm wies er auf die Bank hinter sich. Als solle Tristen sich dorthin setzen.

Dieser ließ sich lieber auf der gegenüber nieder.

Nur weil seine Schwester diesem Monster vertraute, musste er ihrer Unbesonnenheit nicht folgen!

»Was willst du?«, fragte er offen heraus.

»Sehr direkt, hm?«, gab der andere lächelnd zurück.

Tristen ließ sich nicht täuschen.

»Jemand wie du hat Leute, die für ihn arbeiten.«

»Sprichst du aus Erfahrung?«

Zorn peitschte durch den Radix. Noch nie hatte jemand, außer seinem Vater, so abfällig mit ihm geredet! Er verbat sich stets jede Respektlosigkeit!

»Was. Soll. Das?!«

Endlich schlich sich der Ernst in die Augen des Hushen. Er wirkte abfällig, ja geradezu verächtlich auf Tristen! Als wäre der Macian das Monster. Und nicht dieser Widerling!

Obwohl der Hushen ruhig antwortete, schlich sich ein Gift in seine Stimme, das Tristen nicht abschütteln konnte.

»Welcher Bruder sucht nicht nach seiner verschollenen Schwester?«

Der Satz hallte bedrohlich nach. Selbst der schwarze Desson schien sich unwohl zu fühlen. Sachte schmiegte er sich gegen den Arm des Hushen, sodass dieser endlich den Blickkontakt brach.

Schaudernd atmete Tristen ein.

Dieser-! Sie haben uns angegriffen! Wir hätten sie nicht einmal suchen müssen, wenn-

Aber er hat schon recht. Wir selbst haben sie nicht gesucht. Wir hatten nicht mal Leute aussenden können. Selbst wenn Vater sich nicht geweigert hätte ...

Steffen zog sich unruhig zurück.

»Ohne Duria wurde sie für Tod geglaubt. Vor allem nach eu… nach dem Massaker.«

Der Hushen nickte still.

»An sich verständlich. Nur zerrst du sie nun zurück in eine Welt, in die sie nicht mehr gehört. Du bist zwar ihr Bruder. Aber darüber hinaus? Welcher Bruder verdammt seine Schwester zu den Erinnerungen einer sterbenden Mutter? Zu Alpträumen und Tränen?«, er senkte die Stimme, »Wärt ihr nicht durch die Durias verbunden, hätte ich dich bereits persönlich umgelegt.«

Obwohl Tristen die Wut irritierte, so kam ihm die Feindseligkeit am Ende bekannt vor. Damit konnte er etwas anfangen. Und gegen diese war er gewappnet.

»Nun, ich könnte dich ebenso umlegen, oder nicht?«, gab er schroff zurück.

Der Hushen lachte auf. Es klang nicht verächtlich. Eher, als ob er es erwartet hätte.

Er hält ihr Leben in seinen Händen! Sollten wir ihn nicht einfach auslöschen und abhauen?

Steffens Worte fühlten sich gut an, doch dieses Gefühl aus der Duria … Wieso brach es nicht ab? Gefühle konnten nicht so leicht erzwungen werden! Warum wollte seine Schwester, dass er dieses Monster anhörte?!

»Hör auf«, Tristens Stimme bebte und endlich legte sich wieder Stille über die Kirche, »Sag mir lieber, was du für ihr Leben willst?«

»Was ich will?«, der Hushen machte eine beiläufige Geste und sofort trat sein Vertrauter von ihm zurück, »Was meinst du?«

»Die Markierung. Ihr Leben gegen wie viele andere? Gegen Generäle? Auxilius? Nenne deinen Preis und ich werde ihn zahlen, wenn du sie auch wirklich gehen lässt«, behauptete er.

Ist das nicht etwas hoch gepeilt?

Tristen ignorierte die aufsteigende Unsicherheit. Er konzentrierte sich nur auf den Hushen, der ihn ungläubig anstarrte. Dann schüttelte dieser amüsiert den Kopf.

»Deinen Preis«, wiederholte er und stand auf, »Wie sollte ich einen Preis für etwas Unbezahlbares nennen?«

»Du hast kein Recht auf ihr Leben! Du hast kein Recht, sie zu einer ewigen Geisel verkommen zu lassen, in der nur du die Macht hast, alles sofort zu beenden, Monster!«

TriSte bebte. Das geriet immer mehr aus den Fugen. Er hatte gedacht, dass er den Hushen schnell überzeugen könnte, wenn er nur hoch genug feilschte. Anschließend hatte er einen Hinterhalt planen wollen. Maggie und Valerie hätten es schon verstanden. Auch Alice. Da war er sich sicher. Aber-

Der Hushen trat langsam zum Podest vor und schüttelte noch immer grinsend den Kopf. Es wäre ein Leichtes, ihn anzugreifen. Ihn einfach umzulegen und-

Sein Desson! Wo war sein Desson?!

Erschrocken bemerkte der Macian, dass sich das Wesen neben ihm befand. Stumm hatte es sich da niedergelassen und beobachtete ihn argwöhnisch. Wenn er etwas tat …

würde das Wesen danach seine Schwester umbringen? Ob es auch zu ihr blinzeln könnte?

»Du scheinst nicht zu begreifen«, der Hushen neigte den Kopf zur Seite, »Solange ich lebe, wird kein anderer Hushen sie anrühren. Unsere Abmachung und ihr Dasein als, wie meintest du? Geisel? Ja. Ihr Dasein als ewige Geisel ist der größte Schutz, den ein Macian haben kann. Warum sollte ich so etwas gegen unbekannte Gesichter umtauschen, die mich nicht einmal interessieren?«

Tristen stockte.

Wie schräg dachte dieses Monster eigentlich? Hielt er TriSte's Schwester für eine Puppe?!

Er wollte gerade dazu ansetzen, etwas zu erwidern, als die Tür aufging. Überrascht wirbelte er herum.

»Tri-«, TriSte's Vater stockte. Hinter ihm standen zwei Generäle: Dessen Schwester und der Feuermeister. Beides Macian, die sofort reagierten und die Elemente lenkten.

Der Otou-san blinzelte sich drei Schritte zur Seite, als die Flammen auf ihn zuschossen. Er klopfte gegen sein Bein. Doch gerade als der Desson zu ihm kam, schoben sich LiJu's Äste in den Weg. Wütend zogen sich seine Lippen zusammen. Dennoch sagte er nichts, als er nun mit nur einem Finger gegen sein Bein schlug und der Vertraute verschwand. Das Monster blickte nochmal zu Tristen-

-dann schoss auch schon ein brennender Vogel auf ihn zu.

Augenblicklich waren beide verschwunden.

Tristens Kopf lief auf Hochtouren. Sein ganzer Körper war angespannt. Unruhig beobachtete er die Stelle, an der dieser Hushen und TaJu's Phönix verschwunden waren. Panik drang aus seiner Duria.

Er schluckte.

Das geschieht ihm recht!

Klappe, Steffen!

Aber er-

Wir haben nichts gesagt! Wir hätten etwas sagen sollen! Vor allem, weil er die ganze Zeit hätte kämpfen können. Doch er hat sich zurückgehalten!

Und was haben wir mit seiner Dummheit zu-

Die Panik sprang näher. Erschrocken drehte er sich um. Sein Vater stand noch zwischen den Generälen. Er sah so aus, als ob er zu einer Schimpftirade ansetzen wollte. Doch das durfte Tristen nicht zulassen.

»Klappe!«, fauchte er ihn an, »Ihr habt keine Ahnung, was-«

Er brach ab, als Maggie hinter den Macian auftauchte. Ihre Augen sprangen unruhig umher. Dahinter stand der Hushen, der sie das letzte Mal hergebracht hatte. Er schien sich alles andere als wohl zu fühlen. Kein Wunder. Wenn sein Vater gerade mit den anderen Generälen eingetroffen war, bestand der Korso aus drei oder vier Fahrzeugen.

»Ich kann's erklären«, hauchte Tristen und umklammerte seine Duria entschlossen.

Für einen Augenblick blieben ihre Augen an ihm hängen. Dann blickte sie an ihm vorbei in die Dunkelheit.

»Gakumon?«

Ihrer Stimme folgend schoss ein schwarzer Schatten aus der Kirche. Eilig umkreiste er ihre Beine, ehe er zum Stehen kam und wieder eine Mischform annahm, die irgendetwas zwischen Fuchs und Katze darstellte.

»Er hat nicht angefangen. Die anderen Macian sind reingeplatzt. Sie haben angegriffen«, berichtete das Wesen ehrlich, als wäre sie seine Vertraute.

Tristen stockte.

Dieser Desson hätte lügen können. Er hätte seine Schwester umbringen können. Und dennoch tat er es nicht.

Warum?

»Was soll das? Was geht hier vor sich?!«, donnerte ihr Vater los. Zeternd baute sich LyA zwischen ihnen auf.

Sein riesiger Körper trat aus der Tür ins Freie und so konnte TriSte nun seine eigenen Auxilius sehen, die sich unsicher ansahen.

»Du bist der Vertraute des Aufreißers«, knurrte TaJu da auch schon. Er schnipste eine blaue Flamme in seine Hand, bereit anzugreifen!

»Es reicht«, Maggie sprach ruhig, aber bestimmt.

Ganz so wie ihre Mutter früher. Und so schien zumindest TriSte's Tante die Flora zu erkennen.

»Du…«, Generälin LiJu hielt inne und starrte LyA an.

LyA, der vor Wut messerscharfe Pflanzen aus dem Boden wachsen ließ.

»Was fällt dir ein, mich befehligen zu wollen?!«, er lenkte das Holz in ihre Richtung, doch noch ehe es sie erreichte, gefror alles. Starr blieb es im Boden stecken. Unbeweglich. Tot.

»Wage es nicht, Vater«, Valerie starrte ihn so zornig an, dass er mehrere Schritte zurücktrat.

»Du- Du kannst ni- Sie-«, zitternd fiel er auf die Knie.

Plötzlich richtete sich ihr Blick auf Tristen.

»Du hast nicht gekämpft.«

Wenngleich es keine Frage war, nickte er.

»Aber du hast sie auch nicht aufgehalten, oder?«

Diesmal zögerte er. Es kostete ihn jede Kraft, Steffens patzige Kommentare zu unterdrücken.

Langsam schüttelte TriSte den Kopf.

Sie wandte sich wieder dem Desson zu: »Wo ist er?«

Das Geschöpf blickte kurz zu ihnen rüber. Dann malte es mit dem Schwanz ein Zeichen in die Luft, das der Hushen fluchend kommentierte. Er murmelte etwas, was sie ihre Stirn runzeln ließ. Viel zu langsam schaute sie zu TaJu.

»Wo ist dein Phönix?«

»Phönix?!«, nun blieb der Hushen nicht mehr leise, »So ein echtes Feuervogelding mit-«

»Sven, bitte.«

Unruhig biss er sich auf die Zunge.

»Dort, wo er diesen verfluchten Otou-san von innen heraus in den Tod grillen kann, Floris«, antwortete TaJu mit einer Verneinung.

Tristen atmete erleichtert aus, als er den Titel hörte. Es bedeutete, dass er sie anerkannt hatte. Es bedeutete, dass es einen Macian mehr gab, der nicht nur stur LyA folgte. Es war eine Ermahnung an ihre Pflicht, zurückzukehren. Zurück nach Hau-

»Bring mich hin«, forderte sie den Hushen plötzlich auf.

»Bist du irre?«, er stockte, »Ich meine, du- Ich bin einen Kopf kürzer, wenn-«

»Willst du, dass er stirbt?«, fragte sie direkt heraus.

»Nein, aber-«

»Habt ihr einen Wassergeist parat, der bereit ist, euch sofort zu helfen?«

»Wenn-«

»Habt ihr?«, ihre Ungeduld war so stark, dass sie durch die Duria drang.

Tristen hielt inne. Wieso sorgte sie sich so sehr um diesen dummen Hushen? Er war ihr Feind. Er hielt ihr Leben in seinen erbärmlichen Fingern! Konnten sie ihn nicht bitte einfach verrecken lassen?!

Murrend streckte der Hushen die Hand aus. Eine Robe erschien in seinen Fingern. Dunkler Stoff, den er ihr vorsichtig über den Kopf legte. Er schaute nochmal zu dem kleinen Desson herab. Dann seufzte er.

»Nur zur Erinnerung: Diesmal ist das nicht auf meinem Mist gewachsen, ja?«

»Maggie!«, Tristen erwachte aus seiner Starre, als sie gerade die Hand des Hushen ergreifen wollte. Er durfte das nicht zulassen! Er konnte nicht-

Langsam drehte sie sich um. Sie blickte ihm direkt in die

Augen. Seufzte.

Dann kniete sie sich hin, um ihre Hälfte der Duria auf der Erde abzulegen.

»Vier Stunden«, erklärte sie, »Gib sie mir in vier Stunden zurück.«

Damit verschwand sie.

Zitternd trat er an das abgelegte Schmuckstück heran. Er spürte ihre Magie darin. Sie hatte ihre Worte ernst gemeint. Das wusste er. Dennoch-

»Das kann nur ein schlechter Traum sein. Ein Scherz«, murmelte sein Vater hinter ihm, als er wieder aufstand.

»Ist es nicht. Deswegen solltest du dich auch ruhig verhalten«, erwiderte er zitternd, »Ihr solltet doch eh erst Morgen ankommen. Was macht ihr schon hier?«

»Dein Vater hatte es eben sehr eilig, dir zu gratulieren«, säuselte seine Tante geradezu.

TriSte musterte die restlichen Neuankömmlinge.

Dann den vordersten Wagen.

»Wieso … Wieso ist das Blech so verbogen?«, fragte er.

Unbekümmert zuckte LiJu mit den Schultern.

»Der Lyx wollte selber fahren und hat unterwegs noch eine junge Hushen gesehen. Wir haben nun ein Problem weniger«, verkündete sie stolz.

Ein ungutes Gefühl breitete sich in TriSte aus, als er das Auto erneut betrachtete.

Es konnte noch nicht zu lange her sein. Vor allem, da sie sonst das Metall wieder in Form gebogen hätten. Selbst die Haube war ja noch nass!

»Hier im Dorf?«, fragte er vorsichtig.

»Unterwegs«, brummte sein Vater, »Was soll daran schon so wichtig sein. Sie war eh sofort tot. Nur bei dem Eichhörnchenverschnitt musste ich noch nachhelfen.«

Kapitel 8: Die Entschlossenheit der Najade

Maggie behagte die Unruhe auf der anderen Seite der Duria gar nicht. Dennoch bemühte sie sich um Ruhe. Sie vertraute auf Valeries Unterstützung. Alice hingegen …

Sie fühlte sich so angespannt an. Es war, als würde sich die Najade sorgen. Hatte sie eine Vorahnung? Nein. Es war eher wie ein Gegensatz, vor dem sie sich wegdrängen wollte. Aber jedes Mal, wenn Maggie das Gespräch mit ihr suchte, blockte sie ab.

Es ist wie damals, bemerkte Valerie plötzlich, *Als JuNi Besuch hatte. Weißt du noch? Dieser Feuergeneral.*

Die Erinnerung war zu weit weg, als dass sich die Macian darauf konzentrieren konnte. Stattdessen schoben sich JuNi's tote Augen dazwischen.

Oder dieser brennende Vogel …

Phönixe sind die Gegensätze von Najaden. Vielleicht-

Ehe Maggie den Gedanken zu Ende bringen konnte, platzte Alice durch ihren Kopf. Sie war wie eine Flut, die alles aus dröhnte und damit beinahe die Konzentration der anderen Seelen auf die Duria brach.

Lass es!

Was soll das Alice? Du kannst dich nicht nach Belieben verkriechen und uns dann so überrollen! Wenn wir etwas wissen sollten, sprich endlich wieder mit uns!

»Alles-«

»Alice«, unterbrach sie SR, der neben ihr wartete.

Damit ließ er sie nickend in Ruhe.

Und erschrocken wurde sich Maggie bewusst, dass sie die andere Seele angeschrien hatte. Das hatte sie nicht gewollt! Warum war ihre Geduld auch so erschöpft? Sie musste ruhig bleiben! Hätte Valerie ihren Ausbruch nicht abgeschirmt, hätte er TriSte verunsichern können!

Es tut mir leid, murmelte sie dem Wassergeist zu, *Ich hätte nicht so schreien sollen.*

Wieso? Tat dir doch mal ganz gut, Valerie wirkte so nonchalant, dass es wehtat.

Würde Maggie nun auch so streitsüchtig wie ihr anderes Ich werden? Seitdem sie die Seele so gut verstand, konnte sie sich nicht mehr über deren fehlendes Benehmen aufregen. War das ein Fehler?

Auch wenn es guttat: Es war nicht fair, bestand sie daher, *Al, ich habe dich in den letzten Jahren als Teil von mir angenommen. Ich möchte nicht mit dir streiten. Wenn dich etwas bedrückt, sag es uns. Wir können dir helfen.*

IHR?!, Alice lachte, *Solange ich keine Quelle anlegen kann, bin ich nicht vollständig! Und ihr haltet mich davon ab, eben das zu tun! Ihr haltet mich von den Macian fern. Ihr! Wie wollt IHR mir also helfen?*

Aber gerade bedrückt dich nicht die fehlende Quelle, oder?, mutmaßte Maggie.

Es wirkte eher, als ob sie sich von einer unsichtbaren Kraft weglehnen wollte.

Als ob sie fliehen wollte?

Nicht so wichtig, ja?

Damit zog sie sich erneut zurück.

Seufzend schüttelte Maggie sich. Sie strich über Yukis Fell auf ihrem Schoß. Weiches, glattes Fell. Dann war mit Gakumon noch alles in Ordnung. Sie brauchte sich keine Sorgen machen …

»Was denn hier los?«, gähnend trat Jessica in die Küche und sofort ließ Maggie ihre Jacke über den Desson fallen.

»Wir haben uns nur unterhalten, Giftzunge«, SR schob sich vor sie.

»Stellst du schon wieder irgendwelchen Mist an?«

»Ich doch nicht.«

»Wer's glaubt«, desinteressiert schob sie sich an den Korb mit den Vorräten, den der Hushen unter dem Fenster abgestellt hatte, »Du solltest besseres Zeug kaufen.«

»Wenn ich mehr Zeit habe«, unschlüssig hob SR eine Augenbraue und Maggie schüttelte den Kopf.

»Lässt du uns noch kurz was klären, Jessi? Wir brauchen auch hoffentlich nicht mehr lang«, bat sie.

Murrend nahm sie sich ein paar Kekse und eine Wasserflasche: »Denk dran, du schuldest mir noch eine Revanche!«

Lachend stimmte SR zu. Er wirkte ja mittlerweile richtig vertraut mit seiner einstigen Zielperson!

»Revanche?«

»So ein Kartenspiel. Hat ihr geholfen. Bis ich sie darin geschlagen habe«, er zuckte mit den Schultern.

Gerade wollte sie dazu ansetzen, etwas zu erwidern, als Valerie keuchte. Yuki sprang auf. Sie blinzelte verwirrt. Fing Maggies Blick auf.

Wo kam die Unruhe her? Wo diese …

War das Panik?!

»Wir müssen los«, flüsterte sie noch etwas erschlagen, von den vielen Eindrücken.

»Was-«

»Jetzt. Vor die Kirche. Bleib aber hinter mir«, erklärte sie sicher und half Yuki zittrig auf ihre Schultern.

»Du bist so kalt«, stoppte der Desson sie.

Ja. Sie musste sich beruhigen. Ruhig bleiben. Ruhig-

Ich wäre eher für zornig zu haben, lenkte Valerie ein.

Sofort lenkte Maggie ihre Gedanken um. Sie übernahm die Wut ihres anderen Ichs. Doch hätte es auch ihre eigene sein können. Vor allem, da Alice sich genauso sprunghaft anfühlte!

»Jetzt«, erklärte sie, sobald die Gestaltwandlerin die Form ihres Halstuches angenommen hatte.

Die Welt kippte schlagartig um. Die Kühle der Küche verschwand. Es wurde abrupt wärmer. Leute wirbelten herum. Blicke und Elemente wurden in ihre Richtung geworfen. Alles altbekannte Spielereien, die Maggie mit einer knappen Handbewegung abtat.

Wieso waren so viele Macian hier? Das mussten gut fünfzehn Leute sein!

»Klappe! Ihr habt keine Ahnung, was-«, Tristens Stimme stockte, als er sie sah.

Maggies Augen suchten TJ. Sie suchten etwas von ihm. Irgendetwas! Angst floss durch sie hindurch. War er tot? Nein! Das … Das durfte er nicht! Er durfte nicht vor ihr sterben! Er … er musste sie doch eines Tages …

»Ich kann's erklären«, ihr Bruder sprach so leise, so weit weg. Verzweiflung schlich sich durch die Duria in ihre Seele. Hoffnung. Er-

Etwas in der Dunkelheit der Kirche bewegte sich. Es war ein vertrauter Schatten. Viel zu oft hatte sie für ihn das Fenster geöffnet. Er erfüllte sie mit Erleichterung! Wenn es dem Desson gut ging, so doch bestimmt auch TJ, oder?

»Gakumon?«, rief sie Yukis Bruder zu sich.

Eilig schoss er an den Macian vorbei. Er war so schnell, dass er einige Runden um sie drehen musste, ehe er zum Stehen kam. Erst dann verwandelte er sich zurück in seine wahre Gestalt.

»Er hat nicht angefangen. Die anderen Macian sind reingeplatzt. Sie haben angegriffen«, erklärte er zügig.

Maggie blickte erneut auf. Endlich konnte sie sich auf die Leute fokussieren. Sie erkannte einige Gesichter wieder, manche waren ihr jedoch gänzlich fremd. Und wieder andere-

Die Augen ihres Vaters glänzten vor Verachtung. Er schnalzte mit der Zunge, ehe er die Stimme hob: »Was soll das? Was geht hier vor sich?!«

Er trat aus der Kirche und baute sich wie eine Mauer vor ihr auf. Langsam schlich sich Unruhe in die anderen Macian. SR spannte sich an. Yuki zitterte.

»Du bist der Vertraute des Aufreißers«, sprach ein anderer General den Hushen hinter ihr an. Er beschwor eine blaue Flamme in seine Hand. Feuer, das Alice in ihrem Kopf aufschreien ließ. Sie dachte an SR's Narbe. An die sinnlosen Kämpfe.

»Es reicht«, befahl sie ruhig.

Die Frau neben ihrem Vater hielt inne. Sie murmelte etwas. Andere Stimmen folgten. Unsicherheit klang in den Worten mit. Unsicherheit und Unglauben.

»Was fällt dir ein, mich befehligen zu wollen?!«, ihr Vater peitschte ihnen Klingen aus Pflanzen entgegen. Sie entsprangen dem Boden. Bereit, alles niederzumetzeln. Alles auszulöschen!

Genauso wie ihre Kräfte es beim Massaker getan hatten.

Die Erkenntnis kam so schlagartig wie der Frost, der alles erstarren ließ. Sie bemühte sich, SR und die Desson nicht die Kälte spüren zu lassen. Aber ihre Geduld geriet ins Wanken. Der Zorn trug nicht gerade dazu bei, einen besonnenen Kopf zu bewahren.

»Wage es nicht, Vater«, hörte sie Valerie sagen, während sie sich noch fing.

»Du- Du kannst nicht- Sie-«

Lass mich wieder, bat Maggie, als sie sich auf Tristen fokussierte.

Folgsam machte sie ihr Platz.

»Du hast nicht gekämpft«, begann sie.

Er nickte langsam.

»Aber du hast sie auch nicht aufgehalten, oder?«

Ihre Duria wurde leiser. Es war, als ob Tristen oder Steffen sie aussperrten, um ihre Gedanken zu verbergen. Schämten sie sich? Nein. Da war etwas anderes. So langsam wie er den Kopf schüttelte …

Es reichte ihr!

»Wo ist er?«, fragte sie an Gakumon gewandt.

Unschlüssig schaute der Desson zu den Macian. Dann tanzte sein Schwanz durch die Luft. Sie selbst erkannte das Zeichen nicht. Dafür aber SR.

»Scheiße- Sein Familienbannkreis hat ihn zurückgeholt. Passiert nur bei Lebensgefahr«, hauchte er ihr so tonlos entgegen, dass sie es kaum verstand.

Lebensgefahr? Aber-

Mag ... Ich-, Alice klang verunsichert.

Nur wirkte sie nun endlich ausgeglichener. Selbst als der Feuergeneral diese Phönixflamme heraufbeschwören ließ, war sie entspannt geblieben. Zumindest entspannter als im Gruselhaus – als Maggie den Feuergeist angespro-

Wo ist der Phönix, der TaJu wie ein Haustier folgt?!

Angst hatte sich in Valeries Stimme geschlichen.

»Wo ist dein Phönix?«, gab sie die Frage direkt weiter.

»Phönix?!«, SR's Stimme überschlug sich fast, »So ein Feuervogelding mit-«

»Sven, bitte«, unterbrach sie ihn, in der Hoffnung, dass der Name seines dominanten Ichs half.

Sofort kehrte Ruhe hinter ihr ein.

»Dort, wo er diesen verfluchten Otou-san von innen heraus in den Tod grillen kann, Floris«, antwortete der Feuergeneral. Er verneigte sich höflich und ließ dabei die blaue Flamme erlöschen.

Der Titel brachte ihre Welt für einen Augenblick ins Wanken. Sie ... Sie konnte keine Floris sein, oder? Sie war nur eine Macian mit einer Najade im Körper. Ein Monster, das ein Massaker zu verantworten hatte und-

Ich kann ihn retten, unterbrach Alice ihre Gedanken plötzlich.

Bitte?

Nur ein Wassergeist kann einen Feuergeist vertreiben. Und ... Das ist das Mindeste, was ich zurückgeben kann, nachdem er uns all die Jahre beschützt hat, oder?

Maggie gefiel nicht, wie sehr Alice auf Abstand bedacht schien. Sie sprach TJ's Namen ja gar nicht mehr aus! Doch sie hatte auch Recht. Nur sie könnte helfen …

»Bring mich hin«, wandte sie sich an SR.

»Bist du irre?«, er hielt inne, »Ich meine, du- Ich bin einen Kopf kürzer, wenn-«

»Willst du, dass er stirbt?«, fragte sie so provokant, wie es sonst nur Valerie getan hätte.

»Nein, aber-«

»Habt ihr einen Wassergeist parat, der bereit ist, euch sofort zu helfen?«

Angestrengt ignorierte sie das Geflüster der Macian. Sie musste Sven und Ryan erst überzeugen. Ohne ihn käme sie nicht nach Kumohoshi. Ohne ihn wären ihr die Hände gebunden!

»Wenn-«, sein Widerspruch geriet ins Wanken.

»Habt ihr?«, machte sie ungeduldig weiter.

Ihnen lief die Zeit davon! Konnte er es denn nicht sehen? Konnte es denn niemand verstehen?!

Ungehalten streckte SR endlich die Hand aus. Seine Brauen zogen sich zusammen. Dann hielt er dieselbe Robe in der Hand, die er ihr auch für die Einweihung gegeben hatte. »Linker Ärmel«, murmelte er, als er es über ihren Kopf legte.

Vorsichtig tastete sie hinein. Dort lag der Schlagring. Hatte der Hushen es extra für den Notfall parat gehalten?

Sein Seufzen lenkte ihre Aufmerksamkeit zurück.

»Nur zur Erinnerung: Diesmal ist das nicht auf meinem Mist gewachsen, ja?«, erklärte er Gakumon und schaute auch kurz auf die verwandelte Yuki.

Ein Teil von Maggie wollte ihm zustimmen. Nur überfiel sie ein neues Gefühl. Eine Bitte. Ein-

»Maggie!«, ihr Bruder klang warnend. Wusste er, wo sie hin musste? Aber …

Die Duria fühlte sich schwerer an. Wenn sie wieder nach Kumohoshi ging, würde der Stein den Aufenthaltsort der Insel verraten, oder? Wenn es zu einem weiteren Angriff käme, wäre es ihre Schuld!

Langsam drehte sie sich um. Es schmerzte. Aber es musste sein. Nur so würde sie auch nicht als Macian erkannt werden. Denn ihr Bruder würde sicherlich nicht in der Lage sein, seine Magie zurückzuhalten, oder? Der Stein würde sonst permanent leuchten.

Vorsichtig legte sie ihn auf dem Boden ab.

Valerie zog ruckartig Luft ein. Ihre Magie bauschte auf. Gemeinsam wiesen sie das Chaos in seine Schranken.

»Vier Stunden«, erklärte sie, in der Hoffnung es bis dahin zu schaffen, »Gib sie mir in vier Stunden zurück.«

Damit krallte sie sich an SR's Arm. Sie musste schnell hier weg. Ehe die Duria ihre Besitzerin zurückverlangte! Wenn sie zu langsam wäre, würde sich das Ding wie ein Parasit an sie klammern. Sie musste-

Die Welt verschob sich ebenso schlagartig, wie auf dem Hinweg. Ihre Ohren poppten. Dann fand sie sich mitten auf einem Gang wieder. Yuki sprang von ihrer Schulter und verwandelte sich dabei in ihre richtige Form zurück. Sie leckte Gakumons Stirn kurz.

»Sie werden dich nur reinlassen, wenn sie den Yubiwa sehen«, erklärte der schwarze Desson, »Beantworte aber ja keine Fragen. Keine einzige.«

»Verstanden«, stimmte die Macian zügig zu.

Das war ihr eh lieber.

Dort hinten, verkündete Alice so leise und zu Maggies Überraschung führte Gakumon sie in dieselbe Richtung.

Woher wusstest du es?

Obwohl die Najade schwieg, konnte sie die Unsicherheit spüren. Sie drang zerrend durch sie hindurch und sorgte dafür, dass sie fast nicht mehr auf ihre Umgebung achtete.

Schimpfend lenkte SR sie etwas zur Seite, damit sie nicht in einen anderen Hushen lief.

»Du hast aber noch Augen im Kopf, oder?«, knurrte er.

Yuki fauchte ihn an und sofort ließ er von der Macian ab.

Maggie atmete tief durch. Sie nickte.

Fokus. Sie brauchte Fokus. Wie sonst konnte sie Alice wahre Natur verbergen? Oder ihre eigene? Es wimmelte hier nur so von Hushen! Erst nun wurde ihr bewusst, wie viele um sie herumhetzten. Sie wirkten so hektisch. Wegen TJ? Was erwartete sie überhaupt?

Gakumon steuerte eine bewachte Tür an. Sofort zogen die Hushen ihre Zentripe. Die Desson der vier, gewaltige Geschöpfe, knurrten. Eines sah aus wie ein Tierskelett, das zweite war ein halber Roboter, das dritte eine gewaltige Raubkatze, das letzte eine Mischung aus Schlange und Spinne – perfekt für jeden Alptraum.

»Nur Einlass für Konzilmitglieder!«, schrie sie ein dürrer Hushen an.

»Sicher?«, SR klang unbeeindruckt.

»Befehl von oben«, behauptete ein dickerer Hushen, der gehässig grinste, »Kannst dich ja bei der Obaa-san beschweren.«

»Es reicht«, mischte sich Gakumon ein.

Er fing ihren Blick auf und wortlos hob sie die linke Hand. Sie beobachtete, wie die Wachen innehielten. Unschlüssig tauschten sie ein paar Blicke aus. Die übrigen zwei, eine kleine Frau sowie ein älterer Mann, fingen sich als erstes. Stumm verneigten sie sich und öffneten die Tür.

»Eure Begleitung?«, fragte die Frau, ehe sie SR hinter ihr her ließ.

Maggie nickte nur.

Damit wurden sie alle in den hellen Raum gelassen.

Die Macian spürte, wie Alice TJ als erstes fand. Ihre Aufmerksamkeit richtete sich bereits auf die Liege, ehe sich Maggie gar an das grelle Licht gewöhnt hatte. Eine Frau tauchte vor ihr auf. Das dunkle Haar war edel hochgesteckt, der Blick abwesend und gehetzt zugleich. Zornig baute sie sich vor ihnen auf.

»Ich habe gesagt, nur Konzilmitglieder!«, schimpfte sie Gakumon an.

»Selbst du hast der zukünftigen Okaa-san zu gehorchen«, gab der Desson zurück, »Lass uns durch.«

Mag! Ich muss zu ihm! Ehe Houo ihn umbringt. Los!, schrie Alice.

Houo? Du kennst seinen Namen?

Ist das so wichtig?! Los!

»Darf ich?«, Maggie sagte die Worte nur aus beiläufiger Höflichkeit, während sie sich vorbeischob. Sie bemerkte nun erst die anderen Leute. Da waren sechs Hushen mit ihren Desson. Sowie eine weitere, die über TJ's nackten Oberkörper gebeugt stand. Ihre Hände leuchteten, doch könnte sie nichts ausrichten. Die Macian konnte ja von hier aus sehen, wie die Brust immer röter wurde!

»Zur Seite«, befahl sie der Heilerin.

»Was? Wenn ich aufhöre-«

»Zur Seite«, wiederholte Maggie und zeigte den Ring.

Es gefiel ihr nicht, sich auf einen Gegenstand zu verlassen. Was, wenn die Frau sie einfach nur auslachen würde? Für die Hushen war sie ja bloß eine Fremde!

Dennoch nickte sie langsam.

»Auf Eure Verantwortung hin«, befand sie.

Maggie griff noch nach dem Schlagring, ehe sie Alice die Kontrolle übergab. So wie die Najade drauf war, würde sie es sonst garantiert vergessen. Dabei mussten sie doch vorsichtig bleiben. Sie mussten!

Ich schaff das, erklärte Alice ihr.

Die Macian spürte, wie die Najade die Hände auf TJ's Oberkörper legte. Er fühlte sich so heiß an. So-

Ein verschwommenes Bild entstand in ihren Gedanken. Da war der Phönix. Also, nicht der Phönix selbst. Es waren eher seine Energien. Kräfte, die nun in dem Hushen wüteten. Sie brachten TJ's Magien durcheinander. Eine Kette mit sieben Punkten, die unterschiedlich leuchteten und sich unter dem Druck verzerrten-

Sind das TJ's Chakren?, platzte es aus ihr heraus.

Alice antwortete nicht. Sie war damit beschäftigt, den Phönix zu packen. Es zischte unheilvoll, als sie ihn berührte. Dennoch ließ sie ihn nicht los.

Der Feuergeist kreischte. Er starrte sie an.

Verräterin!, schimpfte er und stürzte sich auf Alice.

Maggie konnte nicht anders. Es war ihr egal, dass die andere Seele eigentlich kein richtiger Teil von ihr war und dass sie sich in den letzten Tagen nur gestritten hatten. Hastig lenkte sie ihre eigenen Energien dazwischen.

Auch Valerie legte ihre Magie schützend darum.

Bist du irre? Deine Holzaffinität übersteht das nicht!, zeterte sie.

Stimmt. Die Energien hier … das waren ihre Affinitäten. Valeries Wind hatte sie beschützt!

Für einen Moment schien Alice zu zögern, dann besann sie sich wieder auf den Phönix.

Raus mit dir, Houo!

Ihre Kräfte fluteten den dunklen Raum. Es war, als würde sie alles ertränken. Irgendwo schrie der Feuergeist. Etwas leuchtete auf. Licht!

Maggie schauderte, als das Bild in ihrem Kopf zerbrach. Unter ihr lag TJ. Seine Augen flatterten. War sie zu langsam gewesen? Hatte Alice es nicht geschafft? Wieso-

Mit großen Augen beobachtete sie, wie sich etwas nach oben kämpfte. Sie konnte sehen, wie es sich durch seine Brust und seinen Hals schob, ehe es durch den Mund des Hushens nach draußen floh.

Schreiend schlüpfte der Feuergeist hinaus. Er wuchs auf die Größe eines Adlers an. Ein gewaltiges Geschöpf, dass gepeinigt nach einem Fluchtweg suchte.

»Ein echter Phönix«, hauchte SR hinter ihr.

Maggie wollte etwas erwidern, aber noch hatte Alice die Kontrolle. Sie war damit beschäftigt, TJ's Wunden zu heilen. Innere Verletzungen, die das Wesen zum Abschied hinterlassen hatte. Dafür verwandelte die Najade einige Tropfen seines Blutes in Heilwasser. Ein Vorhaben, auf das die Macian selbst nie gekommen wäre.

Sie konnte sich nicht um den Phönix kümmern.

Mist. Mist. Mist! Er darf nichts sagen! Nichts sagen!, erklang es von Valerie sofort.

Erschrocken schaute Maggie nach Yuki und Gakumon. Sie wollte die beiden und SR irgendwie warnen, nur würde sie damit Alice' Konzentration brechen. Und TJ's Wohl hatte Vorrang!

Ihr Blick rannte über die anderen Hushen. Sie betrachtete die geschockten Gesichter. Die Desson versuchten ja wenigstens, den Phönix anzugreifen. Nur war er zu flink!

Er bestand aus reiner Feuermagie.

Kreischend stürzte sich der Vogel auf die Hushen, nur um direkt davor abzubiegen und erneut auf TJ zu zusteuern.

Gakumon sprang ihm knurrend entgegen. Yuki blieb neben der Macian. Sie krallte sich auf der Liege fest. Ihr Körper bebte. Er-

»Mag?«

Alice ließ sich nach hinten fallen. Überrascht starrte die Macian in die halb offenen Augen. Pure Dankbarkeit erfüllte sie.

»Blitze«, hauchte sie tonlos, »Er ist reine Magie. Blitze auch, oder?«

Auf einen Schlag war er hellwach. Er tippte gegen sein Zentrip und als ob Gakumon ihn gehört hätte, sprang er zurück. Holprig landete er auf der Liege.

»Visuddha«, befahl TJ, »Kernteilung.«

Sofort strömten schwarze Blitze aus den Zentripen. Selbst SR, der zuvor ein zitterndes Wrack gewesen war, stieß sie aus. Zischend schlugen sie auf den Phönix ein. Ein Naturgeist, der qualvoll aufschrie, ehe er als Asche zu Boden rieselte.

Erschöpft atmete Maggie aus. In ihrem Kopf drehte sich alles. Ihr war so schwindelig, als ob sie seit Tagen nichts getrunken hätte. Oder war die Luft einfach so erdrückend? Vielleicht war es zu heiß?

Das ist meine Schuld, gab Alice leise zu, *TJ hat zu viel geschwitzt, also habe ich Wasser aus unserem Körper ziehen müssen, um meine Heilkräfte bündeln zu können. In der Luft war keines mehr.*

Erleichtert teilte sie ihre Dankbarkeit mit der Najade.

Du bist die Beste, flüsterte sie ihr entgegen.

Es ist noch nicht vorbei, gestand diese.

Verwirrt blickte sie zwischen den Hushen hin und her. Was meinte Alice? War sie wegen der Leute besorgt? Aber wenn sie die Macian sogar zu TJ gelassen hatten, dürfte der Rückweg nicht so schlimm sein, oder?

»Alles in Ordnung?«, hauchte Tarek ihr entgegen.

Obwohl sie nickte, schien er ihre Unentschlossenheit zu spüren, da er sofort ihre Hand drückte.

»Ehm, das Vieh lebt immer noch?«, fragte SR plötzlich.

Klar. Es ist ein Feuergeist. Naturgeister können nicht sterben. Sie werden wiedergeboren, bemerkte Alice.

Dann wird er uns wieder angreifen? Immer wieder? Nimmt es je ein Ende?, erkundigte sich Maggie.

Was? Nein! Das da ist ein Baby! Ein neuer Feuergeist. Mit einer neuen Seele. Das einzige, was bleibt, sind die Schwüre, an die er sich selbst gebunden hat, führte der Wassergeist aus.

Entschlossen schob sich Maggie zu dem Wesen und kniete vor dem Vogel nieder. Sie spürte, wie die Najade eben dieses Feuer zuvor meiden wollte. Dieses nun so schwache Glimmen …

Er war so zerbrechlich! Und er schien Alice spüren zu können. Wimmernd lehnte er sich von ihr weg, als würde ihre bloße Anwesenheit ihn verletzen. Dabei … Dabei blickten seine blauen Augen so klar.

Sie waren so unschuldig. Ein bisschen wie Jessica, als sie das Mädchen getroffen hatte …

»Tretet weg, damit ich ihn erledigen kann«, forderte ein Hushen, der herangetreten war.

Er schaute so grimmig. Wollte er den Feuergeist so lange töten, bis nichts mehr von ihm übrig war? Er war nur ein Baby. Alice hatte es selbst gesagt!

»Der ursprüngliche Phönix ist tot. Warum sollte ein Kind für seine Eltern leiden?«, fragte sie ihn stur.

Er runzelte die Stirn: »So oder so ist er eine Gefahr. Er-«

Ehe er weitersprechen konnte, schob sich Yuki vor. Entschlossen drängelte sie den Vertrauten des Mannes beiseite. Dann schnupperte sie an dem kleinen Phönix. Ein winziges Küken, dessen einziges Feuer eine mickrige Flamme auf der nackigen Stirn war. Er trug ja noch nicht einmal Federn!

Sie stupste es verspielt mit der Nase an.

Ein schiefes Quietschen entkam dem Vogel. Als ob es lachen würde. Sogleich deutete der vorherige Hushen eine Klinge auf den Phönix. Er knurrte ungehalten.

»Lass es in Ruhe, BM«, befahl TJ so harsch, dass der Mann zusammenzuckte.

»Aber Otou-san-«

»Willst du ihn erstmal nehmen?«, wandte sich TJ nun stattdessen an Maggie.

Wollen? Sie wusste ja nicht einmal, ob sie konnte!

Wenn du dich tief genug zurückziehst, kann ich ihn dann gefahrlos aufheben? Also, ohne ihn zu verletzen?, fragte sie die Najade.

Eine Welle Zustimmung überfiel sie. Dann verschwand Alice aus ihren Gedanken. Zurück blieben nur Maggie und eine stille Valerie, die jedes Detail ihrer Umgebung aufzusaugen schien.

»Na, komm her«, vorsichtig las sie den fiependen Phönix auf, »So ist's gut.«

»Otou-san, Ihr hattet gar nicht erwähnt, dass Ihr jemanden für den Yubiwa-«

»Weil es den Konzil nichts angeht. Und dich noch weniger, Mutter«, belehrte er die Frau, die Maggie und die anderen zuvor rausschicken wollte.

»Wie Ihr wünscht«, damit wandte sich seine Mutter ab und verließ den Saal.

Maggie fühlte sich unwohl. Sie wusste, dass TJ kein gutes Verhältnis zu der Frau hegte. Aber es war etwas ganz anderes, das zu erleben. Vor allem seitdem sie der Tod ihrer eigenen Mama so sehr verfolgte.

»Geht in mein Büro. Ich komme gleich«, befahl er SR.

Dieser nickte nur. Wortlos wies er mit der Hand zur Tür und geleitete sie an den fast fünfzehn Hushen vorbei, die sich in dem Saal zusammengefunden hatten. Einige blickten sie verwirrt an. Andere zornig. Keiner richtete jedoch das Wort an sie.

Und dafür war die Macian unendlich dankbar. Sie war sich eh noch nicht sicher, wie sie ihr wahres Wesen vor so vielen Hushen verbergen konnte.

»Könnte man sagen, dass … mit dem ursprünglichen Vogel ein lebendiges Feuer gestorben ist?«, fragte SR unterwegs zaghaft.

Erst nun bemerkte sie, wie argwöhnisch er den Phönix bedachte. Ob er sich davor fürchtete?

146

»Ich denke?«

Brummend schob er Maggie durch zwei weitere Gänge, ehe sie sich in einem Raum bei einer freudigen TC und einem überraschten RT wiederfand.

»Alles gut?«, erkundigte sich letzterer über die Ausrufe seiner Schwester hinweg.

»Außer dass im Saal der sieben Nächte gerade ein paar Köpfe rollen? Keine Ahnung. Sag du's mir«, SR ließ sich auf ein Sofa fallen.

»Braucht TJ Hilfe?«, Maggie wirbelte sofort herum. Hätte sie bleiben sollen? Aber unter welchem Vorwand?

»Ehm ... Ich meinte eher, weil BM nicht auf dich gehört hat. Ich denke nicht, dass unser Otou-san den fehlenden Respekt akzeptiert, weißt du?«, erklärte er vorsichtig.

Wegen ... ihr?

Kopfschüttelnd ließ sie sich auf dem nächsten Stuhl nieder. Ihr Kopf drehte sich noch. Wie hatte sie es überhaupt hierher geschafft?

»Schei- Ehm, ich meine, alles gut? Brauchst du was?«, fragte SR hastig, »Du bist so blass ...«

»Etwas Wasser wäre lieb«, murmelte sie, als sie den Phönix vor sich absetzte.

Sofort brachte TC ihr eine geschlossene Flasche: »Hier! Die habe ich selber von Zuhause mitgebracht! Bias hat nämlich gesagt, dass wir dem Otou-san nicht zur Last fallen dürfen, weißt du?«

Dankend leerte Maggie das Gefäß in wenigen Zügen. Sie beobachtete noch einen Moment, wie Yuki und TC den Phönix begutachteten. Dann schüttelte sie den Kopf und lehnte sich zurück.

Sie war nervlich am Ende.

***

TJ wartete, bis SR die Macian rausgebracht hatte, ehe er sich den Konzilmitgliedern zuwandte. Als der Bannkreis ihn hierher gebracht hatte, war der Saal noch verlassen gewesen. Seine Mutter und die Heilerin Olivia Susanne waren zuerst rein gestürzt. Diese hatte er mitbekommen. Den Rest jedoch …

»Im Namen Shingashas, willkommen«, sprach er die Worte, mit denen sonst die Konziltreffen begonnen wurden, »Ihr scheint alle gut hergefunden zu haben.«

»Bei allem Respekt – wie konnte Euer Notfallbannkreis ausgelöst werden, wenn Ihr eigentlich auf Kumohoshi zugegen sein solltet«, hinterfragte TL sogleich.

Gelassen beobachtete er RT's und TC's Mutter. Es war klar, dass sie ihn vorführen wollte. Seitdem er ihre Budgeterhöhung abgelehnt hatte, nutzte sie jeden Anlass. Er nahm es ihr jedoch nicht übel. Auch wenn er sie in ihre Schranken weisen musste.

»Ich wusste nicht, dass meine Aufgaben mit einer vollständigen Überwachung deinerseits zusammenhängen. Oder sollte ich RT fragen, wem seine Treue gebührt?«

Es war riskant, seinen Freund mit reinzuziehen. Doch schien sie die Warnung auch so zu verstehen. Nickend hielt sie den Mund, sodass er sich nun dem Grund seiner Wut zuwenden konnte.

»BM«, sprach er den grummeligen Hushen an, der Maggie widersprochen hatte, »Sag, hältst du dich für den Otou-san?«

Der Mann kniff die Augen zusammen. Eine pochende Ader bildete sich auf seiner Stirn. Aber am meisten stach die gerümpfte Nase hervor. Diese kannte TJ nur zu gut. Obwohl SR seinen Onkel leidenschaftlich hasste, so blieb dies wohl eine unheilvolle Gemeinsamkeit.

»Nein«, antwortete er ruhig, »Das würde ich mir bei Shingasha nicht anmaßen.«

»Hm…«, der Otou-san verschränkte die Arme vor der Brust, während er seinem Körper befahl, sich auf keinen Fall gegen die Liege zu lehnen.

Egal, wie ausgelaugt er sich fühlte. Vor dem Konzil wollte er keine Schwäche zeigen!

»Ich frag nur, da ich nicht nachvollziehen kann, wieso du meiner Verlobten widersprichst«, erklärte er lächelnd.

Oh, lass ihn bloß nicht mit einer mickrigen Ausrede davon kommen!, verlangte John sofort.

Tarek hatte es nicht vor. Solange er weitermachen könnte, würde er das Meeting stattfinden lassen. Wie sonst sollte sich die Macian hier sicher fühlen können?

»Ein Phönix ist eine ständige Gefahr fü-«

»Meine Verlobte hat ihn aus mir rausbekommen, oder? Etwas, bei dem unsere beste Heilerin versagte«, er wies zu OS herüber – seine Tante und EJ's Frau, die zumindest den Anstand hatte, beiseite zu schauen.

»Ich werde meine Techniken verbessern. So etwas kommt nie wieder vor, Otou-san«, behauptete sie eilig.

Uninteressiert wank TJ ab: »Ich bitte darum. Nur hebt das kaum deine Respektlosigkeit auf, BM.«

So leicht würde er das Konzilmitglied nicht ziehen lassen. Es war ihm egal, wie gut seine Kontrolle über das Manipura war. Wenn er sich den Sitten und Bräuchen nicht fügen würde, würde TJ ihn lieber ans andere Ende der Welt verfrachten!

»Eure Verlobte ist ohne Vorwarnung aufgetaucht. Sie ist-«, beschwerte er sich immer noch großkotzig.

»Meine Verlobte hat keine Verpflichtungen vor euch«, erinnerte Tarek ihn, »Meine Verlobte muss sich nicht zu dir oder den anderen Konzilmitgliedern herabbegeben. Das ist deine Aufgabe, BM. Verstanden?«

Stille legte sich über den Saal. Kein Hushen wagte es, dazwischen zu gehen. Alle warteten gespannt ab, was der

Angeklagte sagen würde. Er war immerhin der Chakrameister, dessen Stolz auf allen Inseln bekannt war!

»Wie Ihr wünscht, Otou-san.«

Oh, lass ihn nicht vom Haken. Tarek! Lass ihn nicht-

Und auf welcher Grundlage? Wir können ihn schlecht weiter so ins Rampenlicht rücken. Sonst machen wir uns nur unnötige Feinde, wies er John zurück, ehe er sich den anderen zuwandte.

»Da wir eh schon versammelt sind – gibt es irgendwelche Anliegen?«, fragte er direkt.

Diesmal verzichtete er auf das übliche Prozedere. Sie waren eh nur zusammengekommen, da er verwundet wurde. Sie direkt fortzuschicken wäre als Unhöflichkeit aufgefasst worden. Eine komplette Sitzung hieraus zu machen, wäre ohne die neuen Berichte nicht rechtens. Mündliche Forderungen anzuhören war das Mindeste, durch das er sich durchkämpfen sollte.

»Ihr sagt stets nur Eure Verlobte«, meldete sich der alte AW zu Wort, der blinde Mann legte den Kopf schief, »Dürfte ich mich nach einem Namen erkundigen?«

»Dürfen? Ja. Nur werdet Ihr keine Antwort erhalten«, beharrte der Otou-san, »Derzeit lebt sie weit weg von hier. Und solange sie auch mit anderen Völkern in Kontakt geraten kann, wird ihr Name unter Verschluss bleiben. Noch etwas?«

Er lenkte seinen Blick scharf auf seine Tante, als diese aufsah. Sofort wich sie seinem Blick aus. Selbst die anderen wirkten unruhig. Kam er so schroff rüber? Oder wollten sie sich erst auf Maggies gute Seite schlagen?

»Ihr habt Recht, Ihr seid nicht verpflichtet, uns Euren Aufenthalt mitzuteilen«, begann TL erneut, »Aber im Falle Eures Ablebens wäre die Erbfolge widersprüchlich auszulegen. Vielleicht wäre eine Leibwache ratsam, bis Eure Verlobte uns mit Nachwuchs segnet?«

Leise Stimmen pflichteten ihr bei. Das war zu erwarten gewesen. Eine Leibwache war nicht nur ein hilfreiches Schutzschild, es war auch eine flüsternde Stimme. Ein lauschendes Ohr. Ein Faden im Hintergrund. Eigentlich hatte TJ jedes Leck vermeiden wollen, aber-

Vielleicht können wir uns das auch zu Nutze machen?, vermutete er vor John.

Du willst RT benennen, damit TL Ruhe gibt und wir ihn und TC weiterhin in der Nähe behalten können?, überlegte nun auch sein anderes Ich.

Es war gar nicht so abwegig. Vor allem weil es in der Kirche so brenzlig gewesen war. Zu zweit hätten sie die Generäle zwar nicht besiegt, aber sie hätten sich mehr Luft verschaffen können. Vielleicht hätten sie den Phönix so auf Abstand halten können?

»Ich werde mir Gedanken dazu machen und euch schriftlich darüber informieren«, erklärte er, »Bis dahin: Im Namen Shingashas, möge der Tod euch verschonen.«

Eilig wurde der Gruß erwidert. TJ wies auf die Tür. Er wartete, bis alle draußen waren, bis das Holz ins Schloss fiel und sich die Ruhe über den Saal legte.

Erschöpft ließ er sich auf die Liege fallen. Er zitterte. Seine Robe ... wo waren seine Sachen?

Missmutig hob er sie vom Boden auf, klopfte sie ab und schlüpfte hinein.

»Es hätte schlimmer laufen können«, murrte Gakumon.

Der Desson hatte sich auf die Seite plumpsen lassen. Ein Blick auf seine Füße verriet den Grund: Die Ballen waren komplett verbrannt. Er musste sich verletzt haben, als er den Phönix angegriffen hatte. Dennoch hatte er keinen Schmerzenslaut ausgestoßen. Er hatte sich die Wunden ja bislang nicht einmal vor TJ anmerken lassen!

»Na los. Wir bringen dich wieder in Ordnung«, murmelte der Otou-san, als er seinen Freund auflas.

Er konnte nicht anders. Noch immer nagte sein letzter Befehl an ihm. Er hatte Gakumon angewiesen, sich in der Kirche zu verstecken, damit er vorerst allein verschwinden konnte. Er hatte seinen Vertrauten später abholen wollen. Wenn es sicherer gewesen wäre.

Und dieser hatte augenblicklich gehorcht.

TJ blinzelte sich zu Maggie. Ihre Markierung war leichter zu finden als die seines Büros. Ihre war wahrscheinlich auch jene, die er am häufigsten als Anker genutzt hatte.

Weil sie sein Anker war.

Müde schaute sie auf.

»Du hast« mir Angst gemacht«, flüsterte sie leise.

Er spürte, wie John sich entschuldigen wollte. Aber nicht vor den anderen Hushen! Hastig drängte er ihn zurück. Er strich über ihre kühle Wange. Ob sie schon mit der Kontrolle haderte? Nein. Sie war nur erschöpft. Wie sehr musste sich Alice für ihn verausgabt haben?

»Keine Absicht«, murmelte er und ließ sich auf seinem Tisch nieder, »Unerwartete Unterbrechungen.«

Sie nickte. Langsam sah sie zur Seite. Er folgte ihrem Blick zu den Dessonzwillingen. Yuki leckte bereits Gakumons Stirn ab. Sie schmuste mit ihrem verletzten Bruder und schaute flehentlich zu Maggie rüber.

Lächelnd streckte die Macian die Hände aus. Mit einer gewohnten Geste sog sie das Wasser aus der Luft und ließ es schimmern. Sanft schwebte es auf die verbrannten Pfoten herab, sodass der Desson erleichtert seufzte.

»Danke.«

»Schon gut. Je weniger Magie ich habe, desto kleiner ist der Drang«, erklärte sie lächelnd.

»Drang?«, kämpfte John hervor.

Sie zeigte ihm ihre leere rechte Hand. Abdrücke hatten sich auf der Innenfläche gebildet. Kerben. Von ihren eigenen Nägeln-

-und von der Duria, die sie die letzten Tage umklammert hatte, um ihren Bruder abzuschirmen.

»Vier Stunden hatte ich ihm gesagt«, flüsterte sie, »Aber ich habe gar keine Ahnung mehr, wie viel Zeit vergangen ist. Vielleicht hat die Heilung nur ein paar Minuten gedauert. Vielleicht sechs Jahre. Es dreht sich noch alles.«

»Dann trink noch was«, mischte sich Yuki ein, »Das hatte gerade auch geholfen.«

Angespannt beobachtete Tarek, wie der Desson auf sie einredete. Daneben bemerkte er nun erst TC und den Miniphönix. Beide spielten irgendein Guck-guck-Spiel. TC tauchte dabei immer wieder ab, um den Vogel zu überraschen und dieser schien darüber zu lachen.

Er wandte sich an SR: »Wie viel Zeit bleibt noch?«

Unschlüssig neigte dieser den Kopf hin und her. Er schaute zu Maggie hinüber. Dann wank er den Otou-san zu sich.

Er sollte besser einen sehr guten Grund haben, grollte John, als er direkt vor ihn und RT blinzelte.

»Was?«

Statt zu antworten, schaute dieser jedoch zu RT. Dieser blickte nochmal zu den anderen zurück. Dann nickte er Genso zu. Es war ein Zeichen, dass TJ nur zu gut kannte. Genauso wie die Illusion, mit der der Desson die Wahrnehmung der Leute lenkte. Diesmal schottete sie die drei Hushen von den anderen ab. Selbst Gakumon sperrte sie aus!

»Von der Zeit selber sind noch knapp drei Stunden übrig. Zeit, an die sich die Macian zu halten scheinen. Zumindest sind sie nicht ausgeschwärmt oder so. Ich habe mich zweimal hingeblinzelt, um die Lage auszuloten. Reine Vorsichtsmaßnahmen, weißt du? Aber-«, er haderte mit sich und schaute dabei nochmal zu Maggie, »Vielleicht solltest du sie erstmal woanders hinbringen?«

»Was. Soll. Das?«, Tarek spürte das Beben in seiner Brust. SR hatte Maggie nicht vorzuschreiben, wo sie hingehen konnte!

»Nur vorübergehend. Tote lassen sich nicht so leicht verarbeiten. Und Shizen tobt, also-«, er zuckte hilflos mit den Schultern.

Moment. Tote? Wer ist gestorben? Wir haben doch nicht gekämpft! Hat er irgendwen-

Klappe!, wies Tarek John zurück.

Hätten Sven oder Ryan irgendwen umgebracht, kannten sie die Konsequenzen. Sie waren nicht so dumm.

Oder doch?

»Wer?«, fragte er ruhiger, als er sich fühlte.

SR blickte sich nochmal nach Genso um. Es war, als wollte er sich ihrer Kräfte versichern. Erst danach öffnete er wieder den Mund.

»Shizens Enkel Risu und dieses kleine Mädchen aus dem Waisenhaus. Lisa oder so. Jemand hat sie überfahren.«

Kapitel 9: Von Trauer mitgerissen

»Bias hat gesagt, dass ich nicht von dir sprechen dürfe«, flüsterte TC ihr grinsend zu, als sie ihr Spiel mit dem Phönix unterbrach, »Weil der Otou-san dich gern hätte und sonst alle irgendetwas von dir wollen würden.«

»Ehm… Danke?«, murmelte Maggie und schenkte dem aufgeweckten Mädchen ein sanftes Lächeln.

Sofort strahlte die Hushen zurück.

»Bitte!«, sie lehnte sich näher, »Sag, Bias glaubt, dass du unter Hutan lebst. Wie sind die so? Sind sie wirklich so dumm, wie Mutter sagt?«

Dumm? Klingt ja nach netten Vorurteilen, murrte Valerie.

Ich weiß nicht. Sie hat ja auch keine Angst mehr vor uns. Vielleicht hat sie bislang nur die Meinungen anderer übernommen? Aber kindliche Unschuld ist ja meist stärker, oder?, entgegnete sie.

Wie sonst konnte sie TC so sehr an ihre Stiefschwester erinnern? Am Ende waren sie alle eh nur Menschen.

»Ich weiß nicht. Die Hutan wissen halt eher andere Dinge, aber macht sie das dumm?«, sie dachte an eine Karikatur aus dem Unterricht zurück, »Stell dir vor, du unterrichtest eine Klasse aus Tieren. Darunter ein Affe, ein Elefant, ein Fisch und so weiter. Sie alle sollen am Ende des Jahres einen Baum hochklettern. Aber ist der Fisch am Ende dumm, weil er es nicht kann?«, fragte sie.

Überrascht über ihre eigenen Worte hielt sie inne. Sie erinnerte sich an die Schulstunde zurück. Damals hatte Cindy das Bild beiseite gewischt. Manche Leute wären eben nicht für ihre Aufgaben geschaffen, hatte sie gemeint. Maggie hatte so ähnlich darüber gedacht. Wenn sie sich aber nun die unterschiedlichen Völker als Tiere vorstellte und das Konzept übertrug …

Ich glaube, ich verstehe es auch langsam, wandte Valerie zum ersten Mal ein.

»Das klingt komisch«, TC legte den Kopf schief.

»Dann anders: Würdest du von einem Phönix verlangen, ein Bad zu nehmen?«, sie wies auf das winzige Küken.

Die Augen der Hushen weiteten sich erstaunt. Nun klebte sie wieder an dem Feuervogel. Sie quietschte vergnügt auf, als er den Schnabel aufriss und eine Rauchwolke herausdrang. TC hustete erschrocken.

»Schon komisch, dass eigentlich jedes Kind unschuldig ist«, flüsterte Maggie Yuki zu.

Der Desson schaute verwirrt auf.

»Wie kommst du darauf?«

Obwohl in ihrem Kopf Stille herrschte, spürte sie, wie Valerie ihr zustimmte. Es war, als wäre eine unsichtbare Mauer zwischen ihnen eingefallen. Wo sie vorher die Gedanken ihrer anderen Seele nicht mal erahnen konnte, klangen ihre eigenen nun wie Valeries Echo.

»Die Macian vorhin. Ich habe einige wiedererkannt. Damals waren sie so nett zu mir gewesen. Aber …«, Maggie dachte an die Augen ihres Vaters, »Menschen verändern sich. Der Krieg verändert sie. Der Verlust. Die Trauer. Der Hass …«

Ob es uns auch verändert hätte, wenn wir TJ nicht getroffen hätten?

Ihre Frage verhallte in ihrem Kopf. Einzig Alice schien darüber nachzudenken. Valerie hingegen war sich ihrer Antwort wohl bereits sicher.

»Mag?«, TJ's Stimme klang irgendwie schief, als er auf sie zutrat.

Verwirrt blinzelte sie ihn an. Er wirkte so steif. Als würde er mit sich kämpfen müssen. War deswegen auch John derjenige, der den Körper nun lenkte?

»Alles gut?«

Er antwortete nicht direkt. Kurz blickte er zu dem Phönix zurück. Dann zu SR.

»Nimm den Phönix, Yuki und Gakumon mit. Wir machen noch einen Abstecher«, entschied er.

»Du wurdest gerade erst tödlich verwun-«

»Ich weiß, was ich tue. Du gehst vor«, er schaute sich nach RT um, »Es wird heute spät werden. Schau, was du durchbekommst und melde dich dann bei SR. Da deine Mutter so sehr darauf erpicht ist, dass ich eine Leibwache brauche, kannst du den freudigen Job anschließend antreten. Du hast zwei Stunden für deinen Stapel. TC? Du bleibst bitte in der Zwischenzeit hier.«

»Ehm… Ich kann nicht-«

»Du kannst und du wirst. Bedank dich bei TL«, schnitt TJ ihm durchs Wort.

»Was ist los, John?«, fragte Maggie nachdrücklicher.

»Bitte, wir sollten lieber … erstmal woanders hin«, murmelte er unbehaglich.

Langsam legte er die Hand auf ihre Schulter und zog eine Augenbraue hoch. Sie nickte fragend.

Im nächsten Augenblick standen sie an einer Klippe im Nirgendwo. Maggie konnte das Meer toben hören. Es roch salzig. Irgendwo kreischten Seemöwen.

»Wo sind wir?«, fragte sie und blickte sich um.

Drei Bäume wuchsen hinter ihr. Dahinter ging es bergab. Überall sonst war Meer.

»Eine winzige Insel im Pazifik. Hier habe ich damals Blinzeln geübt«, erklärte er, »Hier sollte uns niemand stören. Wenn es dir also zu viel ist … erzwing keine Kontrolle, ja?«

Zu viel? , Valerie klang vorsichtig, beinahe besorgt!

»John. Mach den Mund auf und sag, was los ist«, forderte Maggie. Sie drängte all ihre Unbehaglichkeit fort. Selbst Alice war aufmerksam geworden. Sachte heilte sie die Kopfschmerzen der Macian und schien sich geradezu vorzulehnen, um besser hören zu können.

»Hast du mitbekommen, wie SR nochmal in Kriegsheim nach dem Rechten gesehen hat?«, fragte er langsam.

»Hat er?«, sie runzelte die Stirn, »Er war kurz … weg, ja. Glaube ich. Mein Kopf pegelt sich gerade erst wieder richtig ein. Es ist noch-«

Johns Gestalt zitterte. Plötzlich stand Tarek vor ihr. Dann wieder John und zuletzt Tarek.

»Es hat zwei Tote gegeben. Shizen tobt und … die anderen Waisen suchen dich wohl, weil-«

Lass mich mal, Valerie schob sich ungeduldig nach vorn.

»Red' endlich Klartext. Was ist passiert?«, verlangte sie.

Maggies Seele bebte. Sie wusste nicht, ob sie es wissen wollte. Nicht, wenn TJ schon so sehr mit sich haderte.

»Risu … und Lisa. Sie wurden tot auf der Waldstraße gefunden.«

Etwas in ihr zitterte. Das Meer verstummte. Irgendwo schrien Vögel panisch. Sie zitterte. War ihr kalt? War ihr-

Ist es unsere Schuld?, fragte Alice leise.

Unse-, Maggies Gedankenstimme versagte.

Wir haben sie mit Risu auf der Waldstraße spielen lassen. Wie wird das wohl gewirkt haben? Ein Mensch und ein Desson zusammen?!

Ein Schatten legte sich über sie. Das Meer erhob sich. Wie eine Mauer baute es sich um sie herum auf. Es erstarrte langsam. Ein eisiges Gefängnis für ihre Schuld. Ja. Sie war schuldig. Schon wieder. Sie-

»Mag«, TJ hatte beide Hände auf ihre Schultern gelegt. Er zitterte. Seine Lippen wurden blau. Dennoch ließ er nicht von ihr ab. Da waren Tropfen in seinen Brauen. Nein. War das Schnee? Eiskristalle?

»Mag!«, wiederholte er, »Bist du da?!«

Nicken war eine viel zu schwierige Aufgabe. Wie hatte sie die Geste sonst bewerkstelligt? Wie-

Alice Aufschrei ließ sie zusammenfahren.

Schon wieder! Wir reißen nur alles in den Tod. Wir sollten das Leben schützen. Ich sollte es heilen! Nicht das!

Alice zitterte. Weinte sie? Ihre Verzweiflung dirigierte das Meer, als wäre es nur ein halbvolles Wasserglas! Ihre Dominanz war so unerschütterlich, dass es sie in einen Abgrund riss. Wo war sie? Wo-

Hilf mir, Mag!, rief Valerie plötzlich, *Ich brauche dich!*

Val?

Hilf mir gefälligst!

Erschrocken klammerte sie sich an ihrer anderen Seele fest. Kälte drang in sie ein. Ihr Körper fühlte sich so starr an. Wie eine Statur. Valerie schubste sie nach vorn und zog Alice zeitgleich fort. Sie bat erneut um Hilfe, um-

»Mag?«

TJ stand immer noch vor ihr. Eiskristalle liefen an seiner Kleidung entlang, die Haare selbst waren steif gefroren. Er wirkte blass. Blass, aber entschlossen.

Er blieb bei ihr …

Alice! Reiß dich zusammen!, brüllte Maggie erschrocken durch ihren Kopf, *Willst du noch jemanden verletzen?!*

Stille. Ein Zittern rann durch sie hindurch. Langsam schien sich die Najade zu beruhigen. Sie zog sich zusammen. Wie ein Kind, dass sich ängstlich unter der Decke zusammenrollte.

Ich passe auf sie auf. Wie geht es dir?, bemerkte Valerie.

Maggie wusste es nicht. Wenn sie die Augen schloss, sah sie Lisa und Risu auf der Waldstraße spielen. Sie wusste noch, wie sie sich umgesehen hatte. SR hatte sie dort abgeholt. Sie hatte später mit Lisa spielen wollen!

Warum hatte sie die beiden nicht getrennt? Hätte sie Lisa zurückschicken sollen? Wieso hatte sie nichts gesagt? Ihr hätte klar sein sollen, dass es gefährlich war. Dass-

Mag … Wir können nicht in die Zukunft sehen. Wir hätten es nicht erahnen können …

Ist das so? Oder reden wir es uns nur selbst ein? Weil es so einfacher ist?

Die Stille in ihrem Kopf war beängstigend.

Schaudernd schüttelte Maggie sich. Sie zwang ihre Finger zum Tanzen. Erst langsame Gesten, die ihren eigenen Körper auftauten, ehe sie auch die restliche Kälte fort dirigieren konnte. Sie lehnte sich gegen TJ's Brust, während sie weitermachte. Sie musste das Wasser aus dem Frost ziehen. Die Wärme würde dann schon von allein zurückkommen. Erstmal nur den Frost bekämpfen.

»Mach langsam«, hauchte er ihr zu, »Du musst es nicht in Ordnung bringen. Hier kommt keiner hin, ja?«

Diesmal klappte das Nicken. Sie ließ die Hände sinken. Die Erschöpfung erschlug sie. Sie wollte nach Hause. Sie konnte nicht nach Hause. Sie wusste nicht, was sie ihrer Stieffamilie sagen sollte. Was sie sagen konnte.

»Sie hatte mich zum Dorf begleitet. Ich … Ich habe sie mit Risu spielen lassen. Ich dachte, es wäre in Ordnung. Ich-«, sie schluchzte, nur kamen keine Tränen.

»Shhht«, er drückte sie an sich, »Wir wissen nicht, was passiert ist.«

»Wir wissen es nicht?«, sie stieß sich ab und schrie das gefrorene Meer an, erst dann konnte sie sich wieder TJ zuwenden, »Vielleicht wissen wir nicht im Detail, was passiert ist. Aber ich kann dir sagen, wie die beiden ausgesehen haben: Wie Vertraute! Und ich kann dir auch sagen, warum sie da waren: Wegen mir. Und wer würde ein vermeintliches Hushenkind mit ihrem Desson umbringen? Wer würde sich sogar darüber freuen? Nun, in Kriegsheim kamen genau heute die richtigen Macian für den Job an! Das war kein Unfall, das ist der Krieg!«

Zitternd gaben ihre Beine nach. Sie starrte auf die eisige Mauer, die noch immer über ihnen thronte. Diese verfluchte Magie hatte damals all die Leute am Shanai ermordet. Sie hatte ein Eigenleben entwickelt. Sie hatte Macian und Hushen gleichermaßen umgebracht. Und nun?

Nun hätte sie selbst TJ verletzen können!

Wie sollte es nur im Waisenhaus weitergehen?

»Ich bin eine Gefahr für alle«, flüsterte sie.

»Du hast es unter Kontrolle«, beharrte TJ sogleich.

»Jetzt. Mit dir. Oder mit Yuki. Aber allein?«, sie umarmte sich selbst, »Im Waisenhaus?«

Er schwieg.

»Du könntest … nach Kumohoshi kommen und-«

»Sobald ich die Kontrolle verliere, könnte ich eure ganze Insel versenken!«, widersprach Maggie, »TJ! Ich-«

Sie konnte es nicht aussprechen.

»Und wenn du … nur vorübergehend … zu diesen … Macian gehst?«

Ein Widerspruch hatte sich in seine Stimme geschlichen. Ganz so, als wollte er den Vorschlag am liebsten vermeiden. Im ersten Augenblick wollte sie es ausschlagen. Es wäre besser, niemanden mit ihr zu belasten. Es wäre besser, allein zu sein. Nur …

Alice musste immer noch eine Quelle anlegen. Sie hatte es geschworen. Sie durfte nicht verschwinden! Und als sie zuletzt im Waisenhaus mit der Kontrolle rang …

Ihr Bruder hatte sie das eine Mal wieder beruhigt.

Aber es war nur ein Mal …

»Was soll das schon bringen?«, fragte sie erschöpft.

Viel zu langsam ließ er sich neben ihr nieder. Er zog sie sanft an sich. Dabei fühlte er sich wieder so warm an. So warm und lebendig.

Sie hatte ihn nicht umgebracht. Darauf musste sie sich konzentrieren. Er lebte!

»Du warst damals abgeschottet, oder?«, fragte er leise, »Bis zum Überfall gab es keinen Vorfall, der diesen Magieschub ausgelöst hätte, oder?«

Sie nickte schwach.

»Außerdem können die anderen Macian auch Elemente manipulieren. Wenn deine Kräfte außer Kontrolle geraten, könnten sie dir helfen. Mit dem richtigen Training könnten sie deine Spuren verwischen oder als ein Notfallsystem agieren. Yuki würde sicherlich bei dir bleiben und … dein Bruder könnte durch die Duria auf dich aufpassen. Ich könnte derweilen dafür sorgen, dass auch er in Ruhe gelassen wird. Du könntest in Frieden leben.«

Die Wahrheit schmerzte mehr, als Maggie zugeben wollte. Denn wenn sie zurückgehen würde, wäre sie nicht mehr als eine Marionette der Generäle, oder? Als Flora mit einer Najade würden sie sie weit weg von den Kämpfen wissen wollen. Sie …

Könnte sie TJ je wiedersehen?

»Ich … weiß nicht.«

Der Hushen drückte sie an sich. Er küsste ihren Kopf. Eine sanfte Geste, die doch so schmerzvoll wirkte.

»Nur für den Anfang?«, meinte er, »Bis du dich … Ich meine-«, er drückte sie fester.

»Bis wann?«, fragte sie langsam und wandte den Kopf nach ihm um.

Noch nie hatte sie ihn so befangen erlebt. Es war, als ob er sich für seine eigenen Worte hasste!

»Wir haben eine Abmachung. Diese werde ich nicht widerrufen«, erklärte er sicher, »Wenn du das Gefühl hast, dass es dir besser geht, dann hole ich dich ab. Wir können uns einen versteckten Ort suchen, wenn du magst. Irgendwo hin, wo wir in Ruhe gelassen werden. Vielleicht unter Hutan. Vielleicht eine Insel, wie diese hier. Oder etwas anderes, ja?«

Die Vorstellung hörte sich wundervoll an. Am liebsten wäre Maggie sofort aufgebrochen. Aber zuerst …

Zuerst sollte sie sich um ihre Kräfte kümmern. Vielleicht

könnte die Quelle für Alice wirklich helfen? Alternativ wäre da noch Janines Vorschlag.

Dieser Oni mit dem Labyrinth …

»Das klingt schön«, flüsterte sie und drückte ihn auch an sich, »Hältst du mich noch ein bisschen? Bitte?«

Zur Antwort spannte TJ die Arme doller an. Er war eine Stütze. Ihre Stütze.

»Es wird schwer ohne dich werden«, gestand sie ihm.

***

»Hast du Mag gesehen?«, fragte Nik, sobald sein Freund den Hörer am anderen Ende abnahm. Janeks Verneinung war nur eine von vielen, die er bislang gehört hatte. Auf Toms Vorschlag hin hatte er erst die Plappertaschen des Dorfes durchtelefoniert. Sieben Jugendliche, die genauso wie seine Stiefschwester Melanie jeden Klatsch aufsogen. Nur hatte niemand weiterhelfen können. Jeder Hinweis führte in eine neue Sackgasse.

»Kannst du durchklingeln, wenn du sie siehst? Ist wichtig«, erklärte er schwammig.

»Ist was passiert? Vorhin schrie ein Martinshorn durchs Dorf«, fragte der andere besorgt.

Niklas schloss die Augen. Er musste wieder an das schrille Klingeln des Bürotelefons denken. Ihre Betreuerin war rangegangen. Dann war sie nach nebenan gestürzt. Sie hatte Tom und Anja angewiesen, alle zusammen zu trommeln. Danach war sie panisch aus dem Haus gestürmt. Janine war aufgetaucht. Seine Ziehmutter hatte mit Tom getuschelt. Sie hatten überlegt, wo die fehlenden Waisen waren. Drei hatten sich im Dorf bei Freunden angefunden. Eine im Garten.

Nun fehlte von den Lebenden nur noch Maggie.

»Sag einfach Bescheid«, eilig trennte er die Verbindung.

»Kannst du noch?«, Janine war lautlos ins Büro gekommen. Sachte strich sie über seinen Rücken. Dennoch konnte er den Schmerz in ihren Augen sehen.

»Welcher Dreckskerl tut so etwas?«, flüsterte er zitternd.

»Und?!«, Paul platzte rein, »Was Neues?«

»Jetzt hetz ihn nicht!«, schimpfte Janine sofort, »Was ist mit Ma?«

»Sie kümmert sich um Kati«, erklärte er, »Ich habe nur gedacht … Alle außer Mag haben sind nun da und …«

»Und?«, Janine klang ungeduldig.

»Sie hatte zu mir gemeint, dass sie sich wieder erinnern könnte«, flüsterte er, »Ich meine … Was, wenn sie weg ist, weil sie Probleme hatte und …«

»Ja. Hat sie. Aber sie hat sie im Griff«, erwiderte die Älteste sofort.

»Ich meinte nicht, dass sie für Lisas-«

»Das habe ich nicht behauptet. Sie hat Lisa stets alles durchgehen lassen und sie wie einen kleinen Engel behandelt. Da würde sie kaum zulassen, dass unserer Jüngsten etwas passiert.«

Niklas schaute unschlüssig zwischen beiden hin und her.

»Mag kann sich wieder erinnern?«, fragte er.

»Erst seit ein paar Tagen. Habe mit ihr drüber geredet, damit sie sich wieder entspannt. Seither ging's bergauf«, Janine schüttelte erschöpft den Kopf, »Ich hielt es also nicht mehr für so wichtig. Zumal sie eh zu Ma meinte, dass sie vielleicht nicht mehr hierher gehöre, sie aber auf keinen Fall stumm verschwinden wolle.«

»Sie wollte gehen?«, erkundigte sich Paul nun.

»Was weiß ich! Ich bin nicht ihr Schatten!«

Niklas zuckte bei der gereizten Stimmlage zusammen. Sonst war Janine ruhiger. Besonnener. Sicherlich hatte sie auch mit ihren Nerven zu kämpfen. Sie konnte ja kaum aufhören, mit ihrem Armreif zu spielen!

»Hast du schon bei dieser Cindy angerufen?«, fragte Paul ungeduldig, als wollte er dem Zorn ihrer Stiefschwester entgehen, »Die kleine Rothaarige.«

»Brauch ich nicht. Sie ist verschwunden und-«

»Moment. Wie die andere? Auf den Flugblättern? Das Mädel da hieß Jessica Naar oder so. Hängt überall aus. Was, wenn sich hier ein Mörder rumtreibt? Oder ein Triebtäter? Sollten wir die Polizei-«

»Still«, forderte Janine.

»Aber-«

»Du kannst dir die Anrufe sparen«, Janine wies aufs Fenster. Dort draußen stand Maggie. Daneben ein etwas älterer Junge, den Niklas noch nie gesehen hatte. Angespannt schaute er hinüber. Er sagte irgendetwas zu ihr. Strich über ihren Arm.

Sie schüttelte den Kopf. Ihre Finger legten sich auf ihre Schulter. Da, wo sonst ihr Halstuch lag. Sie zitterte.

Nickend wandte er sich ab.

»Den hab ich schon mal gesehen«, murmelte Paul und stürzte zur Tür.

»Super. Testosteronparty«, Janine folgte dem eiligen Stiefbruder hinaus. Als Niklas aber wieder aus dem Fenster sah, war Maggie allein.

Huh? Wo war der andere Kerl hin?

Hastig folgte er seinen Geschwistern nach draußen, wo Paul ihre Stiefschwester gerade belehrte, dass sie nicht mit schiefen Gestalten unterwegs sein sollte. Der Typ hätte gefährlich ausgesehen. Und sie wäre noch ein kleines Mädchen. Sie solle vorsichtiger sein. Leute wären verschwunden. Er hätte sich gesorgt!

Kein Wort über Lisa.

»Du weißt es?«, unterbrach Janine ihn irgendwann.

Zu Niklas' Überraschung nickte Maggie. Sie wirkte so klein. Als würde sie sich in sich selbst zusammenkauern.

»Ja«, hauchte sie zurück, »Ryan hat von gehört.«

»Der Neue aus der Achten?«, erkundigte sich Niklas sofort. Er wusste zwar, dass seine Stiefschwester sich mit dem komischen Typen getroffen hatte, nur hatte er dem nie mehr beigemessen. Immerhin war sie sonst immer sehr für sich gewesen.

Ihr Nicken stockte.

»Alles gut?«, Janine streckte die Hand nach Maggie aus und sofort schüttelte diese sich. Sie sah so befangen aus. So-

»Ich muss weg«, erklärte sie still, »Ich hatte die Tage schon mit Ma gesprochen. Ich hole nur ein Formular und mein Scrapbook. Dann bin ich weg. Dann … dann solltet ihr auch in Sicherheit sein.«

In Sicherheit? Was hatte das zu bedeuten? War Lisa wegen ihr tot? Nein! Das war albern! Lisa war überfahren worden. Maggie besaß ja kein Auto. Sie konnte nichts damit zu tun haben!

»Bedroht dich jemand? Belästigt dich wer? Du brauchst dir keine Sorgen machen, wenn irgendjemand an dich ran will, stehen wir dem geschlossen entgegen. Wir-«

»Du wirst bald Vater«, unterbrach sie Paul, »Du musst dich um Cassey kümmern. Da wirst du genug zu tun haben. Ohne Ben und Flo würde das meiste an Ma, Nik und mir hängen bleiben. Und ich wäre derzeit nur eine unnötige Belastung. So ist es besser. Glaub mir«, beharrte sie stur.

»Aber-«

»Sie hat ihre Gründe. Lass sie«, fuhr Janine Paul so scharf an, dass selbst Niklas zusammenzuckte.

»Bist du dir sicher?«, fragte er dennoch unschlüssig.

»Es ist Mags Entscheidung. Nicht eure«, danach wandte sie sich an ihre Stiefschwester, »Ich kann den anderen Bescheid sagen, wenn du magst. Kommst du?«

Damit verschwanden die beiden im Haus.

»Das kann nicht ihr Ernst sein«, murmelte Paul.

Niklas wusste nicht, ob er Janine oder Maggie meinte. So oder so konnte er sich dem Unglauben nur anschließen.

»Mir gefällt es nicht«, gestand er leise.

***

Sobald TJ mit Maggie verschwunden war, wandte Yuki sich an ihren Bruder. Allerdings wirkte Gakumon genauso ahnungslos wie sie. Hatte er nicht mitbekommen, worüber die Hushen gesprochen hatten? Warum?

»Was soll das?«, fragte sie, während SR unentschieden um den Phönix herumtanzte.

»Hm?«, er tippte ihn vorsichtig mit seinem Zentrip an, »Was meinst du?«

Wären seine Augen nicht so wachsam gewesen, hätte sie ihm das Gehabe vielleicht abgekauft. Aber da er sie auch wegen der Einweihung so an der Nase herumgeführt hatte, konnte sie ihm nicht mehr unvoreingenommen vertrauen.

»Wo sind sie hin?«, sie wies mit dem Schwanz auf den leeren Stuhl.

»Woher soll ich das wissen?«

Er wich ihr aus. Da stimmte etwas nicht. Zumal TJ auch so befangen ausgesehen hatte …

»Nimm ihn hoch, erfüll deine Aufgabe und mach den Mund auf«, verlangte Gakumon an ihrer Stelle, »Oder verweigerst du mir auch die Auskunft?«

Für einen Moment schien SR es in Erwägung zu ziehen. Dann seufzte er. Fordernd winkte er sie heran.

Yuki gefiel es nicht. Dennoch hielt sie sich an ihren Bruder. Er hatte öfter mit dem Hushen zu tun. Er wusste, wie weit er seine Position ausreizen konnte. Und er wusste, ab wann er sich zurücknehmen musste.

Vorsichtig lehnte sie sich an ihn, damit sie gemeinsam geblinzelt wurden.

Abrupt fand sie sich im Gruselhaus wieder. Direkt vor Jessica, die sie alle mit großen Augen anstarrte. Fragend deutete sie mit dem Finger auf die Neuankömmlinge.

»Ehm, kleiner Anhang?«, fragte SR, als er hastig von dem Phönix abließ, »Vielleicht kannst du das Flattervieh nehmen? Immerhin seid ihr beide feurig unterwegs.«

Der Feuergeist quietschte vergnügt auf, als er die Macian sah. Mit winkenden Armen lockte er sie näher und so verschmolz Gakumon derweil mit den Schatten.

»Was ist das, Blondie?«, neugierig stupste sie den Vogel an, sodass er das Gleichgewicht verlor und hin plumpste.

»Nennt sich Phönix. Obwohl ich es eher als persönliche Hölle bezeichnen würde«, knurrte SR, er beobachtete die Macian noch kurz, ehe er Yuki in die Küche wank.

Hastig eilte sie hinüber.

»Was ist los?«, verlangte sie, zu wissen, sobald auch er eingetreten war. Sie wusste, dass ihr Bruder zuhörte. Ihre innere Verbindung war seit den Morgenstunden offen.

»Shizen tobt. Risu und die kleine Hutanwaise sind tot. TJ wollte es deiner Freundin ruhig sagen. Aber … Na ja«, er zuckte mit den Schultern.

Yuki schüttelte den Kopf. Sie hatte die Worte gehört. Nur ergaben sie keinen Sinn. Nichts daran ergab Sinn!

»Was hast du gesagt?«, fragte sie nochmal.

»Risu. Hutanwaise. Die kleine Blonde. Tot. Shizen wütend«, wiederholte er im Stakkato, »Besser?«

Besser?! Was sollte daran besser sein?!

»Das … das kann nicht … Du lügst!«

Es konnte nicht wahr sein! Sie hatte die beiden erst am Morgen gesehen und Risu … Risu war Shizens Enkel! Jeder Desson des Waldes würde notfalls den Kleinen beschützen! Wie sollte ihm etwas zustoßen? Wie Lisa, die sich mit allen zutraulichen Desson anfreundete? Sie war nur ein Kind!

»Yuki?«, ihr Bruder löste sich aus den Schatten der Zimmerdecke, »Hey?«

»Das ist ein Fehler!«, behauptete sie und sprang aus dem offenen Fenster.

Eilig hetzte sie in den Wald, um so schneller zum Waisenhaus zu kommen. Wütende Blicke begegneten ihr. Schimpfende Stimmen verfolgten sie. Jemand schrie. Ein Teil von ihr wollte stehenbleiben. Ein anderer konnte nicht. Das Waisenhaus. Sie musste zum Waisenhaus!

Eilig kletterte sie an dem nächsten Baum hoch und verwandelte sich in einen kleinen Vogel. Sie schlug wild mit den Flügeln. Wild und verzweifelt. Nur dort konnte sie ihre Antworten finden. Denn die Desson aus dem Wald würden ihr gegenüber nichts sagen. Nicht, solange sie sich bei den Menschen rumtrieb. Sie hatten sich ja nur freundlich gegeben, wenn Shizen es verlangt oder Risu mit dabei gewesen war.

Sie durfte ihnen nicht trauen.

Als das Waisenhaus in Sicht kam, steuerte sie ein Fenster im Erdgeschoß an. Sie musste es abzählen. Zu selten hatte sie es sonst angepeilt. Sonst war sie immer direkt zu Maggies geklettert. Nun jedoch brauchte sie das der jüngeren Hutankinder. Lisa und Kati hatten sich ein Zimmer geteilt. Unten. Ganz links vom Eingang aus. Das, mit den orangenen Vorhängen.

Noch im Flug verwandelte sie sich in einen Käfer und landete auf der Scheibe. Sie blickte hinein. Sah Kati. Dieses kleine Grundschulmädchen, das stets mit ihrem Schreibblock unterwegs war. Sie hatte sich in die Arme der Betreuerin geworfen. Weinte. Immer wieder klangen die erstickten Laute in Yukis Ohren. Daneben standen zwei weitere Waisen. Steve und Paul. Letzterer murmelte etwas zu Steve und nickend setzte sich der Jüngere auf Katis andere Seite. Paul blieb in der Tür stehen. Er redete mit einem Mädchen hinter sich.

Yuki erschauderte.

Lisa …

»Nicht fair … noch so klein …«, mehr konnte sie nicht ausmachen. Kati sprach zu leise. Zu atemlos.

Die anderen waren noch leiser. Noch-

Abrupt wandte sich Yuki ab und flog nach oben. Sie kannte Maggies Fenster. Sie wusste, wie sie sich notfalls einschleichen konnte. Es gab einen schmalen Spalt neben dem Scharnier. Den nutzte sie, um hinein zu gelangen.

Zum ersten Mal fühlte sich das Zimmer kalt an.

Seufzend nahm sie ihre richtige Gestalt an. Sie konnte sich nicht mehr auf eine Verwandlung konzentrieren. Nicht jetzt, wo ihr Bruder nach ihr rief.

Stumm schickte sie ihm ihren Blickpunkt. Maggies Zimmer. Ihr Scrapbook. Dort ließ sie sich nieder.

Die Macian würde das Buch auf keinen Fall hier lassen. Sie würde hierher wollen. Sie würde kommen.

Und sie würde Yuki genauso brauchen, wie der Desson ihre beste Freundin benötigte, oder?

Zitternd wartete sie dort. Sie spürte, wie Borei sich zwischendurch ins Zimmer blinzelte, ehe er eilig wieder verschwand. Irgendwann war TJ da.

Müde blickte sie auf.

»Wo?«, ihre Stimme klang so gebrochen.

»Sie kommt gleich«, antwortete er geknickt und lehnte sich gegen den Schrank, »Sie … Alice ist mit den Nerven am Ende. Das zieht auch Mag und Valerie mit runter. Sie- So schlimm war es noch nie.«

»Wie auch nicht?!«, Yuki biss sich auf die Zunge, als sie Schritte auf dem Flur vernahm. Kurz darauf öffnete sich die Tür. Die Macian stand darin. Und Janine.

Die Gestaltwandlerin konnte sich nicht um die andere kümmern. Hastig sprang sie in die Arme ihrer Freundin und krallte sich darin fest. Sie weinte. Sie weinte und weinte und irgendwie wollten die Tränen nicht stoppen.

»Sie waren unschuldig«, krächzte sie irgendwann hervor.

»Ich weiß«, Maggies Augen wirkten leer, »Ich weiß …«

»Nik wird gleich alle bequatscht haben«, mischte sich Janine ein, »Wenn du kein großes Aufgebot willst, musst du dich sputen.«

Aufgebot? Was war los?

Fragend blickte sie Maggie an, die so erschöpft aussah. Es war, als wäre irgendetwas in ihr zerbrochen. Konnte es denn keiner sehen?! Wie sollte sich ihre Freundin beeilen, wenn sie kaum noch gerade stehen konnte!

»Ich gehe zu den Macian. Das ist sicherer für alle«, flüsterte sie allmählich, »Kommst du … mit?«

»Na hör mal! Ich werde dich kaum allein hinlassen!«, warf sie sofort ein, dennoch musste sie sichergehen, »Aber willst du das auch wirklich?«

Maggie schwieg. Kurz wurden ihre Augen grau. Dann wieder braun. Es war ein schleichender Wechsel. Kein sprunghafter wie sonst.

Sie nickte.

»Ich würde hier nur alle in Gefahr bringen. Und unter die Hushen kann ich noch weniger. Ich …«, sie brach ab und sofort drückte TJ sie.

»Wenn irgendetwas ist, hole ich dich raus«, versprach er, »Ich werde zusehen, dass hier nichts passiert. Kein Hushen wird unbefugt herkommen. Und SR wird beim Gruselhaus bleiben. Ich werde ihm strikte Anweisungen geben, ja? Du musst dir keine Sorgen machen. Er wird mit auf die anderen Waisen achten. So etwas wird sich nicht noch einmal wiederholen.«

Sie nickte schwächer.

»Ich kann die Adoptionspapiere fälschen, damit hier keine Fragen aufkommen«, stimmte Janine ein, »Dann können die Macian nicht behaupten, dass du ihnen einen Bannkreis anschleppst. Nur bei dem Ding würde es schwierig werden«, sie deutete auf das Scrapbook.

Maggie erstarrte. Das schien sie nicht in Betracht gezogen zu haben. Zitternd krallte sie sich hinein. Es war eine Erinnerungsstütze. Etwas, das sie über die Jahre aufgebaut hatte. Yuki wusste, wie viel es ihr bedeutete. Sie konnte es nicht zurücklassen. Sie. Konnte. Nicht.

»Mag ist markiert«, lenkte sie ein, »Was sollte die Macian ein Bannkreis auf 'nem Stück Papier kümmern?«

Sie spürte regelrecht, wie ihre Freundin aufatmete. Eilig kletterte sie an ihrem kühlen Körper hoch und verwandelte sich in das übliche Halstuch.

»Wie ist der Plan?«

Die Hushen tauschten einen Blick.

»Sie muss unten raus. Sobald ihr außer Sicht seid, blinzel ich euch ins Gruselhaus. Dort werden wir noch kurz auf RT warten und dann geht's zur Kirche. Da ihr Bruder eh so versessen auf ihre Rückkehr ist, sollte der Rest kein Problem werden. Wir müssen nur zusehen, dass er dich und das Buch mit gehen lässt«, erklärte TJ.

Janine verschränkte die Arme vor der Brust: »Ich übernehme Ma und die Waisen. Ich sage einfach, dass der Adoptionsschrieb per Post kam. Sollte schon klappen.«

Sollte. Nun, sie kannte sich mit dem Papierkram des Waisenhauses mit am besten aus. Und Maggie hatte darauf bestanden, der Hushen zu vertrauen.

»Wir müssen los …«, flüsterte ihre Freundin.

Yuki drückte sie sanft. So aufgelöst sie sich auch gefühlt hatte, so sehr schmerzte nun die stille Tonlage der Macian. So kannte sie ihre Freundin nicht! Ihr gegenüber war sie noch nie *so* still gewesen, wie sie sich vor den Hutan gab!

Anfangs vielleicht ein wenig feindlich und perplex! Aber sonst? Ihre Freundschaft hatte sich so früh gefestigt, dass Yuki sie stets für ihre Aufgeschlossenheit bewundert hatte!

Schweigend lauschte sie den abwechselnden Fragen der Waisen. Florian konnte den Abschied nicht verstehen. Genauso wie Benjamin und Paul. Anja schien zwar verwirrt, akzeptierte ihn jedoch. Stattdessen hagelte es Beschimpfungen von Melanie, ehe diese ihre Tür knallte. Kati kam nicht mal aus ihrem Zimmer. Es war zu hart für sie. Die Mienen der GAK's blieben auch versteinert.

Der Tod war zu frisch, als dass die Hutan einen weiteren Abschied verarbeiten konnten. Selbst die Betreuerin hatte mit den Worten zu kämpfen. Worte, die bei Maggie eh nur auf taube Ohren stießen. Und Casscy …

»Alles gut?«, fragte die Schwangere, ehe Paul sie zurückhalten konnte, »Du siehst so blass aus?«

Yuki spürte, wie Maggie sich anspannte. Langsam hob sie die Hand und legte den Kopf schief. Eine stumme Frage, den Bauch der Frau zu berühren lag in der Luft.

Langsam nickte diese.

»Er wird gesund sein«, murmelte Alice' Stimme leise, »Und er wird es eilig haben.«

Hastig wandte sie sich ab und ging hinaus. Maggie kehrte zurück. Zügig ging sie nach draußen, ohne sich nochmal umzusehen. Ihre Bewegungen waren so ruckartig.

»TJ?«, hauchte sie, sobald sie außer Sicht waren.

Ein Zittern rann durch ihren Körper. Sie sackte weiter in sich zusammen. Sie fühlte sich verzweifelt an. Drängend schmuste Yuki mit ihr, sodass sie gedankenverloren über das verwandelte Fell strich.

Ein flüsternder Dank erklang.

Dann war der Hushen da. Er zog Maggie an sich und blinzelte sie direkt fort. Keiner sagte etwas. Selbst, als sie im Gruselhaus ankamen und in der Küche warteten.

Kapitel 10: Eine ewige Freundin

Obwohl Nicole nichts mit Ryan zu tun haben wollte, ließ sie alle Vorsätze fallen, als sie den Feuervogel sah. Begeistert forderte sie Jessica dazu auf, ihn zu streicheln, zu füttern oder sogar mit ihm zu spielen. Es schien fast, als würde sie mit dem Wesen verschmelzen!

Ein Phönix, Jess! Ein Phönix, korrigierte die andere Seele erneut, *Das ist ein echter Phönix!*

Ehm, klar.

Mehr Begeisterung konnte sie für das Brutzelding nicht aufbringen. Es konnte ja nicht mal reden!

»Wohnt der Knirps nun hier?«, fragte sie, als der Hushen endlich aus der Küche zurückkam.

Stets verschwand er darin. Erst mit diesen anderen beiden Desson. Nun wirkte es, als ob er ständig etwas darin vergessen würde.

»Auch wenn ich es besser wissen sollte: Ich hoffe nicht. Ein Feuerbalg reicht mir«, murrte er ungehalten.

»So schlimm bin ich nicht!«, widersprach sie sofort.

Es war leichter geworden, mit ihm zu reden. Ob das an seiner Ehrlichkeit lag? Seitdem er ihr vom Krieg berichtet hatte, wusste sie, dass er sie zumindest tolerierte. Er hatte sie vor den anderen Macian gerettet. Und wenn ihre Kräfte derzeit verrückte Ausflüge machten, ignorierte er es. Er schenkte ihr damit Normalität inmitten des Chaos.

»Nicht mehr …«, gab er zu und kratzte sich am Kinn, »Hör zu, du … musst ein paar Leute kennenlernen.«

Sie musste?

Jessica beobachtete seine unsichere Miene. Er betrachtete zwar den Piepmatz, doch irgendwie fühlte sie sich auch angesprochen. Ob Nicole das mitbekommen hatte? Nicht, dass sie wieder auf Kamikazekurs ging …

»Was ist los?«, fragte sie ruhiger, als sie sich fühlte.

»Ich muss weg«, flüsterte Maggie aus der Küchentür.

Unschlüssig betrachtete Jessica sie. Die Brünette wirkte geknickt. Sie umklammerte ein Buch mit zitternden Fingern und das weiße Wesen von vorhin kuschelte mit ihrer Wange. Dahinter stand ein fremder Typ in schwarzer Tracht. Er sah grimmig aus. Dennoch nickte er ihnen zu.

»Hi? Seit wann bist du da?«

Als sie nichts sagte, übernahm der andere Typ. Er lotste sie zum nächsten Stuhl, wobei er den Phönix eingängig beobachtete, als wäre er ihm auch suspekt.

»Sind vor ein paar Minuten rein. Du musst Jessica sein, oder?«, sein Lächeln berührte nicht die Augen, »Für dich bin ich nur sein Chef«, er wies zu Ryan rüber, der beleidigt die Arme verschränkte, »Mehr musst du nicht wissen. Das ist sicherer für dich.«

»Wow. Toll wie jeder zu wissen scheint, was sicherer für mich ist, nur damit meine Mom am Ende doch stirbt!«, platzte es aus ihr heraus.

Sie hasste es, so behandelt zu werden! Sie war kein kleines Kind, das man beschützen musste. Es kotzte sie schon genug an, dass keiner ihr von diesem dämlichen Krieg erzählt hatte! Nicht ihre Mutter, nicht Maggie, selbst Ryan hatte es erst angesprochen, als ihre Mom bereits zu den Toten zählte!

»Bitte, Jessi. Nicht heute«, Maggies Stimme zitterte und augenblicklich fiepte der Phönix auf.

Etwas stimmte ganz und gar nicht.

»Was ist los?«, fragte sie leiser.

Der fremde Typ strich Maggie über den Arm und sachte schüttelte sie den Kopf. Es war, als würden sie sich ohne Worte verstehen. Und die Art, wie er es hinnahm …

Wenn er Ryans Chef war, konnte er kein Macian sein. Dennoch schienen er und Maggie umeinander zu rotieren. Da lag blindes Vertrauen in ihren Gesten. Es ergab ein so schiefes, aber synchrones Bild!

»Es sind noch mehr Macian ins Dorf gekommen. Sie …
Sie haben jemanden aus dem Waisenhaus getötet und nun
spielen meine Kräfte verrückt. Ich kann nicht bei den
Hutan bleiben. Zu den Desson oder Hushen gehöre ich
nicht. Ich muss unter die Macian, ehe ich noch jemanden
verletze und schon wie-«

»Du gehst zu jenen Leuten, die deine ach so liebe
Stieffamilie umbringen?!«

Jessica konnte es nicht fassen! Selbst Nicole schien
endlich die Augen vom Phönix zu nehmen! Die Dummheit
dieser Worte musste sogar zu ihr durchgedrungen sein,
oder? Wie konnte diese Maggie diesen Mist also für eine
gute Idee halten?!

»Es geht nicht ander-«

»Wieso? Du könntest hierbleiben!«

»Es ist kompli-«

»Was soll daran kompliziert sein?«

»Dass ich-«

»Dass du dumm bist?«

»Hey!«, der Typ neben Maggie blickte sie so wütend an,
dass Jessica zusammenzuckte. Erschrocken schluckte sie
ihren nächsten Kommentar herunter, als sie die gezückte
Klinge sah. Er-

»Giftzunge weiß nix, ja?«, mischte sich Ryan ruhig ein,
»Kannst du also … bitte?«

Langsam senkte sich die Waffe wieder. Die Hand des
anderen Mädchens lag darauf. Maggie blickte den Kerl
entschlossen an. Eine Bitte lag in ihrem Blick. Eine Bitte,
auf die er zu hören schien.

»Ich kann mich wieder an früher erinnern, weil Magie
meine Erinnerungen zurückgeholt hat. Und eben jene
Magie fordert nun meine Anwesenheit. Ich … ich habe
einen Bruder, der mich ruft. Und obwohl ich weiß, dass er
die Hutan und Hushen nie so sehen wird, wie ich es tue, so

wird er zumindest das Waisenhaus beschützen, wenn ich ihn darum bitte. Wenn ich jedoch nicht komme … und meiner Stieffamilie wieder etwas passiert … ist es dann meine Schuld?«

»Das ist doch Schwachsinn!«, zum ersten Mal regte sich das weiße Wesen auf ihren Schultern, »Wie sollte es deine Schuld sein? Du würdest sie niemals umbringen!«

»Aber was, wenn sie die Hutan als Druckmittel sehen?«, hauchte Maggie leise.

»Da wäre was-«

»Wage es nicht!«, unterbrach der Fremde Ryan.

»Ich mein' ja nur-«

»Nein«, der Typ bewegte sich zwar nicht, schien jedoch trotzdem größer zu werden, »Ich werde Kriegsheim von unserer Seite aus abriegeln. Damit wäre Shizen beruhigt und die Macian müssten ihr Fehlverhalten vor Maggie zugeben, sobald wir es bekannt geben. Mit dem erhöhten Druck sollten die Hutan sicher sein.«

»Was, wenn sie dir nicht glauben?«, flüsterte Maggie, »Macian vermuten eh in jedem Hutan einen Feind und-«

»Genau deswegen werden wir seine«, er wies auf Ryan, »Anwesenheit offenlegen«, er wandte sich direkt an den Hushen, »Ich werde deine Mission noch etwas verlängern. Du hältst hier die Stellung. Solange du keine Kontakte pflegst, haben sie keine Anhaltspunkte. Du ziehst später zwar offiziell ab, bleibst aber als Sprachrohr hier.«

»Hasst du mich so sehr?«, lachte der Hushen auf.

»Nein. Ich vertraue dir die Leben eines ganzen Dorfes an«, widersprach der Kerl sofort.

»Das … das könnte klappen«, murmelte Maggie.

Überrascht beobachtete Jessica, wie zärtlich der Fremde sie an sich zog: »Du konzentrierst dich auf dich, ja? Wir kümmern uns um den Rest. Deiner Schülerin passiert nichts. Den Waisen passiert nichts. All den anderen Hutan passiert nichts. Und wenn ich an drei Orten zugleich sein muss, dann schaffe ich das auch irgendwie, ja? Du musst dich nur um dich selbst kümmern. Lass dich fallen und mach dir nur dieses eine Mal keine Sorgen um all die anderen um dich herum, ja?«

Sprunghaft erwiderte die Macian die Umarmung. Wirre Worte drangen zu Jessica rüber. Worte, die sie über Nicoles Empörung kaum verstand.

Ist sie denn des Wahnsinns?!

Wieso? Sie scheint einen Freund zu haben. Und?

Einen Hushen!

Du bist gedanklich noch ein Kleinkind. Ich weiß nicht, ob du da Mitspracherecht hast.

Aber er ist ein Monster!

Ein Monster? Hat er drei Augen und fünf Zahnreihen?

Er- Jessica! Das ist nicht lustig!

Komm schon, Ryan würdest du auch nicht mehr als Monster betiteln. Was hat er uns schon angetan?

Unschlüssig schwieg die andere Seele.

»Stör ich?«, meldete sich nun eine weitere Stimme.

Der Neue sah etwas jünger als Ryan aus. Er trug eine Brille und so eine schwarze Tracht. Auf seiner Schulter saß ein kleines Feenwesen. Aber am auffälligsten waren die Sorgenfalten auf seiner Stirn.

»Lagebesprechung«, knurrte ihn Maggies Freund an und zitierte beide in Richtung Küche.

»Und ich dachte, ich wäre unsensibel«, lachte Ryan auf.

»Was denn? Ich war eh schon zu spät dran. Wer ist die-«

Abrupt brachen sie ab, als sie über die Schwelle traten – fast, als hätte etwas ihre Worte verschluckt.

»Ich werde mich beeilen«, hauchte Maggie ihr zu.

»Mit deinem Magiemist?«

Sie schwieg. Also war noch was anderes im Busch. Aber so sehr Jessica auch nachdachte, ihr fiel nix ein, außer-

»Willst du dich rächen?«

Die Brünette blinzelte sie verwirrt an. Einen Augenblick schien sie nicht sie selbst zu sein. Ihre Augen wirkten anders. Strenger. Unschlüssiger. Vorsichtiger?

»Ich darf niemanden umbringen«, murmelte sie, »Ich kann nicht. Nicht seitdem …«

»Hm…«, Jessica kaufte es ihr nicht ab.

»Was wichtiger ist«, Maggie wies auf den Phönix, »Kommt ihr gut miteinander zurecht?«

»Ich? Geht so. Nicole?«, sie malte ein Herz in die Luft.

Das entlockte dem Mädchen ein Lächeln.

»Das ist gut. Er wird in deiner Obhut bleiben müssen, ja?«, offenbarte sie.

»Höh?«, Jessica stupste das winzige Vich an, das nach der sachten Berührung schon meckernd umfiel, »Kann ich es nicht irgendwo aussetzen?«

JESSICA!

Füße stillhalten. Ich will nur wissen, warum, beruhigte sie ihr anderes Ich hastig.

»Das wäre unklug. Er braucht jemanden mit einer starken Feueraffinität. Ansonsten müsste er zu dem Feuergeneral, der ihn nur als Machtinstrument erziehen würde. Doch du bist anders. Du hast die Feueraffinität deines Vaters aber die Unschuld der Hutan. Bei dir kann er ein freies Leben führen. Ohne Verpflichtungen.«

Ein freies Leben? Wie lachhaft! Jessica wurde von ihren eigenen Kräften gefangen gehalten! Ohne diese hätte sie sicherlich nach Hause gehen und Wechselsachen holen können. Stattdessen musste sie Ryan hinschicken, der sonst etwas tun konnte, wenn er sich rein schlich!

Wie sollte das Tierchen da auf ein freies Leben hoffen?

***

TriSte blieb die ganzen vier Stunden bei der alten Kirche in Kriegsheim. Unruhig drehte er ihre Duria zwischen den Fingern. Er musste es tun. Er brauchte die Bewegung. Immer wieder musste er an die Ratschläge seiner Verlobten denken. Er solle die anderen Waisen in Ruhe lassen. Vor allem Niklas und die kleine Lisa.

Und nun war ihr eigener Vater nicht nur in das Gespräch mit dem Hushen geplatzt, der das Leben seiner Schwester in den Händen hielt, nein. Er hatte auch das Mädchen getötet, an dem sie einen Narren gefressen haben sollte!

»Noch zehn Minuten«, murmelte seine Tante LiJu, als sie sich neben ihn setzte, »Bist du dir sicher, dass sie kommt? LaNa meinte, dass du sie die letzten Male ziemlich überreden musstest.«

Tristen schloss die Augen. Bestimmt hatte sein Vater sie geschickt. Das tat er immer, wenn er nicht persönlich mit ihm schimpfen konnte, weil zu viele Leute zugegen waren. Doch seine Tante abzuweisen wäre unklug. Sie war eine Generälin und sie hatte ihn seit dem Tod seiner Mutter wie einen Sohn behandelt.

»Sie hat ihr Wort gegeben«, beharrte er ruhig.

»Aber sie hat auch die letzten Jahre unter Hutan gelebt und nun ihre Duria abgenommen, um – was? Einem Hushen zu helfen?«, fragte sie weiter.

Wäre TaJu hiergeblieben, wäre dieser sicherlich laut geworden. Zum Glück hatte Tristen die meisten Macian wegschicken können, als die Sirenen erklungen waren. Zu viel Aufmerksamkeit der Hutan hätte die Ankünfte der übrigen Generäle gefährdet.

Nur LiJu hatte darauf bestanden zu bleiben. Ihr Auxilius sicherte das Fahrzeug, während LaNa und ESi an beiden Enden der Kirche die Stellung hielten.

»Es ist kompliziert«, wich der Radix aus, »Sie hatte ihre Erinnerungen verloren.«

»Das meintest du bereits«, sie nickte, »Aber sie wusste dennoch, was sie war, oder? Sie wusste vom Krieg.«

Da war er wieder. Dieser stille Vorwurf, dem er nicht entgehen konnte. Er selbst konnte ihn nicht erklären. Er durfte es nicht mal, wenn er es wüsste. Egal, wie viel er sich zusammenreimen konnte, es war ihre Entscheidung, wie viel sie offenlegen wollte.

Er musste ihr vertrauen.

»So oder so ist die Zeit nicht um. Wir warten noch«, bemerkte er, als Steffen sich wieder regte.

Er hatte ihn entschieden zurückdrängen müssen, als sie verschwunden war. Zu sehr hatte sich die andere Seele gesorgt. Dass er nun so pünktlich zu sich kam, musste ein Zeichen sein. Es musste!

»Und wenn es vergeb-«

Abrupt sprang LiJu auf. Sie blickte zum Beichtstuhl. Ihre Augen verengten sich. Auch LaNa am vorderen Ende der Kirche hatte sich angespannt. Beide starrten dahin. Sie schienen etwas gesehen zu haben. Doch Tristen selbst entdeckte nur leere Luft, die-

Plötzlich stand sie da. Der Otou-san neben ihr. Zwei weitere Hushen dahinter. Dafür nur zwei Desson – das schwarze Mischwesen und ein kleines Feenwesen.

Still blickte dieser Otou-san Tristens Schwester an. Er hob eine Augenbraue. Wartete.

Viel zu langsam nickte sie und endlich ließ das Monster sie los. Aber er trat nicht von ihr weg. Er blieb direkt neben ihr stehen.

Wie ein Schatten.

»Ihr seid zahlreicher«, grüßte LiJu argwöhnisch.

»Erfahrungswerte«, entgegnete der Otou-san starr.

Für einen Augenblick begutachtete Tristen ihn. Er sah vollkommen gesund aus. Nicht, als ob ein Phönix ihn von innen heraus gegrillt hätte. Also hatte seine Schwester ihm wirklich geholfen? Sie und diese Najade hatten ihre Kräfte für dieses Monster genutzt!

Lass es! Sie ist hier. Nur das zählt!, erinnerte Steffen ihn.

Ja. Er hatte Recht.

Langsam trat er vor und streckte die Hand mit ihrer Duria aus. Ihre Magie musste bereits darauf reagieren. Gewiss sog sie seine Schwester an. Sie musste den Stein einfach zurücknehmen. Sie. Musste!

»Wusstest du, dass … jemand … ein Hutanmädchen aus dem Dorf überfahren hat?«, fragte sie ihn stattdessen stockend und klammerte sich an ein Buch.

Alles in ihm verkrampfte sich. Dass sie es so offen ansprach … Er hätte ihre gebeugte Art am liebsten auf den Hushen geschoben. Doch nun? Nun, wo sie dieses tote Mädchen mit ins Spiel brachte?

»Ich habe die Meldung erhalten«, gab er zu, »Es war wohl ein Unfall.«

Maggie zuckte zusammen. Still drückte sie das Buch fester an sich. Sie zitterte. Ob das Rufen der Duria zu laut war? Oder ging es ihr noch um das Hutankind? Tot wäre das Kind doch eh besser aufgehoben! Dann könnte sie niemand gegen die Flora verwenden. Sah seine Schwester das denn nicht?

»Alles gut?«, dieser verfluchte Otou-san legte schon wieder eine Hand auf ihren Rücken. Als ob er sie trösten wollte! Am liebsten wollte Tristen ihn in Stücke reißen. Das Monster sollte sterben!

Stattdessen blieb er krampfhaft stehen. Er gab sich so gelassen wie seine Tante, die immer noch ihr falsches Lächeln präsentierte. Und wie die beiden Auxilius, die stumm neben ihnen Stellung bezogen.

Maggie schaute den Hushen an. Sie nickte. Dann wandte sie sich wieder ihnen zu. Ihr Zittern ließ nach. Langsam atmete sie durch.

»Ich … ich komme mit euch mit«, flüsterte sie und Tristens Herz machte einen Sprung, »Aber nicht … so.«

»Ihr habt Auflagen?«, fragte LiJu unverblümt.

Das ließ Tristen innehalten. Wollte sie einen Hushen mitnehmen? Oder Kontakt mit diesen Monstern wahren? Er musste sie schnellstmöglich zur Vernunft bekommen. Das waren Ungeheuer!

»Nur drei Bedingungen«, erklärte Maggie, während die anderen Hushen unruhig zum Otou-san blickten.

Doch dieser blieb vollkommen entspannt. Wollte er sie notfalls umbringen? Oder hatte er seine Untergebenen nur nicht informiert?

Können wir sie notfalls erledigen? Sie sind nur zu dritt, mit zwei Desson. Der Aufreißer fehlt. Wir könnten es schaffen, oder?, fragte Steffen.

Nein, widersprach er, *Sie war schon nicht begeistert, als der Otou-san verwundet wurde. Lass sie erst ausreden.*

»Ich brauche … zwei Auxilius. Sie müssen aufmerksam sein und brauchen entweder eine gute Wasseraffinität oder Übung in … Temperaturschwankungen«, erklärte sie.

»Kein Problem«, behauptete Tristen sofort, als er sich an ihren Magieausbruch erinnerte, »Das ist ein Leichtes.«

Seine Tante schenkte ihm einen kurzen Blick. Er kannte diese Neugier. Bestimmt würde sie es noch hinterfragen. Es war zu speziell formuliert.

»Ich werde außerdem das hier mitnehmen«, erklärte Maggie mit unumstößlicher Miene, als sie das Buch anhob, »Ich habe es selbst geschrieben. Es ist … wie eine Art Tagebuch.«

Diesmal zögerte er. Er spürte, wie der Arm mit ihrer Duria schwer wurde. Jedoch wagte er es nicht, ihn zu senken. Er wollte auf keinen Fall abweisend erscheinen. Er musste durchhalten.

»Wenn sich ein Bannkreis darin befindet-«

Schweigend zog strich sie über ihren linken Arm. Es wirkte wie eine beiläufige Geste, dennoch hielt er inne.

Sie hatte doch gemeint, dass sie markiert wäre. Befand sich die Narbe dort? Jeder Bannkreis in dem Buch wäre irrelevant, solange der Otou-san sie überall finden könnte!

»Dort ist nichts Gefährliches drin«, beharrte sie.

»Nun, ist das nicht schwer zu glauben, wenn Ihr mit so vielen Hushen herkommt?«, fragte LiJu, die die Geste nicht verstehen konnte.

»Sagt diejenige, die zuvor auch nicht eingeladen war«, brummte der Otou-san zurück.

»Stopp«, Maggie schob sich entschlossen dazwischen. Sie schaute den Hushen an, bis er fortsah. Dann blickte sie zu ihrer Tante.

»TJ würde mir nichts unterjubeln. Dafür kennen wir uns zu lange. Außerdem wenn … Wenn ich tief genug unten bin … oder von genug Magie umgeben werde … sollte eh kein Bannkreis mehr wirken, oder?«

Sie meint ihre Markierung. Nicht irgendeinen Zettel!, erkannte Steffen, *Wenn sie ganz unten ist, sollte er das Ding nicht mal mehr spüren können! Und notfalls – es gibt sehr viele magische Orte unter der Erde, die auch schon andere Macian abgeschirmt haben. Es kann klappen!*

Aber sobald sie reisen möchte, wird er sie aufspüren, bedachte Tristen.

Pf! Ist das ein Witz? Das müsste doch eh erstmal der Generalstab gestatten! Und du weißt noch, wie sehr Mutter abgeschirmt wurde?, gab sein anderes Ich zurück.

Da war etwas dran.

»Nur das Buch?«, fragte er.

Sie zögerte. Sie strich über ihr Halstuch. Es war eine unschlüssige Geste. Eine vorsichtige?

»Für die zweite Bedingung, ja. Die dritte … wäre eine Freundin«, erklärte sie leise.

Eine Freundin? Meinte sie seine Verlobte? Das wäre mit das einfachste! Er müsste nur-

»Yuki?«, fragte sie plötzlich, »Stellst du dich selbst vor?«

Ihr Halstuch schien herabzufließen. Auf dem Boden wurde es heller. Weißer. Es wirkte wie Schnee, der sich zu zusammenschob. Heraus kam ein Mischwesen. Dasselbe, wie der schwarze Desson. Halb Fuchs, halb Katze. Nur in weiß. Mit klaren blauen Augen, die ihn lange musterten.

»Guten Tag«, sprach sie ruhig, »Mein Name ist Yuki. Ich war die letzten Jahre über bei Mag, um sie vor den Blicken der Hutan zu schützen.«

Unschlüssig blickte er zu dem anderen Mischwesen. Sie sahen so gleich aus! Hatte seine Schwester deswegen so vertraut mit diesem Desson gewirkt? Woher kannten sie sich? Hatte sie seine Schwester ausspioniert?

»Du bist ein Desson«, bemerkte LiJu vorsichtig.

»Ein freier Desson aus Shizens Wäldern, wenn ich bitten darf«, korrigierte diese sofort, »Dort haben wir uns auch kennengelernt, als Mag da untergetaucht ist. Seither waren wir zusammen unterwegs«, sie schaute Tristen direkt in die Augen, »Und ich kann nicht sagen, dass mir deine Ansichten über Monster gefallen haben«, murrte sie.

Tristen hielt inne. Monster? War der Desson auch bei ihrem ersten Gespräch dabei gewesen? Maggie hatte damals ja auch ein Halstuch getragen, oder? Es hatte etwas anders ausgesehen. Aber ansonsten? War das der Desson gewesen? War sie immerzu in ihrer Nähe gewesen? Seine Verlobte hatte ja gemeint, dass Maggie immer über ihr Halstuch zu streichen schien, wenn sie sich unsicher war.

Langsam trat er näher an das Wesen heran. Er mochte es nicht, aber er musste sich ein besseres Bild machen. Und wenn er näherkäme, würde die Duria heftiger nach ihrer Besitzerin verlangen. Vielleicht könnte er sie damit auch schneller zurückholen?

»Yuki?«, fragte er, als er sich verschwommen daran erinnerte, dass sie auch am Waisenhaus gewesen war.

»Yuki kommt nicht nur für mich mit«, brachte seine Schwester viel zu leise hervor, »Yuki ist auch euer Schutzschild. Mit Alice' Kräften fällt mir die Kontrolle nicht leicht. Yuki weiß aber, wie sich die anfänglichen Ausläufe äußern und wie sie mich notfalls aus meinen Gedanken reißt. Ohne sie wäre ich wohl sieben Mal täglich unter den Hutan aufgefallen.«

Sie sprach zügig. Als wollte sie das Gespräch endlich beendet wissen. Sehnte sie sich so sehr nach der Duria? Aber wieso blieb sie dann so starr bei den Hushen stehen? Musste er wirklich erst diesem verfluchten Geschöpf Einlass gestatten, obwohl es sich bereits morgen einen Vertrauten suchen konnte?!

Ehe er sich entscheiden konnte, machte das weiße Wesen vor ihm kehrt. Mit einem geübten Sprung landete es auf Maggies Schultern und schmiegte sich an ihren Hals. Einer der hinteren Hushen riss den Mund auf. Der andere, jener, der seine Schwester auch schon zuvor begleitet hatte, zischte ihn an.

Denn weder der Otou-san noch Maggie schienen das respektlose Verhalten tadeln zu wollen. Gutmütig strich die Macian sogar mit ihrer freien Hand über Yukis Kopf und flüsterte einen Dank in deren Ohren.

Erst nun erkannte Tristen, dass ihr Atem zu sehen war.

»Es wurde noch nie ein Desson in einem Stützpunkt geduldet«, behauptete er.

»Falsch«, sie schüttelte den Kopf, »Alice, Houo – alle Naturgeister sind in Wahrheit Desson und alle sind in den Stützpunkten willkommen. Wenn Yuki nicht mitkommen kann, kann ich also erst recht nie zurückkehren.«

Er und Steffen zuckten zurück. Unsicher suchte er den Blick seiner Tante.

Seine Tante LiJu, die zum ersten Mal ihr Lächeln gegen eine nachdenkliche Miene ausgetauscht hatte.

»Ich weiß nicht, ob der Generalstab begeistert wäre … wir müssten deine … Freundin unter Beobachtung stellen. Um wirklich ausschließen zu können, dass sie keine Vertraute ist, versteht sich«, erklärte sie.

Dazu nickte Maggie endlich.

»Das wäre in Ordnung … solange ihr uns nicht trennt«, beharrte sie, »Das letzte Mal wäre es fast … in einer Katastrophe geendet.«

Ihre vorherige Begleitung zuckte zusammen und trat einen Schritt von seinem Kollegen weg, der ein einziges Handzeichen in die Luft malte. Dennoch gab es keinen Angriff. Es wirkte eher wie eine private Diskussion. Dabei blieben die Hushen immer noch stumm. Bis auf die Worte des Otou-sans hatte sich keiner das Wort erhoben.

Erneut wandte sich seine Schwester diesen Monstern zu. Sie schaute jeden einzelnen an. Zuletzt presste sie dieses Buch an sich. Schauderte.

»Das heißt dann wohl … Auf wiedersehen?«, fragte sie.

Der Otou-san strich über ihr Gesicht. Er schien sie festhalten zu wollen. Wollte er nach ihrem Hals greifen? Sie würgen? Was ging in diesem verfluchten Mistkerl vor sich? Tristen spürte, wie er nach vorn stürzen wollte. Er wollte ihn endlich erlegen und-

Seufzend ließ der Hushen von ihr ab. Stattdessen richtete er sein Augenmerk auf Yuki: »Pass auf sie auf. Bitte.«

Stirnrunzelnd hielt Tristen inne. Hatte er das letzte Wort wirklich gehört? Oder bildete er es sich nur ein? So oder so war es ungewöhnlich, dass ein Hushen mit einem fremden Desson sprach! Oder dass ein Hushen generell um etwas bat …

»Ich bin doch nicht von gestern!«, gab das weiße Wesen furchtlos zurück.

Nickend sah der Hushen zu seinen Begleitern. Er zeigte auf den, der Maggie die letzten Male gefolgt war.

»Nur damit ihr euch nicht wundert, SR war für seine Mission als Hutanschüler hier. Er wird sich für die nächsten Wochen in der Schule krankmelden und zum Ende des Schuljahres aus den Akten verschwinden. Jedoch nicht früher, damit es sich weder mit Maggies Auszug noch mit der neuen Waise überschneidet, dessen Mutter ihr töten ließt.«

»Soll heißen?«, knurrte Tristen.

»Dass er nicht mit dem Stützpunkt interagieren wird«, antwortete seine Schwester – kleine Schweißperlen hatten sich auf ihrer Stirn gebildet.

Sie fing seinen Blick auf. Dann senkte er sich auf seine Hand, die er vergessen gesenkt hatte.

Sofort hob er die Duria an und endlich kam sie auf ihn zu. Erleichtert spürte er, wie sie den Stein annahm. Endlich befand er sich wieder bei ihr! Als sie die Kette umlegte, konnte er geradezu spüren, wie angespannt sie war. Dass sie sich um diese Hushen sorgte. Dass sie trauerte. Dass sie immer wieder an irgendwelche Toten dachte. Sie wirkte sprunghaft. Aber entschlossen. Als wüsste sie, dass sie zu ihnen gehörte. Dass sie-

Eine Mauer zog sich auf, als sie sich zu den Hushen umwandte. Sie schien etwas sagen zu wollen, schluckte die Worte aber herunter. Dafür schüttelte sie den Kopf.

Sofort verschwanden die Hushen mit ihren Anhängen. Sie ließen sie wirklich gehen! Tristen konnte es nicht ganz glauben. Es war wie ein wahr gewordener Traum!

»Sie greifen uns aber nicht gleich an, oder?«, fragte ESi, der noch immer aufmerksam die Kirche betrachtete.

»Sie sind weg«, flüsterte Maggie, »TJ würde keine Angriffe hier zulassen. Nicht, solange die Hutan in Gefahr geraten könnten.«

Dieses tiefe Vertrauen erschütterte ihn. Dennoch ließ er seine Schwester in dem Glauben. Sie mussten sofort das Weite suchen!

»LiJu's Auxilius GreWo wartet draußen mit dem Kleintransporter. Er fährt uns zum Stützpunkt und wir bringen dich erstmal direkt nach unten, ja?«, erklärte er.

Sie nickte langsam. Ihre eine Hand umklammerte das Buch. Die andere strich über das Fell des Desson. Dieser kleine weiße Flausch, der es sich einfach auf ihren Schultern breit gemacht hatte!

Den ganzen Weg über wollte er den Desson am liebsten von ihr reißen!

Aber er spürte auch, wie sehr sie sich daran klammerte. So sehr, dass er sich wunderte, wie ihm das Wesen zuvor entgangen war. Er hatte in ihrer Nähe ja nicht einmal einen Desson in Erwägung gezogen. Dabei hatte er sie doch gesehen, als er am Waisenhaus war! Nur hatte er Maggies tiefe Vertrauensgefühle auf den Hushen oder die anderen Waisenkinder geschoben. Dreckige Hutan, die seine Schwester so sehr beschützen wollte!

Denk das nicht zu oft! Sonst kann ich den Mist nicht mehr von unserer Duria fernhalten, ja?, lenkte Steffen ein.

Erschöpft stimmte Tristen zu, als seine Tante mit ihrem Smalltalk begann. Sie sprach simple Geschehnisse an. Lustige Momente, die sie mit ihrem Sohn erlebt hatte und mit denen sie die kühle Atmosphäre ein wenig linderte.

Ob sie auf Einfluss bei der Floris aus ist? Sie scheint sich ja bei jedem einschleimen zu wollen, mutmaßte Steffen.

Dann warne Vali und Maggie bitte vor, ja?, bat er die andere Seele.

Offene Worte wären fortan zu gefährlich.

***

Unschlüssig nickte Maggie ihrer Tante zu, während Valerie sie mit Erinnerungsfetzen überhäufte. Es waren Bruchstücke, die sie verdrängt hatte: Anstandsregeln. Vorschriften. Vorschläge. Alles Dinge, die sie unter ihrem Kindermädchen verinnerlichen musste.

Steffens Vorsicht riss sie raus. Tristen selbst hatte die Augen geschlossen. Er hatte sich ihrer Tante gegenüber offen gezeigt. Doch nun wirkte er argwöhnisch. Als ob die Frau ihn störte?

Nachdenklich schaute sie nochmal ins Dorf. Wann würde sie es wohl wiedersehen? Obwohl sie nur unter die Macian ging, damit die Gefahr ihrer Kräfte zurückgedrängt werden konnte, war dies ja nicht mit einem Zeitstempel versehen. So etwas konnte Tage, Wochen, Jahre oder gar Jahrzehnte andauern. Es würde sie von ihren Freunden entfremden. Denn genau das waren die Hushen und Jessica für sie. Ihre Freunde …

»Mag?«, flüsterte Yuki in der Gestalt ihres Halstuches. Sie hatte sich extra für den Weg verwandelt, damit sie einem neugierigen Hutan nicht auffiel.

»Aufgeregt«, murmelte Maggie und streichelte sie.

Sie erblickte Niklas' Freund Janek an der nächsten Straßenecke, dann kamen auch schon die Mauern des Stützpunktes in Sicht. Bedrohlich bauten sie sich dort auf. Sie wirkten wie ein Gefängnis. Wie-

Yuki presste ihre Nase gegen ihren Nacken und sogleich zerplatzte die Horrorvorstellung. Sie fokussierte sich auf ihr Scrapbook. Dort waren ihre Erinnerungen drin. Nicht jene, die sie nachts wie ein Alptraum überfielen. Es waren schöne Momente. Friedliche.

»Alles gut?«, Tristen lehnte sich vor. Sie konnte die Gänsehaut auf seinen nackten Armen sehen. Gänsehaut, die sicherlich nur ihr zu verdanken war.

»Ja«, Maggie atmete tief durch, »Wird schon.«

Es musste.

Sobald das Auto hielt, tauchten die anderen Macian auf. Zielsicher rannten sie umher. Einige von ihnen starrten die zurückverwandelte Yuki feindselig an. Andere wandten sich nur angewidert ab. Keiner sprach sich jedoch gegen den Desson aus. Nicht, solange eine Generälin und der Radix sie akzeptierten.

Dabei sollten sie am besten uns respektieren, meckerte Valerie plötzlich.

Wir können keine Floris sein, Val, zumal es Maggie auch gar nicht wollte.

Sie werden es aber irgendwann verlangen. Es wäre besser, vorerst darauf einzugehen. Und es wäre sicherer für unsere Freundin, oder?

Dem konnte sie schlecht widersprechen. Zumal Alice ja die ganze Zeit hierher wollte, um zu bleiben.

Eilig brachte man sie ins Haus. Es ging eine Treppe hinunter, ehe sie sich in einer schmalen Ecke des Hauses wiederfanden. Worte wurden gewechselt. Jemand fragte ihren Bruder nach der Etage. Als er seine eigenen Gemächer ansprach, zögerten sie mit einem Blick auf Yuki nochmal und starrten sich unsicher an.

»Möchtet ihr etwas sagen?«, fragte LiJu lächelnd.

Mehr Motivation brauchten die Macian nicht. Sofort wurde genickt. Der Boden senkte sich herab. Es bildete sich ein kleiner Raum, der aus Erde umgeben war. Langsam tauchte er hinab in die Erde.

Genauso wie der beim Shanai. Dort hatte Valerie stets Angst vor den schabenden Geräuschen gehabt.

Plötzlich stand ihr Bruder neben ihr. Er hielt ihre Hand. Obwohl er sie nicht ansah, wirkte es, als würde er sie anlächeln. Als ob er sich immer noch daran erinnerte, wie sie in so einem Aufzug Panik bekommen hatte. Valeries Affinität war damals durchgedreht.

Enge Räume und Wind vertrugen sich nicht.

»Wir machen alles ganz entspannt, ja?«, sprach er über das Dröhnen hinweg, »Du kommst erstmal an. Die Generäle sollten bis morgen alle da sein. Wir werden die Versammlung am Tag darauf ansetzen, in der wir alles weitere klären. Bis dahin kannst du dich zurechtfinden und ESi wird als dein Auxilius dienen.«

Eilig stimmte der Macian neben ihnen zu. Dennoch hörte Maggie heraus, dass es nicht abgesprochen war.

»Was ist mit Vater?«, fragte sie unschlüssig.

»Willst du ihn sehen?«, erkundigte sich LiJu sofort.

Sofort schüttelte Maggie den Kopf.

»Was ist los?«, ihr Bruder drückte ihre Hand.

Als Antwort konzentrierte sie sich auf ihre Duria. Sie erinnerte sich daran, wie unangenehm ihr der Mann als Kind gewesen war. Wie sehr sein Hass sie aus der Bahn geworfen hatte. Wie sehr sie diesen Hass leid war.

Steffen sendete ihr unendliche Wärme zurück. Sie tat gut. Sie beruhigte sie.

»Hier lang«, erklärte er, als der Raum sich öffnete, zur Generälin hingegen gab er sich bestimmter, »Bis zur Versammlung.«

»Natürlich«, mit diesem ewigen Lächeln blickte sie wieder Maggie an, »Kommt in Ruhe an, Floris.«

Sie verharrte in einer Verneigung, die ihr Auxilius wie ein Schatten kopierte. Tristens Leibwächter folgten ihnen eilig, als sich der Raum wieder schloss. Gemeinsam gingen sie einen leeren Gang entlang.

Wie tief sie wohl waren?

Neugierig legte sie ihre rechte Hand auf die nächste Wand. Sie tastete nach der Erde. Tastete nach oben. Hoch zur Oberfläche … Hoch …

Irgendwo in der Ferne konnte sie Wurzeln spüren. Erst danach folgten Gräser, Hutan, die Häuser von Kriegsheim.

Es mussten über ein Dutzend Etagen dazwischen liegen!

»Keine Sorge. Kein Hushen kann so tief herunterblinzeln und seit dem Angriff auf Shanai wurden alle normalen Treppen vernichtet. Ohne die Erde zu bändigen kommt man nicht mehr durch die Stützpunkte«, erklärte Tristen.

In ihren Gedanken baute sich das Bild der Hushen auf. Sie waren zu Fuß in den unterirdischen Garten gekommen. Den Rückzugsort der Floras. Er war eigentlich nicht strategisch relevant gewesen. Deswegen hatte JuNi ihn damals auch angesteuert. Er hatte gemeint, dass sie dort sicher wären, da sich die Hushen zu sehr auszukennen schienen. Weil-

»Ist es immer so dunkel?«, riss Yukis Stimme sie raus.

Blinzelnd starrte sie auf die Gänge. Ja. Das hatte sie ganz vergessen. Hier unten verzichtete man gern auf die Beleuchtung. Wahre Macian konnten ihren Weg mit den Füßen erspüren. Feuer hingegen würde die Luft zu schnell verbrauchen und die Lampen der Hutan wurden für die Räume selbst aufgespart.

Als Maggie bemerkte, dass keiner ihrer Dessonfreundin antwortete, blieb sie stehen. Stur starrte sie Tristen an. Wenn sie sich auf ihn konzentrierte, konnte sie seinen Missmut spüren. Sie konnte-

Hastig schob Steffen eine Barriere dazwischen.

»Yuki ist nicht nur meinetwegen hier«, sprach sie ruhig aber bestimmt, »Nur sie kann früh genug spüren, dass meine Kräfte ausbrechen. Ich werde also nicht zulassen, dass irgendjemand ihr respektlos kommt.«

Für einen Augenblick schien er ihre Worte zu bedenken. Dann nickte er langsam. Ob er wusste, dass sie nichts anderes akzeptieren würde? Immerhin war das einer der wenigen Punkte, in denen sie sich noch mit Valerie und Alice einig sein konnte!

Sie alle verdankten Yuki die Zeit unter den Hutan.

»Verzeihung«, er nickte den Gang runter, »Wir brauchen hier kein Licht. Es brennen zu lassen, käme also einer Verschwendung gleich.«

Erleichtert lief Maggie weiter. Sie presste ihr Buch an sich. Sie musste es tun, um einen kühlen Kopf zu bewahren. Das Buch war ihr Anker, nachdem Steffen sich gedanklich von ihr abschottete.

»Ich würde dir gerne jemanden vorstellen«, begann er plötzlich wieder, ehe er vor einer Tür hielt, »Vater hatte mich verlobt. Aber mit dir hier – ich würde ungern die Traditionen brechen und ohne deine Zustimmung mit den Prozeduren fortfahren.«

»Jetzt?«, fragte Maggie verwirrt.

Nach all seinen großen Worten darüber, wie sie erstmal in Ruhe ankommen solle und sich keine Sorgen machen solle, wirkte es fast drängelnd. Es passte nicht ins Bild!

Vielleicht doch, murmelte Valerie, *Selbst wenn Tristen Vater über sein erstes Treffen mit uns informiert hätte, so hätte er nicht so schnell herkommen können, oder? Genauso wenig wie die anderen Generäle. Sie hätten erst Beweise gefordert, oder?*

Soll heißen?

Er meinte, morgen müssten alle da sein. Was, wenn also eigentlich übermorgen die Vermählung angesetzt war?

Die Vermählung?

Dunkel erinnerte sich Maggie daran, wie Cindy über ihren Vater geschimpft hatte. Sie hatte von einer Hochzeit erzählt. Und als sie verschwunden war, hatte ESi ihre Anstandsdame durchs Dorf begleitet …

Mit großen Augen beobachtete Maggie, wie ihr Bruder die Tür öffnete und einen Gruß rein rief. Sofort stand Cindy aus einem Sessel auf. Sie legte hastig einen dicken Wälzer beiseite. Hier im Stützpunkt trug sie normale Maciantrachten. Ein dickes Kleid mit vielen Schnüren.

Beinahe wirr hingen sie daran herab. Dennoch hatten sie sich nicht verknotet. Das galt als abfälliges Zeichen.

»Willkommen zurück«, grüßte sie.

Dann blieben ihre Augen auf Yuki hängen. Mit großen Augen starrte sie den Desson an. Sie wirkte, als ob sie gleich losschreien wollte. Nur im letzten Augenblick fing sie sich wieder.

Maggie nahm sich einen Moment, um sich zu orientieren. Sie schaute auf das grelle Deckenlicht, das ihre einstige Klassenkameradin angedreht haben musste. Dann über das gewaltige Bett, auf die angrenzende Tür, zu den Regalen und dem Lüftungsschacht, den Sessel …

Langsam trat sie ein.

»Hi, Cindy.«

Das Mädchen nickte. Ihre Augen klebten jedoch weiter auf Yuki. Kein Wunder, sie hatte die Gestaltwandlerin ja noch nie gesehen.

»Yuki? Kannst du …?«, ihre Freundin verstand sofort.

»Ist es so besser?«, sie verwandelte sich in das übliche Halstuch und die Augen der Macian weiteten sich.

»Du hast die ganze Zeit … so etwas mitgeschleppt?«, ihre Stimme überschlug sich.

»Bedenke, wie du mit der Floris sprichst«, warnte Tristen sie, obwohl er sich zuvor nicht besser benommen hatte.

Ob er damit zeigen möchte, dass er sich bessern wird?, fragte sie ihre anderen Seelen.

Gut möglich. Oder ihm ist Yuki egal, solange das Verhalten nicht auf uns überschwappt.

Valeries Überlegung gefiel ihr zwar weniger, doch es war ein Anfang. Ein Anfang, den sie brauchte.

»Yuki ist meine Freundin«, erklärte sie ruhig, als sich der Desson zurückverwandelte, »Aus Shizens Wäldern. Wie sonst habe ich wohl meine Kräfte unter den Hutan kontrollieren können, wenn man im normalen Unterricht nur seinen eigenen Gedanken nachhängt?«

Cindy nickte. Dennoch schien sie nicht begeistert zu sein.

»Und ich dachte, dir ist immer nur kalt«, murrte sie.

Kalt.

Das Wort echote in ihrem Kopf nach. Ungefragt sah sie TJ's blaue Lippen vor sich. Das gefrorene Meer, die riesige Welle, die sie umzingelte. Lisa-

»Mag?«, Yuki ließ sich auf ihr Scrapbook rutschen und erschrocken balancierte sie beides aus, »Sie meinte nicht, dass es kalt werden solle, ja?«

Vorsichtig nickte sie. Sie atmete durch. Dabei spürte sie die Einatmenluft wie eine Hitzewelle durch ihren Körper fahren. Schaudernd schüttelte sie es ab.

»Danke.«

Schmusend drückte sich der Desson in ihre Halsbeuge und obwohl Maggie es nicht wollte, musste sie lachen. Sie musste sich auf den Moment konzentrieren. Auf kleine Erlebnisse, die sie nicht in Panik versetzen würden.

Eins nach dem anderen …

Kapitel 11: Im Stützpunkt zurück

LyA hatte darauf bestanden, über alles informiert zu werden. Er konnte nicht zulassen, dass etwas oder jemand seine Position als Lyx gefährdete! Solange TriSte unverheiratet war, blieb er der mächtigste Flora. Und selbst wenn er ALi's schwache Tochter ehelichte, würde es noch Jahre dauern, ehe er seine Macht abgeben musste.

Anders wäre es, wenn seine eigene Tochter zurückkäme. Wenn sie ihr Geburtsrecht einforderte …

»Du wirkst gestresst«, grüßte LiJu, als sie uneingeladen in seine Gemächer trat. Seine und ihre Auxilius waren mit diesem Anblick bereits vertraut. Stumm nahmen sie ihre Posten ein und hielten die Münder. Alles andere hätte LyA nicht geduldet!

»Wo ist TriSte?«, fragte er, obwohl ihm die Antwort bereits von ALi's Laufburschen zugetragen wurde.

»Er bringt seine Schwester bei sich unter. Direkt über den Namenlosen. Ist wohl am sichersten, sie dort unten zu lassen«, LiJu machte es sich auf einem Sessel bequem, »Sie lässt sich von einem Desson begleiten. Sie würde ihn wohl schon seit Jahren kennen.«

Seit Jahren? Wie detailliert!, fluchte seine andere Seele.

Lysander drängte ihn zurück. August war zu ungeduldig. Wenn sie sich gegenseitig hochschaukelten, würde der ganze Stützpunkt darüber herziehen. Das hier war nicht das Territorium seiner Schwester. Das hier war nicht Gallahain!

Das hier war ein unterirdischer Bunker, über dem die Hutan eine ihrer dreckigen Siedlungen gebaut hatten!

»Warum durfte das Vieh dann mit?«, fragte er zornig.

LiJu zuckte die Achseln. Sie gab sich desinteressiert. Das tat sie immer, wenn sie auf etwas Größeres abzielte. Genauso wie damals, als sie seiner Frau ein Bündnis vorgeschlagen hatte.

Nur war HaMa nicht darauf eingegangen. Sie hatte keine politische Ehe für ihre Kinder gewünscht. Danach hatte LyA die Geduld mit ihr verloren: Wütend hatte er sein Recht an TriSte's Erziehung verlangt und ihn zurück nach Gallahain gezerrt.

Vier Monate später waren die Hushen eingefallen.

Erst hatte er es als schlechtes Omen aufgefasst. Da er jedoch schnell als ältester Flora galt und die weibliche Linie für tot erklärt wurde, wandte sich seine Pechsträhne. Er besaß plötzlich eine Macht, die sich kein männlicher Macian erträumen konnte. Er war der Einzige, der die Generäle lenken, der sie hinterfragen durfte. Er erzog seinen Sohn zur Marionette, dessen Auxilius eigentlich nur LyA dienen sollten.

Aber kurz vor dem Angriff auf Kumohoshi war der Kontakt abgebrochen.

»Sie zurückzuweisen, würde bedeuten, der wahren Floris zu widersprechen«, gab seine Schwester gelassen zu, »Und wenn sie eben auf Ungeziefer besteht, wäre es doch besser, es als Gefahr bloßzustellen. Wenn meine liebste Nichte ihr Vertrauen in eine so enge Freundin verliert, wem wird sie sich hier unten zuwenden? Hm?«

LyA schüttelte begeistert den Kopf. Man sollte die Generälin nie unterschätzen. LiJu war von klein auf raffiniert gewesen. Stets sorgte sie dafür, dass man sie mochte, dass man ihr vertraute. Erst dann stieß sie zu.

So war sie selbst ihren eigenen Mann losgeworden.

»Und du willst ihr eine tröstende Schulter anbieten?«, erkundigte er sich gelassen.

»Ich? Wie könnte ich mir so etwas anmaßen! Ich bin nicht ihr Bruder«, LiJu lehnte sich vor, »oder Vater, hm?«

***

»Leite beide Anträge mit höchster Priorität weiter«, erklärte TJ, »Kehre auf keinen Fall ohne eine Bestätigung zurück.«

RT überflog die Zettel hastig, ehe er innehielt.

»Bist du dir-«

»Ja, bin ich«, schnitt John dazwischen.

Tarek fluchte innerlich, während er die andere Seele zurückdrängte. Seit seinem Abschied von Maggie war John sehr sprunghaft geworden. Er hatte diese Anträge gefordert. Er hatte ihn damit genötigt und bedrängt, bis er sich als dominante Seele bedroht gefühlt hatte! Mürrisch hatte er beiden Anliegen zugestimmt.

Anders wäre er nie aus der Sache rausgekommen.

Still beobachtete TJ, wie sein Freund loszog. Eine tote Zone in einem Hutangebiet einzurichten, würde lange genug dauern. Hinzu kam das Umleiten von Kumohoshi.

Wenn wir keinen Zeitunterschied mehr haben, können wir uns schneller anpassen. Und wir können Yuki Hinweise zuspielen. Wenn Mag Bescheid weiß, kann sie notfalls auch allein hochkommen, oder? Genauso wie die Macian zur Einweihung, erinnerte er sich an Johns Argumente.

Seufzend starrte er auf die nächsten Zettel. Sein Kopf konnte die Zeichen darauf nicht verarbeiten. Dafür sprang sein Fokus zu wild umher. Ob es eine Nachwirkung des Phönix war? Er fühlte sich ja immer noch nicht auf voller Höhe. Oder redete er es sich nur ein?

Ein Kratzen lenkte ihn ab und nachdenklich blickte er zu TC herüber. Wild strich sie etwas auf ihren Zetteln durch. Der Stift wirkte viel zu groß in ihrer Hand. Ob es bei ihm genauso ausgesehen hatte? Wie es wohl bei den Macian ablief? Warum hatte er Maggie nie danach gefragt?

»Will es nicht?«, fragte er das Hushenmädchen ruhig, als sie für einen Moment innehielt.

»Wa- Oh! Nein. Ich-«, verlegen drehte sie den Zettel um.

»Es fällt dir schwer, oder?«, hakte er weiter nach.

Schweigend nickte sie. Sie wich seinem Blick aus. Aber da waren keine Tränen in ihren Augen. Dabei musste sie doch gespürt haben, wie sehr ihre eigene Mutter sie vernachlässigte, seitdem sie die letzten Erwartungen nicht erfüllt hatte. Die elitären Wünsche der Eltern schienen tiefe Furchen in der Familie hinterlassen zu haben und wenn er den Gerüchten Glauben schenkte …

Würde TL wirklich ihre Tochter verstoßen oder gar in den Tod schicken, wenn diese nicht in der Akademie aufgenommen wurde?

»Zeig mal her«, verlangte er.

Er wank mit seinem Zentrip und ließ den Zettel zu sich schweben. Unschlüssig folgte TC dem Papier. Sie blieb vor seinem Tisch stehen, während er die krakeligen Zeilen darauf überflog.

Sie war gerade beim zweiten Chakra. Svadhisthana. Es ging um Heilung. Chakraströme. Blutkreislauf. Ein Blick verriet ihm bereits, dass sie Probleme mit den Begriffen hatte. Sie verwechselte sie in jeder Aufgabe anders. Noch dazu war die Hälfte falsch geschrieben. Generell war ihre Rechtschreibung eine Katastrophe!

Egal, wie alt sie war, das würde die Akademie nie akzeptieren. Und eine Verbesserung wäre innerhalb der nächsten drei Wochen nicht drin. Zumindest nicht soweit, dass sie angenommen werden würde. Sie würde nie-

Überrascht starrte er auf das Durchgestrichene. Er konnte die Worte dort nur erahnen. Worte, die er von einem Kind nicht erwartet hätte. Die ihn an ein vergangenes Gespräch erinnerten. Eines, aus Shizens Wäldern …

»Was hast du hier geschrieben?«, fragte er und gab ihr den Zettel zurück.

»Nichts Richtiges, Otou-san«, erwiderte sie sofort.

»Komm schon. Amüsier mich«, verlangte er.

Ihr Kopf sackte nach unten. Dennoch kam sie der Aufforderung nach: »Bei der Heilung am Hals muss auf das Sprechding geachtet werden. Genauso auf Blutfluss, Chakrafluss und Atemschlauch. Aber am wichtigsten sind Knochen und Blitzleitung. Das, was die Gedanken nach unten schickt. Sonst erschlafft der Rest.«

TJ nickte.

»Und was war die Aufgabe?«

Das Kind sackte weiter in sich zusammen. Sie wirkte, als ob sie eine Belehrung erwartete. Dennoch konnte er sie noch nicht gehen lassen. Zuerst wollte er verstehen, wieso niemand über das Lehrbuch hinaussah.

»Beschreibe das Heilvorgehen bei einer verwundeten Arterie am fünften Halswirbel.«

Nachdenklich begutachtete er das Mädchen. Er musste daran zurückdenken, wie er Maggie nach ihren Kräften gefragt hatte. Sie hatte nichts mit Chakren und Blutflüssen anfangen können. Selbst Nervenbahnen waren Neuland für sie. Sie hatte sich einfach auf ein Bild in ihrem Kopf berufen. Eine Darstellung, wie ein Körper gesund aussah. Daran orientierte sie sich.

Damals hatte Tarek es für verrückt gehalten. Vor allem, nachdem ihm in der Akademie die ganze Zeit Fachvokabular nach Fachvokabular eingetrichtert worden war. Heilung war nur den Perfektionisten der Hushen vorenthalten. Man könne ja so viel im Körper zerstören. Es wäre eine delikate Angelegenheit.

Und dennoch würde er sich jederzeit von eben jener Macian heilen lassen, deren Kräfte ein rabiates Eigenleben entwickeln konnten und ein Massaker angerichtet hatten.

»Ich habe gerade die richtige Antwort gelesen. Ich weiß, dass ich Quatsch geschrieben habe, Otou-san«, murmelte TC niedergeschlagen, »Ich sollte damit nicht Eure Zeit vergeuden. Es kommt nicht wieder vor.«

»Lass mich raten«, er wank das Lehrbuch herüber, »Hier drin ist der genaue Passus angegeben: Heilung von Blut und Muskelgewebe sowie die erneute Funktionstüchtigkeit der Zellen?«

Sie nickte.

»Warum hast du es nicht so aufgeschrieben?«

Zitternd wurde sie wieder kleiner. Nun wirkte sogar ihr Vertrauter unruhig. Dieses Schmetterlingwesen flatterte hastig um TC herum. Es schimmerte.

»Ich bringe die Worte durcheinander. Also …«, das Kind wurde noch leiser, »Ich habe nur aufgeschrieben, was mir einfiel. Ich hatte gehofft, dass ich so auf die Lösung komme … Beim Sahasrara klappt es manchmal.«

»Ich mag deine Lösung«, gestand er.

Überrascht blickte sie auf. Sie riss den Kopf herum, als würde sie ihren Bruder suchen, nur waren sie noch allein. Sie runzelte die Stirn. Etwas in ihren Augen blitzte. Sie schüttelte den Kopf. Nickte. Zog die Brauen zusammen.

»Ehm- Wie bitte?«

»Ich mag deine Lösung«, wiederholte er, »Du hast nicht aufgeschrieben, was verlangt war, aber du hast alle Probleme erkannt und verzeichnet. Du denkst über die Lehrbuchseiten hinaus. Hat RT dir das beigebracht?«

»Nein«, sie wies auf die andere Seite des Zettels, »Er sagt immer, dass ich die Aufgaben erahnen müsse. Wenn ich zu viel darüber nachdenke, meckert er eher.«

Huh. Ist er so auf das Lehrbuch fokussiert, dass er die Augen nicht aufkriegt?

Nein, lenkte John ein, *Wir haben auch nur durch Mag anders über die Regeln nachgedacht. Ich denke, dasselbe ist bei unserem Freund der Fall. Er hält TC's Antworten nicht für relevant, wenn sie von den verlangten abweichen. Er ist genauso stur wie wir damals.*

Das Wort damals fühlte sich so entfernt an.

»Wir gehen den Rest durch«, forderte TJ das Kind auf, als er durch das Buch blätterte, »Ich stelle dir Fragen hieraus und du beantwortest sie. Mach dir keine Gedanken über falsche Wörter oder so. Sag einfach, was dir durch den Kopf schwirrt, ja?«

Zögerlich nickte sie.

Tarek flippte durch das Buch. Sieben Kapitel für sieben Chakren. Das letzte war nicht mal halb so lang wie die restlichen. Also klaute er sich wirr je drei Fragen aus jedem Abschnitt. Nur beim letzten reichte eine.

Nach anfänglichen Schwierigkeiten gewann TC mit jeder Frage an Fahrt. Sie beantwortete alles richtig. Nur nicht mit den richtigen Begriffen. Auch ignorierte sie manchmal die eigentliche Frage und ging wieder darüber hinaus oder brachte schiefe Vergleiche an. Unterm Strich wusste sie, was sie meinte. Aber sie wusste nicht, wie sie es richtig ausdrücken sollte oder wo sie sich kürzen musste.

Als RT zurückkam, saß TJ neben dem Mädchen und fragte sie gerade zu ihren Gedanken aus. Er wollte wissen, wie sie über die Konzepte dachte, die nicht im Lehrbuch vorkamen. Dabei fielen ihm die Theorien zum Sahasrara als erstes ein. Zeitkonzepte, mit denen sich SR's Großvater einst beschäftigt hatte.

»Das ist zu viel für sie. Bitte-«

Mit einer Handbewegung bedeutete der Otou-san den Neuankömmling zum Schweigen.

»Hierher gucken«, forderte er TC auf, damit sie sich nicht ablenken ließ, »Was würde deiner Meinung nach passieren, wenn man etwas oder jemanden in die Vergangenheit oder Zukunft schicken würde?«

Still zog sie eine Schnute. Sie runzelte die Stirn und griff nach einem Stift, den sie nachdenklich in der Hand wog.

»Wie das hier?«

»Genau.«

»Dann …«, sie betrachtete ihre andere Hand, »Wenn ich ihn jetzt zurückschicken könnte, könnte ich ihn nicht vom jetzigen unterscheiden, oder? Würde das den Stift nicht verwirren? Wenn er sich selbst sieht? Er existierte ja schon mal, ohne sich zu sehen? Oder sah er sich da auch und konnte es nicht verstehen? Was, wenn der falsche zurückgeschickt wird? Dreht er sich dann im Kreis? Kann das Gleiche überhaupt zweimal da sein? Oder da sein, wenn es zuvor einen Tag übersprungen hat? Vielleicht wäre es ja an diesem Tag kaputt gegangen?«

Nickend akzeptierte TJ die Fragen.

»Und wie würdest du ihn dann zurückschicken? Wenn du es könntest?«

»Na, ich würde ihn vorher anmalen. Oder zerbrechen? Ich weiß nicht. Reicht es nicht, das bei der Ankunft sonst zu machen? Wenn es nicht ganz der gleiche ist, würde es doch klappen oder?«

»Aber das war nicht die Frage«, unterbrach RT, »Es geht um diesen Stift. So wie er ist und war. Nicht um-«

»Nein. TC hat recht«, widersprach er seinem einstigen Kollegen, »Denk mal darüber nach: Das reine zurück schicken klappt nicht. Das haben schon unendlich viele Hushen versucht. Und warum geht es nicht? Weil sie immer nur in Schubladen denken. Deine Schwester bleibt aber nicht darin stecken. Sie … Sie gehört auf ihre ganz eigene Akademie.«

»Das ist ein Witz«, der andere schüttelte den Kopf, »Ganz im ernst. Sie weicht den Fragen aus. So wird sie von ihren Chakren verschluckt werden und-«

»Nein«, John schob sich wieder vor, »Sie denkt genauso wie eine Macian. Wie Mag. Sie kümmert sich nicht um die Fachbegriffe, weil ihr Kopf an den Konzepten hängen bleibt. Sie ist … intuitiver?«

»Ich bin wie Maggie?«, mischte sich TC strahlend ein.

»Das ist kein- Also- Aber sie ist-«, RT stolperte über seine Worte und schrie frustriert auf.

»TC wird nicht auf der Akademie aufgenommen werden. Doch das bedeutet nicht, dass sie ein hoffnungsloser Fall ist. Sie ist nur anders.«

Das letzte Wort echote in Tareks Gedanken nach. Anders. Die Macian waren auch nur anders.

Warum hatte er Maggie damals für ein Monster gehalten?

***

Wenngleich Cindy nicht begeistert über die Lügen ihrer Klassenkameradin war, so schluckte sie die Unwahrheiten dennoch harsch herunter. Es wäre zu ungesund, sich gegen eine Flora auszusprechen. Egal, ob der Generalstab sie anerkannte oder nicht. Solange der Radix sie wie eine Floris behandelte, konnte ihre Position nicht gefahrlos angefochten werden. Zumal die Macian innig hoffte, dass sie über diesem Wege der Heirat entkommen konnte. Maggie selbst hatte immerhin als Hutan gelebt. Wenn jemand ihren Wunsch nach Freiheit verstehen sollte, dann sie, oder?

Oder hatte sie nur als Hutan gelebt, um mit den Hushen gemeinsame Sache zu machen?

Der Gedanke ließ sie nicht los. Schon gar nicht mit diesem kleinen Vieh, das die ganze Zeit um die Flora tanzte. Yuki nannte es sich. Und so, wie es sich benahm, schien es Cindy schon Ewigkeiten zu kennen.

Die Macian mochte es nicht.

»Ich hätte dich nie für eine Macian gehalten«, gab Cindy nach einer Weile zu, »Du hast dich zu sehr von den Hutan rumscheuchen lassen. Also, grundgütiger, ich meine nicht, dass du nicht den Mund aufbekommen hättest, aber du bist lieber im Hintergrund geblieben. So-«

»Du meinst, weil Paul und Ben sich so oft für mich eingesetzt hatten? Weil ich selten für mich einstand?«

Sie wirkte nicht überrascht. Langsam hatte sie sich auf einem der Sofas niedergelassen. Aber erst, nachdem der Radix ihr bereits zweimal den Platz angeboten hatte. Generell wirkte sie sehr zögerlich.

So extrem zögerlich kannte Cindy die andere gar nicht. Selbst als sie Lucy vorgestellt hatte, hatte sie nur genickt. Immer wieder unterbrach der Desson dann die Gespräche, indem sie auf Maggies Schoß sprang oder irgendeine Frage dazwischen warf. Meist zuckte die Flora kurz zusammen. Manchmal tanzten auch die Finger ihrer rechten Hand durch die Luft. Als würde sie etwas wieder in Ordnung bringen müssen …

»Ja. So ziemlich. Unter den Macian sollen wir Mädchen stets stramm unseren eigenen Boden verteidigen. Wenn ein Bruder oder Freund uns verteidigt, gilt es als Beleidigung. Es passte und … ja, es passt auch nun nicht ganz ins Bild«, gab sie zu.

Still öffnete Maggie ihr Scrapbook. Sie blätterte nur zwei drei Seiten um, ehe sie es umdrehte. Darauf war eine kurze Botschaft geschrieben. Ein Wunsch.

»Anfangs wollte ich auch etwas sagen, aber dann habe ich erkannt, dass sie nur helfen wollten. Warum sonst hätten sie mir stets so etwas reinschreiben sollen?«, sie zeigte ihnen die anderen Seiten und Cindy kam es so vor, als würde sich selbst der Radix vorlehnen.

»Sie sind Hutan«, murmelte er unschlüssig.

»Und? Wir sind Macian. Yuki und Alice sind Desson. Warum müssen wir ständig diese Label verteilen? Wenn-«, sie stoppte und schüttelte den Kopf.

»Alice?«, unschlüssig schaute Cindy zwischen den Geschwistern hin und her, »Wer ist Alice?«

»Das ist-«

»Die Najade in mir«, unterbrach Maggie ihren Bruder.

»Mutter hatte es nicht grundlos unter Verschluss halten lassen«, entgegnete er.

»Es wird aber bei der Versammlung angesprochen werden. Zumal sie schon seit Tagen in meinem Kopf durchdreht. Am liebsten würde sie genau hier und jetzt eine Quelle anlegen. Nur glaube ich nicht, dass es sich mitten in diesen Gemächern besonders gut macht, oder?«

Nickend stimmte TriSte ihr zu.

Ein Wassergeist?, fragte Lucy leise, *Wie ist das möglich? Sie ist doch eine Macian, oder?*

Ich werde auf keinen Fall nachfragen! Willst du, dass uns der Kopf abgerissen wird?

Artig zog sich die andere Seele wieder zurück.

So hatte Cindy es eh am liebsten.

»Wir könnten am Ende des Ganges einen Raum dafür anlegen lassen. Brauchst du irgendetwas Bestimmtes?«, fragte der Radix gerade.

Maggie schüttelte schwerfällig den Kopf.

Generell wirkte sie sehr stockend. Es war Cindy bereits am Anfang aufgefallen. Jedoch hatte sie es da nicht ansprechen wollen. Sie waren nicht unter Hutan. Die Schwäche eines anderen Macian anzusprechen galt als Frevel. Im Beisein des Radix wäre es sogar noch schwieriger, ungestraft davon zu kommen. Sie musste vorsichtig bleiben.

»Was ist mit dem kleinen Mädchen?«, fragte Maggie.

»Welchem- Oh. Meinst du die Macian, die ich ins Waisenhaus bringen wollte? LiZa?«

Erschrocken riss die Flora den Kopf rum. Die Kälte peitschte schlagartig durch das Zimmer. Eiskristalle kletterten übers Sofa, sodass diese Yuki hastig aufsprang. Sachte stupste sie gegen Maggies Hand, die sich nun in das Buch krallte. Und ihre Augen-

Wieso sprangen sie so panisch umher? Was war los?!

»Maggie?«, der Radix zitterte und griff nach seiner Duria, »Ma-«

»Al? Es ist okay«, flüsterte diese Yuki und schnitt irgendwie durch seine Stimme, »Es ist okay. Ja?«

Nun erst bemerkte Cindy, dass die Augen der Flora grün waren. Sie bebten sachte. Dann zog sich die Farbe zurück. Stattdessen wurden sie wieder braun …

Diesmal wank TriSte mit den Fingern durch die Luft. Er kopierte die Gesten, die seine Schwester vorhin gemacht hatte. Er fischte die Feuchtigkeit aus dem Raum und schnipste kleine Flammen ins Zimmer. Feuer, die im Nu die Wärme zurückholten.

»Geht es wieder?«, fragte er und schenkte Cindy einen verächtlichen Blick.

Nickend schloss Maggie das Buch. Sie drückte es an sich. Schaute zu ihr herüber.

»Lisa ist tot. Ich hatte nicht erwartet - die Namen klangen so ähnlich«, erklärte sie schwerfällig.

»Lisa?«, Cindys Gedanken rasten, »Sie- Aber sie ist doch so klein und-«

»Sie hat immer gern mit den Desson des Waldes gespielt. Hari. Kamome. Risu. Auch heute Morgen. Dabei wurden sie und Risu überfahren«, erklärte Yuki ruhig.

Obwohl sie keinen Schimmer hatte, wer dieser Risu sein sollte, so schienen Maggie beide Namen nahezugehen. Nicht nur das Mädchen, das sie zeitweise wie eine Tochter vergöttert hatte. Ob sie den Desson noch aus ihrer Zeit im Wald kannte? Sie hatte dort doch gelebt, oder-

Moment. Wenn Hutan und Desson gemeinsam getötet wurden, ließ das auf einen Macianangriff schließen. Machte Maggie den Stützpunkt dafür verantwortlich? Außerdem war zuletzt dieser Hushen bei ihr gewesen … Wollte sie die Macian wegen so etwas verraten?

Nachdenklich beobachtete Cindy den Radix. Er schien das Thema nicht vertiefen zu wollen. War das so richtig? Sonst war Maggie ihren Hutangeschwistern gegenüber viel offener gewesen! Warum? Weil sie keine Eltern mehr hatten? Dabei war LiZa nun auch eine Waise! Nur wegen dieser verfluchten Hushen!

»Vielleicht hilft ja etwas anderes«, Cindy sprach absichtlich leise, damit die Flora sich anstrengen musste, sie zu hören, »LiZa wurde mit ihren Eltern ausgesendet, um mich zurückzuholen. Meinen Ausbruch hattest du ja mitbekommen, oder?«

Langsam nickte sie. Gut.

»Als sie tanken waren, ist die Kleine kurz auf die Toilette. Beim Rausgehen war sie allein. Ein Hushen erwartete sie. LiZa hatte Glück, dass ein Hutan vorbeikam. Sie ist zu mir gerannt und wir sind über die nächsten Felder. Dann habe ich sie zurückgebracht. Sie- LiZa's Eltern und deine Lisa mögen von uns gegangen sein, aber wir dürfen nicht aus den Augen verlieren, was uns noch bleibt, weißt du?«

Maggie schloss die Augen. Sie wirkte unruhig. Befangen. Dann schaute sie unschlüssig zu ihrem Bruder.

»Kannst du das Mädchen herholen? Ich würde gerne mit ihr sprechen. Nach dem Treffen mit den Generälen, ja?«

Sofort stimmte der Radix zu.

***

TaJu bekam die Einladung zur Generalstabversammlung mitten in der Nacht. Flüchtig überflog er die Zeilen, ehe er an die frische Luft ging und pfiff.

Houo antwortete ihm nicht.

Nachdenklich betrachtete er die wenigen Sterne, die sich nicht hinter den Wolken versteckten. Sonst hatte ihm der

Phönix immer geantwortet. Seit dem Tod seiner Schwester hatte er erst auf JuNi und dann auf TaJu gehört. Sein Neffe hatte ihm den Feuergeist anvertraut, als seine Aufgaben als Auxilius ihn einnahmen. Es wäre zu gefährlich für die schwangere Floris, hatte er behauptet.

Dabei hatte Julian den Phönix während ihrer ersten Schwangerschaft mit dem Radix nie von sich wissen wollen.

TaJu pfiff erneut in die Nacht. Ein letzter Versuch, ehe er sich zur Ruhe legen würde. Immerhin musste er ja wissen, was mit seinem Freund geschehen war. So, wie die Floris reagiert hatte ... Ob sie den Phönix zur Rede gestellt hatte? Befehligen konnte sie ihn nicht. Aber die Art, wie sie über einen Wassergeist gesprochen hatte ...

Es ließ ihn nicht mehr los. Zumal er auch wusste, dass der Wassergeist von Shanai als verschollen galt.

Er wollte gerade umkehren, als sich das Tor öffnete. Ein Auto rollte in den Innenhof. Die aussteigenden Macian kannte er zur Genüge. Sie waren die letzten, die für die morgige Generalstabversammlung vermisst wurden. Geordnet entstiegen sie dem Fahrzeug. Sie trugen ihre Festkleidung. Ohne Frage für die Vermählung, für die sie herbestellt worden waren.

Von ihrer aufgetauchten Floris wussten sie noch nichts.

Ungehalten wandte sich TaJu ab. Er hatte nicht vor, die Botschaft zu verbreiten. Jeder General bekäme eh dieselbe Einladung zum morgigen Treffen. Und da sich die Macian bislang eh in den Gemächern ihres Bruders verkrochen hatte, erwartete er nicht zu viel. Konnte er sie wirklich als Floris akzeptieren, wenn sie nicht ihren eigenen Grund und Boden stand? Oder sollte er seine Unterstützung lieber verbergen? Sein Neffe hatte immerzu von dem Mädchen geschwärmt. Dass sie mal eine großartige Floris werden würde. Dass er die Zukunft in ihr sähe.

Aber das war vor seinem Tod gewesen. Vor dem Massaker bei Shanai und ihrem Verschwinden …

***

»Ich sollte mich melden, wenn ich Mag sehe«, meldete sich Janek, sobald Niklas am Apparat war.

»Ehm, ja, aber-«

»Sie saß vorhin in einem Auto. Auf dem Weg zu Cindy. Also, da, wo sich die komischen Clowns des Dorfes immer verschanzen. Sie hatte irgendwie geknickt gewirkt. Ich weiß nicht. Dachte nur, dass du es ja wissen wolltest«, erzählte sein Freund weiter.

Niklas stutzte. Cindys Familie war seit jeher komisch. Sie kam ihm manchmal sogar wie eine Sekte vor. War Maggie in Wahrheit in etwas hineingeraten? Oder versuchte sie nur, ihrer Freundin zu helfen? Irgendwie passte es hinten und vorne nicht zusammen! Sollte er seine anderen Stiefgeschwister darauf ansprechen? Aber die Älteren bereiteten gerade alles zur Abreise vor. Und die Jüngeren waren noch ziemlich durch wegen Lisa. Selbst ihre Ma schien nicht mehr sie selbst zu sein!

»Danke. Ich schau mal, was los ist«, behauptete er.

»Ja. Ach, und ich sollte eh anrufen. Es gab wohl einen Wasserrohrbruch. Nächste Woche gibt es ein paar Hausaufgabenpakete. Wir sollen uns am Sonntag schon mal alles abholen«, erklärte Janek, »Den Chemieraum können wir die Tage also knicken.«

Dankend beendete Niklas das Gespräch.

Kapitel 12: Der Generalstab

Ist das wirklich eine gute Idee?, Maggie begutachtete angespannt die verschiedenen Trachten, die CiLu ihr zeigte. Eine davon sollte sie zur Generalstabversammlung tragen. Nur hatte sie nicht das Gefühl, dass sie tatsächlich dorthin sollte, *Wir gehören nicht mehr hierher.*

Aber wir müssen hier bleiben, bis wir unsere Kräfte im Griff haben. Wir müssen uns um die Quelle kümmern! Wir können jetzt nicht einfach gehen, belehrte Alice sie.

Gedankenverloren wies sie auf das linke Kleid und für einen Augenblick hielt Cindy inne. Sie runzelte die Stir-

Der Yubiwa!, rief Valerie hastig aus.

Sofort richtete Maggie ihre Aufmerksamkeit nach außen. Fragend sah sie die andere Macian an. Diese musste sie zuerst sprechen lassen. Ansonsten würde es wie eine Rechtfertigung klingen.

»Ich dachte, du … magst keinen Schmuck?«, fragte die Rothaarige vorsichtig.

»Hm? Ach so«, angespannt spielte sie den Ring herunter, »Du so hast manches durch deine Flucht verpasst.«

Sofort zuckte Cindy zusammen. Ein bisschen taten Maggie die Worte leid, aber wenn sie es nur hinnahm, würde ihre einstige Klassenkameradin sie nicht für voll nehmen. Sie musste ihr ihre Grenzen aufzeigen. Vor allem, wenn es um Beziehungen ging.

Unter Macian wurden diese meist arrangiert. Freie Hand hatten die wenigsten, weswegen CiLu sich ja auch aus dem Staub gemacht hatte.

»Das stimmt«, lenkte die andere zügig ein und legte die restlichen Trachten beiseite, »Du hast davor aber schon … beschäftigter gewirkt?«

Maggie ging nicht darauf ein. Still nahm sie das Kleid entgegen und verschwand hinter einem Raumtrenner. TriSte und seine Auxilius berieten sich derzeit still am

Tisch. Sie sprachen über ihre möglichen Auxilius. Macian, die sie von nun an beschützen sollten.

Jedoch erst nach der Generalstabsversammlung. Eben jenem Treffen, das ihr Bauchschmerzen bereitete.

»Wenn du dir weiter so den Kopf zerbrichst, ist wieder Eiszeit«, schnurrend sprang Yuki auf den Raumtrenner.

Nachdenklich schaute der Desson zu den anderen Macian rüber, während Maggie sich umzog. Wahrscheinlich würde ihre Hutankleidung verbrannt werden. Niemand würde in Erwägung ziehen, dass sie die Sachen als Flora nochmal benötigen würde …

»Mein Kopf ist eine Achterbahn«, gab sie leise zu, »Ich weiß nicht, ob ich das schaffen kann.«

Am liebsten wollte sie sich in ihrem Scrapbook verlieren. Nur lag das neben ihrem Bruder. Er hatte darum gebeten, es sich ansehen zu können. Und irgendwie hatte sie das Interesse daran beruhigt. Es bedeutete, dass er die Hutan nicht als Abschaum abstempelte, oder? Er musste einfach erkennen, was sie für all ihre drei Seelen bedeuteten!

Hastig riss sie sich das blaue Kleid über den Kopf. Die Tracht war schwerer als in ihrer Erinnerung. Im Vergleich zu den Hutansachen fühlte sie sich wie ein Käfig an. Zu eng. Zu streng. Zu kantig.

Es ist richtig so, behauptete diesmal Valerie, *Wir müssen es uns nur oft genug sagen, oder?*

Das war auch eine Art, mit ihren Problemen umzugehen.

Unschlüssig starrte Maggie auf die Schnüre der Tracht. Irgendetwas sah verkehrt aus. Müssten nicht mehr auf der rechten Seite sein? Wie machte sie das Ding nochmal zu? Es war ihr früher doch so leicht gefallen! Wie-

»Mag«, Yukis Warnung war alles, was sie brauchte.

Zitternd schloss sie die Augen. Ihre Duria glühte. Steffen machte sich bestimmt Sorgen. Sie spürte, wie er kommen wollte. Aber solange noch die anderen da waren-

»Alles gut?«, Cindys Schatten lehnte sich gegen den Raumtrenner, »Darf ich?«

Sie nickte erschöpft und sofort gab Yuki das Signal weiter. Die Rothaarige half ihr beim Anziehen. Sie band die Träger am Rücken zusammen, zog Bänder und Schnüre aus den Ärmeln und Falten der Kleidung, fixierte einige an den Seiten.

Maggie traute sich kaum, etwas zu sagen. Obwohl sie Cindy zurückgewiesen hatte, half sie ihr. Obwohl sie ihr wahres Wesen verborgen und sich hinter ihr versteckt hatte, blieb sie da.

Sie hatte das nicht verdient.

»Du neigst dazu, die Arme hängen zu lassen«, murmelte das Mädchen dieselben Worte, die einst Valerie gesagt wurden, »Pass auf, dass es sich hier nicht verfängt, ja?«

Maggie konnte nur nicken.

»Die Versammlung geht gleich los. Kommst du?«, fragte ihr Bruder und sandte Zuversicht durch die Duria.

Zumindest er schien guter Dinge zu sein.

Nachdenklich blickte sie auf ihr Scrapbook, als sie hinter dem Raumtrenner hervortrat. Sie wollte es unbedingt mitnehmen. Aber sie wusste, dass die Generäle es negativ auffassen würden. Es hier allein zurückzulassen, erschien ihr jedoch auch falsch. Sie wollte es in guten Händen wissen. In Sicherheit!

»Kannst … du kurz darauf aufpassen?«, kämpfte sie an Cindy gerichtet hervor.

»Klar. Ich muss eh hierbleiben. Wenn ich meinen Vater treffen würde, kann es nur unschön enden«, erklärte diese.

Doch ihr Lächeln fühlte sich hohl an.

»Du hättest dich noch ausruhen sollen«, meinte Tristen, ehe sie aus der Tür traten.

»Zu aufgeregt«, gab sie zurück. Sie ließ Yuki auf ihre Schultern klettern, was ein Schnalzen bei ESi auslöste.

Der Auxilius schien schon die ganze Zeit nicht von der kleinen Desson angetan zu sein. Es würde dauern, bis die Macian ihre Freundin akzeptierten.

Schweigend brachte man sie zu dem Treffpunkt. Es ging zwei Gänge weiter und mehrere Etagen nach oben. Hier war es geschäftiger. Andere Auxilius und Macian strömten umher. In der Ferne konnte sie einen General ausmachen. Er trug einen weißen Mantel mit einem eingestickten Symbol. Einst hatte sie diese im Schlaf voneinander unterscheiden können. Nun rasten ihre Gedanken.

Atlana, beruhigte Valerie sie sofort, *Es ist das Wappen von Atlana.*

Dankend ließ sie sich weiterführen.

Plötzlich blieb Tristen stehen. Er fühlte sich angespannt an. Besorgt? Nein. Eher unschlüssig und-

»Hallo, Maggie«, grüßte ihr Vater sie.

Neben ihm stand LiJu. Dahinter drei Auxilius. Alle Blicke richteten sich auf sie. Alle-

»Sei gegrüßt unter Zangashas Stern«, übernahm Valerie.

Er presste die Lippen zusammen. Dass seine verschollene Tochter ihn in den Traditionen belehrte, schien ihm nicht zu passen. Aber sie durften diese Ansprache auch nicht hinnehmen. Wenn sie es getan hätten, hätte man sie als ungebildet abgestempelt. Dann hätte sie einen Vormund gebraucht, um sich wieder zurechtzufinden. Und das hätte sie angreifbar gemacht. Sie wäre als Schachfigur benutzt worden. Sie hätte-

Alles gut. Uns passiert nichts. Wir ziehen unser Ding durch, ja?, Valerie klang so entspannt, dass es wehtat.

»Ich sehe, du scheinst dich zumindest an unsere Bräuche zu erinnern«, brummte er.

»Die Versammlung geht gleich los. Lass die anderen Generäle doch auch deine Worte vernehmen, Vater«, lächelte Tristen nun.

Nickend übernahm sie diesmal die Führung. Sie durfte nicht mehr hinter ihrem Bruder laufen. Egal, wie schwer es ihr fiel: Sie musste stark sein! Rücken durchdrücken und voran. Immer voran!

»Dein Vater ist gruselig«, flüsterte Yuki ihr zu.

Maggie wollte am liebsten lachen. Diese vier Worte waren das einzig vertraute in diesen unterirdischen Hallen. Still betrat sie den nächsten Saal und strich über den runden Tisch, der in der Mitte stand. Darum waren die Stühle der Generäle verteilt. Bloße Dekorationen, da sich die Generäle eh nie niederließen.

»Du musst sie reinlassen«, erinnerte Tristen sie, als er hinter ihr stehenblieb.

Auxilius hatten hier drinnen nichts verloren. Eigentlich hätte sie nicht mal Yuki mitnehmen dürfen. Aber ohne den Desson hätte sie sich kaum hierher getraut. Nur an diesem einen Punkt musste sie die Traditionen verbiegen.

»Ich …«, sie atmete tief durch, »Tristen und Steffen. Ihr müsst mir etwas versprechen: Wenn Yuki euch warnt zu verschwinden, wenn ich die Kontrolle verliere – versucht nicht, mir zu helfen. Haut ab. Bringt euch in Sicherheit.«

»Das kann nicht dein Ernst sein«, flüsterte er zurück.

Sie schüttelte sich. Langsam drehte sie sich um. Die Gefühle, die durch ihre Duria flossen, waren unschlüssig. Besorgt. Seitdem sie die ganze Nacht zusammen verbracht hatten, wirkten sie beinahe wie ihre eigenen.

»Doch. Ich möchte niemanden mehr verletzt sehen. Ihr könnt auch fünf oder sechs Räume weiter mit mir sprechen«, sie wies auf ihren Anhänger, »Aber ihr könnt nichts ausrichten, wenn ihr tot seid. Deswegen: Hört. Auf. Yuki. Das ist keine Bitte.«

Erst als er nickte, wank sie mit der Hand zu der Glocke hinauf. Ein kleines silbernes Ding, das an der Decke hing und dessen Klang so hell durch das Zimmer schnitt, dass es sie an ihre Mama erinnerte. Wie oft hatte ihre Mutter ihr die gleiche Glocke beim Shanai gezeigt? Damals hatte sie immer damit spielen wollen. Mehr war das Ding in ihren Augen nicht gewesen.

Nun rief es die Generäle herbei.

Schabend kamen die Leute hinein. Zwölf Macian:

Sechs Elementare, die die Elemente verkörperten, sechs Stützpunktgeneräle, die die Rückzugspunkte befehligten. Ihr Vater trat als letztes ein. Obwohl er kein General war, konnte man ihm seine Anwesenheit als amtierender Lyx schlecht verbieten. Vor allem, solange sie nicht ihr Amt als Floris offiziell antrat.

»Möge Zangasha dieses Treffen segnen«, grüßte sie, sobald Ruhc cingckchrt war.

Die Worte hörten sich falsch in ihren Ohren an. Schief. Was bedeutete ihr dieses Zangasha schon? Es war nur eine Legende der Macian, oder? Wieso sollte dieser Dimen so wichtig sein, wenn sie seine Geschichte unter den Hutan schon fast vergessen hatte?!

Yuki stupste ihre Nase gegen ihren Nacken und hastig fokussierte sich Maggie wieder auf den Moment. Die anderen Generäle hatten bereits zurückgegrüßt. Und sie schienen auf sie zu warten. Sollte sie einfach so loslegen? Oder sollte sie auf eine Frage warten?

Sie wusste doch gar nichts mehr!

Soll ich?, fragte Valerie beinahe zärtlich.

Nein. Ich kann mich nicht wieder hinter dir verstecken. Bitte. Gib mir nur einen Hinweis, ja? Den Rest schaffe ich schon irgendwie ...

Sie musste.

Das andere Ich schickte ihr ein Bild. Es war eine Erinnerung von ihrer Mama mit zwei Generälen. Zwei Macian, die sie damals unterstützt hatten. Davon war zwar nur eine hier, aber es war ein Anfang. Es war eine Stütze!

»Vor neun Jahren fielen die Hushen beim Shanai ein«, begann sie, »Sie töteten Halina Marissa und forderten ein Ende des Krieges.«

»Möge unsere einstige Floris in Frieden ruhen und uns unsere Untätigkeit verzeihen«, sprach die Generälin mit dem Symbol der Erde auf ihrer Robe plötzlich.

Hastig stimmten die anderen mit ein.

Maggie ließ sie. Sie konnte ihnen nicht nachsprechen. Dafür war die Erinnerung zu frisch. Dieses entsetzte Gesicht, als ihre Mama sich nach ihr umgedreht hatte un-

»Mag?«

Hastig schüttelte sie sich. Zornige Blicke richteten sich auf Yuki. Der Desson hatte ohne ihre Erlaubnis den Mund geöffnet. In den Augen der Generäle müsste sie sofort zur Rechenschaft gezogen werden!

»Yuki darf jederzeit das Wort ergreifen«, erklärte sie, »Sie ist zu eurem Schutz hier. Nicht meinem.«

»Bitte zweifelt nicht an unseren Fertigkeiten, Floris«, gab die Macian des Windes zurück.

»Das tue ich gewiss nicht«, Maggie beobachtete die anderen Mienen, die nächsten Worte würden wehtun, aber sie mussten raus, »Das Massaker von Shanai ist nicht die Tat der Hushen oder Desson gewesen. Es war die Tat eines Kindes, das sich im Blut ihrer Mutter wiederfand. Ein Kind, in dem eine Najade feststeckte und die daher ihre eigene Kontrolle über die Elemente nicht gewährleisten konnte. Die Hushen mögen eingefallen sein. Sie mögen JuNi und unsere ehemalige Floris umgebracht haben. Aber *ich* habe das eigentliche Blutbad zu verantworten.«

Tristen sandte ihr Zuversicht durch die Duria. Zuversicht und Vertrauen. Beides Gefühle, die sie selbst nicht mehr empfinden konnte. Nicht, während sie sich vor den anderen Macian fürchtete. Nicht, während sie ihr eigener Vater so grinsend anstarrte.

»Du hast das bewirkt?«, begeistert lachte er, »Als Kind? Uns ist das Ende der Hushen so gut wie sicher!«

Maggies Magen verknotete sich. Hatte dieser Mann ihr richtig zugehört? Sie hatte auch die ihrigen umgebracht! Sie hatte all die Leben zerstört, die sich für sie aufgeopfert hätten! Wie konnte er das so einfach ignorieren und nur an den nächsten Schlachtplan denken?!

Diesmal schickte Steffen ihr etwas von seiner Ruhe. Sie sollte geduldiger sein. Geduldiger?!

Er hat Recht. Vater ist nur einer von vielen. Lass dich von den Worten nicht provozieren, ja?, bat Valerie.

Nur war es Alice, die nicht hören konnte: *Ich soll doch heilen. Heilen!*

Ich übernehm Alice, du die Generäle, entschied Valerie und zerrte die Najade in die hintersten Ecken ihres Kopfes.

»Eine traurige Wendung«, mutmaßte die Generälin des Windes, »Seid Ihr deswegen verschwunden?«

Die restlichen Generäle blickten unschlüssig zwischen Maggie und dem amtierenden Lyx hin und her. Sie schienen ihre Seiten wählen zu wollen. Selbst TaJu, der Feuergeneral, blieb still.

»Valerie hat uns die Erinnerungen genommen, damit Alice nicht den Verstand verliert. Sie ist ein Wassergeist, ein Geist der Heilung. Diese Berge an Leichen haben etwas in ihr zerbrochen und-«

Sie stockte, als sie an TJ zurückdachte. Das Bild war so klar, dass es fast greifbar erschien. Er hatte sie damals abgefangen. Sie hatten geredet. Ihre Abmachung-

Steffen fühlte sich ungehalten an. Erschrocken erkannte sie, dass sie ihm dasselbe gezeigt hatte. Dasselbe Treffen, das sie geprägt hatte. Sie hätte es fast weitergesponnen. Ohne Valerie, die die Verbindung der Durias überwachte, musste sie vorsichtiger sein. Wenn sie Tristen zeigte, was über die Jahre vorgefallen war-

Er würde es nicht verstehen, oder?

»Jemand hat uns geholfen, unter den Hutan zu verschwinden«, erzählte sie weiter, »Dabei habe ich Yuki kennengelernt. Seither begleitet sie mich. Sie spürt, wann meine Magie gefährlich wird. Und sie achtet darauf, dass sich so ein Massaker nicht wiederholt.«

»Nun, das erklärt vielleicht deine Abwesenheit, jedoch muss ich mich auch fragen, warum ich dich gestern in der Begleitung von Hushen angetroffen habe«, gab ihre Tante LiJu lächelnd von sich.

Murmeln. Die Blicke richteten sich auf sie. Sie forderten eine Erklärung!

»Weil es ein Hushen war, der mich zu den Hutan brachte«, gab Maggie zu, »Wir hatten eine Abmachung nach dem Massaker getroffen. Eine Abmachung, in der er verstehen wollte, warum wir Macian unter ihresgleichen als Monster bezeichnet werden.«

»WIR?!«, ihr Vater lachte los, »Sie sind doch die abartigen Viecher! Sie schleichen sich an und morden und metzeln alles nieder, was sie zu sehen bekommen! Sie sind die wahren Ungeheuer und gehören allesamt-«

»Zu einem Krieg gehören immer zwei Seiten!«, rief Yuki dazwischen, »Die Hushen mögen für euch Monster sein. Für sie ist es aber genau umgedreht. Was soll daran so lustig sein?«

Insgeheim dankte Maggie ihrer kleinen Freundin für die Worte. Da der Desson sie ausgesprochen hatte, nagten sie nun nicht mehr so an ihrem eigenen Hinterkopf. So wäre-

Was tut ihr da?, schrie Valerie plötzlich aus, *Willst du, dass man sie als Vertraute beschimpft?!*

Maggie schluckte. Da war etwas dran. Wieso hatte sie daran nicht gedacht?

»Ich weiß nicht, was ist so lustig an einem Plüschball, der sich hierher verirrt hat?«, fragte LyA abfällig.

Entschlossen ignorierte sie ihn. Sie strich stattdessen Yukis Fell glatt. Eine seichte Geste, mit der sie zu dem Desson durchzudringen erhoffte.

»Wir sind anschließend im Kontakt geblieben«, führte sie an LiJu gewandt fort, als hätte es keine Unterbrechung gegeben, »Er hat von Anfang an klar gemacht, dass er nur verstehen wollte. Ich selbst habe ihn irgendwann gelassen, da er mir nicht mehr gefährlich erschien. Alice blieb ohne eine Quelle zwar unruhig, konnte sich aber bei den Hutan und den Desson aus Shizens Wäldern arrangieren. Nur Valerie war die meiste Zeit misstrauisch. Als mein Bruder nun meine Erinnerungen wieder befreite, wiederholte der Hushen ein früheres Angebot:

Er würde mich wegbringen oder ziehen lassen, wenn er mich dafür beobachten dürfe.«

Sie ließ ihren Todeswunsch und die restlichen Details ihrer Abmachung weg. Die durften die Generäle nicht erfahren. Selbst ihre Markierung offen anzusprechen, konnte zu viel sein. Nein. Sie musste es so positiv wie möglich für TJ auslegen, ohne dass man ihr einen Verrat vorwerfen konnte.

»Und das hast du ihm geglaubt?«, fragte TaJu.

»Wieso nicht? Er hat nicht angegriffen, als er um ein Gespräch mit TriSte bat. Er hat mich gehen lassen. Er hat selbst die Macian in Ruhe gelassen, die er zeitweise im Dorf bemerkt hatte. Und er hat auch kein Hutankind auf einen bloßen Verdacht hin überfahren.«

Ein Zittern rann durch ihren Körper. Maggie hatte eigentlich nichts dazu sagen wollen. Lisa war tot. Daran ließ sich nichts ändern. Sie durfte nicht daran denken und-

Und-

Was machte sie überhaupt hier?!

Ruhig. Du schaffst das. Bitte. Du musst!, rief Valerie aus der Ferne.

Yuki presste sich an ihre Halsbeuge. Die Wärme fühlte sich prickelnd an. Sanft-

»Hutan sind eh nur bessere Tiere.«

War der Desson schon immer so heiß gewesen? Oder wurde sie kälter? Wieso prickelte es so sehr? Ihr Blick-

Steffens Emotionen umwoben sie wie eine Umarmung. Sie blinzelte. Ihr Atem kitzelte ihre Nase. Er bildete kleine Wölkchen. Die Luft schien zu funkeln.

Sie musste sich zusammenreißen!

»Hutan sind Menschen«, widersprach sie nachdrücklich, »Sie sind kein bloßer Kollateralschaden.«

»Wie Ihr meint, Floris«, höhnte ihr Vater und täuschte eine Verbeugung vor.

So abfällig er es auch klingen ließ, dieses Zugeständnis erleichterte sie. Da er es vor den anderen Generälen tat, konnte er ihre Position nicht mehr direkt anfechten. Er müsste sich zurücklehnen und ihr die Macht der Floras überlassen. Damit sie- Sie-

Sie wollte diese Macht doch nicht!

»Meint Ihr, dass Ihr den Hushen kontrollieren könntet? Vielleicht könnten wir ihn als Spion verwenden?«, erkundigte sich ein anderer General.

»Oder wir foltern ihn, bis er die Positionen der Inseln verrät. Das würde auch helfen!«, knurrte die nächste.

Die Macian wurden lauter. Ideen wurden in den Raum geworfen. Andere verworfen. Ihr Vater bezeichnete sie wieder als Waffe. Als Allmächtige, die alle Hushen in den Tod schicken könne, um-

»Stopp!«, Yuki sprang auf den Tisch, »Lasst das!«

»Halt die Klappe, Plüschkugel«, ungehalten wank LyA mit der Hand und eine Wurzel schoss aus dem Tisch. Sie fegte die Gestaltwandlerin vom Tisch. Es war eine so beiläufige Geste. Kaum der Rede wert. Als wäre der Desson nur eine lästige Fliege!

In Maggie dröhnte es. Sie hatte sich schon davor unwohl gefühlt. Jetzt noch ihre verletzte Freundin. Das Blut-
Blut?
Ich kann das nicht. Ich kann das nicht!, schrie sie.

Aber Valerie antwortete nicht. Sie hörte nur eine weinende Alice. Ihre Gedankenwelt zitterte. Sie blickte zu den Generälen auf. Kniete sie? Seit wann-
Ihre Duria glühte, nur drangen die Gefühle nicht mehr durch. Sie schaute auf Yuki. Sah nur den roten Fleck im weißen Pelz. Wurde er größer? So groß wie bei ihrer Mama?

So rot wie bei ihrer Mama.

Ihre Mama …

***

Tristen keuchte, als sie zu Boden ging. Er spürte, wie Steffen die Flut der Verzweiflung abfing und dennoch schwappte sie zu ihm rüber. Ruhe. Er musste ihr Ruhe schicken. Ruhe, die er selbst nicht besaß!

»Mag? Hörst du mich? Mag!«, diese Yuki tapste hinkend auf seine Schwester zu.

Nur reagierte sie nicht.

Stattdessen überlagerten Bilder seine Gedankenwelt. Da war Blut. Erst das auf dem weißen Pelz. Dann welches auf dem Boden. Es ergoss sich strömend über einen Garten. JuNi's tote Augen. Ihre Mutter …

Zitternd streckte er eine Hand aus. Das waren Horrorbilder! Wie konnte sie überhaupt weitermachen? Kein Wunder, dass Valerie die Erinnerungen verdrängt hatte! Er musste irgendwie-

»Weg!«, der Desson stieß ihn nach hinten, als der Frost über den Boden kroch. Gierig breitete er sich aus. TriSte sah, wie die anderen Generäle zurückwichen. Unschlüssig hatten einige ein paar Flammen in ihre Hände geschnipst. Die meisten wärmten nur sich selbst damit. Einzig TaJu versuchte, die schleichende Kälte zurückzudrängen. Er ließ sein Feuer über den Boden tanzen. Ein mickriges Schauspiel, das direkt verschluckt wurde.

»Ich muss etwas tun«, er unterdrückte den Drang, das kleine Wesen beiseite zu schleudern.

Sie hatte ihn beschützt.

Wegen ihren Worten?

»Mag meinte, du sollst dich in Sicherheit bringen«, widersprach der Desson zischend, »Sie würde sich selbst nicht verzeihen, wenn sie *dich* verletzt, Dummkopf!«

Er? Klar, er war ihr Bruder. Aber er war entbehrlich. Solange sie da war, durfte er sogar zurück an die Front! Wen interessierte es schon, was mit ihm war? Er war nur der Ersatz. Der Ersatz, der über die Jahre von seinem Vater als Marionette missbraucht wurde!

»Sie ist meine Schwester«, gab er unschlüssig von sich.

Tristen konnte nicht gehen, solange er ihre Verzweiflung durch die Duria spürte. Steffen würde das nie zulassen! Außerdem war ihm, als würde sie jemanden rufen. Ihn? Was sollte er tun? Sollte er zu ihr?

Gerade als er aufstehen wollte, nahm Yuki die Gestalt einer großen Frau an. Mit dem neuen Gewicht zerrte sie ihn weiter weg, doch stockte sie dabei.

Blut sickerte aus ihrem Bauch. Sie schrumpfte wieder. Erschauderte. Nahm ihre eigene Form an.

Tristen starrte auf ihren Pelz. Maggie hatte die Kontrolle verloren, als dieses kleine Wesen verwundet wurde. Zuvor hatte sie sich zwar auch unschlüssig angefühlt, aber erst ihr Blut hatte die Panik gerufen. Was hatte das Wesen gemeint? Dass seine Schwester sich nicht selbst verzeihen würde, wenn sie ihn verletzte? War es das, was er an ihren Gefühlen nicht einzuordnen wusste? Diese Schuld?

Das ist doch albern. Als Flora muss sie sich für nichts schuldig fühlen, dachte er im Stillen.

Und woher kommt dann diese Verzweiflung?, keuchte seine andere Seele.

»Und sie ist meine beste Freundin. Warum sonst treibe ich mich wohl bei euch rum?«, spuckte der Desson aus, »Nicht, weil ich eure Gastfreundlichkeit schätze!«

Kannst du spüren, was in ihr los ist?, fragte er Steffen.

Das kann ich dir sagen: Chaos!

Chaos, weil die Kleine verwundet ist?

Steffen hielt inne. Langsam sandte er seine Zustimmung zurück. Es machte Sinn. Wenn sie und der Desson so eng miteinander befreundet waren und Maggie sich ohnehin schon schuldig fühlte, würde sie auch die Verletzung ihrer Freundin verantworten. Das kleine Wesen wäre ohne sie ja nicht hier!

»LeVi!«, rief TriSte den General des Wassers zu sich.

TaJu und vier weitere Generäle folgten ihm. Zuletzt kam auch sein Vater mit. Er bestaunte die Kälte, die von ihrer Floris ausging, strahlend.

Tristen ignorierte ihn.

»Sag, ist dein Titel rechtens?«, forderte er den Mann auf und wies auf Yuki.

Grimmig verzog er die Miene. Selbst LyA wirkte entsetzt. Dennoch wussten sie alle, was diese Frage aus dem Munde eines Floras bedeutete. Es war kein Befehl. Es war beinahe eine Drohung: Zeige mir, dass du deinen Titel verdienst oder trete ihn ab.

»Wie Ihr wünscht«, die Worte klangen harscher als sonst.

Der alte Mann zog eine Flasche hervor, aus der er einen einzelnen Wassertropfen schweben ließ. Diesen lenkte er auf die offene Wunde. Es schimmerte schwach auf.

Dann stoppte der Blutfluss.

Nur noch das vergossene Blut klebte am Pelz.

»Ehm… Danke?«, unschlüssig musterte das Wesen ihn, als Tristen Wasser aus der Luft zog und ihren Pelz damit auswusch. Er schaute zu seiner Schwester rüber. Noch immer breitete sich die Kälte aus. Aber sie schien vor ihrer kleinen Truppe halt zu machen. Ob ein Teil von Maggie mitbekam, was los war?

»Du wirkst kaum überrascht«, wandte er sich an den Desson, »Es ist also nicht das erste Mal, dass sie so die Kontrolle verliert, oder? Wie hast du sie rausgeholt?«

Nun presste Yuki die Lippen zusammen. Warum? Glaubte sie, dass sie rausgeworfen werden würde, wenn sie das Wissen teilte? Seine Schwester würde das wohl kaum zulassen, oder?

»Nicht ich«, gab sie so leise zu, dass Tristen sie beinahe nicht gehört hätte.

Nicht sie? Dann … einen Hutan konnte er sich in der Rolle nicht vorstellen. Sprach sie von dem Hushen? Jenem, dem Maggie ihr Leben versprochen hatte? War sie deswegen so panisch gewesen, als er verletzt war? Es machte eh keinen Sinn, dass der Mistkerl sie wirklich ziehen ließ! Warum sollte er ihr gar helfen?!

»Ich weiß nur, was ich höre«, der Desson drängte sich an ihn heran, »Rote Blumen.«

Die beiden Worte kitzelten an einer Erinnerung. Damals hatte er von LiJu Hilfe beim Manipulieren bekommen. Er hatte sich an verschiedenen Pflanzen versucht. Nur wollten sie nie recht so wachsen, wie er es vorsah. Ihre Mutter war mit Valerie dazugestoßen. Sie hatten wilde Blume gedeihen lassen. Rot… Mohn?

Ja. Maggie war aus seiner Schwester ausgebrochen und hatte sich in die Pflanzen verliebt. Ihre Mama musste sie stets blühen lassen. Mohnblumen über Mohnblumen!

Aber wenn er sie hier vor all den Generälen wachsen ließ, würde man das Wissen gegen sie verwenden, oder?

Lass mich das machen, erwiderte Steffen plötzlich.

Dann sickerte seine andere Seele in die Duria. Er spürte, wie sie dort ein Blumenmeer aus Erinnerungen erschuf. Mohn soweit die Augen reichten! Er rief nach Maggie. Nach Valerie. Sogar nach Alice. Er rief und rief bis sich die Kälte in der Realität zurückzog.

Angestrengt umklammerte er seine Duria, während er auf die Floris sah. Seine Schwester. Sie zitterte. Schneeflocken schwebten in der Luft. Sie umkreisten sie. Wie ein Wirbel, der sie von der restlichen Welt trennte.

»Kannst du hingehen?«, fragte er den Desson, doch war sie bereits auf dem Weg zu ihr.

Schnuppernd trat sie näher.

»Mag? IIcy?«, mit flinken Pfoten huschte sie rüber und landete auf dem Schoß der Macian, »Mir ist kalt. Können wir den Kühlschrank wieder schließen?«

Wie in Trance hob seine Schwester ihre linke Hand. Er konnte ihre Unsicherheit spüren. Als würde sie ihren Augen nicht trauen. Ihre Finger leuchteten. Sie strich über Yukis Fell. Dieselbe Stelle, die geblutet hatte.

»Du…«

»Mir geht es wieder gut«, verkündete Yuki so freudig, dass sie wie ein Kind klang, »Schau!«

Spielerisch vollführte sie einen Salto in der Luft.

Noch ehe ihre Pfoten auf dem Boden aufschlugen, riss Maggie sie an sich. Sie schluchzte heftig. Steffen kehrte in ihn zurück. Er spürte, wie seine andere Seele erschöpft zusammensackte. Seine andere Hälfte fror!

Schaudernd stand sie auf.

»Es- Yuki- Ich-«

Sie bekam keinen vernünftigen Gedanken hervor.

»Geht es wieder?«, fragte Tristen und trat auf den eisigen Boden. Es war rutschig. So glatt, dass er sich wunderte, wie der Desson so flott rüber gerannt war!

Hastig wank Maggie mit den Armen. Sie ließ den Desson auf ihre Schultern klettern. Murmelte etwas. Zog das Wasser aus der Luft und-

»Wartet bitte«, stoppte LeVi sie plötzlich.

Wild sprangen ihre Augen umher. Dennoch hielt sie inne. Gebannt beobachteten sie, wie der General etwas von dem Wasser herüber lenkte. Er sammelte die Tropfen zwischen seinen eigenen Fingern. Inspizierte sie.

»Was ist?«, hinterfragte LyA ungeduldig.

Doch der General ließ sich nicht sputen. Stattdessen lenkte er das nasse Element in seine andere Hand. Nachdenklich beobachtete er es. Nickte.

»Ihr erschafft Euer eigenes Heilwasser?«, fragte er ruhig.

»Ich …«, langsam schienen sich ihre Gedanken wieder zu ordnen, »Nach dem Massaker konnte ich es einfach … Ich weiß nich-«, sie stockte, »Ihr habt Yuki geheilt.«

»Ich kann ja schlecht die Bitte des Radix ausschlagen«, behauptete der alte Macian.

Einen Moment begutachtete sie ihn. Sie hielt das restliche Wasser mit ihrer rechten Hand in der Luft. Die linke strich über das Fell des Desson. Sie schien diese abzutasten. Sorgte sie sich, dass er dem kleinen Wesen nicht richtig geholfen hatte? Oder kontrollierte sie nur seine Heilung?

»Hier«, mehr sagte sie nicht, als sie ihm das restliche Wasser entgegen schweben ließ. Sie wartete, bis er es annahm und selbst manipulierte.

Erst dann fiel ihre Hand herab.

Sofort schmiegte sich der Desson an Maggies Seite, bis diese sie auf dem Arm nahm. Nun wirkte seine Schwester erleichtert. Sie hielt an dem kleinen Wesen fest, als würde sie ansonsten zerbrechen. Tonlose Worte fielen. Worte, die er kaum verstand. Als würden sich die zwei auch so verstehen. Erst danach blickte sie überrascht auf.

»Danke.«

Er nickte sachte.

»Eure Kräfte sind … wild«, bemerkte TaJu vorsichtig.

»Sie sind gefährlich«, widersprach sie sofort, »Deswegen darf ich nicht zu nah an andere Macian. Noch nicht. Ich … Ich brauche Auxilius, die die ersten Ausläufe notfalls mit abfangen können. Es ist egal, wie gut sie kämpfen können, wenn sie nicht auf Yuki hören oder rechtzeitig reagieren können, sind sie ihrer Aufgabe nicht gewachsen.«

»Auf dieses Ding? Kind, du gehörst an die Front. Du-«

»Ich habe nicht nach deiner Meinung gefragt, Vater!«

Angespannt zog TriSte den Kopf ein. Es zierte sich eigentlich nicht, dass eine Flora die Stimme erhob. Dass sie nun so laut ihrem eigenen Vater widersprach, war wie ein Faustschlag in den Magen. Es war, als hätte sie dem Mann ins Gesicht gespuckt!

Gerade wollte der Lyx etwas erwidern, als LiJu ihn zurückhielt. Gutmütig klopfte sie ihm auf die Schulter. Sie lächelte. Doch wirkte es nun warnend.

»Ich glaube, dein Vater macht sich nur Sorgen und kann das nicht so gut in Worte fassen«, erklärte sie gelassen.

»Nun, dann soll er seine Gedanken eben vor dem Sprechen ordnen, oder?«, fragte Valerie scharf, »Er war der amtierende Lyx und kein untalentierter Laufbursche. In seiner Position sollte ihn niemand auf seine fehlende Kontrolle hinweisen müssen, oder?«

»Wie. Ihr. Wünscht. Floris.«, abrupt wandte sich ihr Vater ab und verließ den Saal.

TriSte beobachtete die Generäle genauestens. Er merkte sich, wer Anstalten zum Gehen zeigte. Sie alle schienen LyA nachzusehen. Die meisten fingen sich aber mit einem Blick auf die Floris und LiJu. Obwohl die Legitimität seiner Schwester nicht offiziell beschlossen wurde, so wurde sie auch von niemanden angefochten.

Sie war eine geborene Flora.

Ihr Vater war nur ein Eingeheirateter.

»Ihr wünscht also Auxilius? Zwei Stück? Wie eure werte Mutter einst?«, fragte LeVi gut gelaunt.

Noch immer jonglierte er das Wasser mit einer Hand. Anders konnte er es wohl nicht lagern. Es war ja fast so groß wie er selbst!

»Das wäre ganz gut. Wir-«, sie schaute zu ihm herüber, »CiLu hat mir bereits geholfen, mich zurechtzufinden. Zumindest ein wenig«, sie sah zu den anderen Generälen hinüber, zu ALi.

CiLu's Vater verzog keine Miene, als er die Worte vernahm. Im Gegenteil. Er nickte nur und bot an, dass seine Tochter gerne bei ihr bleiben könne. Er würde sich geehrt fühlen. Aber sie wäre keine Auxilius …

»Ich könnte Ihnen jemanden aus Atlana anbieten. Oliver Pascal. Er war mein Schüler und hat eine vorzügliche Wasseraffinität. Er wäre vielleicht nicht in der Lage Euer Eis aufzulösen, aber kleinere Schäden könnte er sicherlich beheben«, bot LeVi eilig an.

Sofort nannten die Generäle andere Namen. Viele davon die, die Tristen mit seinen Auxilius besprochen hatte. Es wurde mit Affinitäten und Kampferfahrung geprahlt. Mit Familienbündnissen. Familiennamen! Selbst TaJu brachte seine Nichte ins Spiel. Sie wäre freigestellt worden, weil ihr Schützling kurz vor der Heirat stand. Dass er damit jedoch CiLu meinte, verschwieg er gekonnt.

Ob wir etwas sagen sollten? Nicht, dass es ihr wieder zu viel wird? Sie ist noch nicht so lange hier …

Nein. Schau. Sie hat es im Griff. Sie wirkt sogar richtig gelassen. Nur … ein wenig erschöpft, oder?, kam es von Steffen zurück.

Gerade als er sie darum bitten wollte, sich alles in Ruhe zu überlegen, wandte sie sich einer anderen Generälin zu.

VaVi hatte die ganze Zeit geschwiegen. Die Generälin des Windes hätte eh niemanden vorschlagen können. Bis auf ihre beiden Findelkinder mied sie die Nähe anderer Macian. Und eben jene Mädchen waren zu jung, um einen solchen Job zu übernehmen.

»Sagt, wen würdet Ihr wählen?«, fragte Maggie die Frau.

»Verzeihung?«

»Ihr, VaVi. Wen würdet ihr an meiner Stelle wählen?«

Überrascht wandten sich die Köpfe um. Sie alle starrten die Generälin des Windes an. Manche verächtlich. Andere ungläubig. Selten wurde sie so direkt befragt. Viel zu oft verbarg sie sich am anderen Ende der Welt. Wenn man sie zu einer Veranstaltung oder gar einem Angriff einladen wollte, wurden stets um die zwanzig Boten ausgesandt. Ansonsten war die Gefahr zu groß, dass die Nachricht sie nicht rechtzeitig erreichte. Sie wurde gemieden. Verflucht.

Und dennoch hatte ihre Mutter ihr vertraut.

»LeVi's OPa klang vielversprechend«, murmelte sie, »Obwohl er wohl kaum so alt wie der General sein sollte.«

»Ich darf doch sehr bitten!«, LeVi gab sich empört. Nur schien es VaVi nicht zu kümmern. Sie zuckte mit den Schultern und neigte den Kopf zur Seite.

»Als zweites würde ich Ihnen Svenja Alexa empfehlen. Sie hat unter TaRi gelernt«, sie wies zu dem General von Fuho, »Sie hat vier ältere Brüder und ist es gewohnt, sich durchzukämpfen. Sie wird nicht aufgeben, wenn sie sich vor einer unmöglichen Aufgabe wiederfindet. Und sie wird Euch treu sein.«

Maggie nickte. Sie sah zu ihm herüber.

»So sei es. Beide sollen sich zeitnah bei mir einfinden. Und ALi?«, sie wandte sich an den General, der für den Stützpunkt verantwortlich war, »Für uns alle kann es da unten etwas eng werden. Ein paar weitere Gemächer wären sicherlich einrichtbar, oder?«

»Aber natürlich«, erwiderte dieser hastig.

Damit ließ Maggie die Glocke erklingen. Leise beendete sie das Treffen mit einem Gruß zu ihrem Dimen.

»Das ist doch ganz gut gelaufen«, behauptete Tristen auf dem Weg nach unten.

Zu seiner Überraschung kletterte der Desson in seine Richtung. Sie sprang auf seine Schultern und schnupperte.

Schnurrend lachte sie auf.

Am liebsten wollte er das Vieh runterwerfen. Nur hatte er gesehen, wie Maggie reagiert hatte, als Yuki nur eine kleine Wunde hatte. Sie hatte so abwesend gewirkt. Und dennoch war da dieser Druck. Als hätte nur das kleinste Geräusch eine Explosion ausgelöst!

»Du riechst wie sie, benimmst dich aber ganz anders«, murmelte das Wesen, ehe es wegsprang.

Maggie fing es sogar in ihrem nachdenklichen Zustand auf. Ihre Hände stützten die Gestaltwandlerin so flüssig, als wäre sie die ganze Zeit da gewesen. Langsam klärte sich ihr Blick.

Sie starrte den restlichen Rückweg über nur auf Yuki. Sie strich über ihr Fell. Über diesen weißen Flausch, den der Desson stets präsentierte.

Aber sobald sie zurück in den Gemächern waren, sackte Maggie zusammen und weinte.

»Hey?«, er legte eine Hand auf ihre Schulter, »Du …«

Ich komme nicht rein, bemerkte Steffen, *Ihre Duria! Sie schottet sich komplett ab! Sie-*

»Ich hätte euch alle töten können«, flüsterte sie plötzlich, als Cindy gerade dazu stieß.

»Es ist alles gut gelaufen. Siehst du? Neugier bringt vielleicht die Katze um, aber Befriedigung … Na?«, Yukis Worte ließen die Floris auflachen.

»Was ist passiert?«, erkundigte sich seine Verlobte.

Er schüttelte den Kopf. Sie hatte zu warten!

»Die Kräfte von einer Najade und einer Macian – sie sind zu stark. Man ... Man müsste uns trennen ... Man müsste-«, sie stockte.

»Aber das hatten wir doch versucht, erinnerst du dich?«, er setzte sich zu ihr, »Mama hatte LeVi holen lassen. Und die anderen Wasseraffinen von Shanai. Sie alle haben versucht, Alice aus dir rauszuholen. Jedoch ohne Erfolg. Deswegen ist JuNi auch extra zu TaJu gereist. Weil er Houo um Rat bitten wollte.«

»Ja, aber sie alle haben versucht, einen Elementargeist aus einer Macian zu holen«, Maggie sackte zusammen, »Keiner hatte versucht, einen Desson oder gar eine Seele von meinen eigenen zu trennen.«

Ungläubig schüttelte er den Kopf. Er verstand nicht, was sie meinte. Selbst CiLu und seine Auxilius schienen ihr nicht folgen zu können.

Was ging ihr nur durch den Kopf?

***

Neugierig beobachtete Jessica, wie der kleine Phönix durch das Gruselhaus hüpfte. Seitdem er da war, fiel ihr das Nachdenken leichter. Vielleicht lag es an Nicoles Verliebtheit in das Federvieh. Vielleicht daran, dass er sie irgendwie an etwas erinnerte.

»Du bist ein ulkiges Ding«, flüsterte sie ihm zu, als sein Schnabel wieder auf ein paar Schalen hieb.

Wollte er das Zeug essen?

»Nimm lieber das«, sie zerbröselte ihm einen Keks.

Obwohl der Kleine das Zeug verspeiste, wirkte er nicht angetan davon. Er schien die vergessenen Nüsse mehr zu mögen. Oder eben die Reste davon.

»Der lernt echt nicht dazu, oder?«, murrte der Hushen, »Ist er vielleicht ein bisschen dämlich?«

Sofort beschwerte sich Nicole lauthals. Jessica hatte zu tun, sich weiterhin auf den Flattermann zu konzentrieren.

»Ich glaub' nicht«, widersprach sie, »Es wirkt eher so … als wolle er nach einer vollen suchen?«

»Dein Ernst, Giftzunge?«, die einstige Beleidigung klang wie ein freundlicher Gruß in ihren Ohren, »Na, egal. Je langsamer das Höllenfeuer wächst, desto besser.«

»Höllenfeuer?«

»Na, wie willst du das Vieh sonst nennen?«, fragte er.

Da war etwas dran. Seitdem er das Wesen hergebracht hatte, hielt er Abstand dazu. Zu diesem Phönix. Kein … jemand … Oder?

»Er braucht einen Namen«, murmelte sie, »Aber ich hab' keine Ahnung, welchen.«

Seine Augen sehen genauso verspielt wie Risus aus!

Wir können ihn nicht Risu nennen! Was soll der kleine Frechdachs dazu sagen? Er wird nur einen endlosen Nussvorrat verlangen!

Aber schau doch: Er hat Risus Augen, er liebt Risus Schalen und hackt die ganze Zeit auf Risus Nüssen rum. Was willst du mehr?

Das … stimmte.

Nachdenklich strich sie über die orangen Federn. Ihre Hände glitten dabei abwesend durch die neuen Flammen. Es kribbelte ein wenig. Aber es tat ihr nicht weh. Nicht so wie bei Ryan, der den Phönix zuvor mal versehentlich gestreift hatte.

»Desson haben meist ihre ganz eigenen Regeln bei der Namensvergabe. Was sagst du, Tatakai?«, fragte der Hushen seinen Partner.

Brummend blickte das Hundewesen auf. Jessica hatte gar nicht mitbekommen, wie es zurückgekehrt war. Immer wieder schickte Ryan ihn zum Waisenhaus, um dort nach dem Rechten zu sehen. Eine reine Vorsichtsmaßnahme, hatte er gebrummt. Es hatte wohl einen Zwischenfall gegeben. Aber keiner wollte näher darauf eingehen.

»Ich weiß nicht, ob wir ihm einen Namen geben dürfen«, erklärte der große Desson, »Wir dürfen ihn immerhin nicht anfassen. Damit sind wir seiner nicht würdig.«

Also sollte sie allein entscheiden?

»Vielleicht sollte ich Risu um Rat fragen? Der Kleine sieht ihm so ähnlich, vielleicht kann er auch würdig sein oder so«, gab sie zurück.

Nicole sandte ihre Zustimmung aus.

»Ich glaube, das Eichhörnchen wird sich hier erstmal nicht blicken lassen können«, erklärte Ryan langsam, »Er musste wohl … weg.«

Etwas an seiner Stimmlage klang komisch. Aber als Jessica sich nach ihm umdrehen wollte, fiepte der Phönix glücklich auf. Er hatte eine Nuss geknackt und machte sich nun über den Inhalt her. Dabei wirkte er so, als hätte er einen verschollen Schatz gefunden. Seine blauen Augen strahlten sie an. Aufgeregt schob er ihr etwas daraus zu. Es war eine liebevolle Geste. Eine, die sie dankend annahm.

Sofort brannte die Flamme auf seinem Kopf heller.

Kapitel 13: Die stärksten Familienbanden

Erst als Maggie sich tags darauf gefangen hatte, ließ ihr Bruder diese LiZa holen. Er fragte sie vorher mehrfach, ob sie das Kind wirklich treffen wolle. Doch sie musste. Sie musste mit ihr reden. Sie brauchte Antworten. Sie brauchte einen Vergleich: Lisa, LiZa und TC waren alle im ähnlichen Alter. Dennoch wäre die Hutan allen gegenüber offen gewesen. Sie hatte niemanden von Natur aus gehasst. Und wenngleich TC sie so verraten angeblickt hatte, als sie Maggies wahre Magie erkannt hatte, hatte sie die Macian anschließend direkt ins Herz geschlossen. Das war nicht gespielt gewesen. Kinder in diesem Alter konnten ihre Gefühle noch nicht so gut verbergen. Vor allem nicht, wenn sie eine zweite Seele besaßen!

»Bist du dir sicher, dass du nicht zuerst deine Auxilius kennenlernen möchtest?«, fragte Tristen nochmal und blätterte durch die Seiten ihres Scrapbooks.

Er war noch ziemlich am Anfang. Auf der offenen Seite erkannte sie eine Zeichnung von ihren Stiefgeschwistern. Damals war Niklas noch kleiner als sie gewesen. Auch Melanie war winzig gewesen. Beide waren erst in den letzten Jahren in die Höhe geschossen.

Dabei waren sie nun die Ältesten im Waisenhaus …

»Ja. Sonst müsste ich sie nur wieder rausschicken«, gestand Maggie entschlossen.

Stirnrunzelnd blickte er auf. Unbehaglichkeit schwappte ihr entgegen. Sie spürte, wie er nach ihren Gedanken tastete. Wie er sich sorgte.

Entschieden wies sie ihn innerlich ab.

»Ich möchte allein mit ihr sprechen. Nur sie, Yuki und ich«, erklärte sie mit starrem Blick.

Unschlüssig legte er das Buch offen auf dem Tisch ab. Er schaute zu Cindy herüber, die etwas abseits auf einem Sessel saß. Sie war die ganze Zeit im Zimmer geblieben.

Als könne sie nicht mehr in ihr eigenes zurück. Weil sie weggerannt war? Es war eh ein Wunder, dass man sie dafür nicht belangt hatte. Weil sie TriSte heiraten sollte?

»Sicher? Du-«

»Ja«, bestätigte sie, »Zehn Minuten. Danach werde ich meine Auxilius empfangen. Aber ich muss sie zuerst etwas fragen. Ich muss etwas verstehen.«

Diesmal war sie es, die ihre Gefühle durch die Duria sandte. Sie wusste, dass er nicht sehr geduldig war. Nicht wirklich. Er hatte sich nur für sie über die letzten Tage so zusammengerissen. Nun musste er ihr aber vertrauen. Er müsste sie später wieder gehen lassen. Damit-

Erst die Quelle!, erinnerte Alice sie.

Ja doch. Du hast doch den Wassergeneral gehört? Das Wasser, das du unbewusst manipuliert hast, ist auch zu Heilwasser geworden. Wenn es deine Fähigkeiten so leicht übernimmt, sollte das mit der Quelle kein Problem darstellen, oder?

Zustimmung schwappte ihr entgegen. Dankbar lauschte sie nach Valerie. Doch das andere Ich war so erschöpft, nachdem es die Najade unterdrücken musste, dass sie noch immer schlief. Maggie war mit dem Wassergeist allein.

Ein Klopfen lenkte ihre Aufmerksamkeit zur Tür. LaNa brachte die junge Macian rein. Sie war kleiner als in ihrer Erinnerung. Und hier trug sie auch keine Hutankleidung mehr. Ihre Tracht war schwarz. Beide Schnüre an ihrer Schulter waren gelöst. Es war ein stummes Zeichen. Eine Warnung, dass sie ihrer toten Eltern gedachte.

»Linda Zarina«, stellte die Auxilius das Mädchen vor.

Schweigend verneigte sich das Kind. Es war eine flüssige Bewegung. Eine, die ihr gewiss als erstes in diesem Stützpunkt beigebracht wurde.

Nachdrücklich blickte Maggie zu TriSte herüber. Sie spürte, wie seine Seelen um die Dominanz kämpften.

Dennoch stand er auf und wank die anderen Macian mit sich. Diese wirkten zuerst verwirrt, folgten jedoch schweigsam. Einzig das Maciankind blieb zurück.

Ihre Augen legten sich unruhig auf Yuki. Sie schürzte die Lippen. Kein Laut entfloh ihr.

»Magst du dich setzen?«, fragte Maggie und wies auf den Platz, der ihr gegenüber frei geworden war.

»Ich mag es mehr, zu stehen.«

Ihre Stimme triefte vor Hass. Es war komisch, das Gefühl von einem so kleinen Kind zu vernehmen. Ob sie genauso geklungen hatte, als sie TJ getroffen hatte?

»Du scheinst nicht guter Dinge zu sein. Möchtest du deine Gedanken mit mir teilen?«

»Nein.«

Das Mädchen blieb stur.

Seufzend klopfte Maggie auf das Sofa und wartete, bis Yuki dort lag. Erst dann ging sie zu dem Kind herüber. Sie kniete sich auf ihre Augenhöhe. Überraschung spiegelte sich darin wieder. Dann kehrte der Hass zurück.

Hasste das Kind auch sie? Warum? Weil sie einen Desson hergebracht hatte? Oder weil sie Tatakai und SR in Schutz genommen hatte?

»Du trauerst um deine Eltern?«, fragte sie sanfter.

Vorsichtig nickte das LiZa.

»Hast du sie sehr geliebt?«

»Sie … sie haben sich oft gestritten«, gab das Kind zu, »Aber sie waren stets für mich da. Sie-«

Abrupt stoppte sie. Ihr Blick war über Yuki gewandert. Als ob sie sich besinnen musste, wandte sie sich ab.

»Cindy hat mir erzählt, dass sie verstorben sind.«

»Verstorben?!«, ihr Gesicht verschob sich ein paar Mal, ehe es sich festigte, »Wir sind nur an eine Tankstelle rangefahren! Ich war auf der Toilette und als ich rauskam, saß so ein Monster«, sie zeigte zum Sofa, »auf der Lauer!

Dann kam der große Kerl! Onkel TiTho denkt, dass er sich nur amüsieren wollte. Er hat einfach so dumme Fragen gestellt. Nur um mir Angst zu machen, hat Onkel TiTho gesagt! Wäre der Hutan nicht reingeplatzt, wäre ich bestimmt schon tot!«

Sie atmete stockend. Ihre Hände funkelten. Ihre Stimme bebte. Ihre viel zu kleinen Fäuste verkrampften sich.

»Meine Mama wurde von einem Hushen ermordet«, sanft legte Maggie ihre eigenen Hände auf die des Kindes, »Aber das macht nicht alle zu denselben Monstern. Macian, Hushen und auch Desson morden gleichermaßen. Selbst Hutan. Warum sollen nur sie Monster sein?«

»Weil wir die Guten sind!«, LiZa riss sich los, »Wir töten sie nicht einfach so! Wir verteidigen uns nur!«

»Hm«, Maggie ließ das Kind gewähren, »Und als die Macian letzte Woche eine fliegende Insel angegriffen haben, haben sie die Kinder und Alten dort auch gewiss in Ruhe gelassen, oder?«

»Sie waren alle schuldig!«

»Auch Kinder wie du?«, Maggie seufzte, »Was können sie dafür, dass sie als Hushen auf die Welt kommen?«

»Es war Zangashas Wille!«

»Aber nicht ihrer, oder?«

Endlich hielt das Mädchen inne. Es runzelte die Stirn.

»Das … das tut nichts zur Sache. Das-«

»Nun, dann ist es auch in Ordnung, dass Zangasha deine Eltern nicht weiter beschützt hat?«

»Aber- Mama und Papa waren schon groß und- Sie-«

Langsam schlichen sich Zweifel in ihre Augen.

Erleichterung erfüllte Maggie. Mehr hatte sie nicht sehen wollen. Allein dieser Anblick gab ihr Hoffnung. Das Kind sollte seine Welt noch nicht auf den Kopf stellen. Es sollte sich nicht gegen ihren Onkel oder die anderen Macian auflehnen. Es sollte nur selbst nachdenken.

»Schon gut. Ist in Ordnung«, schwerfällig stand sie auf und lief zu ihrer Freundin zurück, »Ich verstehe, dass du in Yuki kein vertrauenswürdiges Wesen siehst. Dafür ist dein persönlicher Alptraum zu frisch, hm?«, sie hielt inne, ehe sie sich wieder umdrehte und fortfuhr, »Wisse nur, dass nicht alle gleich sind. Es gibt doch gewiss auch Macian, die du nicht leiden kannst, oder? Magst du dir vielleicht deine eigene Meinung bilden?«

Als ihr Bruder mit den anderen eintrat, traute sich LiZa gerade, den Desson zu streicheln. Mit großen Augen bestaunte sie das weiche Fell. Es war nur eine kleine Geste. Aber für die neue Floris bedeutete sie die Welt.

Es war eine Hoffnung.

***

Niklas kam kurz nach der angegebenen Zeit an der Schule an. Atemlos blieb er vor dem Direktor stehen.

»Entschuld'gung. Viel los«, kämpfte er vor.

Der Mann nickte genervt. Nun erst bemerkte der Waise den Anzugträger daneben.

Sein Blick war so abfällig!

»Bei allem Respekt, ich wünsche nur eine Auskunft für-«

»Sie haben sich doch als Anwalt vorgestellt. Sollten Sie sich da nicht mit Datenschutz auskennen, Mr. Rico?«, unterbrach der Direktor und wank Niklas eilig weiter.

»Hier!«, rief ihn da auch schon Janek entgegen.

Langsam ging er zu seinem Freund rüber.

»Was ist denn da los?«

»Ist der Onkel von der aus der Achten. Dieser Naar. Er will wissen, mit wem sie sich rumgetrieben hat und fragt nach deiner Schwester. Er weiß aber nicht, wie sie heißt«, grinste er, »Ist also vielleicht ganz gut, dass sie nicht da ist. Noch krank?«

Niklas nahm nachdenklich die Hausaufgaben entgegen. Zwei Sets. Eines für ihn und eines für Maggie. Also hatte Ma sie noch nicht abgemeldet …

Seine Augen blieben an denen in Janeks Händen hängen.

»Für wen hast du das denn mitgenommen?«

»Ich?«, sein Freund lachte, »Ich bin nur der Dussel, der heute zu früh da war und zur Ausgabe verdonnert wurde. Wahrscheinlich hatten sie das hier für Cindy vorgesehen. Ich wollte es nachher bei ihr über den Zaun werfen. Es sei denn, sie haben endlich einen Briefkasten angebracht oder gar Manieren gelernt, weißt du?«

Niklas nickte. Er dachte wieder daran, wie Janek ihm von Maggie berichtet hatte. Wie sie zu dem Anwesen gefahren war, in dem Cindy sonst wohnte. Wie er ihrem Abschied nicht ganz traute …

»Lass mich das machen. Du hast eine Pause verdient«, murmelte er.

»Du? Aber solltest du nicht zurück? Ich mein' ja nur – wegen Lisa? Das ganze Dorf weiß bereits Bescheid.«

Das überraschte den Waisen überhaupt nicht. Nur konnte er diese Gelegenheit nicht verstreichen lassen! Sobald die Gerüchteküche weiterzog, würden alle über Maggies Auszug flüstern. Und dann wäre es zu spät!

»Ich muss mal raus. Frische Luft und so«, wich er aus und ließ die Schultern hängen, »Ma ist gar nicht mehr sie selbst. Sie … So habe ich sie noch nie gesehen.«

Janek nickte besorgt. Seufzend reichte er die Papiere weiter: »Mein Beileid übrigens. Wenn du was brauchst, sag Bescheid. Meine Mutter bringt morgen auch Suppe und Würstchen rum. Früher schafft sie es nicht.«

Dankend machte sich Niklas auf den Weg.

***

Ihre Auxilius hätten optisch nicht verschiedener sein können. Oliver Pascal war ein riesiger Hüne, der Maggie wie eine unüberwindbare Mauer erschien. Seine bloße Anwesenheit wirkte so bedrohlich, dass die Flora sich winzig fühlte. Doch sobald er den Mund öffnete, hatte er eher etwas von einem großen Teddy.

Anders sah es mit Svenja Alexa aus. Diese war kleiner. Sie reichte Maggie ja gerade mal bis zur Schulter! Dennoch wirkte jedes ihrer Worte so unumstößlich, als wäre sie die Riesin.

Sie machen einen guten Eindruck, gähnte Valerie, als TriSte mit den üblichen Befragungen durch war.

Es waren nur die Standarderkundigungen gewesen: Familienstand, Lehrmeister, Affinitäten, Errungenschaften nächste Verwandte … Maggie hatte allem aufmerksam gelauscht. Sie hatte den beiden Yuki vorgestellt und klargemacht, dass der Desson mit dem größten Respekt zu behandeln war. Sie hatte ihre Kontrollschwierigkeiten eingestanden. Ihre Freundschaft zu den Hutan.

Erst danach hatte sie die beiden akzeptieren können.

»In Ordnung«, bestätigte sie, als auch Valerie zustimmte, fragend schaute sie zu ihrem Bruder hinüber.

Verstehend stellte er zwei Schatullen auf den Tisch. Stumm präsentierte er die silbernen Adler darin. Broschen, die alle Auxilius trugen und die sie damals auch bei ESi wiedererkannt hatte. Es war ein komisches Gefühl, sie nun selber in die Hände zu nehmen, um den Schwur der Auxilius entgegen zu nehmen.

»Oliver Pascal?«, fragte sie als erstes.

»Unter Zangashas Stern stehend schwören wir, Oliver und Pascal, Eure Geheimnisse zu hüten, Euren Elementen zu dienen und Euren Willen zu vertreten. Wir werden Euer Schild sein. Wir werden all Eure Seelen schützen. Wir werden fortan in Eure Dienste treten, bis Ihr unsereins überdrüssig seid oder der Tod uns zu trennen vermag. Dies sei unser Wort und unser Wort sei unter Zangashas Stern gesegnet.«

Er legte den rechten Arm schräg über die Brust. Eine simple Geste, die dennoch seine Worte besiegelte und nach denen sie ihm die Brosche anstecken durfte.

»So nehme ich euch als die meinen an«, sie legte eine Hand auf seine Schulter, »Euer Wort werde das meine. Und eure Seelen seien nur den meinen unterstellt. So wahr Zangashas Stern erstrahle.«

Sie wandte sich der Frau zu: »Svenja Alexa?«

Noch einmal wurden die Worte gesprochen. Noch einmal nahm sie eine Auxilius an. Es war eine simple Prozedur. Aber sie musste erfolgen. Selbst wenn die beiden sie später für die Generäle ausspionieren würden – vorerst brauchte sie jede Hilfe, die sie kriegen konnte.

»Da ihr fortan meine Auxilius seid, muss ich euch auch eine gesonderte Regel auferlegen«, erklärte sie ruhig, »Ich wünsche keine Kampfhandlungen von euch. Weder in meinem Beisein noch ohne. Sobald Blut fließt, werden Konsequenzen folgen. Egal, wer davon betroffen ist.«

»Ihr meint die Hutan?«, erkundigte sie SveA sofort.

»Nicht nur. Auch die Desson«, sie atmete nochmal durch, »Und die Hushen.«

Unschlüssig blickten sich beide an.

»Floris?«, OPa klang eher nachfragend, als entsetzt, doch wurde er von seiner neuen Kollegin übertönt.

»Das kann nicht Euer Ernst sein! Das sind Monster! Krankhafte Mistkerle, die-«

»Und doch hat mich einer von ihnen gerettet«, erwiderte Maggie, »Ich wünsche keine Missverständnisse. Sollte ein Hushen auftauchen, wartet ihr auf ein Zeichen von Yuki oder mir. Aber ich möchte nicht, dass ein friedliches Treffen aus den Fugen gerät.«

TriSte zuckte zusammen.

Einem Teil von ihr tat es leid, ihn indirekt zu kritisieren. Aber sie durfte nicht zulassen, dass sich die Fehler der Vergangenheit wiederholten. Dafür bedeutete ihr TJ zu viel! Sollte er nach Kriegsheim kommen oder sollte SR auffallen, so sollte ihnen zumindest keine Gefahr von ihren eigenen Auxilius drohen.

»Bei allem Respekt – vielleicht ist es nur ein Trick. Was, wenn jemand den Moment der Unachtsamkeit ausnutz-«

»Dann werde ich mich persönlich darum kümmern«, unterbrach sie SveA.

Ungehalten nickte diese. Auch OPa zog den Kopf ein.

Gut. Damit waren die wichtigsten Punkte abgehakt. Nun könnte sie endlich-

Die wichtigsten Punkte? Was ist mit der Quelle! Mag, ich brauche eine Quelle!, erklang Alice' Stimme empört.

Bitte. Können wir uns später darum kümmern? Ich weiß nicht, wie lange ich noch die Augen offen halten kann ...

Nun tu nicht so- du wolltest nicht schlafen!

Maggie zuckte gedanklich zusammen. Es war nicht so, dass sie nicht schlafen *wollte*. Sie *konnte* es nicht. Alles in ihr sträubte sich gegen die Entspannung. Sie musste-

Soll ich übernehmen?, fragte Valerie, *Ich bin wieder etwas ausgeruhter.*

Unser Körper ist derselbe. Du wirst genauso zu kämpfen haben, widersprach sie.

»Bei allem Respekt«, meldete sich Cindy zu Wort, »Ich verstehe dich nicht. So, wie du beim Waisenhaus auf mich reagiert hast – du hast gewusst, was ich war. Aber du hast mich in der Schule nie darauf angesprochen. Und nun noch dieser Hushen, der dir geholfen haben soll ... Meinst du den Vertrauten des Aufreißers? Echt? Der Kerl ist von der schlimmsten Sorte!«

Obwohl Maggie es nicht wollte, entfloh ihr ein Lachen.

»Er ist wirklich kein Vorzeigekind, oder?«, nachdenklich tauschte sie einen Blick mit Yuki, »Er … Als er mich vor ein paar Wochen als Macian erkannte, wollte er mich töten«, gab sie zu, »Es ist irgendwie so surreal. Also, wenn ich nun darüber nachdenke. Er hat mich gesehen, als ich die Elemente bändigte, um-«, kopfschüttelnd übersprang sie Jessicas Existenz gedanklich, »Damals hatte ich gedacht, dass er dich entführt oder umgebracht haben könnte. Als er dann auf mich losging, hat mir … jemand geholfen. Derselbe Hushen, der mich auch hierhergebracht hat. Er hat sich dazwischen gestellt und die Worte so lange verdreht, bis SR mich in Ruhe gelassen hatte.«

»Die Worte verdreht?«, fragte Cindy und lehnte sich vor. Hilfesuchend fiel ihr Blick auf Yuki.

»Es wäre vielleicht besser, wenn sie es wüssten, oder?«, erkundigte sich der Desson und strich mit dem Schwanz über den linken Arm der Macian.

Vor den Generälen hatte sie es nicht angesprochen. Sie wollte nicht TJ ins Verderben stürzen. Aber wenn ihre Auxilius einen guten Job machten, würden sie trotz aller Vorsätze jeden angreifen, der plötzlich neben ihr erschien.

Sie müssten es wissen.

Still löste sie die Schnüre an ihrem linken Unterarm und schob den Ärmel zur Seite. Die Narbe darauf war nicht mehr als eine dünne Linie. Dennoch glänzte sie silbrig im Licht. Seitdem sie den Phönix aus TJ geholt hatte und seine Chakren gesehen hatte, konnte sie TJ's Magie in der Wunde spüren. Eine Magie, die ihr genauso vertraut wie Alice' Heilwasser war.

»Ihr seid markiert«, sprach SveA still aus.

»Deswegen möchte TriSte, dass ich hier unten bleibe«, erklärte sie.

»Weil es oben zu gefährlich ist. Wenn er dich töten wollen würde, müsste er nur-«

Es klopfte.

Seufzend stoppte ihr Bruder und winkte LaNa zur Tür. Es wurden einige Worte getauscht. Worte, auf die sich Maggie nicht konzentrieren konnte. Dafür jedoch Yuki, die angestrengt die Ohren spitzte. Gerade als die Auxilius den Macian wegschicken wollte, sprang der Desson auf.

»Wie sieht er aus?«

»Bie- Guck doch selber nach!«, fluchte der Bote.

Der Zorn erfüllte die Flora so schlagartig, dass der ganze Türrahmen gefror. Star blieb die Pforte offen – die Hand des Unverschämten daran festgefroren.

»Sie hat dir eine Frage gestellt«, erklärte sie scharf.

Sie spürte, wie ihre Duria warm wurde. Steffen schien auf sie einreden zu wollen. Nur konnte sie sich nicht darauf einlassen. Wenn Yuki in ihrer Gegenwart so behandelt wurde, wie sollte es dann ohne sie aussehen? Was, wenn sie schlief? Oder kurz Ruhe brauchte?

»Teenie. Asiatisch. Reicht das?«, murrte der Bote.

Die Gestaltwandlerin sprang auf die Lehne und peitschte mit dem Schwanz. Unruhig schaute sie Maggie an. Aber diese hatte nichts von davor mitbekommen. Sie konnte nur fragend die Brauen rümpfen.

»Niklas«, entgegnete sie eilig, »Sie haben Niklas in Gewahrsam genommen.«

In ihrem Kopf drehte sich alles. Lisa. Risu. Spielend auf der Waldstraße. Dann TJ's Worte. Sie waren tot. Weg. Maggie hatte sich nicht mal von ihnen verabschiedet. Sie wusste nicht, ob es eine Beerdigung gegeben hatte oder diese noch anstand. Nun jedoch auch ihr Stiefbruder?!

Ruckartig stand sie auf. Der Atem vernebelte ihre Sicht.

Langsamer! Mag!, Valerie klang so entfernt.

Wenn du willst, dass wir uns beruhigen, kümmer dich selbst mal darum!, schrie sie aus, als sie sich an dem angefrorenen Macian vorbeischob.

»Floris?«, SveA tauchte neben ihr auf, »Solltet Ihr nich-«

»Nein.«, sie trat in die nächste Nische und hob die Hände, als Yuki sich an ihrem Kleid festkrallte.

»Du bist zu sauer«, murmelte das kleine Geschöpf, als die anderen zu ihnen aufstießen, »Bitte. Möchtest du, dass er dich so sieht?«

Angespannt musste sie Yuki zustimmen. Niklas hatte mit der Magie nichts zu tun. Egal, was oben geschehen war – sie musste ihn zuerst nach Hause bekommen.

Lebendig.

»Wir müssen hoch. Jetzt«, erklärte sie ihrem Bruder nachdrücklich.

»Ich weiß nicht, ob-«

»Ich verliere nicht ein weiteres Stiefgeschwisterchen, Tristen«, beharrte sie.

***

Niklas brummte der Schädel. Er wusste nicht, wie alles aus den Fugen geraten war. Er hatte nur an seinem Vorhaben festhalten wollen! Zu Cindy laufen, so lange nach ihr fragen, bis er mal ihre Aufpasserin oder sogar die Eltern erwischte, diese auf Mag ansprechen …

Irgendwo dazwischen war es bergab gegangen.

Erst hatte niemand auf sein Klopfen reagiert. Immer wieder hatte er gegen das Tor gehämmert. Dann hatte es ihm gereicht. Diese Ignoranz war das letzte! Genervt war er seine Optionen durchgegangen: rüber klettern wäre nicht möglich, durchbrechen noch weniger. Irgendwann waren ihm dann die GAK's eingefallen. Seine verrückten Stiefgeschwister. Diese nervten die Leute immer so lange, bis diese ihre Ansichten »freiwillig« anpassten. Dabei nutzten sie die verschiedensten Tricks, Streiche und manchmal sogar Beleidigungen …

Die wenigsten Personen ließen sich gerne anmaulen.

Und so hatte er zu schimpfen begonnen. Anfangs stockend. Dann immer flüssiger. Er hatte nicht mehr über die Worte nachgedacht. Erst als eine Frau mit hochrotem Kopf erschien, hatte er verlegen aufgehört. Dabei wollte er eigentlich jubeln!

Nur hatte sie ihm direkt eine verpasst und an den Haaren hineingezerrt.

Seither befand er sich in einem düsteren Zimmer. Jemand hatte ihn an einen Stuhl gefesselt und ihm einen Knebel in den Mund gestopft. Die Hausaufgabenzettel waren vor seinen Augen verbrannt. Irgendwie hatten sie aus dem Nichts Feuer gefangen!

Schaudernd zuckte er zurück, als ein großer Kerl in das dunkle Zimmer trat.

»Habt ihr seinen Vertrauten?«, fragte er harsch.

»Nein«, die Frau von vorhin salutierte, »Die anderen Wachposten sind jedoch in Alarmbereitschaft.«

»Ein Hinterhalt wäre nicht abwegig«, murrte er nun.

Niklas' Augen weiteten sich, als er den Mann erkannte. Er hatte den Kerl nur einmal zuvor gesehen. Als es um Familienstammbäume ging und Cindy ein Foto dabei hatte. Darauf waren sie und ihre Eltern gewesen-

Das war ihr Vater!

Hastig versuchte er, etwas zu sagen, doch verschluckte der Knebel alle Worte. Heraus kamen nur diese erstickten Laute, die der Mann gekonnt ignorierte. Er warf ihm einen abfälligen Blick zu. Als wäre der Waise nicht mehr als eine Kakerlake!

»Die anderen Generäle sind nicht begeistert von der Störung. Findet den Desson und beseitigt sie zusammen. Ehe der Vertraute noch ein Selbstmordkommando startet«, befahl er, »Wenn er jedoch weiter nervt, könnt ihr ihn ja um einen Arm kürzen. Vielleicht-«

Eisige Kälte drang durch den Raum. Hastig wirbelten die beiden herum. Etwas hinter Niklas krachte. Die Erde wackelte. Er glaubte, dass der Stuhl unter ihm nachgab, dass er gleich auf den Boden aufschlagen würde!

Dann hielt eine gewaltige Hand das Möbelstück aufrecht. Finger tasteten nach seinem Hals. Langsam machten sie sich an dem Knebel zu schaffen.

»Alles gut. Er lebt«, als ob die Worte eine Heizung andrehten, verschwand die Kälte. Sie schien sich sachte zurückzuziehen. Als hätte sie ein Eigenleben, das auf diese Aussage hörte.

»Floris! Ich dachte, Ihr-«

»Würdet ihr mir einen Gefallen tun?«, Maggies Stimme hätte er überall wiedererkannt! Er versuchte, sich nach ihr umzudrehen, jedoch ohne Erfolg, »Würdet ihr mir einen Grund geben, warum ich die Geduld verlieren kann? Nur einen klitzekleinen? Damit ich meine Kontrolle einfach mal vergessen kann, nachdem ich meinen Stiefbruder hier so zugerichtet vorfinden muss?!«

Endlich war der Knebel lose. Hustend spuckte Niklas das Ding aus. Er spürte, wie sich seine Schultern lockerten. Dann seine Brust. Hastig wandte er sich um-

Dort stand nicht nur seine Stiefschwester. Da war auch Cindy! Und vier weitere Leute, die sich angespannt umsahen. Die meisten schienen den Raum zu begutachten. Oder den leeren Platz neben seiner sonst so stummen Schwester. Als würden sie auf etwas warten?

»Euer- Verzeihung. Aber er-«

»Aber. Er. WAS?«, so zornig hatte er sie noch nie zuvor vernommen – es lief ihm kalt den Rücken runter.

»Mag?«, hastig schüttelte er die restlichen Schnüre ab und lief zu ihr, »Du bist wirklich hier!«

Sein Befreier stoppte ihn nach zwei Schritten. Eisern hielt er seine Schulter fest. Eisern, aber nicht schmerzhaft.

»Was meinst du?«, argwöhnisch beobachtete sie ihn.

»Janek. Er meinte, du wärst hergefahren und- Es hatte keinen Sinn ergeben. Da die Schule eh noch ausfällt, wollte ich nachsehen, aber …«, er haderte mit den Worten.

Er konnte keine Erklärungen unter Druck liefern! All die Augen machten ihn zu nervös. Der ganze Ort war ihm unbehaglich. Die Wände sahen ja aus, als wären sie frisch ausgegraben worden! Nicht zuletzt diese Kälte …

Kam es ihm nur so vor oder bewegten sich die Schatten? Er wollte sich am liebsten hinter Maggie verstecken. Sie sah mit ihrem ewigen Halstuch so vertraut aus. Nicht wie Cindy, die eher ängstlich erschien. Oder die anderen, die ihn so verächtlich musterten.

Langsam trat Maggie vor. Sie machte eine abweisende Geste. Ein simples Winken und schon ließ der Hüne von Niklas ab.

Stattdessen strich sie über seine Wange. Es prickelte ein wenig. Als würde etwas durch ihn hindurch fahren.

Dann ließ sie wieder von ihm ab und wandte sich den Leuten zu, die ihn hier festgehalten hatten.

»Magie an einem Hutan?«, flüsterte sie und klang dabei beinahe bedrohlich, »Gewalt gegen ein Kind?«

»Er ist-«

»Ja?«, sie unterbrach den Mann so harsch, dass dieser zusammenzuckte. Erneut wurde es kälter. Eine Gänsehaut suchte Niklas heim. Hastig schaute er sich nach einer offenen Tür um. Irgendwo musste dieser Temperatursturz doch herkommen!

Er fand gar keine. Nicht einmal jene, durch die er hinein gekommen sein musste! Da war nur … Erde?

»Vater. Ich glaube kaum, dass Eure Worte die Situation entspannen, solange sie nicht von wahrer Reue gezeichnet sind«, mischte sich Cindy ein.

»Du wagst es-«

»Sie wagt was?«, fragte Maggie mit erhobener Braue.

Frost hatte sich in den Raum geschlichen. Es war eine dünne Schicht. Nicht mehr, als ein Teppich, der über den Boden kroch, aber er …

Er ging von seiner Stiefschwester aus!

Mit offenen Mund starrte Niklas sie an.

Erst nun realisierte er, dass sie von Magie gesprochen hatte. Es war ein Wort, das er nicht für voll genommen hatte. Ein Teil von ihm hatte es direkt ausgeblendet. Doch nun? Nun, wo es so greifbar erschien?

»Du lässt es frieren!«, platzte es aufgeregt aus ihm heraus, »Wie- Ich meine, also- Es sieht so cool aus! Ich- Kann ich das auch lernen?!«

Die anderen Leute wirkten wie erstarrt. Cindy war die einzige, die sich bewegte. Seine Klassenkameradin schüttelte meckernd den Kopf. Als müsse sie ihrem Frust Platz machen. Die Personen neben ihr rissen jedoch nur die Augen auf.

Hätte er davon etwa wissen sollen?

Erst Maggies Lachen durchbrach die angespannte Atmosphäre. Sie zerwuschelte seine Haare. Genauso wie sonst, wenn er mit seinen guten Noten angab und sie ihn Genie nannte. Nie hatte sie seine Prahlerei kritisiert. Geneckt vielleicht. Aber nie getadelt.

»Mein kleiner Dussel«, flüsterte sie ihm zu, ehe sie sich wieder den anderen zuwandte.

»ALi? Du würdest uns sicherlich allein lassen können, oder?«, fragte sie, ohne ihn anzusehen.

Ungläubig beobachtete Niklas, wie Cindys Vater und die andere Frau sich verneigten. Abrupt drehten sie sich um und liefen auf die Wand zu, die sich eigens für sie teilte, nur um sich hinter ihnen wieder zu schließen.

»Bitte. Wir sind zu weit oben, Maggie Du musst hier weg«, ein Junge in Benjamins Alter trat an sie ran.

»Nein. Wenn wir jetzt nicht reden, sitzen wir nächste Woche wieder hier«, wank sie ab, »Manchmal ist es sicherer, wenn ein Hutan Bescheid weiß.«

»Das kannst du nicht- Ich meine, Nik?«, Cindy wirkte geradezu entsetzt.

»Hätte Lisa Bescheid gewusst, wäre sie vielleicht noch am Leben«, schoss Maggie zurück.

Er riss den Kopf rum. Zu diesen traurigen brauen Augen, die sich nicht von ihm lösten. Erschöpft schüttelte sie den Kopf und zog ihre Hand wieder weg.

»Was meinst du?«, er schluckte, »Die anderen sagten, dass es ein Unfall war. Janine und Ma und- und- ja. Und Tom. Tom!«

»Weil nicht alle von der Magie wissen«, flüsterte sie, »Bitte. Es ist ein zu großes Durcheinander. Alles. Es-«, sie hielt inne und legte eine Hand auf ihr Halstuch, »Bitte?«

Das letzte Wort war nicht an ihn gerichtet. Niklas hätte nicht mal sagen können, wen seine Stiefschwester meinte. Erst als das Kleidungsstück zum Leben erwachte, fiel der Groschen. Er starrte auf das weiße Wesen, das auf ihren Schultern erschien. Gelassen lag es da. Den Blick auf ihn gerichtet. Die Augen so klar und wissend, dass er es nicht als Tier hätte abstempeln können.

»Du hast hoffentlich nicht wieder bis in die Puppen gelernt, Nik?«, fragte es.

Er schüttelte erschrocken den Kopf.

»Gut. Dann bist du wach?«

Er zögerte: »Ich glaube eher, dass ich träume?«

Maggie strich über seine Seite.

»Das legt sich wieder. Dauert aber«, behauptete sie.

»Du … warst schon immer da?«, fragte er das Geschöpf.

»Seit Mags Einzug. Hätte allerdings schlecht hallo sagen können, oder?«, sie grinste, »Yuki mein Name.«

»Niklas.«

»Ich weiß.«

Er nickte. Mehr schaffte er nicht. Dieses Wesen war zu surreal.

»Magie existiert. Es gibt Lebewesen, die sie benutzen können. Und verschiedene Arten der Kräfte. Es ist sehr chaotisch. Mehrere Fraktionen kämpfen gegeneinander. Und Lisa ist wahrscheinlich da- dazwischen geraten. Weil-«, sie schluckte.

»Lisa war mit einem magischen Wesen unterwegs. Beide wurden zusammen überfahren. Deswegen glauben wir, dass man sie für jemand anderes gehalten hat«, schloss diese Yuki.

Niklas schüttelte den Kopf. So sehr es auch Sinn ergab, so verrückt hörte es sich doch an. Aber es war genau, wie Janine mal gemeint hatte.

»Die Welt ist nie das, was sie zu sein vorgibt?«

»Janine?«, hinterfragte Maggie.

Er bestätigte ihre Vermutung mit einem Nicken. Sie war immerhin seine Ziehmutter gewesen, sie-

Sie hatte auch mal von Magie gesprochen. Damals. Als er noch kleiner war. Er erinnerte sich an körperlose rote Augen, die sie verfolgt hatten. Geradezu fürsorglich hatten sie auf ihn und die anderen Waisen aufgepasst. Fast wie bei dieser Yuki, die er ja nicht mal bemerkt hatte!

Hatte Janine daher Maggies Auszug so unterstützt? Wusste sie hiervon? Von Lisa?!

»Wie erreichst du sie?«, fragte Maggie plötzlich, »Wenn du sie brauchtest, stand sie stets im Eiltempo vor dem Waisenhaus. Wie?«

»Vorwahl von Havbolt und die dann die ersten sechs Nachkommastellen von Pi«, gestand er.

»Nimm SveA mit und ruft sie an. Sie soll Nik abholen«, erklärte seine Stiefschwester an Cindy gerichtet.

»Ist sie-«

»Es ist egal, was sie ist. Sie ist seine Stiefschwester. Sie ist meine Stiefschwester. Sie hat ihren Frieden verdient. Mehr ist nicht von Belang«, würgte Maggie ab, ehe sie sich ihm wieder zuwandte, »Ich kann derzeit nicht hier weg. Es wäre zu gefährlich und du darfst nicht nochmal her, ja?«, sie schaute ihn so scharf an, dass er schluckte.

»Ich habe mir nur … Ich meine, also … Du wirktest-«

»Nik. Du hast keine Magie. Hier ist es zu gefährlich für dich. Die anderen brauchen dich!«, sie drückte, »Bitte. Mach mir keine Dummheiten, dafür bist du ein zu cleveres Genie.«

»Aber du solltest auch nicht allein sein! Du-«

»Ich bin nicht allein. Ich habe Yuki. Ich habe meinen Bruder«, sie wank zu dem schwarzhaarigen Jungen herüber, »Tristen. Ich …«, seufzend wandte sie sich ihm zu, »Ich sollte noch nicht raus, oder?«

»Du bist schon jetzt zu weit oben«, gestand er leise.

Niklas musterte ihn. Ja. Sie sahen sich ähnlich. Aber von weitem hätte er sie nicht als Geschwister erkannt. Dafür waren seine Züge zu weich. Ihre zu hart.

»Kannst du ihn dann bitte mit hochbringen? Ich möchte nicht, dass ihm noch etwas geschieht«, bat sie.

Seufzend löste er sich. Nun fiel dem Waisen auch erst auf, dass Cindy und die kleine Frau fort waren. Er hatte nicht mitbekommen, wie sie verschwunden waren. Lautlos schienen sie sich aufgelöst zu haben. Oder lagen seine Nerven nur zu blank?

»Meinetwegen. Aber du gehst wieder nach unten. Hier ist es nicht sicher für dich«, murmelte dieser Tristen und steuerte die nächste Wand an.

»Nein. Wartet. Was meint er mit-«

»Nik. Geh«, Maggies Worte klangen unumstößlich. Entschlossen wies sie zu ihrem anderen Bruder. Der ungeduldig auf Niklas wartete.

»Sehen wir uns wieder?«, fragte er unschlüssig, ehe er sich gänzlich abwenden konnte.

»Ich weiß nicht«, sie seufzte, »Es ist zu durcheinander.«

Damit verschob sich die Erde. Der Boden wackelte, als würden sie nach oben geschoben werden. Niklas fiel erschrocken auf die Knie. Eine Frau fing ihn auf. Sie war mit ihnen in dieses Erdloch getreten und musterte ihn nun argwöhnisch. Dennoch hielt sie ihn aufrecht, bis sie an der Oberfläche hinausstießen.

»Öffnet die Tore!«, befahl Maggies Bruder einem Mann, der neben der Mauer stand.

Sofort erschien ein zweiter. Gemeinsam wanken sie mit den Fingern. Das Metall verbog sich. Die Flügel öffneten sich. Dahinter erblickte Niklas jene Straße, die nach Kriegsheim führte.

Und Janine.

Angespannt wartete sie auf ihn. Sie schien diesen Tristen zu überraschen. Dennoch sagte er nichts. Stumm tippte er auf Niklas' Rücken. So, als wollte er ihn zum Gehen auffordern. Wortlos befolgte er die Anweisung. Es kam ihm wie ein Geiselaustausch vor. Nur, dass Maggies anderer Bruder nichts im Austausch für seine Freilassung zu bekommen schien, oder?

Sobald er draußen war, riss Janine ihn in ihre Arme. Sie drückte ihn wie eine Besessene, ehe sie ihn rückwärts über die Straße zog. Bis in den Wald, den er doch allein nie betreten sollte.

Dann befand er sich plötzlich hinter dem Waisenhaus.

»Hast. Du. Den. Verstand. Verloren?!«

So aufgebracht hatte er sie noch nie gesehen.

»Janek hatte nur gesehen- also, Maggie-«

»Erinnerst du dich nicht mehr, was ich dir zu dem Anwesen gesagt habe? Dass du die Finger davon lassen sollst? Und nun- Nun muss ich um dein Leben bangen?!«, sie presste ihn wieder an sich, »Du dummer, dummer Junge! Du-«

Ihr Schluchzen brach ihm das Herz. Er hatte es wirklich vergessen. Diese Bitte aus Kindertagen. Damals war er gerade erst eingeschult worden. Aber als er in Cindys Klasse kam, war das Versprechen verblasst. Und nun, wo er Maggie dort vermutet hatte …

»Ich habe es vergessen. Ich- Ich wollte es nicht.«

Sie nickte gegen seinen Kopf.

»Wie viel hat sie dir gesagt?«

***

TJ bedachte die Frau nachdenklich. Sie wirkte zerzaust. Kraftlos. Wahrscheinlich lag das an ihrer Diät. Viel Wasser gab man den gefangenen Macian nicht, wenn sie damit gekämpft hatten. Diese hier war mit Wasser und Metall zugegen gewesen. Bei ihrer Ankunft hatte man ihr alles abgenommen und nur ein Leinenhemd zugestanden. Ihre Zelle selbst war mit Ajnachakra getränkt. Das weckte Trugbilder, die die Gefangenen halluzinieren ließen.

Jedoch durchschauten die meisten den Trick sofort.

»Verreck endlich, du Monster!«, verlangte sie und wank schwerfällig auf der Stelle.

Mit der Fixierung an der Decke war ihr weder Sitzen noch Liegen gestattet.

Und TJ war nicht so dumm, das zu ändern.

»Tut mir leid, das passt nicht in meinen Terminkalender«, erwiderte er, »Wollen wir uns nicht mal deinen ansehen?«

Sie knurrte ihn an. Es hatte etwas Animalisches. Früher hätte er es als normales Macianverhalten verstanden. Heute sah er es als Nebenwirkung der Illusionen.

Mit einem Fingerzeig sandte er Gakumon um sie herum, um die Zelle zu prüfen. Er würde nicht ordentlich mit der

Macian reden können, solange sie mit dem Delirium zu kämpfen hatte.

Sein Desson nickte auf dem Rückweg.

»Möchtest du gar nicht zu deiner Tochter zurück?«, fragte TJ.

Sie erstarrte. Giftig starrte sie ihn an. Sie schien die Illusionen abzuschütteln. Ihre Finger verkrampften sich. Nur bekam sie keine zielgerichtete Bewegung hin. Sie fluchte tonlos.

»Deine Tochter ist wieder in Kriegsheim. Sicher und unbeschadet«, verriet er der Gefangenen, »Zusammen mit dem Mädchen, dass ihr einsammeln solltet. Cindy Patil unter den Hutan, nicht?«

Diesmal spannten sich ihre Finger so stark an, dass die Knöcheln hervortraten. Sie schauderte.

»Wenn du willst, lasse ich dich gehen. Aber dafür müsstest du eine Botschaft überbringen.«

Sie lachte: »Du willst ein zweites Massaker? Vergiss es, Monster! Ich schmuggle keine Markierung hinein!«

Das Lachen nahm einen irren Tonfall an und so konnte der Hushen sich nur enttäuscht abwenden. Geschlagen verließ er die Zelle und traf draußen auf RT, der die Tür bewachte.

»Ich meinte doch, Zeitverschwendung.«

»Das werden wir noch sehen. Zum Abendessen soll sie Nudeln bekommen. Keine Soßen, keine Gewürze. Erhöhe auch die Getränkedosis. Nicht um viel, aber es muss merklich sein.«

»Dein Ernst?«

TJ nickte.

»Hilf mir und ich sorg dafür, dass TC vor eurer Mutter sicher ist«, erinnerte er seinen einstigen Kollegen.

Das sollte als Motivation reichen.

Kapitel 14: Das Labyrinth der verlorenen Seelen

Die anderen Gemächer waren fertig, als sie wieder nach unten kamen. Nachdenklich betrachtete Maggie die neuen Räume. Sie waren von irgendwoanders durch die Erde herbewegt worden. Es gab eine abgetrennte Nische für ihre Auxilius, einen kleinen Tisch mit Hockern sowie ein großes Bett, das sich hinter einem Raumtrenner versteckte. An der äußersten Wand befand sich eine unscheinbare Tür, die zum Bad führte. Auch gab es eine Ecke, die wie ein Garten hergerichtet war.

Es erinnerte Maggie an ihr Zimmer am Shanai. Selbst die Decke war wieder mit einem Himmel bemalt!

»Danke«, sie wandte sich den zwei Macian zu, die ihr die Räume gezeigt hatten.

SveA starrte die beiden so griesgrämig an, dass sie der Flora fast leid taten.

»General ALi meinte, falls Euch etwas nicht zusagen sollte, sollen wir es für Euch anpassen«, erklärte einer von ihnen, während er ihre Auxilius musterte.

Obwohl Maggie nickte und sich ruhig gab, spürte sie die Wut in sich aufköcheln. Allein sein Name ließ sie beben.

Er hatte Niklas angefasst!

Tristen hat ihn oben abgegeben und Janine ist mit ihm in den Wald, verkündete Valerie, *Bestimmt wird das nochmal angesprochen werden.*

Niklas ist nur ein Hutan! Er hat keine Ahnung – und das hat Tristen gesehen!

Mag. Bitte!

Angestrengt atmete sie durch. Dabei konnte sie spüren, dass selbst Alice zu kämpfen hatte.

Sie waren eine tickende Bombe …

»Wir melden uns, wenn etwas geändert werden soll«, erklärte Cindy an ihrer Stelle.

»Wir sollen-«

»Würdet ihr uns bitte allein lassen? Es fühlt sich ziemlich beengend an«, nahm sie die Rothaarige in Schutz.

Die Tür öffnete sich. Dann schloss sie sich wieder.

Maggie seufzte.

»Diese Janine … schien überrascht über meinen Anruf zu sein. Fast … feindselig«, sprach Cindy vorsichtig an.

»Weil sie nichts von der Magie wissen möchte«, wich Maggie aus, »Sie hat ihr eigenes Laster zu tragen.«

Sie ließ es final klingen. Vor allem, da die andere Waise so schnell hier gewesen war. Sicherlich hielt TriSte sie bereits für eine Hushen. Ob sie es ihm sagen sollte? Nein. So wie er auf TJ oder SR reagiert hatte – er würde nur eine Gefahr in ihr sehen. Wenn Maggie es weiter ansprechen würde, würde sie damit bloß unnötige Aufmerksamkeit auf das Waisenhaus lenken. Auf die anderen Kinder …

»Du brauchst eine Pause«, schnurrte Yuki in ihr Ohr, »Du siehst alles andere als gut aus.«

Nickend stimmte sie der Gestaltwandlerin zu.

Ihre Duria wurde wärmer. Kurz darauf trat ihr Bruder mit seinen Auxilius ein. Er schaute sich fast nebensächlich um, ehe er an sie herantrat.

»Vater hat von dem Hutan Wind bekommen«, meinte er, »Er tobt, dass Eindringlinge sofort geköpft gehören.«

Diesmal schoss die Kälte abrupt aus ihr hervor. Eisig umklammerte sie die Räume. Etwas knirschte. Was? Holz? Glas? Maggie konnte es nicht einordnen. Sie dachte nur an Lisa. An Niklas. Ihre Familie …

Mag!

Hastig fokussierte sie sich auf das Hier und Jetzt. Sie erinnerte sich wieder an ihre Prioritäten. Eins nach dem anderen. Eins nach dem-

Was war der nächste Schritt nochmal?

Ihre Duria glühte regelrecht, als Steffen nach ihr rief. Er hatte eine Erinnerung zum Leben erweckt. Mohnblumen.

Wundervolle Pflanzen, die sie doch nicht genießen konnte. Sie waren aus der Vergangenheit. Keine …

Yuki sprang in ihre Arme und erschrocken umklammerte sie den Desson. Die blauen Augen blickten so besorgt. So ängstlich. Ängstlich wegen ihr?

Ich kann nicht mehr. Bitte …

Wir können alle nicht mehr, hauchte Alice zurück.

Das Eingeständnis tat mehr weh, als sie vermutet hätte. Es schien sogar Valerie zu überraschen!

Kommt schon. Wir schaffen das! Wir müssen!

Wie denn?!, widersprach sie der anderen Macianseele, *Es reichen ja schon ein paar Worte, damit wir durchdrehen! Selbst wenn wir diese dämliche Quelle anlegen – wird es davon wirklich besser werden? Wie lange dauert der Unfug überhaupt?!*

Lange, gab Alice still zu, *Monate. Vielleicht auch Jahre. Ich müsste damit verbunden bleiben, ich müsste starr sein, dabei … ich will nicht mehr starr sein!*

Du wolltest doch her. Dein Schwur und so. Erinnerst du dich?!, erkundigte sich Valerie.

Ja. Mein Schwur. Ich habe geschworen, Heilwasser zur Verfügung zu stellen. Damals war eine Quelle die einzige Möglichkeit. Aber wir können es ja auch so erschaffen. Wir müssen es nicht verankern!

Soll heißen?, Hoffnung schwappte in Maggie mit, dennoch ließ die Antwort auf sich warten. Sie spürte, wie OPa ihre Kälte langsam beseitigte.

Janines Vorschlag. Wenn wir uns auftrennen könnten, könntet ihr zumindest ins Waisenhaus zurück.

Und du?

Die Najade schwieg. Es war klar, dass sie nicht im Stützpunkt bleiben wollte. Aber die Trennung und die neue Erkenntnis würden ihr das Reisen erlauben. Sie könnte sich einem General anschließen. Sie könnte nach

Atlana reisen. Oder nach Medorn! Sie könnte sogar in Shizens Wälder unterkommen, solange sie genügend Heilwasser abtrat.

Ich suche mein eigenes Leben.

Maggie schloss müde die Augen und setzte sich auf den nächsten Hocker. Ihre Schnüre und Bänder verfingen sich dabei am Tisch. Sie betrachtete den Knoten, der dadurch entstanden war. Einen Knoten, den sie so leicht lösen könnte. Und der ihr früher nicht passiert wäre …

So ähnlich musste es doch auch mit Alice und ihren Macianseelen möglich sein!

»Ich möchte schlafen«, verkündete sie.

»Vater weiß nicht, wovon er spricht«, erinnerte Tristen sie an das eigentliche Gespräch.

Ja. Da war etwas. Aber damit konnte sie sich nicht weiter befassen. Sie musste erst ihr eigenes Chaos aufräumen.

»Ein anderes Mal, ja?«, Maggie massierte ihre Schläfen, »Ich möchte mit meinen Auxilius und Yuki allein sein.«

»Wie Ihr wünscht«, Cindy, LaNa und ESi verneigten sich beim Rausgehen, nur ihr Bruder zögerte.

»Wenn irgendetwas ist, ich bin da, ja?«

Sie nickte erschöpft. Bestimmt spürte er, dass sie die Verbindung der Duria gerade blockierte. Aber sie musste es tun.

Er würde ihr Vorhaben nicht gutheißen.

***

Etwas stimmte nicht.

Unschlüssig blätterte Tristen durch das komische Buch seiner Schwester. Immer wieder stieß er auf Skizzen oder Tabellen. Dazwischen lagen diverse Kleinigkeiten. Eine Serviette, eine Postkarte, eine gepresste Blume … Die Gegenstände schienen mit den beschriebenen Seiten im

Zusammenhang zu stehen. So war neben der Blume ein stachliges Wesen gezeichnet. Ein Igeldesson, der nach oben blickte.

Mir behagt die Situation nicht, murrte Steffen, *Obwohl sie sich ausruhen möchte, wirkt sie aktiv. Es passt nicht.*

»Oh, das war von mir«, gab CiLu plötzlich von sich und wies auf eine kurze Zeile.

Eigentlich hatte er sie bei Maggie lassen wollen. Dann würde er nicht weiter in die Vermählung gezwungen werden können und die andere hätte seine Schwester unterstützen können. In ihr eigenes Zimmer konnte sie immerhin noch nicht zurück …

»Du kannst ja doch reden?«, las er vor.

»Nun, sie war halt recht still«, gab sie schulterzuckend von sich.

Seufzend schloss er das Buch, um es von hinten zu öffnen. Diese Einträge hier waren zu alt. Sie waren zu-

Die Abschiedsworte registrierte er als erstes. Es war ein langer Brief. Fast zwei Seiten lang. Sie schrieb davon, dass sie vielleicht weg müsse. Dass, selbst wenn sie sterbe, sie ihre Familie liebe. Dass die kleine Lisa schön groß werden solle. Niklas solle schön weiter lernen. Sie richtete sich an Melanie. Kathleen. Annika – Namen über Namen, mit denen er doch nichts anfangen konnte!

Am Ende schrieb sie einer Ma. Ihrer Ma. Dass sie dankbar wäre, dass die Frau so geduldig mit ihr gewesen war. Dass sie ihr stets eine gute Mutter gewesen war. Maggie konnte nicht verstehen, wie sie diese Betreuerin verdient hätte.

Aber es sind Hutan! Sie sind nicht ihre Familie. Sie sind-
Sie haben sie aufgenommen, widersprach er Steffen.

Auf der Seite davor war ein halb fertiges Porträt. Es sah aus wie JuNi. Nur mit weicheren Zügen. Ganz besonders deutlich waren die Augen gezeichnet.

Er schob den Zettel davor beiseite.

Dann stockte er.

Das Papier fühlte sich zu samtig an. Es war nicht aus Holz. Es war … steiniger?

Vorsichtig faltete er es auseinander.

Ein Bannkreis?!, sein anderes Ich schlug erschrocken um sich, *Ist sie denn des Wahnsinns?!*

Sie … Sie muss einen Grund dafür haben, oder?

Muss?

Er faltete den Zettel wieder zusammen. Ein Blick auf CiLu offenbarte, dass sie immer noch über das Porträt gebeugt war. Stirnrunzelnd deckte sie den Mund ab. »Das sieht aus wie die eine Neue«, murmelte sie.

Erneut schaute er auf das Bild. Er dachte an seine letzte Anreise zurück. Als ALi behauptet hatte, seine Tochter wäre auf dem Heimweg. Damals hatte ESi angehalten, um einer anderen Macian zu helfen. Er hatte die Frau erstochen, die das Mädchen mitnehmen wollte, nur war diese dann total durchgedreht.

Am Ende hatte ein Hushen sie fortgeblinzelt.

Nachdenklich schlug er das Buch zu und stand auf. Er bedeutete mit einem Handzeichen, dass ESi hierbleiben solle. Der Auxilius war ein guter Kämpfer, aber nicht sonderlich wortgewandt. LaNa wäre hilfreicher.

»Macht es euch bequem«, erklärte er in CiLu's Richtung, als er mit der Frau nach nebenan ging.

»Sie möchte sich ausruhen«, erinnerte OPa, sobald er durch die Tür trat.

»Ich bringe nur was zurück«, TriSte hielt das Buch hoch, »Darf ich?«

Brummend trat der Riese beiseite. Dennoch durfte LaNa nicht mit. Nun, das konnte TriSte recht sein. SveA schien nicht hier zu sein. So könnte seine Auxilius den anderen sicher eine Weile beschäftigen.

»Maggie?«, fragte er sachte, als er an den Raumtrenner trat, »Ich habe dein … Scrapbook hier«, erinnerte er sich an den richtigen Begriff, »Ich wollte dich dazu etwas fragen.«

Etwas bewegte sich. Dann schaute ein Kopf um die Ecke. Müde Augen lagen auf ihm. Sie gähnte.

»Jetzt?«

»Ja, jetzt«, mitten in der Bewegung stoppte Steffen ihn.

Tristen. Da … da stimmt was nicht.

Für einen Moment hielt er inne. Da sollte etwas nicht stimmen? Was? Seine Schwester stand direkt vor ihm! Gut, sie sah etwas durch den Wind aus, aber-

Die Bänder waren schief!

»Tristen, es wäre wirklich besser, wenn-«

»Wo. Ist. Sie?!«

Das Gesicht seiner Schwester blieb unverändert. Sie schüttelte verwirrt den Kopf. Dennoch war es nicht ganz ihre Bewegung. Dafür bewegten sich die Schnüre zu sehr mit. Es fehlte die Anmut, die man als Kind gelehrt bekam!

»Tristen, ich bin nur-«

»Ich warne dich, Desson«, er senkte die Stimme, »Das ist nicht einmal ihre Duria. Hältst du mich für dumm?«

Nun wurden ihre Augen bläulich. Nachdenklich blickte sie zur Tür. Dann wanken sie ihn hinter den Raumtrenner.

Das Bett war leer.

»Sie wollte was erledigen«, erklärte das Wesen und fummelte an eben jenen Bändern rum, »Ich soll solange hierbleiben, damit sich keiner sorgt. Sie meinte, dass es nicht lange dauern würde.«

Genervt gab sie das Entheddern auf. Es sah so eh nur noch schlimmer aus.

»Sie würde nicht einfach ohne ihre Auxilius losziehen. Das ist-«, er hantierte mit den Händen rum, auf der Suche nach einem Begriff, der nicht ihre Intelligenz hinterfragte.

Entschlossen nahm der Desson ihm das Buch ab. Sie legte es beinahe fürsorglich auf den Nachttisch, ehe sie sich daneben setzte.

»Keiner von euch hätte es ihr erlaubt«, gestand sie still, »Aber sie sieht keine andere Möglichkeit mehr.«

»Was soll das heißen?«, wütend trat er an diese Yuki heran. Am liebsten wollte er sie im hohen Bogen heraus werfen! Er wollte sie zusammen schreien. Dieser Desson mit dem falschen Gesicht! Aber was dann? Man würde die Abwesenheit der Floris bemerken, oder?

Es würde im Chaos enden. Ein Chaos, das er allein viel zügiger lösen könnte!

Sie antwortet mir nicht! Ich spüre nur, dass sie in Bewegung ist. Aber nicht wo!, Steffen fluchte.

»Sie meinte, dass sie zu mächtig wäre. Sie … jemand hat uns von einer Möglichkeit erzählt, wie man Alice wohl aus ihr rauskriege. Sie wollte es versuchen. Nur kurz. Bis morgen früh sollte sie zurück sein.«

»Bitte, was?«, zornig packte er den verwandelten Desson an den Schultern und schüttelte diese viel zu vertraute Gestalt, »Die Najade kann nur mit dem Tod von ihr getrennt werden. Unser Wassergeneral hat es damals selbst bestätigt. Nein. Er hat sie fast deswegen getötet!«

Zweifel schlichen sich in diese blauen Augen. Etwas unter seinen Fingern gab nach und plötzlich hielt er nur das blaue Kleid in den Fingern. Die Gestaltwandlerin schlüpfte unten hinaus und aufs Bett. Sie schüttelte wild den Kopf.

»Nein. Wenn- Also, ich glaube nicht- Sie-«

»Wo. Ist. Sie?!«

»Alles gut?«, fragte LaNa sogleich.

»Ja!«, diese Yuki klang so sehr wie seine Schwester, dass er innehalten musste.

»Radix?«

»Ja!«, bestätigte er auch nochmal, »Gleich da!«

Einen Moment lauschten sie. Dann wank er mit der Hand, um die Winde abzulenken, mit denen sie sonst noch belauscht werden konnten.

»Wo?!«

»Ich- Ich weiß nicht. Sie sollte zu jemanden, der-«, das Wesen erschauderte, »Bist du dir sicher, dass sie sterben würde?«

Tristen erinnerte sich zurück, als wäre es gestern gewesen. Seine Mutter war zusammengebrochen. Valis lebloser Körper hatte seine Welt erschüttert. Er hatte nach ihr gerufen. Immer wieder. Und er hatte ihre Durias verbunden. Er hatte sie darin gespürt. Gebetet …

Dann war das Leuchten gekommen. Die Najade hatte den Körper wiederbelebt. LeVi hatte sie untersucht. Er hatte seine Schwester gestützt. Er hatte die Quelle begutachtet. Er hatte vorausgesagt, dass das Heilwasser versiegen würde, sobald seine Schwester sich zu weit vom Shanai entfernen würde.

Und er hatte damals auch versucht, den Wassergeist wieder aus ihr rauszuholen.

»Ich habe die anfänglichen Versuche selbst miterlebt. Vater hatte sie angeordnet. Erst Mutters Veto hat die Schmerzen beendet. Damals- Der General hatte den Versuchen nur eingewilligt, solange sie bewusstlos blieb. Es wäre sonst zu schmerzhaft gewesen«, erzählte er.

Yuki peitschte unruhig mit dem Schwanz umher.

»Wir würden sie auf keinen Fall einholen können«, lenkte sie irgendwann ein, »Wenn du sie aufhalten willst, bring mich nach oben. Hier unten ist zu viel Magie. Wir müssen zur Kirche und wir brauchen Hilfe.«

***

Er steckte mitten in den Papieren für TC, als Gakumon aufsprang. Hastig peitschte sein Schwanz umher. Er schaute zu TJ herüber. Schlug erneut mit der Rute aus. Wirkte nun so unschlüssig.

»Was?«, fragte der Otou-san und schreckte mit der Nachfrage auch die Geschwister in seinem Büro mit auf.

Unschlüssig tastete John bereits mit dem Zentrip nach Maggies Markierung. Ein Anker, den er nicht mehr spüren konnte, seitdem sie bei den Macian war.

»Kirche«, antwortete sein Vertrauter, als RT langsam aufstand, »Sie sind gleich da.«

Nickend winkte er RT heran. Er riegelte das Büro mit einem Bannkreis ab. Irgendwo hörte er, dass TC sich benchmen solle-

-dann waren sie auch schon in Kriegsheim.

Er hatte sie neben den Beichtstuhl geblinzelt. Dieselbe Stelle, die er markiert hatte, um Maggies Bruder zu überraschen. Dass sie nun diesen Ort vorschlug, kam ihm komisch vor. Sie kannte die restlichen Markierungen, die er im Dorf verteilt hatte. Warum hatte sie diese Stelle gewählt? Warum keine unauffälligere?

Draußen brummte ein Auto.

»Was ist der Plan?«, RT klang angespannt. Kein Wunder. Seitdem er als TJ's Leibwache fungierte, hatte er strikte Regeln aufgedrückt bekommen. Immerhin durfte der neue Otou-san nicht zulassen, dass ein Fehler seines Freundes ihm zum Verhängnis wurde! Und das beinhaltete nun mal auch jegliche Kampfhandlungen …

»Halte dich bedeckt«, verlangte er.

Als die Tür sich öffnete, trat jedoch nicht Maggie, sondern ihr Bruder ein. Mit düsterer Miene blieb er einen Moment in der Tür stehen, ehe er sich umdrehte und eine Absicherung von außen anordnete. Er wolle ungestört bleiben. Keine Unterbrechungen.

TJ blickte zu seinem Vertrauten. Er wirkte so angespannt. Angespannt, aber nicht zum Kämpfen bereit. Irgendetwas musste er übersehen.

Sobald die Tür zu war, löste sich etwas von dem Macian. Erst so groß wie ein Knopf, verwandelte sich das winzige Ding im Fall zu Yuki. Hastig rannte sie auf Gakumon zu und schmiegte sich an ihn.

Sachte entspannte er sich.

Nicht aber der Macian, der noch immer neben der Tür wartete und sie argwöhnisch musterte.

»Was ist los?«, fragte TJ ungeduldig.

»Maggie und Valerie wollen Alice abspalten«, erklärte der weiße Desson eilig, »Mit irgendeinem Labyrinth. Sie ist los zu Shizen, um sich durchschleusen zu lassen, aber Tristen meint, dass sie das töten würde. Dass schon alles versucht worden wäre.«

Unruhig trommelte er auf seinem Zentrip rum.

»Labyrinth?«

»Ja. Irgendwie soll es die Magie permanent umwandeln können. Das … Jemand hat es Mag gesagt, ehe wir aus dem Waisenhaus raus sind«, gestand sie zögerlich.

Die einzigen Wesen, die in Frage kämen, konnte er an einer Hand abzählen. Nachdenklich schaute er zu dem Macian herüber. Zu dem Bruder, der nicht mal auf die Schwester achten konnte, mit der er magisch verbunden war – dabei hatte er sie mit dieser Duria so bedrängt!

TJ verachtete ihn.

»Und weil du nicht auf sie aufpassen kannst, kommst du nun angekrochen?«, fragte er höhnisch.

Ich kann ihre Markierung nicht orten, Tarek. Hey!

Ruhe. Erst soll er seinen Fehler eingestehen!

Und wir verplempern plötzlich gerne Zeit?

Mürrisch schluckte er die Widerworte runter. John hatte Recht. Erstmal sollte er sich um Maggie kümmern!

»Ein Labyrinth? Was weißt du noch?«

»Nicht viel. Maggie solle zu Shizen, um sich zum Besitzer führen zu lassen. Es ist also irgendwo in den Wäldern. Es wird anscheinend von Desson bewacht. Aber es klang nicht wie Dessonmagie und-«

»Das Labyrinth der verlorenen Seelen?!«, unterbrach RT erschrocken.

Irgendwo in seinem Hinterkopf klingelte etwas. Er erinnerte sich an einem heißen Tag in der Akademie. Sie hatten mehrere theoretischen Konzepte durchgesprochen. Darunter auch eines, das als fehlerhaft zu den Akten gelegt wurde, weil die Risiken zu groß waren.

»Hilf mir auf die Sprünge«, befahl er, als er die Details nicht mehr zusammen bekam.

»Das Labyrinth der verlorenen Seelen halt! Das-Moment«, er wank mit der Hand und TC's Buch erschien darin – sofort spannte sich Maggies Bruder an. Doch war es TJ egal. Er forderte nur die Wissenssammlung von seinem Freund ein.

»Das Labyrinth der verlorenen Seelen«, las RT ohne hinzugucken vor, »Es wurde von Hushen erschaffen und nach drei Jahren bereits verboten. In der Theorie geht man rein und wird mit seinen Gegensätzen konfrontiert, bis man sie annimmt. Am Ende werden beide Seelen vereint und durch die neue Symbiose wird die Quelle der Magie getilgt. Dafür sind die Überlebenden sensibler. Sie können die wahre Natur der Lebewesen spüren und bekommen radarähnliche Fähigkeiten.«

Das passte auf Yukis Beschreibung.

»Wieso habt ihr es verboten?«, fragte der Macian.

RT wartete, bis TJ nickte, ehe er fortfuhr.

»Todesrate. Die Seelen mussten schon eine gewisse Symbiose im Vorfeld vorweisen, damit die Verschmelzung klappte. Da man die Leute von außen nicht rausbekommt, konnte man ihnen sonst nur beim Sterben zusehen. Insgesamt haben nur vier von etwas über fünfhundert verzeichneten Fällen überlebt.«

Die Zahlen drehten sich durch TJ's Kopf. Unruhig tippte er auf sein Zentrip. Er tastete nach ihrer Markierung. Nur war da zu viel Magie! Es war zum Verrücktwerden! Wo kam der ganze Mist her? Wollte Shizen sie tot sehen? Wegen seines dummen Enkels?! Das Eichhörnchen war eh tot! Er brauchte einen stärkeren Anker, einen-

Wortlos blinzelte er sich vor ihren Bruder. Dieser zuckte erstmal zurück. Aber er bemerkte, dass Tarek die Hand ausstreckte. Dass er fordernd auf die Duria wies.

Nicht auf den Macian, der in TJ's Augen besser tot wäre.

»Was fällt dir-«

»Es liegt zu viel Magie in der Luft. Zumindest auf ihrer Seite. Etwas ist im Gange. Willst du nun hin oder nicht?«

»Ich soll dir meine Duria geben?«

»Du sollst mir einen zweiten Anker zugestehen«, erklärte er, als Yuki neben ihnen auf eine Bank sprang.

»Wie eine zweite Markierung!«, erklärte sie hastig, »Er könnte dich auch mitnehmen.«

Mitnehmen? Nun, wenn es sein musste. Zum Diskutieren fehlte ihm die Geduld! Konnte sich dieser dumme Bruder nicht mal beeilen?!

***

Maggie hatte sich die frisch bewegte Erde zu Nutze gemacht. Konzentriert hatte sie die Brocken verschoben, bis sie im Wald durch die Oberfläche brach.

Blinzelnd starrte sie in den hellen Himmel. Unterwegs hatte sie sich kein Licht zugestanden. Dafür hatte sie sich zu sehr auf das andere Element fokussieren müssen. Valerie war mit der Duria beschäftigt gewesen, um auch die beengende Luftblase auszublenden. Alice war in ihren eigenen Sorgen versunken.

Damit waren sie alle allein.

Ohne Yuki.

Schaudernd umarmte sie sich.

Sie durfte nicht zu viel darüber nachdenken. Sonst würde sie die Kontrolle verlieren. Immer weiter. Immer weiter!

»Shizen?«, sie holte tief Luft, »Shizen?!«

Über ihr tuschelten die Desson in den Baumkronen. Sie warfen ihr abfällige Blicke zu. Waren sie feindseliger geworden? Oder kam es der Macian nur so vor? Nun, sie war immerhin in einen Stützpunkt gezogen. Vielleicht dachten sie, dass Maggie sich für den Krieg entschieden hatte? War die Lichtung deswegen so geladen? Es kam ihr fast so vor, als würde die Magie die Luft aufladen!

»Shizen!«, rief sie nochmal und lief weiter.

»Nicht so laut, nicht so laut. Ich wurde nicht geklaut!«, lachte der alte Desson sie plötzlich an.

»Mir wurde gesagt, dass du mich zu einem Oni bringen kannst. Wegen eines Labyrinthes«, erklärte sie direkt.

»So, so?«, er nickte bedächtig, »Soll ich mein Wissen teilen? Willst du weiter hier verweilen? Oder magst du hinforteilen? Obwohl mein Enkel niemals wird heilen?«

Ein bedrohlicher Unterton schlich sich in die Stimme des Hüters. Andere Desson tauchten auf. Kleine wie große Geschöpfe, die aus dem Unterholz krochen.

»Risus Tod tut mir aufrichtig leid«, erklärte sie, »Aber wie du sagtest: Man kann ihn nicht heilen. Genauso wenig wie Lisa oder all die anderen, die täglich von uns gehen.«

Shizen setzte sich auf seinen Gehstock: »Der Tod ist beständig, aber mein Preis ist anständig.«

Preis? Nun gut. Wenn er darauf bestand, würde sie ihn auch zahlen. Solange sie nur nicht weiterhin eine Gefahr für ihre Nächsten wäre!

»Nenne ihn. Ich zahle ihn.«

Als Antwort strich sich das alte Wesen über den Bart. Er legte seine Blätterkrone auf dem Schoss ab. Betrachtete sie eingängig. Ließ sein Lächeln fallen.

»Ich will wissen, wer meinen Risu ermordet hat«, sprach er erstmalig ohne Reime, »Finde seinen Mörder.«

Etwas in ihr spannte sich an. Risus Mörder? Nun. Diesen würde sie dem alten Wesen ungern schuldig bleiben. Aber sie fürchtete sich auch irgendwie davor, dieses Wissen zu teilen. Was, wenn sie dadurch wieder mit ihren Kräften hadern musste? Wenn sie sich darin verlor?

Wir schaffen das schon, mischte sich Alice ein.

»Gut. Du hast mein Wort«, erklärte sie.

Lächelnd setzte er seine Blätterkrone wieder auf und schnipste. Abrupt blinzelte er sie in eine andere Lichtung. Ein kleiner Desson vor ihnen schrak auf. Er wirkte unbedeutend. Klein. Rote Haut. Schwarze Haare. Maggie hatte ihn schon mal vor Jahren im Waisenhaus gesehen! Nur hatte sie ihn irgendwie wieder vergessen, nachdem sie die Augen von ihm genommen hatte …

Nun kamen die Erinnerungen wieder. Nein. Nicht wieder. Sie ebbten auf und ab. Sobald sie sich umsah, verblassten sie ja wieder etwas. Es war, als müsste sie nur woanders hinsehen und schon existierte das Wesen nicht mehr!

»Oni mag keinen Blick, denn damit erlischt jeder Trick«, offenbarte Shizen guter Dinge, während seine Magie den Wald nahezu ertränkte, »Von hier an ist es dein eig'nes Spiel, du allein nennst das Ziel!«

»Bitte? Ich bin doch kein Hund, den man nach Belieben herpfeifen kann!«, beschwerte sich der Desson mürrisch.

»Es sollte nicht so rüber kommen«, versicherte Maggie, »Ich möchte nur in ein … Labyrinth.«

Der Desson starrte sie abschätzend an, ehe er sich an Shizen wandte. Er schien keine Angst vor dem Hüter der

Wälder zu haben. Und das, obwohl dessen Magie sie nun so dick umwob.

»Sie weiß nicht mal, wie es richtig heißt!«

»Nicht viele können dies Wissen verbreiten, lasse dich also von ihnen leiten«, kichernd setzte Shizen sich unter den nächsten Baum, »Oder bereust du alte Zeiten?«

»Meine Stiefschwester hat von dir erzählt. Sie meinte, dass du damit helfen könntest«, mischte sich Maggie ein, »Sie wollte mir damit helfen-«

»JM?«

Obwohl sie Janines Hushennamen nicht kannte, nickte sie. Es wäre besser, keine unnötigen Zweifel aufkommen zu lassen. Nur so könnte sie ihn überzeugen.

»Wenn du meinst. Sonst lässt mich der alte Nervenbold eh nicht in Ruhe«, damit klatschte er in die Hände und stampfte auf den Boden.

Zeichen gingen von ihm aus. Wirre Symbole, die über den Waldboden tanzten. Sie wirkten wie ein Bannkreis. Ein Kunstwerk der Hushen, das in dem unscheinbaren Desson versteckt war. Die Linien erstrahlten in einem sanften Rotton. Ein Leuchten, das als Zentrum die Hände des Wesens sah. Darin schien sich das Licht zu bündeln.

Vorsichtig löste er die Finger voneinander. Eine Hand behielt er über seiner Brust. Die zweite zuckte in ihre Richtung. Magie pulsierte dadurch.

»Bist du dir sicher?«, fragte er nochmal, »Wer drin ist, kommt nur verändert hinaus.«

Verändert. Ja. Das war das beste.

»Ja«, flüsterte sie.

Damit streckte er die Hand nach ihr aus. Es wirkte, als wollte er ihre schütteln. Eine simple Begrüßung, der sie sich entgegen lehnte. Sie streckte ihre rechte aus. So hatte sie es sich die Jahre unter den Hutan eingeprägt. Damals war es noch ungewohnt für sie gewesen, weil-

Ihr linker Unterarm kribbelte so heftig, dass sie innehielt. Schlagartig war TJ da. Daneben ihr Bruder. Die Augen des Hushen weiteten sich erschrocken, als er sie wegzerrte und dabei auf dem Waldboden das Gleichgewicht für einen Moment verlor. Er rutschte auf Oni zu-

STOPP!, panisch überließ sie eilig Valerie die Kontrolle. Winde fingen TJ auf. Sie hielten ihn zurück. Dafür wurde der Desson beiseite geschleudert. Die Symbole folgten. Das rothäutige Wesen schrie auf.

Zitternd starrte Maggie auf den Hushen. Er regte sich nicht. Für einen schrecklichen Augenblick blieb er viel zu starr liegen. Shizen erhob sich. Die Magie des alten Hüters drang durch den Boden. Hinter sich hörte sie Tristen aufkeuchen. Sie spürte seine Sorge plötzlich durch die Duria brechen. Sorge und Unglauben.

Als hätte-

»Du wagst es, hier reinzupla-«

Ehe Shizen sich weiter aufregen konnte, war TJ's Hand an ihrem Arm. Er blinzelte sie wieder fort. Sie und ihren Bruder. Plötzlich befand sie sich in der Kirche. RT stand da. Zusammen mit ihren Vertrauten. Etwas Weißes flog auf sie zu. Auf ihre Brust-

»MAG!«, Yuki krallte sich in ihren Oberkörper.

»Was-«, sie schaute sich unschlüssig um.

»Bist. Du. Denn. Des. Wahnsinns?«

Zum ersten Mal in ihren Leben sahen sie Johns Augen zornig an. Er kniete noch neben ihr. Etwas außer Atem. Es wirkte, als ob er gerade um sein Leben gerannt wäre. Hatte Shizen seine Magien auf den Hushen fokussiert? Risu hatte mal gemeint, dass der Hüter der Wälder Macian wie Hushen gezielt in Schach halten könnte. Hatte er-

»Ich hatte mit ihnen gesprochen, um Alice-«

»Um was? Um Alice in den Tod zu schicken? Um dich zu erledigen? Oder euch alle?!«

»Wie sprichst du eigentlich mit ihr?«, fuhr es aus Tristen heraus, als er sich wieder aufrappelte.

»Klappe!«, fauchte TJ zurück.

»Bitte?«

»KLAPPE!«

Draußen erklang eine Stimme. LaNa. Maggie riss hastig an TriSte's Arm und schüttelte den Kopf.

Er nickte und wank mit den Fingern. Sie spürte, wie sich das Holz an der Tür veränderte. Er ließ etwas blühen. Eine simple Kornblume.

Gut. Damit sollte die Auxilius draußen bleiben.

»John. Was ist los?«, fragte sie und wollte aufstehen. Doch löste die Bewegung sofort Schmerzen aus. Gepeinigt zog sie Luft ein.

Hastig ließ Yuki von ihr ab. Die Krallenabdrücke blieben. Kleine, rote Blutflecken auf ihrer Brust, die Alice noch im selben Moment heilte.

»Das wollte ich nicht!«, der Desson legte die Ohren an, »Ich hatte nur … Entschuldige …«

»Schon gut. Macht nix, ja?«

Ihre Freundin hatte zu verängstigt gewirkt, als dass sie ihr einen Vorwurf machen konnte. Außerdem war das hier ihr Blut. Nicht das von anderen.

»Gib ihr die Aufzeichnungen«, befahl TJ plötzlich.

»Das ist aus den Akade-«

»Meinst du wirklich, dass ich in der Stimmung bin mit dir zu diskutieren?«, flüsterte der Otou-san.

Ehe sie sich versah, tauchte RT neben ihr auf. Sie ignorierte, dass ihr Bruder sich angespannt hinter ihr aufbaute. Es war schon schwierig genug, die Augen von TJ abzuwenden. Geschweige denn, sich auf den Text zu konzentrieren, der etwas von einer Schleifenschrift hatte.

»Die Schrift ist ein bisschen altmodisch«, murmelte der Hushen, »Da, über das Labyrinth der verlorenen Seelen.«

Wollte Janine uns in den Tod schicken?!, schrie Valerie aus, als sie den Text überflog.

Ich glaube nicht, dass sie-

Wir haben drei Seelen! Drei! Und keine winzigkleine Ähnlichkeit! Da wären wir nie wieder rausgekommen!

Aber sie meinte, dass sie es gesehen hätte. Vielleicht kennt sie nicht diese Aufzeichnungen? Sie sind eh schon älter, Alice' Gedanken ließen sie stocken.

Sie war sich nicht sicher. War das ganze nur ein Versehen gewesen? Hatte sie gewusst, welche Risiken es für die Macian bedeutete? Sie war ja eine Macian.

Keine Hushen.

Abrupt hielt sie inne. Sie ließ die Situation auf der Lichtung nochmal durch ihren Kopf kreisen. Dann erst schob sie das Buch in RT's Hände zurück und trat an TJ heran, der unruhig auf sein Zentrip klopfte.

»Du hast mich zwar weggezerrt, bist aber dadurch selber fast reingefallen«, bemerkte sie sachte.

Er zuckte zusammen.

Also war es ihm aufgefallen. War es ein Versehen gewesen? Nein. Er war zu oft an den Kämpfen beteiligt gewesen. Er hatte es in Kauf genommen.

Für uns?, Valerie klang so unsicher, dass es schmerzte.

»Du hättest da drinnen landen können«, beharrte sie nochmal, »John.«

»Tarek und ich hätten eine Überlebenschance«, gab er trotzig zurück, »Für dich wäre es der sichere Tod.«

»Du hast-«

TJ warf dem anderen Hushen einen warnenden Blick zu und sofort verstummte dieser.

»Aber- du hattest nicht-«, sie schüttelte sich, »Ich meine, es war meine Entscheidung und-«

»Es wäre dein sicherer Tod gewesen«, Tarek kehrte zurück, »Außer mir darf niemand Hand an dich legen.

Kein Hushen und erst recht kein Desson«, er drückte sie an sich und sie spürte sein Zentrip am Rücken, »Verdammter! Wenn ihr euch selbst so nicht akzeptieren könnt – macht den Mund auf! Es findet sich immer irgendwo eine Lösung. Immer!«

Er hielt sie so sicher, dass sie sich für einen Augenblick darin verlieren wollte. Es war, als ob Alice erleichtert aufatmete. Sie waren so verwirrt gewesen. Sie alle-

Heute mal kein Frostwetter, bemerkte Valerie.

Weil TJ der einzige ist, der nicht vor uns wegrennt oder Angst hat, wenn wir die Kontrolle verlieren, gab die Najade leise zu.

Ja, Maggie stimmte ihr zu. Sie spürte, wie sie endlich mal aufatmen konnte. Wie sie alle auf einer Wellenlänge waren und der Stress sie nicht mehr berührte.

Schluchzend klammerte sie sich an den Hushen.

»Ich wollte nicht, ich-«, zum ersten Mal seit Tagen warf sie SR's Ratschlag in den Wind, »Entschuldige …«

Unglauben drang aus der Duria. Unglauben und Schock. Aber kein Ekel. Es war mehr Verwirrung.

Sachte wandte sie sich aus den engen Armen und schaute zu ihrem Bruder. Sie hatte Angst, den Mund zu öffnen. Was sollte sie sagen? Was konnte sie überhaupt sagen?! Selbst nun hielt TJ ja noch an ihr fest. Und sie war alles andere als bereit, ihn loszulassen.

»Er hat mir seine Duria als Anker erlaubt«, erklärte Tarek hinter ihr unschlüssig.

»Ihr habt nicht gekämpft oder so?«

»Nur ein paar heiße Worte. Nichts weiter«, grinste Yuki neben ihr, »War eher amüsant.«

»Lass es«, knurrte Gakumon ungehalten, »Heute nicht mehr. Es reicht.«

Er sah besorgt aus. Angespannt. Ob sich TJ genauso fühlte? Ob er-

Erneut drang der Unglauben zu ihr durch.

Sie schrak zusammen.

»Lass ihre Gedanken in Frieden«, Johns Stimme dröhnte fast durch sie hindurch.

»Warum sollte sie dir so wichtig sein?«, TriSte's Frage verhallte mit einem eigenwilligen Unterton.

Neben ihm deutete RT eine Geste mit den Fingern an. Ein flinkes Zeichen, das Maggie nicht einordnen konnte. Aber es hatte sich auf ihren Bruder gerichtet und-

»Lass ihn oder du tust Mag mit weh«, verkündete TJ mit warnendem Unterton.

»Du kämpfst hier also nicht gegen uns, um sie nicht zu verletzen? Das soll ich dir glauben?«

»Lass es«, forderte Maggie, erneut umklammerte sie ihre Duria, bis es schmerzte.

Tristen zog eine Miene. Dennoch blieb er stur stehen. Steffen fing ihren Entschluss wohl ab. Irgendwie hielt er all ihre Einwände auf Abstand!

»Ich will nur wissen, was ich von diesem … diesem Hushen glauben soll«, kämpfte er hervor.

Es wäre besser, oder? Ich kann unsere Beziehung nicht auf ewig vor ihm verbergen, Valerie ließ sie innehalten.

Zittrig nahm sie die Hände von der Duria. Erst dann wandte sie sich von ihrem Bruder ab, um TJ zu küssen.

Es war das erste Mal, dass der Kuss so innig von ihr ausging. Er fühlte sich intensiv an. Als hätte sie ihn seit Wochen vermisst. Sanft ließ sie von dem Hushen ab, als ihr die Luft ausging. Sie blieb einen Augenblick lang stehen. Starrte TJ an. Spürte, wie er sie verstand. Wie er der einzige war, dem sie vollkommen vertraute.

»Ich liebe ihn«, erklärte sie ihrem Bruder entschlossen.

Er blinzelte sie stumm an. Schüttelte kaum merklich den Kopf. Ungläubig tastete er nach ihren Gedanken. Als müsse er eine Bestätigung suchen!

»Und du?«, fragte er irgendwann an TJ gewandt, »Sie mit ihrem Leben zu bedrohen reicht dir wohl nicht?«

»Ich? Ich bin nicht derjenige, der seine Schwester für ein knappes Jahrzehnt vergisst«, spuckte er aus.

»John!«

Ihre Blicke trafen sich. Er seufzte. Es war ein gepeinigter Laut. Langsam kehrte Tarek zurück.

»Würde ich sie nicht lieben, hätte ich heute nicht mein Leben für ihres aufs Spiel gesetzt, oder? Ich hätte sie nicht gehen lassen, damit sie ihre Kräfte kontrollieren lernen kann. Ich hätte ihr nicht den Yubiwa anvertraut oder gar auf unsere Abmachung bestanden«, zärtlich strich er über Maggies Markierung, »Du meintest, ich würde sie damit zu einer ewigen Geisel verkommen lassen. Erinnerst du dich? Nun, solange nur ich, der Otou-san, sie töten darf, ist es keinem anderen Hushen überhaupt gestattet, sie zu tangieren. Warum meinst du, hatte SR auf jedes ihrer Worte gehört? Auf sie aufgepasst?«, er drückte sie an sich, »Ich lasse nicht zu, dass irgendwer ihr wehtut!«

Wieder erklang eine Stimme von draußen. Eine zweite folgte. Diesmal spitzte Yuki die Ohren.

»Hutan unterwegs«, murmelte sie und warf sich in Maggies Arme.

»Ehm, ablenken oder-«

»Nein«, unterbrach TJ den anderen Hushen sofort und ließ sachte von ihr ab, »Du hättest auch einfach fragen können«, bemerkte er sanfter.

»Ich dachte, ich könnte-«, sie zitterte, »Sobald da anderes Blut ist, kommen die Erinnerungen. Dann wackelt alles in meinem Kopf. Wasser und Wind spielen verrückt. Ich weiß ja nicht mal, warum das Holz ruhig bleibt. Wir dachten, es wäre einfach besser, wenn Alice …«

Sie stockte.

»Wer hat dir davon erzählt? SR?«

Seine Frage klang komisch. Drohend.

Hastig schüttelte sie den Kopf: »Nein. Er-«

»Also die andere Versteckte?«

»John!«

Seufzend nickte er, als nun auch Gakumon zur Tür wies.

»Wollt ihr euch unbedingt auftrennen?«

Seine Frage irritierte Maggie. Sie klang, als wisse er, wie. Als hätte er die Lösung.

»Es wäre besser. Nicht so gefährlich.«

»Es ist unmöglich!«, widersprach Tristen sofort und RT zischte ihn genervt an.

Ihr Bruder beschwerte sich. RT schimpfte über fehlenden Respekt. Beleidigungen peitschten umher-

»RT. Klappe«, befahl TJ so nebensächlich, dass der andere die Lippen zusammenkniff, »Keine Ahnung, ob es klappt. Aber wenn du Alice als Vertraute sehen würdest, wäre eine Ablösung möglich. Es wäre so, als wäre sie ein gewöhnlicher Desson, weißt du?«

Vertraute?

»Ich habe keine Ahnung, wie-«

LaNa's Stimme erklang draußen. Jemand wurde lauter. Plötzlich lehnte sich TJ zu ihr herunter.

»Gib mir ein paar Tage. Ich schicke ein Zeichen. Komm dann wieder her.«

Damit verschwanden die Hushen mit ihren Vertrauten. Selbst Yuki verwandelte sich eilig in ein Halstuch und legte sich über Maggies Schultern. Sie fühlte sich so angenehm warm an. So vermisst-

»Lass es draußen nicht eskalieren«, bat sie ihren Bruder hastig und verschwand hinter der Beichtstuhl.

Sie lauschte, wie jemand mit LaNa schimpfte. TriSte sprach ruhig auf die andere Person ein. Er entschuldigte sich pro forma. Sie hörte, wie er zum Auto lief und durch die Duria nach ihr rief.

Sie schickte ihm ein Bild von ihren Gemächern. Es war ein eiliges. Eines in der Hoffnung, dass ihre Abwesenheit bis dahin nicht aufgefallen war. Aber da sie unbemerkt durch die Erde gekommen war, standen ihre Chancen nicht schlecht, auch den Rückweg zu finden.

Als sie in ihren Gemächern endlich rauskam, wartete Cindy bereits auf ihrem Bett. Erschrocken sprang sie auf, als sie die Floris erkannte. Sie presste den Finger gegen die Lippen. Wies zum Raumtrenner.

Dann auf die fleckigen Löcher auf Maggies Brust.

Unschlüssig verschränkte sie die Arme davor.

Das könnte sie nicht erklären. Wenn jemand davon ausging, dass Yuki sie verwundet hatte-

»Euer Bruder möchte Euch nochmal sprechen«, murrte OPa ungehalten, »Soll ich ihn wegschicken?«

»Nein. Er kann rein!«, antwortete sie hastig.

Kurz darauf tauchte er neben ihnen auf. Er hielt ein paar Kleider über dem Arm. Anziehsachen, die er ihr direkt an den Raumtrenner hing, ehe er sich an Cindy wandte.

»ESi wird ihn gleich ablenken. Flitz rüber und kein Wort zu niemandem«, verlangte er.

»Kay, kay«, sie eilte in Richtung Tür.

»Ich konnte dir schlecht sagen, dass … «, Maggie fühlte sich so genötigt, ihre Beziehung zu TJ zu erklären. Aber das schien ihren Bruder nicht zu kümmern. Stattdessen versicherte er sich, ob die andere Macian sicher raus kam.

»Er frisst dir aus der Hand.«

Verblüfft blinzelte sie. Hatte sie richtig gehört?

»Wen-«

»Der Hushen«, ungeduldig wedelte er mit den Armen, »Mit ihm könntest du die Schlachten endgültig beenden. Auf die eine oder andere Weise.«

Ungläubig starrte sie ihn an. Allerdings hielt er inne, als er Fassungslosigkeit durch die Duria hindurch spürte. Er schlug die Decke zurück und klopfte auf die Matratze. Es war eine einladende Geste. Eine, die zur Nachtruhe aufforderte und in der er selbst Yuki einlud.

»Lass es dir einfach durch den Kopf gehen, ja?«

Damit wünschte er ihr und dem Desson eine Gute Nacht.

***

Als TJ sich zum Sonnenuntergang in Shizens Wälder blinzelte, war die Luft noch immer angespannt. Er hatte sich extra zu den alten Ruinen geblinzelt. Ein Ort, der nur einen Katzensprung von Kriegsheim entfernt war, aber so tief genug von den Bäumen verschluckt wurde, dass er keine Aufmerksamkeit erregte.

Hier hatte er Maggie einst verborgen.

Geduldig ließ er sich auf einer kaputten Mauer nieder. Er wartete auf den alten Desson. Ein Wesen, das gewiss noch einen Desson mit ihm rupfen wollte.

»Dass du dich hertraust«, erklang es irgendwann aus der aufsteigenden Dunkelheit.

Obwohl die Stimme nicht wütend klang, so schwang eine Welle Erbostheit in ihr mit. Eine unterdrückte Magie, die ihn einst zittern ließ.

»Bei allem Respekt – das Leben dieser Macian gehört mir. Und das weißt du«, entgegnete er.

»Wir wissen nicht, ob ein jeder stirbt, wenn das Licht vergilbt«, lachte dieser unberührt.

TJ ließ sich davon nicht täuschen. Dafür hatte er zu oft mit dem Wesen zu tun gehabt. Lieber würde er seinen Handel vorbringen und sein Wort halten.

»Es ist einfach nicht fair, dass Kinder von Vertrauten, Vertraute werden *müssen*, oder?«

Damit hatte er die Aufmerksamkeit des alten Desson. Abrupt blinzelte er sich vor den Hushen. Er starrte diesen herausfordernd an. Als wolle er den Preis für das perverse Abkommen erahnen.

Als könne er ihn nicht finden.

»Die Seelen der Kleinen gegen welche neuen Leinen?«

»Gegen eine Hilfeleistung«, antwortete Tarek, »Ich will Soyokazes Dienste auf unserer Seite wissen. Gerne eine festgelegte Dauer. Aber das sollten wir wohl auch mit ihr verhandeln, oder?«

Kapitel 15: Ein Schritt nach vorn

»Bist du dir sicher?«, fragte SR, während er beobachtete, wie Jessica die letzten Zeilen auf eine Postkarte schmierte.

»Mein Onkel ist die Pest. Aber seine Frau hat dieses ganze Drama nicht verdient«, der Stift hielt inne, ehe er noch liebe Grüße in einer anderen Handschrift hinterließ, »Soll sie lieber denken, dass Mom sie nicht mehr sehen wollte, als ihre tote Schwester zu betrauern.«

Damit schob sie die Karte von sich.

»Also fälschst du einen letzten Gruß?«

Seitdem der Phönix bei ihnen wohnte, blieb sie trotz seiner Anmerkungen so entspannt. Wo sie anfangs noch panisch wurde, weil ihr Onkel die Tür behämmert hatte, war sie beim letzten Mal nur still sitzen geblieben. Sie hatte den zornigen Worten gelauscht. Vermutungen über ihr Verschwinden. Über ihre Mutter. Über die Verachtung, die ihr dummer Onkel in die Welt schrie.

Danach hatte sie SR gefragt, ob er Postkarten besorgen könnte. Von entfernten Orten. Sie würde eine falsche Spur legen, die der Hushen von dort abschicken sollte.

Seufzend nahm er die Karte. Die Landschaft darauf war markant, aber nicht doll besucht. Keiner sollte ihn auf dem Weg zum Briefkasten nerven …

Mit dem Gedanken blinzelte er sich in den Schneesturm. Schaudernd lief er um das nächste Gebäude herum und die leere Straße runter. Der rote Kasten lag zwei Häuser weiter unter einer Schneedecke verborgen.

Hastig schickte er die Karte ab und huschte hinter die eine Mauer.

Es schaut eh niemand her, bemerkte Ryan drängelnd.

Sicher ist sicher, damit verschwand er erst ein paar Schritte später zwischen zwei engen Gebäuden.

Als er sich wieder ins Gruselhaus zurück blinzelte, fütterte Jessica dem Phönix gerade ein paar Nüsse.

Es sieht echt so aus, als könnte sie ihn mal kontrollieren, oder?, fragte er sein anderes Ich.

Er brauchte eine Bestätigung. Vor allem nach dem letzten Brief. Warum hatte er Lisas und Risus Tod abwarten sollen? Wieso war er nicht vorgewarnt worden?! Man hätte die beiden gewiss retten können!

Na? Fühlst du dich doch nicht mehr so sicher?, höhnte Ryan zurück.

Sven setzte sich angespannt zu den anderen. Sicher … Hatte er sich je sicher gefühlt? Nun, seine Mutter und die anderen Briefe hatten ihn aufatmen lassen. Aber der letzte Brief hatte ihn jegliche Ruhe geraubt. Er hatte ihn dazu aufgefordert, ein Bote der Toten zu sein. Wegen dieses Schriebs wurde kein Chaos verhindert. Er hatte es mit auffinden müssen. Seine verweinte Mutter hatte an der Waldstraße gekniet, den leblosen Körper dieser Lisa an sich gepresst. Sie hatte gesagt, dass die Macian eine Warnung bräuchte. Sie hatte-

Kannst du den Mist mal lassen? War eben ein Scheißtag, na und? Besser, als wenn Mutter dort mit langgelaufen wäre, oder?

Oder jemand gerade heimgekommen wäre …?

»Du starrst wieder Löcher in die Luft«, bemerkte Jessica und nachdenklich schaute er zu ihr rüber.

»Zu viele Gedanken«, wich er aus.

»Passt trotzdem nicht zu dir, Blondie. Oder-«, sie stockte, »Ist auch irgendwie dein neues Normal, hm?«

»Du hast anfangs halt nur mit Ryan gesprochen. Aber Ryan hat derzeit den Mund zu halten«, er lehnte sich zurück, »Ich bin Sven.«

Sie nahm es ziemlich entspannt hin. Wegen des Feuerviehs? So langsam spannte sich der Hushen auch nicht mehr an, wenn er das Ding auf ihn zu hopste.

»Du bist netter«, murmelte sie, ehe sie zu den übrigen

Postkarten nickte, »Damit sollte meine Familie auch dich endlich in Ruhe lassen. Hoffe ich.«

»Also hast du es für mich getan?«, fragte er belustigt.

»Für wen sonst?«

»Für Nicole.«

Angespannt schaute sie auf. Sie wirkte befangen. Trotz allem hatte sie ihre Flammen endlich im Griff. All die unkontrollierten Funken und Feuer waren mit dem Piepmatz weniger geworden. Warum? Half er mit ihrer Kontrolle? Wie ein Vertrauter? Oder lenkte er beide Seelen gleichermaßen ab?

»Und wenn schon – es geht keinen von euch was an«, beschloss sie.

Nickend stimmte er ihr zu. Streitigkeiten würden sie nicht weiterbringen. Sie würden viel eher andere Macian herlocken. Und nachdem heute schon die Magie im Wald so irre rumgesponnen hatte …

Ein Scheppern ließ ihn aufspringen. Kurz blickte er über die anderen beiden. Dann tastete er mit seinem Zentrip nach Tatakai. Letzterer befand sich immer noch beim Waisenhaus. Er passte dort auf die Betreuerin und die Kinder auf. Hier dürfte niemand sein. Nie-

Ein rothäutiges Wesen trat murrend aus der Küche. Es knabberte an einem Müsliriegel rum, ehe es ihnen einen anderen entgegen warf.

»Rosinen?! Wer isst denn bitte Rosinen?!«, fauchte es.

SR brauchte einen Moment, um den Desson einzuordnen. Er war schon mal hier gewesen, oder? Tatakai hatte ihn im Blick behalten wollen, aber irgendwie …

Wieso hatten sie ihn vergessen?! Er hatte sich ja nicht mal mehr über den verschwundenen Tisch gewundert!

»Was willst du hier?«, fragte er vorsichtig.

»Doofer Tag. Wollte was mit Schokolade klauen. Und dann – ROSINEN!«, schrie er aus, »Ey, wer hat sich den

Mist ausgedacht? Hm? Erst werde ich wie ein Putzlappen herbestellt. Dann fleht mich nach Jahrzehnten mal wieder jemand um Hilfe an, nur damit ich im Anschluss über 'ne dumme Lichtung gefegt werde! Ihr könnt mich alle mal, Briefeschreiber! Ihr könnt mir alle den-«

Abrupt hielt der Desson inne. SR bemerkte es kaum. Seine Gedanken waren am Spitznamen hängen geblieben.

Sprach das Wesen von den Briefen aus der Zukunft?!

»Wer bist du?«, fragte Sven vorsichtig.

Nur stand das rothäutige Wesen nicht mehr vor ihm. Es kniete auf dem Tisch. Direkt vor dem Phönix. Mit seinen dreckigen Füßen auf zwei vergessenen Postkarten.

»Hey!«, Jessica riss den Feuervogel in ihre Arme, »Was soll das?!«

»Wie alt ist er?«

»Bitte?«

»Wie alt?«, fragte er ungehaltener.

»Vier Tage«, Sven stellte sich vor die Macian und seinem persönlichen Alptraum. Dennoch drehte er sich nicht um. Er durfte nicht zulassen, dass ihnen etwas passierte.

»Bei Nagasha«, nun wirkte der Rothäutige verängstigt, »Lasst ihn nicht Shizen sehen. Bitte. Sonst wird der sich wieder mit einem Dimen anlegen!«

Nagasha? Einem Dimen?! Klar, der Hüter der Wälder war alt, aber nicht unbesiegbar. Wie sollte er sich gegen einen Dimen behaupten? Und was hieß wieder? Niemand hatte je einen Dimen zu Gesicht bekommen … oder?!

Hastig stopfte sich der Desson den restlich Müsliriegel in den Mund: »Dieses dumme Mädel …«

»Ich bin nicht dumm!«, beschwerte sich Jessica mit neuem Feuer.

»Nicht du. Die … Die Tochter meiner Vertrauten. Ich muss sie finden, ehe sie irgendeinen Mist ausfrisst«, damit blinzelte er sich direkt vor SR, der zusammenzuckte,

»Phönixe brauchen knapp drei Monate, um auszuwachsen. Lasst ihn nicht vorher raus, klar? Und haltet ihn von den freien Desson fern.«

»Würden sie ihn töten? Weil er den Wald abbrennen kann?«, fragte Jessica hinter ihm.

»Den Wald-«, das Wesen lachte beherzt auf, »Nein. Aber-«, er stockte, »Nein. Aber sie würden ihn als Druckmittel verwenden wollen. Seine Seele ist nicht reingewaschen. Sie erinnert sich.«

Bei den letzten Worten starrten die Augen in Svens.

SR schluckte.

***

»Du hast den Vertrag aufgelöst?!«, RT war außer sich, als er von TJ's Entscheidung erfuhr.

»Er ist eh nicht rechtens gewesen. Diese Abmachung beruht auf einen erpressten Shizen, der mit dem Leben seines einzigen Kindes bedroht wurde. Dieser Vertrag hätte nie existieren dürfen«, erklärte er und stand auf, »Die Rohfassung hast du. Ich erwarte die Überarbeitung bis morgen Mittag.«

»Das kann nicht-«, der Otou-san hörte nicht mehr zu, TC war wichtiger, »Kommst du damit zurecht?«

Er hatte ihr ein paar Hutanschulbücher besorgt. Sie waren zwar für ältere Kinder vorgesehen, konnten ihr jedoch einen kleinen Vorschuss geben. Zumal das Kind eh zu tun hätte, Chou zu verstecken.

»Es ist kompliziert, aber verständlicher«, lächelte sie.

Seitdem sie erfahren hatte, dass sie an den Ort ziehen würde, an dem auch die Macian die letzten Jahre gelebt hatte, war sie wie ausgetauscht. Wo sie sich zuvor aus purer Pflicht angestrengt hat, bemühte sie sich nun, weil sie es so wollte. Sie schien in Lebensfreude zu ertrinken!

»Gut. Mach nur so viel, wie du schaffst«, erinnerte er sie, ehe er Gakumon zu sich wank.

»Wohin?«, RT ließ eilig alles fallen.

»Du kannst hierbleiben. Ich geh zur Gefangenen.«

»Aber-«

»Du hast zu tun. Zehn Minuten.«

Seufzend setzte dieser sich wieder.

Die Macian war in einem besseren Zustand. Ihr Blick wirkte fokussierter. Ihre Mimik widerspenstiger. Nur sollte es TJ recht sein. Er war nicht hier, um sie zu brechen.

»Angenehmer?«, fragte er die Angebundene.

Stur hielt sie den Mund. Dabei verschob sie jedoch ihren Unterkiefer ganz leicht. Versuchte sie den Speichel zu sammeln? Um mit dem Wasser daraus anzugreifen?

»So kommen wir nicht weiter, oder?«, fragte er und tippte mit seinem Zentrip gegen ein paar eingravierte Zeichen in der Wand.

Sofort lösten sich Seile und zogen sich in die Decke zurück. Dadurch fiel die Frau auf die Knie. Sie keuchte auf. Ihre Beine zitterten.

»Ich habe mir deine Akte geben lassen: Du hast keine Markierungen. Deine Sachen liegen nebenan – falls du sie noch willst. Wenn nicht, soll es mir auch Recht sein. Dann verbrennen wir sie bei der nächsten Müllentsorgung«, er zuckte mit den Schultern.

Dennoch beobachtete er sie genaustens. Jede Bewegung. Selbst Gakumon hielt sich für einen Kampf bereit.

»Was … soll das?«, fragte sie.

»Ich bin kein Unmensch. Und es muss nicht nochmal ein Kind wegen ihrer toten Mutter den Verstand verlieren«, gestand er.

Sie lachte. Es war ein abfälliges Lachen. Missachtete sie ihn so sehr? Dabei griff sie ihn nicht mal an. Wusste sie, wer er war? Vermutete sie eine Falle?

Er unterbrach ihre Reaktion mit einem Foto, das er ihr hinwarf. Das Bild von der Überwachungskamera. Darauf waren Cindy und ein kleines Kind.

»Drohst du mir?«, fauchte sie ihn an.

Ihre Finger zuckten. Er spürte, wie sich die Luft veränderte. Wie sie andickte und-

Gedankenverloren schickte er einen Blitz hinter sich. Er vermutete das Wasser dort nur. Immerhin hatte Maggie es stets hinter ihm aufsteigen lassen, als sie sich noch bedroht gefühlt hatte. Wie lange lag das schon zurück?

Es plätscherte. Sie zuckte zusammen.

»Ich drohe dir nicht. Ich erinnere dich, dass es was gibt, wofür sich das Leben lohnt«, erwiderte er.

»Und dafür soll ich nach deiner Schnauze tanzen?!«

»Nein.«

Verwirrt blinzelte sie ihn an. Ob sie es immer noch für einen Hinterhalt hielt? Bestimmt. Dann musste er es eben so für sie verpacken, dass sie ihre Rolle erfüllen *wollte*. Ungeachtet der Risiken.

»Ich wünsche nur, dass du meine Botschaft überbringst. Dass ich nicht wünsche, dass der Tod einer Mutter den Verstand eines Kindes zerstört. Überbringe die Nachricht an eure Generäle und Floras. Wir werden sehen, ob auch jemand auf eurer Seite in sich gehen kann. Kannst du das? Oder willst du dein Mädchen nicht wiedersehen?«

***

Fünf Tage lebte Maggie unter den anderen Macian. Fünf Tage, in denen sie sich langsam entspannen konnte. Dennoch kam sie kaum auf eine Stunde Schlaf, ohne zwischendurch aufzuwachen. Sie fühlte sich ausgelaugt. Ausgelaugt und sprunghaft. Vor allem seitdem ihr Bruder von ihrer Beziehung mit TJ wusste.

»Nochmal?«, fragte er, als sie sich gerade von den letzten Gedankenaustausch gefangen hatte.

Er streckte seine Duria nach ihrer aus. Ein funkelnder Stein, mit dem sie vergangene Bilder mit ihm teilte. Erst hatte sie ihm ihre Abmachung mit dem Hushen gezeigt. Dann Shizens Wälder, ihre Ankunft in Kriegsheim und nun sogar das Massaker sowie TJ's Antrag.

Einzig Jessica und SR hielt sie aus allem raus. Die zwei hatten genug um die Ohren.

Zögerlich legte sie ihren Anhänger auf die andere Bruchkante. Ihr Kopf fühlte sich größer an. Da waren nun Tristens und Steffens Gedanken. Ihre Erinnerungen. Sie waren in Gallahain gewesen. Vater hatte ihn stets überwacht. Jeder Schritt stand unter Beobachtung. Erst als ihm ESi als zweiter Auxilius zugestanden wurde, hatte sich der Spieß gedreht. Er durfte an die Front. Er vertraute dem Macian. Er wollte-

Diesmal brach ihr Bruder die Verbindung.

»Verzeihung. Hab mich treiben lassen«, behauptete er und stand eilig auf.

Er verbirgt etwas! Er-

Lass ihn, unterbrach sie Valerie, *Wir waren ja auch nicht komplett ehrlich, oder?*

»Alles gut. Wir machen einfach eins nach dem anderen«, gab sie gutmütig zurück.

Er stockte. Langsam setzte er sich wieder neben sie. Seine Augen glitten zu den Auxilius rüber. SveA und ESi bewachten die Tür. Die anderen beiden schliefen. Genauso wie Cindy, die nach Maggies Abstecher in den Wald in die Gemächer der Floris gezogen war.

Es war Steffens Wunsch gewesen. Damit seine Schwester nicht nochmal so einfach verschwinden könnte. Auch schien er andere Vorkehrungen getroffen zu haben. So fühlte sich seither die Erde fester an. Zäher.

»Hast du mal darüber nachgedacht, ihn zu benutzen?«, fragte ihr Bruder plötzlich.

Erst als sie seinem Blick folgte, erkannte sie, dass er auf den Yubiwa starrte. Das hatte er schon häufiger gemacht. Seitdem sie die Erinnerung des Antrags geteilt hatte.

»Nein«, als er den Mund erneut öffnete, würgte sie ihn direkt ab, »Denk nicht mal daran!«

Ihre Stimme ließ Yuki aufschrecken. Tapsig sprang sie zu ihr herüber und legte sich auf Maggies Schoß.

»Nicht so laut, ja?«, murmelte sie.

»Ist gut«, stimmte die Flora direkt zu.

Sie hatte sich gerade wieder an Tristen wenden wollen, als ein Hämmern an der Tür sie unterbrach. Ein Kind schrie. Jemand schimpfte. Das Poltern ließ die Auxilius innehalten. Dann ignorierten sie es, da es draußen leiser wurde, nur-

Das war LiZa's Stimme, oder?, fragte Alice zögerlich.

»Lässt du das Kind bitte rein?«, fragte sie SveA, »Sie klang nicht sehr glücklich.«

»Floris, Ihr braucht nicht-«

»Jetzt.«

Sofort nickte die Frau und lehnte sich auf den Gang. Sie rief die Macian zurück, verlangte sie zu sprechen.

Kurz darauf traten sie in ihre Gemächer. Zwei Männer und LiZa. Verunsichert hielten sie das Kind fest. Erst, als Maggie sie herüber wank, ließen sie von ihr ab.

»Floris, Verzeihung, aber-«, sie schluchzte, »Ich bitte Euch! Helft meiner Mama!«

Sagte sie nicht, dass ihre Eltern tot wären? Dass-
Val, schau sie dir an! Jetzt nicht!

»Was ist passiert?«, fragte sie das Mädchen sachte.

»Verzeiht, meine Nichte ist-«

»Ich habe nicht dich gefragt«, erklärte sie dem größeren Mann, ohne aufzugucken.

Sie strich dem LiZa über den Rücken. Dabei tastete sie nach dem Wasser aus der Luft und bemerkte ein paar blaue Flecken an dem Kind.

Handabdrücke.

Hat er sie geschlagen?!, Alice peitschte wie ein Tsunami durch ihre Gedanken.

Lass sie zuerst ausreden, ja?

Doch fielen Maggie die Worte schwer, wo sie den Mann doch am liebsten direkt zur Rede stellen wollte!

»Mama. Sie ist gestern Abend aufgetaucht. Sie meinte, dass ein Hushen sie gehen gelassen hat. Dass sie eine Botschaft hätte. Für die Generäle und Floras. Aber General ALi will nun ihre Hinrichtung befehlen, weil sie markiert sein könnte!«, LiZa zitterte, »Mama wäre nic zurückgekommen, wenn sie uns damit in Gefahr gebracht hätte. Bitte! Das müsst Ihr mir glauben!«

»Wir wurden über keine Botschaft informiert«, mischte sich Tristen nun ein.

Das reichte Maggie. Entschlossen stand sie auf und rief auch ihren anderen Auxilius herbei. Unschlüssig fiel ihr Blick auf LiZa, ehe sie das Kind mitnahm.

Wortlos ging es nach oben. Sie spürte, wie ihr Bruder wütend wurde. Wütend, aber nicht so verunsichert und ängstlich, wie beim letzten Mal. Damals hatte er stets ihren linken Arm beobachtet, als würde daneben gleich eine Armee auftauchen.

Heute ließ er sie in Ruhe.

»Ihr habt eine Botschaft für mich?«, fragte Maggie, als sie in den Ratsaal der Generäle platzte.

»Floris!«, nur ALi, ihr Vater und eine halb nackte Frau befanden sich im Raum.

»Ach, bitte, keine Umstände, ja?«, bemerkte sie, als die Generäle zu einer Verbeugung ansetzten, »Ich bin ja nicht wegen euch gekommen.«

Selbst TriSte zuckte dabei zusammen. Yuki glitt von ihren Schultern und schnupperte in der Luft. Sie legte den Kopf schief. Schnupperte nochmal.

»LiZa?«, die Frau schluchzte, »Bitte, lasst meine Tochter gehen. Sie sollte das nicht sehen müssen. Bitte!«

Still betrachtete Maggie sie. Ihre Pose. Die ihres Vaters-

»Ich kann mich nicht erinnern, dass die Hinrichtung einer Botin toleriert wird, Vater«, sie ließ ihm einen Augenblick Bedenkzeit, ehe sie weiter ausholte, »Generell kann ich mich nicht entsinnen, dass du noch irgendein Recht in diesem Saal hast. Deine Zeiten als Lyx sind vorbei. Raus.«

»Du kannst mich nich-«

Sie hatte genug. Ohne Vorwarnung hob sie die Hand. Sie ließ nicht Valeries oder Alice' Kräfte entweichen. Sie befahl lediglich ihre eigenen.

Wurzeln peitschten aus dem Boden und banden seine Hände zurück. Sie spürte, wie er sich erst wehrte. Sie hörte, wie er schrie und fluchte. Für einen Augenblick sah sie ihn als den Vater, der er ihr früher gewesen war: Liebevoll und unterstützend – solange ihre Mutter nach seiner Pfeife tanzte.

Dann zerbrach das Bild und sie warf ihn mit den Wurzeln aus dem Raum.

»Irgendwelche Einwände?«, fragte sie ALi harsch.

***

Der Bannkreis wurde einen Tag später als geplant zerstört. Obwohl es TJ besorgt hatte, so ließ er es sich nicht anmerken. Stets verschob er seine Termine mit den Konzilmitgliedern nach hinten, um notfalls noch davor nach Kriegsheim blinzeln zu können. Dafür erledigte er so viel wie möglich in schriftlicher Form. Anträge, Anfragen, Bewilligungsschreiben, Finanzierungspläne …

»Es geht los«, erklärte er RT ohne Vorwarnung, ehe er ihn dazu anhielt, nach Kriegsheim blinzelten.

Sie stand bereits da. Direkt neben dem Beichtstuhl. Einen zerrissenen Bannkreis in den Händen haltend. Ein kleiner Zettel, den er neben der Markierung unter einer Bank versteckt hatte. Erleichtert atmete sie auf, als er erschien.

Er riss sie an sich.

Sie lebte.

»Du-«, ein Hüne von Kerl stand hinter ihr, daneben ihr Bruder und Yuki, die Gakumon spielerisch umwarf.

»Er ist einer meiner Auxilius«, erklärte Maggie, dann wandte sie sich dem großen Macian zu, »Es wird nicht gekämpft, ja?«

RT stolperte hinein und eilig rissen die anderen Macian ihre Köpfe rum.

»Kannst du mal nicht so schnell- Ehm… Hi?«

»Ja?«, fragte Tarek genervt.

»Meinte ich nicht so. Wirklich!«, er verneigte sich hastig vor Maggie.

Wenigstens sparte er bei ihr nicht mit den Manieren.

»LiZa's Mutter«, fragte die Macian in seinen Armen plötzlich, »Wie hast du- Ich meine, die Kleine hielt sie für tot und- Und-«

Können wir die unangenehmen Teile überspringen? Ich weiß nicht, ob sie-

Mag hat schlimmeres gesehen.

Aber wir müssen ein volles Glas ja nicht weiter befüllen.

Mürrisch stimmte er der anderen Seele zu.

»Diese Cindy war mit einem weiteren Kind von einer Überwachungskamera erfasst worden. Ich habe nur eins und eins zusammengezählt. Schwieriger war es, dass die Macian auch ihre eigene Freiheit annahm«, gestand er.

Maggie nickte. Sie flüsterte ein Danke aus. Ein so leises Wort, das er von niemandem lieber gehört hätte.

»Wollt ihr euch immer noch auftrennen?«

Die Frage ließ den Auxilius vortreten. Doch ihr Bruder stoppte ihn. Er wirkte nachdenklicher. Fast akzeptierender als beim letzten Mal.

»Es wäre besser«, gestand sie.

Nickend griff er nach seinem Zentrip. Er achtete darauf, die Klinge auf sich selbst zu richten. Damit sich die Macian sich nicht bedroht fühlten. Erst dann streckte er die Hand aus und machte eine einladende Geste.

»Wohin?«, Maggie zögerte nicht, als sie ihre Hand auf seiner legte.

»Ist ein bisschen frischer. Windiger. Aber ich musste schwören, den Ort nicht zu nennen«, gab er mürrisch von sich, »Sie ist so wie Alice.«

»Was meint er?«, nun klang ihr Bruder doch vorsichtiger, als er nähertrat.

»Wir blinzeln wohin«, wie selbstverständlich streckte sie die freie Hand nach den anderen aus, »Alles gut.«

»Floris, ich muss Euch bitten-«

»Es ist in Ordnung, OPa«, bestand sie, »Na, komm.«

Erst als sich alle zögerlich an TJ oder Maggie festhielten, ließ er seine Magie fließen. Die Welt schwankte auf den Kopf, ehe sie wieder aufrecht standen. Um sie herum war eine hügelige Landschaft. Moose und Gräser bedeckten den Boden. Doch keine Sträucher oder Bäume.

Hier herrschte der Wind.

Dieser Auxilius und Maggies Bruder konnten sich nur einen Augenblick argwöhnisch umsehen, ehe die Böen nach ihnen griffen. Zerrend umwoben die unsichtbaren Kräfte die Neuankömmlinge. Sie spielten und lachten und ignorierten dabei Yukis erschrockenen Aufschrei.

TJ fing den Desson mühelos aus der Böe und ließ sie sich in Maggies Armen verkriechen.

»FERTIG?!«, rief er aus.

»Ich bekomme nicht oft Besuch«, der Windgeist bildete sich aus der Luft. Ihre Konturen waren kaum zu erkennen, so rein war das Element!

»Eine Sylphe«, flüsterte Maggies Bruder ungläubig.

»Ein Macian«, ahmte sie ihn nach und kicherte.

»Aber … euch ist nicht zu trauen. Ihr … Ihr habt die Inseln der Hushen in die Lüfte gehoben …«

»Und wir lösen die Verbindungen der Vertrauten – für den richtigen Preis. Deswegen hat der Otou-san mich gesucht. Ich soll das Band zwischen meiner Schwester und einer Macian zerschneiden?«, fragte sie belustigt.

»Soyokaze ist etwa so alt wie Shizen«, wandte sich TJ nun an Maggie, »Wenn jemand Alice aus dir rauskriegt, ohne dass ihr dabei sterbt, dann sie.«

»Sie sprach von einem Preis«, gab sie jedoch zurück.

»Ist bezahlt«, erklärte er stur, »Rede mit ihr und finde heraus, ob es helfen kann. Du hast freie Hand.«

»Es hat mich eh schon überrascht, dass ein Kazoku den Preis einer Flora bezahlt«, die Sylphe kicherte wieder, »Wobei doch mit euren Familien der Krieg begann.«

***

Maggie starrte den anderen Naturgeist an. Ihre Familie war für den Kriegsbeginn mit verantwortlich? Nein. Daran konnte sie sich nicht erinnern. Ihre Mama hatte mal von einem Wettbewerb oder so erzählt. Von einem … was war es nochmal gewesen?

»Ihre Familie soll uns verraten haben?«, platzte es aus RT hervor und sofort spannte sich OPa an.

»Ich weiß nicht«, gab sie zu.

»In der gemeinsamen Stadt, Nigben!«

»Erhebe noch einmal so die Stimme«, warnte John.

»Denk doch nach! Aus der Anfangszeit der Akademie!

Nigben – dort lebten alle Rassen gemeinsam in Frieden. Bis die Floras uns verraten haben und wir in den Himmel fliehen mussten!«, RT wirkte außer sich.

»Ihr? Uns verraten?«, lachte Tristen, »Ja, wir haben gemeinsam in Nigben gelebt. Bis ihr eure Magie als die erhabenste präsentieren wolltet. Es hatte sechs Turniere gegeben – eines für jedes Element. Und obwohl ihr jedes davon verloren hattet, habt ihr euch dennoch als Sieger erklärt. Da ihr ja noch ein nutzloses Chakra hättet. Ihr habt uns angegriffen, nachdem die Duelle entschieden waren. Wer hat also wen verraten?!«

Maggie sah unschlüssig zu TJ. Nichts davon sagte ihr etwas. Wusste er, wovon sie sprachen?

»Es gab Streitigkeiten, ja. Aber sie drehten sich um die Religionen. Nicht um die Magien«, er klang unsicher.

»Um die Dimen«, stimmte Soyokaze zu, »Also wirklich! Die Floras entstammten Zangashas Linie, die Kazokus Shingashas. Deswegen waren euren Familien die Tempel unterstellt. Graue Augen zeugten von der Abstammung eines Dimens und eure grauen Augen waren es auch, die sich verfeindeten, bis der Hass eine Furche durch Nigben zog und alle anderen mit sich spülte.«

Ich habe graue Augen, Tristen auch. Mama hatte auch welche. Aber sonst? Kennt ihr irgendeinen Macian, der auch graue Augen hat?, fragte Valerie beinahe ängstlich.

Das kann nicht sein! Es gibt doch auch Hutan mit grauen Augen!, Maggie schüttelte sich, *Ich- Wir können nicht-*

Nicht wir, unterbrach Alice sie, *Unsere Vorfahren. Sie haben den Krieg begonnen.*

Ja. Nicht sie selbst. Aber so, wie die Najade es formuliert hatte, wie sie sich mitzählte …

Unsere?, fragte Maggie vorsichtig.

Na, ich bin ja ein Teil von euch, oder?

Alice Worte fühlten sich wie eine Umarmung an.

Ich dachte, du willst raus! Was soll der Mist nun?!, beschwerte sich Valerie stattdessen, *Wir sind nur hier, um endlich wieder alle unserer Wege zu ziehen!*

Ja, aber – schaut mal. Soyokaze ist wie ich. Jedes Mal wenn sie lacht, wird der Rasen ein wenig kürzer gemäht. Es ist ihr Wesen. Unseres ist anders. Seitdem ich in euch lebte, wollte ich an meinen Wurzeln festhalten. Aber wenn Phönixe wiedergeboren werden können, warum nicht auch ich? Ich möchte nicht immer nur die liebe Kleine sein!

»Es liegt in der Vergangenheit. Du musst nicht-«

»Bitte warte«, unterbrach sie TJ hastig.

Unschlüssig hob er eine Augenbraue. Nur schüttelte sie stumm den Kopf und wies auch die fragenden Blicke der Macian entschlossen zurück.

Erst dann trat sie auf die Sylphe zu.

»Wenn unsere Familien für diesen scheußlichen Krieg verantwortlich sind, dann müssten wir ihn doch auch beenden können, oder?«, es war eine wirre Hoffnung. Aber eine, die Alice' Gemütswandel in ihr ausgelöst hatte.

Seitdem LiZa sich wieder in die Arme ihrer Mama flüchten konnte und sie selbst ALi zur Rechenschaft gezogen hatte, schien sich etwas zu verändern. Sie hatte es zuerst nicht wahrgenommen. Doch nun? Nun, wo sie sich wieder daran erinnerte, warum der General keinen der wahren Floras informiert haben wollte?

»Wir wollten Euch nicht belästigen. Die meisten Kämpfe haben gestoppt. Es wirkt, wie ein falsches Aufatmen, als würde ein Angriff bevorstehen.

Wir sind nur auf der Hut.«

Maggie war sich mittlerweile sicher, dass TJ die Hushen zurückhielt. Wenn sie dasselbe bei den Macian schaffen würde, könnten sie vielleicht ganz langsam einen Frieden in die Wege leiten, oder?

Einen echten Frieden?

»Woher soll ich das denn wissen? Ich bin nicht für den Geschichtsunterricht gekommen«, kicherte Soyokaze.

Fragend schaute sie sich nach TJ um. Auch wenn er ihr freie Hand ließ, so wollte sie zuerst seine Zustimmung. Sie wollte, dass er verstand, dass dieser *Geschichtsunterricht* wichtiger war.

Vorsichtig nickte er.

»Nun, dann tausche TJ's Preis darin um oder gebe ihn zurück. Ganz wie es dir beliebt«, forderte sie stur.

Das Lachen verstummte, als die Sylphe zu Boden glitt. Sofort rückte OPa zu ihr auf. Doch Soyokaze schüttelte nur erschöpft den Kopf.

»Weißt du eigentlich, nach welchem Horror du dich da erkundigst?«, fragte sie so leise, dass es zwischen den Böen beinahe unterging.

Epilog: Der erste Brief

»Wo ist er?«, fragte Janine, als sie ins Gruselhaus eilte.

»Hey!«, rief seine Mitbewohnerin aus, als der kleine Tisch von der Hushen hochgehoben wurde.

»Bitte?«, SR schob sich hastig näher.

»Er hat mir davon erzählt und- Argh!«, sie stellte das Möbelstück zurück und suchte die Wand ab, »Warum muss ihn auch jeder vergessen?!«

Irritiert blinzelte er. Wer? War jemand hier gewesen? Wann? TJ würde ihm den Kopf abreißen!

»Sag mal, geht's noch?!«, beschwerte sich die Macian.

Es wurde heißer im Zimmer. Das gefiel Sven nicht. Und erst recht nicht Ryan. Wie ein Tier schlug dieser um sich, bis sie wieder den Phönix im Blick hatten.

»Giftzunge!«, warnte er die andere, ehe er sich diese Janine wandte, »TJ lässt nach dir suchen. Er glaubt, dass du … jemanden tot sehen wolltest.«

Erstmal vom Thema ablenken. Vielleicht könnte er dann herausfinden, was die Hushen hier wollte.

Ihre grauen Augen starrten ihn zornig an. Sie hatte etwas von ihrem Otou-san dabei. Nein. Eher hatte sie etwas von AC, wenn sie den Mistkerl ärgerten.

Wovon hatte sie gerade nochmal gesprochen?

»Mutters Desson war schon immer anders«, schimpfte sie und nickte, als ob sie endlich gesehen hätte, wofür sie gekommen war, »Er hätte eigentlich noch hier sein sollen. Nun gut. Wenn ihr Besuch bekommt: Merk dir, er soll sich dir vorstellen. Der Name reicht, wenn du ihn mit einem Fakt verknüpfst. Oder schnapp dir eine Haarsträhne. Binde sie an dir fest. Lass sie nicht los. Sonst treibt er wieder irgendeinen Unfug!«

Damit schob sie sich nach nebenan.

»Was zum-«

»Ich regel das«, versicherte er Jessica.

Kurz sah er, wie die Macian mit dem Vogel kämpfte. Der hektische Besuch hatte ihn aufgeschreckt. Huh. Nie zuvor hätte er gedacht, dass sie jemanden beruhigen könnte!

»Ist gut. Ich merk mir das komische Haar. Nun zu dir: TJ sucht dich. Er war die Tage ein paar Mal hier und hat nach dir gefragt. Was du auch gemacht hast, er wird dich-«

»Er sollte lieber danke sagen«, keifte sie zurück, »EJ und AC werden ihn nicht nerven. Auch wenn er die dümmsten Entscheidungen wie die Aufheben des alten Abkommens durchzieht. Dafür habe ich gesorgt.«

TJ's Onkel und Cousin? Nun, nach TJ wären sie die nächsten, die einen Anspruch auf den Titel des Otou-sans hatten. Aber gerade deswegen wurden sie auch gesondert behandelt. Die Regeln der Hushen trafen auf die Kazokus meist nur bedingt zu. Wie sollte sie, eine Waise unter den Hutan, also für Ruhe auf Kumohoshi sorgen?!

»Netter Witz. Du solltest lieber-«

»Wenn EJ Stress macht, erinner ihn an den 17.12.1982. Sag ihm einfach, der Beweis lebt und steht. Das sollte reichen«, unterbrach sie ihn.

Sie hatte etwas Befehlendes an sich. Etwas, das er sonst nur von den Konzilmitgliedern kannte.

Im Kopf drehte er die Zahlen hin und her. Er stutzte.

»Das ist dein Geburtstag, oder?«

Sie nickte.

Unschlüssig betrachtete er sie nochmal mit anderen Augen. Ihre Statur. Die Art, wie sie sprach. Ihre Gesichtszüge … Sie hatte etwas von seiner Mutter. Aber auch von TJ. Oder viel eher EJ?

»Ich glaube nicht, dass TJ dich für ein paar schiefe Aussagen in Ruhe lassen wird und-«

»Meinst du? Obwohl ich seine Cousine bin?«

Aber, dann hat EJ gegen die Regeln der Ehe verstoßen! Er hat die einzigen Gesetze der Kazokus-

Deswegen ist ihr Geburtstag eine Warnung. Deswegen hasst sie ihren Erzeuger, unterbrach Sven, *Und deswegen sprach sie auch beim letzten Mal von einer Hinrichtung!*

»AC müsste wegen deiner alleinigen Existenz getötet werden. Und EJ ... Er müsste sich dem Zorn des Tempels unterwerfen. Jeder deiner Atemzüge ist-«

»Genau. Und nun weißt du, warum ich die erste war, die du durch deine Briefe retten ließt«, flüsterte sie.

Mini-Glossar: Duria und Yubiwa

Duria

Die Duria, auch Stein der Golem, ist das zerbrochene »Herz« eines Erdgeistes. Hierbei trennt das Erdwesen einen Teil seines Körpers ab und verschmilzt ihn mit den Magien zweier Wesen, die fortan Freud und Leid miteinander teilen müssen. Darüber hinaus können auch Gedanken und Gefühle ausgetauscht werden und es erweitert das Bewusstsein enorm. Da die Duria jedoch direkt mit den Magiequellen verknüpft wird, ist das bloße Ablegen des Steins unmöglich, da er stets nach seinen Besitzern verlangt.

Unter Macian werden die Durias meist als Anhänger an Geschwister vergeben, um potenzielle Erbstreitigkeiten im Keim zu ersticken. Sich dennoch gegen den Träger des eigenen Gegenstücks zu wenden, ist nicht möglich, da man somit die Hand gegen sich selbst erheben würde. Die Besitzer sind unwiderruflich aneinandergebunden.

Sollte ein Träger versterben, wird der andere von einer Leere erfüllt, die sich bis zum eigenen Tod nicht abschütteln lässt. In diesem Falle »verstummt« das Farbenspiel des Steins.

Yubiwa

Der Yubiwa, auch Ring der Hushen, wurde von den ersten Meistern der Chakren erschaffen. Was einst ein Geschenk für den ersten Otou-san gewesen war, um seine Auserwählte zu schützen, wurde fortan über Generationen weitergereicht.

Die Steine im Ring sind Chakrasplitter eben jener Meister. Ihre Macht hält jede andere Hushenmagie von der Trägerin fern. Hierbei kann die Magie nur wirken, wenn der Yubiwa die Zustimmung seiner Besitzerin spürt.

Ein Blutbannkreis stellt sicher, dass nur ein geborener Kazoku den Ring vergeben oder ihn zurücknehmen kann. Deswegen habe sich, Gerüchten zufolge, bereits eine Hushen den Finger abgeschnitten, um ihrem Schicksal als Okaa-san zu entgehen.

Begriffsverzeichnis

Desson: magische Kreaturen, können unterschiedlichste Formen oder Farben haben, besitzen jeweils nur eine Seele
Dimen: »Gottheiten« für Macian/Hushen
Hushen: Menschen mit zwei Seelen, können durch ihre trainierte Chakren Magie freisetzen
Hutan: normale Menschen, eine Seele
Macian: Menschen mit zwei Seelen, können intuitiv die Elemente beeinflussen
Ubrid: Mischwesen aus vorherigen Erklärungen

Okaa-san: Frau des Otou-sans
Otou-san: Vorsitzender der Hushen und der einzige, der den Konzil befehligen darf, dafür muss er sich jedoch den Regeln und Bedingungen des Tempels unterwerfen
Vertraute: je ein Hushen und ein Desson, deren Bündnis mit einer besseren magischen Kontrolle für die Hushen verbunden ist
Zentrip: Gegenstand, der bei dem Bündnis von Vertrauten erschaffen wird und danach als Magieschlüssel für den Hushen dient

Auxilius: Leibwächter für ausgewählte Macian
Calyx: Tochter der Floris
Floris: Vorsitzende der Macian, die von allen Generälen im Namen Zangashas beschützt werden muss, sie und ihre Familie dürfen die Generäle als einziges hinterfragen, aber nie befehligen
Lyx: Mann der amtierenden/letzten Floris
Radix: Sohn der Floris

Danksagung

Hallo in die Runde C:

Darf ich vorstellen? Der zweite Teil von Kriegsheim und eine Storyidee, die ich bereits seit vielen Jahren mit mir rumschleppe. Im letzten NaNoWriMo floss sie innerhalb von dreizehn Tagen komplett aufs Papier – über 76k Wörter!

Das alles hätte ich natürlich nicht allein geschafft. So hatte ich einen wundervollen Ehemann, der die Kinders in der Zwischenzeit beknuddelte und mich mit Essbarem versorgte. Ich liebe dich <3

Auch hat sich eben jener Ehemann meine Planungsideen angetan und mir ewig in den Ohren gelegen, da sein Lieblingsfigürchen das zeitliche segnete. Ich hoffe, du kannst nun erahnen, warum C;

Ansonsten hoffe ich, dass die Geschichte Anklang findet. Im Fokus liegen wie beim letzten Mal die inneren Konflikte. Denn auch wenn wir Hutan mit unseren Gedanken allein gelassen werden:

Auch wir haben mit unseren Entscheidungen zu kämpfen oder fühlen uns davon zerrissen. :C

Mit besten Grüßen und bis zum nächsten Band!

Medra

Weiteres von der Autorin

Medra Yawa ist eine fantasievolle Berlinerin, die sich als Mutter, Studentin, Angestellte und Autorin durchs Leben hangelt. Zu ihren früheren Werken zählen unter anderem die Merichaven Trilogie, das Kinderbuch über die kleine Wolke Fuji, mehrere Kurzgeschichten bei diversen Verlagen sowie ihre Blogbeiträge die wöchentlich das Licht der Welt erblicken.

Für einen knappen Überblick schaut doch mal auf Twitter oder ihrer Webseite vorbei! Dort erscheinen regelmäßig Neuigkeiten über ihr verrücktes Leben und Infos zu Neuveröffentlichungen.

(Manchmal gibt es sogar Gewinnspiele!)